UN CHANT POUR L'ÉTÉ

DU MÊME AUTEUR
CHEZ POCKET

LES MATINS D'ÉMERAUDE

EVA IBBOTSON

UN CHANT POUR L'ÉTÉ

BELFOND

Titre original :
A SONG FOR SUMMER
publié par Century, Londres.

Traduit de l'anglais par Alexia Lazat

ISBN : 2-266-09890-X

Pour ma famille,
avec amour et gratitude.

PREMIÈRE PARTIE

1

Elles étaient en quelque sorte nées pour être tantes. Émancipées, excentriques et courageuses, les sœurs Norchester vivaient dans une grande maison grise de Bloomsbury, à deux pas du British Museum.

C'est un quartier connu pour ses intellectuels. Des plaques bleues ornent nombre de maisons, rendant hommage aux grands professeurs et aux chercheurs qui y ont habité ; et même les enseignants et les bibliothécaires bien vivants qui déambulent à travers ses squares paisibles arborent l'air distrait de ceux dont l'esprit évolue dans de plus hautes sphères.

La demeure de Charlotte, Phyllis et Annie Norchester, sise au n° 3, Gowan Terrace, ne dérogeait pas à la règle. Haute de trois étages, elle manquait extraordinairement de confort. Le mobilier en était sombre et négligé ; les chambres ne renfermaient que des lits étroits, des bureaux et d'énormes machines à écrire ; dans le salon, les chaises étaient alignées face à une grande table et à un panneau d'affichage. Et pourtant, à sa manière, cette maison était une sorte de sanctuaire. Car les sœurs, à présent d'âge mûr, avaient dans leur jeunesse appartenu à ce vaillant groupe de femmes qui avaient délaissé les colifichets de leur sexe afin de se consacrer entièrement à la lutte pour le droit de vote.

Charlotte, l'aînée, avait fait durant six semaines la grève de la faim à la prison de Holloway ; Phyllis avait passé plus de temps enchaînée à la balustrade de l'abhorrée « galerie des femmes » du Parlement que n'importe quelle autre suffragette ; et Annie, la benjamine, avait fait choir les casques de pas moins de sept policiers avant d'être envoyée, hurlante et gesticulante, rejoindre sa sœur en prison.

Ç'avait été une époque glorieuse. La victoire était arrivée en 1918, quand le travail héroïque des femmes durant la Grande Guerre n'avait plus pu être nié. Mais, quoique le sexe faible eût obtenu le droit de vote depuis maintenant plus de vingt ans, les sœurs demeuraient fidèles à la cause. Les rideaux du salon, aux couleurs des suffragettes – violet, vert et blanc –, avaient beau être élimés et poussiéreux, jamais il n'aurait été question de les changer. La photographie de leur chef de file, Mme Emmeline Pankhurst, trônait toujours dans la salle à manger, bien qu'elle-même fût décédée depuis des années et que sa statue eût été érigée sur le Victoria Embankment. La salle de bains, avec ses serviettes usées et rêches, son pain de savon phéniqué et son chauffe-eau rouillé, rappelait aux trois femmes l'époque grisante où de brutales gardiennes de prison les douchaient au tuyau d'arrosage ; le poisson bouilli que leur servait la vieille cuisinière ne laissait pas de faire penser à la nourriture qu'elles avaient jetée par les fenêtres de leurs cellules au moment où avaient débuté leurs grèves de la faim. Quant à la devise des suffragettes, *Qu'ils nous donnent la liberté ou qu'ils nous donnent la mort*, elle demeurait inscrite en grosses lettres sur une affiche dans le vestibule.

Cependant, si elles aimaient jouer à « Tu te souviens ? » en sirotant un chocolat chaud, vêtues de leurs robes de chambre Jaeger, Charlotte, Phyllis et

Annie n'oubliaient jamais tout ce qui était encore dû aux femmes, même à présent que le vote était gagné.

Charlotte avait fait des études de médecine et occupait désormais le poste de chef de clinique à l'hôpital pour femmes de Bloomsbury. Vive et toujours active, elle arborait son stéthoscope comme d'autres leurs colliers de perles. Phyllis dirigeait un institut de formation d'enseignants, et Annie était la seule femme professeur de mycologie appliquée non seulement de la faculté de Londres, mais de tout le pays.

Elles auraient pu, en conséquence, se reposer sur leurs lauriers, mais non. Chaque semaine, des réunions étaient organisées dans le salon glacial. On y déplorait la trop faible représentation des femmes au Parlement, dans les universités, au comité de la Société des nations. Des conférencières venaient parler des horreurs de l'excision au Bechuanaland, du nombre ridicule de femmes admises dans les professions juridiques, de la scandaleuse discrimination dont les filles faisaient l'objet en mathématiques supérieures. Des tracts circulaient, des articles étaient écrits, et c'est ainsi que, lorsque les années trente succédèrent aux années vingt, et que le chancre du fascisme mûrit en Allemagne, en Italie et en Espagne, les femmes furent enjointes de se déclarer contre Hitler et son odieuse doctrine du *Kinder, Kirche* et *Küche*, qui menaçait de les renvoyer au Moyen Âge.

C'est également durant cette décennie qu'un problème vint perturber la vie du 3, Gowan Terrace. Un problème aussi inattendu que difficile à gérer et qui concernait la fille unique de Charlotte, Ellen.

Aucune des sœurs Norchester n'avait eu l'intention de se marier. Mais, en 1913, une jeune femme belle et courageuse du nom d'Emily Davison s'était jetée sous le cheval du roi durant le Derby pour attirer l'attention sur la cause des suffragettes et avait été tuée. À son enterrement, Charlotte s'était retrouvée debout près d'un homme séduisant qui, lorsqu'elle avait vacillé – car Emily avait été pour elle une amie très chère –, lui avait pris le bras et l'avait entraînée loin de la tombe ouverte. Il se nommait Alan Carr, était avocat et solidaire du mouvement des femmes. Ils se marièrent peu après, et leur enfant naquit un an plus tard.

C'était, par chance, une fille, qu'ils appelèrent Ellen. Alan eut juste le temps de l'aimer à la folie et de la gâter de façon éhontée avant d'être tué à Ypres. Le bébé était adorable : potelé et dodu, avec des boucles blondes, de charmantes fossettes et de grands yeux bruns, il évoquait irrésistiblement ces petits personnages que l'on voit sur les peintures voleter dans les cieux en jetant des guirlandes ou des feuilles de laurier sur les mortels méritants.

Ce qui importait, cependant, était qu'Ellen fût intelligente. Tous les tests possibles et imaginables affirmaient qu'elle l'était, et sa mère, le Dr Carr, et ses tantes, Phyllis et Annie, ne reculaient devant rien quand il s'agissait de stimuler son esprit. Cette fille-là, au moins, n'aurait pas à se battre pour pouvoir mettre à profit ses dons innés. Elle irait à Oxford ou à Cambridge, après quoi elle passerait un diplôme supérieur puis, sait-on jamais… peut-être deviendrait-elle ambassadeur ou ministre – rien ne serait hors de sa portée.

Fortes de ces certitudes, les sœurs, au début, ne s'inquiétèrent pas. Toutes les petites filles cueillaient des marguerites et les disposaient dans des vases, généralement placés à des endroits fort peu pratiques, et le Dr Carr, lorsque sa fille lui ordonnait d'un ton impérieux de les humer, obéissait de bonne grâce, bien que le parfum des marguerites fût difficile à discerner pour quelqu'un qui passait sa vie dans les fortes odeurs de lysol et de chloroforme. Il était naturel pour une fillette de faire cuire des petits pains, et les sœurs Norchester toléraient sans peine de voir Ellen, ses boucles blondes retenues dans un mouchoir, perchée sur un tabouret au côté de la cuisinière morose. Les enfants faisaient des jardinets où ils plantaient des cheveux-de-Vénus et des myosotis ; on estima donc normal qu'Ellen réclamât un coin du carré de terre noire comme de la suie qui était situé derrière la maison et dont personne n'avait le temps de s'occuper. Mais les jardinets des enfants sont généralement vite abandonnés, alors que celui d'Ellen ne cessa de croître, jusqu'à ce qu'elle eût cultivé tout un parterre de fleurs ; alors, elle trouva des boutures de chèvrefeuille et de clématite, qu'elle planta et fit grimper jusqu'aux fenêtres du premier étage.

Il y avait également le problème des bonnes. Bien sûr, on ne pouvait reprocher aux enfants d'aider les servantes : celles-ci appartenaient, après tout, à une classe opprimée et auraient dû être libérées – s'il n'avait pas été si difficile de diriger une maison sans elles. Mais il devint rapidement évident qu'Ellen *aimait* faire les lits, nettoyer la grille de la cheminée ou préparer le feu. On la retrouvait pliant des draps avec un plaisir visible et frottant voluptueusement son nez sur le lin amidonné. Un jour que la bonne était malade, les sœurs la surprirent même, son uniforme d'école retroussé, en train de frotter le sol ; en les voyant, elle s'exclama :

— Regardez, n'est-ce pas magnifique la manière dont la lumière se reflète sur les bulles de savon ?

Passait-elle trop de temps à « regarder », justement ? Les sœurs avaient lu Blake et savaient qu'il est souhaitable de voir le monde dans un grain de sable et l'éternité dans une heure. Mais le monde dans une brosse à reluire ? Dans un panier de fruits ?

— Peut-être deviendra-t-elle peintre ? suggéra tante Phyllis.

Une grande artiste, la première femme présidente de la Royal Academy ? Pourquoi pas…

Néanmoins, Ellen ne voulait pas peindre les pommes. Elle voulait les renifler, les faire tourner entre ses doigts et les manger.

D'autres membres de la communauté, des tantes honoraires de l'enfant en quelque sorte, furent appelées et consultées : tante Delia, une dame aux doigts tachés d'encre qui tenait la boutique du Left Book Club sur Gower Street, et tante Lydia, la directrice de l'école d'Ellen, une personne sûre d'elle, au buste généreux, dont les élèves étaient aussi connues pour leurs excellents résultats académiques – les meilleurs de Londres – que pour leurs uniformes vert bouteille.

— Elle est *vraiment* intelligente, n'est-ce pas ? demanda le Dr Carr. Tu ne me mentirais pas, Lydia, après tout ce que nous avons vécu ensemble ?

Et Lydia, qui avait partagé une cellule avec Charlotte après qu'elles eurent envoyé une brique dans une vitre du 10, Downing Street, répondit :

— Je t'assure qu'elle est extrêmement brillante. Ses derniers résultats d'examens étaient très bons.

Mais, à la fin du trimestre suivant, Ellen vint la voir et lui demanda si elle pourrait prendre des cours de cuisine à la rentrée.

— De cuisine ! Mais, ma chérie, c'est seulement pour les filles qui n'iront pas à l'université !

— Je ne veux pas aller à l'université, rétorqua Ellen. Je veux aller dans un collège d'éducation domestique. Un qui soit bien, où on apprend à coudre, à cuisiner et à faire le ménage. Je veux, conclut-elle, ouvrant ses grands yeux bruns d'un air suppliant, travailler de mes mains.

Et elle leva celles-ci en l'air, à l'instar d'un pianiste étendant les doigts au-dessus d'un clavier invisible, comme si cuisiner équivalait à jouer une étude de Chopin.

Confrontées à cette crise, la mère d'Ellen et ses tantes savaient qui blâmer. Une femme qui personnifiait tout ce qu'elles détestaient dans leur sexe : un abject paillasson, une esclave domestique, une personne sans esprit ni volonté propre ; une paysanne autrichienne qui s'occupait de la maison du grand-père d'Ellen et à laquelle cette dernière vouait, depuis l'âge de six ans, une adoration inexplicable.

Le grand-père en question ne venait pas du côté Norchester de la famille. C'était le père d'Alan Carr, un chercheur engagé dans une œuvre de longue haleine – la compilation d'un glossaire des poissons grecs – qui semblait avoir peu de chances d'être terminée avant sa mort. Il avait effectué un voyage à Vienne peu après la fin de la guerre afin de consulter des manuscrits à la bibliothèque de la Hofburg et s'était, durant son séjour, installé dans une auberge de Nussdorf. Là, Henny, la fille de la patronne, s'était occupée de lui. Cette blonde calme, gentille et adroite de ses mains, admirait et plaignait tout à la fois le sérieux professeur, car il avait perdu un fils à la guerre et sa femme peu après, du cancer.

Quand il rentra en Angleterre et lui proposa de l'accompagner pour tenir sa maison, elle accepta.

Aucune demeure ne fut jamais aussi bien « tenue » que le cottage du Noyer, à Wimbledon. Henny préparait les repas du professeur, lavait ses vêtements, briquait ses meubles ; mais elle faisait aussi bien davantage. Elle retrouvait les morceaux de papier couverts de lettres grecques qu'il avait fait tomber par terre ; elle mettait ses pantoufles devant le feu pour les réchauffer ; elle cultivait son petit jardin, dans lequel, inexplicablement, il n'y avait nulle trace de noyer.

— Vous comprenez, c'est un homme très intelligent, et j'aime qu'il soit à son aise, se contentait-elle de répondre aux commentaires outrés de la famille d'Ellen.

Après que Henny eut passé trois ans auprès de lui, le professeur suggéra qu'ils se marient. Elle refusa. Elle n'était pas de son monde, expliqua-t-elle ; ce ne serait pas convenable.

Elle avait partagé sa couche depuis le début, consciente que c'était là aussi important pour les hommes que la nourriture ou la certitude d'avoir de l'eau chaude pour leur bain ; mais quand le Pr Carr recevait des visiteurs, elle se retirait discrètement dans la cuisine. C'était la seule pièce qu'elle se fût totalement appropriée, et elle l'avait peu à peu transformée en réplique de la cuisine rustique où elle avait grandi, dans les montagnes autrichiennes.

Ellen avait six ans lorsqu'on l'emmena pour la première fois à Wimbledon. Quittant le salon, où l'on discutait littérature, pour déambuler dans la maison, elle trouva Henny, un récipient devant elle, qui écossait des petits pois.

Par la suite, Henny n'oublierait jamais les premiers mots de l'enfant. Celle-ci ne dit pas « Je veux vous aider » ou « Puis-je vous aider ? », mais : « Il *faut* que je vous aide. »

C'est ainsi que tout commença. Dans la cuisine de Henny, avec sa table bien récurée et ses rideaux à carreaux rouges et blancs, ses géraniums en pots et son horloge à coucou, Ellen passa ses moments de plus grande félicité. Ensemble, Henny et elle s'occupaient du jardin, avec ses rochers sur lesquels poussaient des fleurs de montagne ; elles préparaient des *Krapfen* [1] et des *Buchteln* [2], et brodaient des lisérés au point de croix sur des serviettes. Ellen apprit à arranger de la mousseline pour faire du *Topfen* [3], et que la salade de concombre

---

1. Beignets. *(N.d.T.)*
2. Merveilles. *(N.d.T.)*
3. Sorte de faisselle. *(N.d.T.)*

pouvait avoir une odeur – et elle apprit aussi que ce n'était pas une tare d'être jolie. Cela la tracassait, car elle avait remarqué que quand des visiteurs venaient et s'extasiaient sur ses boucles soyeuses ou ses grands yeux veloutés, sa mère et ses tantes n'étaient pas contentes. Mais Henny riait de ses inquiétudes et lui disait que la beauté était un don de Dieu, qu'elle faisait plaisir aux gens et qu'en conséquence il fallait se brosser les cheveux et se limer les ongles soigneusement, tout comme il fallait frotter les casseroles pour les faire briller.

Henny levait des objets colorés devant le visage d'Ellen et s'exclamait : « Regarde comme ça fait ressortir l'or de tes yeux ! », et, sans qu'elle eût prononcé un mot sur l'amour, Ellen savait qu'Henny l'aimait et aimait le vieux professeur égoïste avec ses poissons grecs. C'est ainsi qu'elle comprit que cette fameuse émotion ne s'exprimait pas forcément par des paroles, mais aussi par des actes.

Un jour, elles firent un *Apfel Strudel*. Un tissu blanc était étalé sur la table, et elles soulevaient la très fine pâte posée dessus… la soulevaient, doigts écartés, doucement, lentement, l'affinant de plus en plus sans jamais la laisser se trouer. Tout à coup, Henny s'interrompit un instant et dit, d'un ton plus grave qu'à l'ordinaire :

— Tu as du talent, *Hascherl*. Un véritable don.

Malgré cela, quand vint le moment de choisir une carrière, Ellen n'eut pas le cœur de se rebeller contre sa famille. Elle passa donc son certificat supérieur et alla étudier les langues vivantes à Cambridge. Elle avait choisi ce cursus parce qu'elle parlait déjà allemand et aimait beaucoup bavarder. Il s'avéra, hélas, qu'il n'y avait guère de bavardage au programme des cours et que son directeur d'études trouvait le dialecte autrichien dans lequel elle récitait les poèmes de Schiller extrêmement singulier. Néanmoins, elle apprécia Cambridge

– la rivière et les Backs [1], et les jeunes gens amicaux qui lui faisaient des compliments, l'emmenaient se promener en barque et l'invitaient à danser. Elle apprit à refuser leurs demandes en mariage et se fit de bons amis parmi les étudiants, les commerçants et les canards.

Avec Kendrick Frobisher, elle se débrouilla un peu moins bien. C'était un jeune homme blond aux yeux bleu pâle, sérieux, trop maigre, âgé de vingt-huit ans, qui faisait partie de son existence londonienne. Il assistait en effet assidûment aux réunions de Gowan Terrace, s'occupait de remplir des enveloppes et manifestait un intérêt sincère pour la cause féministe.

Kendrick était le plus jeune fils d'une mère dominatrice qui vivait dans le Cumberland et avait, autrefois, personnellement aidé une chamelle à mettre bas sur le chemin de l'église. Cela s'était produit aux Indes, où elle avait grandi, fille d'un colonel de l'armée en poste à Poona. La chamelle était enceinte et visiblement en difficulté, et, bien qu'âgée de dix-neuf ans seulement, la mère de Kendrick avait sans hésitation plongé un bras dans ses entrailles et fait le nécessaire pour l'accoucher, avant de poursuivre son chemin vers la maison de Dieu sans se soucier de sa robe maculée de sang ni de son ombrelle abîmée.

Rentrée en Angleterre afin d'épouser un propriétaire terrien, cette femme redoutable avait eu deux fils, deux jeunes gens qui chassaient, maniaient les armes à feu et pêchaient. Puis était venu Kendrick. Dès le début, celui-ci s'était révélé décevant : chétif, pâle, nerveux, il était malmené à l'école et lisait des livres.

À la bibliothèque de Londres, où il étudiait les poètes métaphysiques mineurs, sur lesquels il projetait d'écrire une monographie, ou aux nombreuses conférences,

---

1. Ce sont les affluents de la rivière, ainsi nommés parce qu'ils coulent à l'arrière *(back)* des bâtiments de l'université. *(N.d.T.)*

expositions d'art et concerts auxquels il assistait, Kendrick se sentait relativement heureux ; mais les « vraies gens » le terrifiaient. C'étaient les causes qu'il épousait. Or, quelle cause aurait pu être plus louable que l'éducation des femmes et leur libération du joug phallocrate ?

Aussi commença-t-il à assister aux réunions de Gowan Terrace, où il rencontra Ellen, qui distribuait des sandwichs à la ronde.

— Je vous conseille ceux à l'œuf et au cresson, dit-elle – et ce fut tout.

Parce que, de toute évidence, Kendrick n'était pas quelqu'un que l'on épousait, Ellen ne se montra pas aussi méfiante envers lui qu'envers les jeunes gens qui cherchaient à l'embrasser dans les barques. Elle trouvait triste d'avoir pour mère une femme qui avait accouché une chamelle sur la route de l'église, et plaignait Kendrick – d'autant que les problèmes de ce dernier ne s'arrêtaient pas là.

— Comment est votre maison ? lui demanda-t-elle un jour, car il vivait dans un petit appartement de célibataire à Pimlico et rentrait rarement chez lui.

— Humide, répondit-il d'un ton lugubre.

— Plus humide que les autres maisons ? s'étonna-t-elle.

Il affirma que oui. La demeure de ses parents se trouvait à Borrowdale, dans la région des lacs, connue pour avoir la plus forte pluviosité d'Angleterre. Il expliqua également que non contente d'être humide, la maison était rouge vif, car elle avait été construite dans une sorte de grès particulier qui, sous la pluie, devient écarlate.

Consciente qu'il ne devait pas être aisé de vivre dans une maison rouge humide entre deux grands frères à qui tout réussissait et une mère qui avait accouché une chamelle sur la route de l'église, Ellen se montrait gentille envers le jeune homme. Elle l'accompagnait à des concerts, allait avec lui visiter des galeries d'art ou assister à des pièces sans décors, et lui souriait, l'esprit ailleurs, quand il lui faisait des compliments.

Ces derniers n'étaient pas banals : ils entraînaient Kendrick dans des heures de délicieuses recherches au musée ou à la bibliothèque. Avec le temps, les cheveux d'Ellen avaient foncé, et ils étaient à présent d'un châtain sans éclat particulier ; par ailleurs, à son grand soulagement, elle avait perdu ses fossettes. Mais lorsqu'il s'agissait de trouver des peintres et des poètes ayant réussi à capter la manière dont ses boucles tombaient sur son front ou la courbe de sa bouche généreuse, Kendrick était intarissable.

— Regardez, Ellen, disait-il. Voici un portrait de Sophronia Ebenezer par Raphaël. Ou peut-être seulement par l'école de Raphaël, ajoutait-il sentencieusement, l'attribution n'est pas certaine. Quoi qu'il en soit, elle penche la tête exactement comme vous quand vous écoutez.

En Nell Gwyn, la maîtresse tant chérie du roi Charles II exposée à la National Portrait Gallery, Kendrick retrouvait la rondeur de la gorge d'Ellen et la noblesse de son regard. Quant au vers de Wordsworth « Elle était un fantôme de ravissement », il aurait pu avoir été écrit en songeant à elle. Même la musique lui cédait ses images : selon lui, le scherzo de la *Cinquième Symphonie* de Beethoven rendait à la perfection la joie de vivre débordante d'Ellen.

Comprenant qu'il se faisait plaisir, Ellen ne se préoccupait guère des attentions de Kendrick. Aussi fut-elle fort surprise lorsque, un jour où elle préparait du café dans la cuisine, il la suivit et, oubliant Sophronia Ebenezer, Nell Gwyn et même Beethoven, il prit l'une de ses mains entre les siennes avant de déclarer d'une voix étranglée par l'émotion :

— Oh, Ellen, je vous aime tant ! Accepterez-vous de m'épouser ? Je vous en prie !

Trop tard, Ellen se reprocha son manque de vigilance et lui affirma qu'elle n'était pas amoureuse de lui, ne pouvait l'épouser et ne comptait de toute façon pas se marier avant très longtemps. Il aurait été plus aisé de convaincre sir Perceval d'abandonner sa quête du Graal que de persuader Kendrick que tout espoir était vain. Il attendrait, des années s'il le fallait, il ne la dérangerait pas ; tout ce qu'il souhaitait, c'était servir la mère et les tantes de la jeune femme, remplir plus d'enveloppes encore, assister à davantage de réunions – et pouvoir ainsi l'apercevoir tandis qu'elle vaquerait à ses occupations.

Ne pouvant guère lui interdire l'accès à Gowan Terrace, Ellen dut se contenter d'espérer qu'il finirait par se lasser de cette passion à sens unique. D'ailleurs, durant sa dernière année à l'université, quelque chose se produisit qui chassa entièrement de son esprit le malheureux érudit.

Henny tomba malade. Ellen apprit qu'elle souffrait d'un cancer en phase terminale et que le Pr Carr, que la brave femme avait servi toute sa vie, se proposait de l'envoyer mourir dans le service gériatrique de l'hôpital voisin.

Comme beaucoup de gens de la campagne, Henny était terrorisée par les hôpitaux. Ellen n'essaya plus, dès lors, de faire plaisir à sa famille. Elle quitta l'université trois mois avant ses examens de fin d'études et annonça à son grand-père que Henny mourrait dans son propre lit et qu'elle la soignerait elle-même.

Naturellement, elle était aidée, d'excellentes infirmières venant durant la journée, mais Henny et elle passaient le plus clair de leur temps seules toutes les deux, dans leur propre monde. Herr Hitler en était exclu, tout comme Mussolini, qui se pavanait et vociférait à

Rome. Même les clameurs du jubilé d'argent du roi George les atteignaient à peine.

Henny, durant cette période qui, étrangement, ne fut pas dénuée de joie, évoquait souvent son enfance au cœur de la campagne autrichienne. Elle se souvenait du vent dans les pins, des vaches avec leurs grosses cloches, de ses frères et sœurs, et des *Alpenglühen* quand, au crépuscule, les hauts sommets s'enflammaient.

Et, inlassablement, elle parlait des fleurs. Des gentianes et des edelweiss, des petites saxifrages qui s'accrochaient aux pierres, et surtout d'une fleur en particulier, qu'elle appelait la *Kohlröserl* – la rose de charbon. Ce n'était pas une rose, cependant, mais une petite orchidée noire, à la tête roulée très serré.

— Elle ne ressemble pas à grand-chose, mais oh, Ellie, ce parfum ! Tu peux le sentir longtemps avant d'apercevoir les fleurs. Dans les livres, ils affirment que ça sent la vanille ; s'ils disent vrai, alors c'est ainsi que doit sentir la vanille au paradis. Tu dois y aller, *Liebling*. Tu dois y aller et respirer ce parfum.

— J'irai, Henny. Je rapporterai un plant et…

Ellen s'interrompit, et Henny lui tapota la main en souriant, car toutes deux savaient bien qu'elle n'était pas du genre à souhaiter que l'on arrachât des fleurs pour les planter sur sa tombe.

— Contente-toi de les trouver et de leur dire… merci.

Quelques jours plus tard, Henny les mentionna à nouveau :

— Ah oui, *Kohlröserl* !

Peu de temps après, elle mourut.

Ellen ne rentra pas à Cambridge finir ses études. Elle s'inscrivit à l'école de cuisine et de gestion ménagère Lucy-Hatton et, comme Henny l'avait prédit, elle se révéla bel et bien très douée. Elle sortit diplômée *summa cum laude*, et sa mère, ses tantes et Kendrick Frobisher vinrent assister à la cérémonie de remise des prix. Alors qu'elle descendait de l'estrade avec son diplôme, le Dr Charlotte Carr, qui était une femme de cœur, fut touchée par la grâce. La serrant dans ses bras, elle lui dit :

— Nous sommes tous si fiers de toi, ma chérie. Vraiment, si fiers !

Trois mois plus tard, au printemps de 1937, répondant à une petite annonce parue dans *The Lady*, Ellen partait pour l'Autriche afin de prendre un poste de gouvernante dans une école dirigée par un Anglais et spécialisée en musique, théâtre et danse.

2

À en croire les guides, c'était un château important, qui méritait sans aucun doute qu'on s'y arrêtât. Cependant, au *Schloss* Hallendorf, il n'y avait ni pont-levis, ni créneaux d'où jeter de l'huile bouillante. Construit par un comte Habsbourg pour sa maîtresse, ses tours n'abritaient pas d'emplacements pour les canons, mais des chambres et des boudoirs ; des volets bleu pâle étaient repliés contre ses murs roses, des rosiers grimpaient vers les fenêtres du premier étage.

La Carinthie est la province la plus méridionale de l'Autriche : il y pousse absolument de tout. Dans les jardins d'agrément du comte, les volubilis enveloppaient les buissons de lauriers-roses, le jasmin tombait en cascade autour des colonnes, des urnes de pierre débordaient de géraniums et d'héliotropes. Derrière la demeure, des pêches et des abricots mûrissaient dans les vergers, et de grasses prairies parsemées de fleurs s'élevaient en pente douce vers des forêts de mélèzes et de pins. Et, à l'avant, là où des marches de pierre descendaient vers la rive du lac et où les cygnes noirs venaient quêter leur nourriture, la vue était inoubliable : par-delà le lac, jusqu'au village, puis plus haut, toujours plus haut… jusqu'au zigzag neigeux des hauts sommets.

Mais les comtes Habsbourg avaient connu des temps difficiles. Le château était longtemps demeuré vide, avait accueilli des soldats blessés durant la Grande Guerre… s'était vidé de nouveau. Puis, en l'an de grâce 1928, un Anglais du nom de Lucas Bennet en avait repris le bail pour fonder son école.

Ellen se tenait accoudée au bastingage du petit bateau à vapeur et regardait s'éloigner le village : les maisons de bois, l'auberge, avec sa terrasse et ses châtaigniers, l'église sur son petit promontoire. Une église sévère, surmontée non pas d'un dôme en forme d'oignon, mais d'un haut clocher tout droit.

Dans les champs au-dessus du village, elle apercevait des vaches pie, aussi nettes que s'il se fût agi de jouets en bois. Se régalaient-elles des *Kohlröserl* de Henny, ces fortunées vaches autrichiennes ?

Les sommets demeuraient toujours enneigés au niveau du lac, cependant, la brise était tiède. Ellen avait vécu un moment magique lorsqu'elle avait traversé le tunnel de Mallnitz et s'était tout à coup retrouvée dans le Sud. Quand elle avait quitté Londres, la ville était enveloppée de brume et de crachin ; ici, c'était le printemps. Les paniers de fleurs suspendus dans les gares étaient remplis de jacinthes et de narcisses, les châtaigniers étaient en pleine floraison ; elle avait aperçu des citronniers et du mimosa.

Le bateau à vapeur qui faisait le tour du lac trois fois par jour était empreint de fierté. Une grande agitation entourait le rituel du chargement et du déchargement des passagers, des cageots, des poulets dans leurs caisses – et le capitaine était couvert de galons dorés.

Ils s'arrêtèrent près d'un couvent, d'où sortirent deux religieuses avec des brouettes pour aller chercher leurs provisions. Puis ils dépassèrent une petite île couverte d'arbres et firent à nouveau halte près d'un groupe de villas.

— C'est là que vit le Pr Steiner, déclara une vieille paysanne en fichu noir, montrant du doigt une petite maison aux volets verts qui se dressait, isolée, sur la rive. Il ne s'entendait pas bien avec les nazis, alors il habite ici, à présent.

Tandis que le bateau quittait le quai, elle s'approcha d'Ellen.

— Alors, comme ça, vous allez à l'école ? demanda-t-elle.

Ellen se tourna vers elle et lui sourit.

— Oui.

— Vous rendez visite à quelqu'un ?

— Non. Je vais là-bas pour y travailler.

La vieille femme émit un murmure consterné, bientôt repris par les gens qui l'entouraient. Tous s'approchèrent.

— Vous ne pouvez pas y aller ! C'est un mauvais endroit. Malfaisant. Impie.

— Diabolique, surenchérit une autre vieille commère. Oui, c'est le diable qui dirige cette école.

Ellen ne répondit pas. Le bateau venait de contourner une pointe, et, tout à coup, le *Schloss* Hallendorf s'offrit à son regard, ses fenêtres baignant dans la lumière de l'après-midi, et elle eut le sentiment de n'avoir jamais rien vu d'aussi beau. Le soleil caressait les murs roses, les volets délavés… Des saules verdissants laissaient courir leurs cirres au bord de l'eau, un magnifique cyprès abritait la terrasse du bas.

Mais tout était si visiblement négligé, vétuste ! Des plantes grimpantes entremêlées semblaient seules maintenir debout le hangar à bateaux ; à l'une des fenêtres du haut, un volet battait misérablement sur ses gonds ; les haies d'ifs étaient trop élevées et mal taillées. Cela, bien sûr, ne faisait que rendre l'endroit plus attirant, car comment ne pas penser à la Belle au Bois Dormant et à un château de conte de fées ? À ceci près que, comme le bateau s'approchait du bord, Ellen vit les mots « La gym, c'est de la crotte » peints sur les murs d'un petit temple grec, près de la rive.

— Ces enfants sont de véritables sauvages, glissa la vieille femme à son oreille. Des animaux sauvages.

Le vapeur émit un sifflement impérieux. Un jeune garçon s'approcha avec une corde.

— Vous pouvez toujours revenir, lança un adolescent en *lederhosen* [1]. Ils vous trouveront une chambre, à l'auberge.

Ellen descendit la passerelle, posa sa valise et marcha doucement le long de la jetée de bois. Un parfum d'héliotrope flottait dans l'air. Deux martinets entraient et sortaient par le toit éventré du hangar à bateaux, avec son enchevêtrement de clématite et de lierre – et dans l'eau, tout à côté, elle vit, parmi les joncs, une tête noire toute ronde.

Une loutre ? Un phoque d'eau douce ?

La tête se dressa, émergea et se révéla en définitive attachée au corps en apparence mal nourri d'un homme de petite taille, entièrement nu.

Il était trop tard pour détourner le regard. Ellen fixait l'inconnu, et des sentiments inattendus naissaient en elle. Elle allait le nourrir, quel qu'il fût, l'aider, peut-être lui couper les cheveux. Hélas, rien ne pouvait plus être fait pour son abdomen, zébré d'une cicatrice protubérante et écarlate.

— Chomsky, déclara soudain la silhouette dégoulinante. Laszlo Chomsky. Travail des métaux. Et, avec une extrême solennité, il claqua des talons et salua.

---

1. Culotte de peau. *(N.d.T.)*

Voilà au moins le début d'une explication. Il s'agissait d'un Hongrois, né peut-être dans la sauvage *puszta*[1] – un endroit où l'on trouvait en abondance chevaux, oies et moulins à vent, manquant néanmoins cruellement de médecins qualifiés capables de traiter avec compétence un appendice enflammé.

Alors qu'elle gravissait les marches basses formant comme des gradins entre les terrasses conduisant à la demeure, Ellen vit une petite fille d'une douzaine d'années qui arrivait en courant dans sa direction.

— Je suis en retard, lui dit l'enfant d'un air anxieux. Nous avions oublié que le bateau était passé aux horaires d'été, maintenant. J'étais censée aller accueillir la nouvelle gouvernante, mais elle n'est pas venue.

Ellen sourit à ce premier « enfant sauvage » qu'elle rencontrait. La fillette avait de longs cheveux bruns qu'elle portait en couettes mais qui s'échappaient en tous sens de leurs élastiques, et un visage étroit, sensible, éclairé par de grands yeux gris. Ses socquettes blanches étaient dépareillées, et elle paraissait fatiguée.

Ellen lui tendit la main.

— Si, elle est venue : c'est moi, répondit-elle. Je suis Ellen Carr.

L'enfant sauvage lui serra la main.

— Je m'appelle Sophie, reprit-elle en mettant un pied derrière elle pour esquisser une révérence.

Aussitôt, elle devint écarlate.

— Oh, je suis désolée. Je n'aurais pas dû…

— Pas dû faire quoi ?

— La révérence. Personne ne fait ça ici. Et ils ne dorment pas beaucoup et ne portent pas non plus de chaussettes blanches… Mais ça ne fait pas longtemps que je suis arrivée, et à Vienne, dans mon couvent, tout était différent.

---

1. Steppe pastorale de l'Est hongrois. *(N.d.T.)*

— J'ai bien aimé ta révérence, affirma Ellen. Cela dit, rassure-toi, je ne te trahirai pas. Mais il faut que tu saches que, à présent que je suis là, tout le monde ira au lit. Par ailleurs, non seulement ceux qui voudront porter des chaussettes blanches pourront le faire, mais en plus elles seront propres et assorties.

L'enfant leva les yeux vers elle, transfigurée.

— Ferez-vous cela ? Vraiment ?

Puis, tout à coup, son visage se rembrunit ; elle retrouva son air anxieux. Car Ellen Carr avait de beaux cheveux qui lui tombaient aux épaules et des yeux très chaleureux ; elle portait une veste verte couleur de mousse et une jupe qui avait l'air si douce qu'on avait envie de la toucher. Et cela signifiait des amants, beaucoup d'amants, comme pour la mère de Sophie, qui était très belle elle aussi et avait quitté Vienne pour Paris, puis Paris pour Londres, à cause de ses amants. Sa mère, qui se trouvait actuellement en Irlande, où elle tournait un film, et qui n'écrivait jamais.

— Ce n'est pas vrai, soupira Sophie. Vous allez tomber amoureuse et partir.

— Non, répondit Ellen.

Elle entoura de son bras les épaules de Sophie ; leur progression vers la maison fut lente. Un camélia rose retint l'attention d'Ellen, après quoi ce fut un escargot blanc, aussi fragile qu'un flocon de neige, qui se balançait sur un long brin d'herbe.

Tout à coup, elles s'immobilisèrent.

— Sophie, pour l'amour du ciel, qu'est-ce que c'est que ça ?

Elles avaient atteint la première terrasse lorsqu'une tortue traversa un carré d'herbe devant elles à une vitesse étonnante. Elle ressemblait à toutes les tortues, avec son cou étiré, son maintien digne – mais, accrochée à la place de ses pattes postérieures, se trouvait une petite plate-forme munie de deux roues, sur laquelle elle filait comme sur des patins à roulettes.

— C'est Achille, expliqua Sophie. Ses pattes arrière sont paralysées, et il se traînait lamentablement. Nous pensions que nous allions devoir le faire piquer, mais Marek est venu et lui a fabriqué ces roulettes.

Ellen se pencha et souleva la tortue. Après s'être brièvement réfugié dans sa carapace, Achille se laissa retourner et examiner. Le dispositif soutenant ses jambes atrophiées était incroyablement ingénieux : il consistait en un minuscule chariot vissé à la carapace et sur lequel étaient fixées deux petites roues.

Ellen reposa l'animal, qui détala dans l'herbe comme un éclair bien huilé.

— Il a fallu des heures à Marek pour faire ça. Il s'était enfermé dans l'atelier et ne laissait personne approcher.

— Qui est Marek ? demanda Ellen.

Mais, avant que Sophie ait pu répondre, une voix de stentor gutturale cria, quelque part sur leur droite :

— Non, non, NON ! Vous n'êtes pas rigides, vous n'êtes pas acier. Vous n'avez pas de dents. Vous devez sentir le métal dans votre colonne vertébrale, sans quoi vous ne pouvez pas devenir fourchettes !

Piquée par la curiosité, Ellen traversa la terrasse. Une seconde volée de marches, plus courte, descendait vers un vieux terrain de boules entouré d'une haie d'ifs. Debout au milieu se tenait une forte femme aux cheveux coupés à la garçonne, portant un tabard en jute et un pantalon d'homme, qui criait des instructions à une douzaine d'enfants allongés sur l'herbe.

— Maintenant, écartez les doigts... Écartez-les, mais pas en douceur. Avec ces doigts, vous allez transpercer, piquer, attaquer la viande.

— C'est Hermine. Le Dr Ritter, chuchota Sophie. Elle est incroyablement intelligente – elle a un doctorat en mouvement dramatique de l'université de Berlin.

Elle nous fait nous transformer en trousseaux de clés, en fourchettes, et parfois nous devons nous donner naissance à nous-mêmes.

Avant que les enfants aient pu atteindre le degré requis, un cri furieux, semblable à un miaulement, retentit. Il semblait provenir d'une sorte de boîte à harengs placée sous la haie d'ifs. Le Dr Ritter s'en approcha à grands pas, en tira un petit bébé tout rose et le glissa sous son tabard.

— C'est sa fille naturelle. Elle s'appelle Andromède. Hermine l'a eue à une conférence… personne ne sait qui est le père.

— Peut-être devrions-nous lui montrer comment faire une ouverture sur le devant de son vêtement, observa Ellen.

Le bébé avait disparu sans laisser de traces dans les plis de bure.

— Et je n'ai pas vu de couches…

— Elle n'en porte pas, expliqua Sophie. C'est un bébé autorégulé.

— Heureusement que je n'aime pas rester inactive, murmura Ellen, car j'ai l'impression que je vais avoir fort à faire, ici.

Elle suivit Sophie à l'intérieur du château. Les pièces, avec leurs hauts plafonds, leurs corniches dorées et leurs poêles carrelés de blanc, étaient aussi magnifiques et aussi négligées que les terres. Cependant, quand elles atteignirent le dernier étage et que Sophie annonça « Voici votre chambre », Ellen ne put que retenir son souffle et s'exclamer :

— Oh, Sophie, c'est merveilleux !

L'enfant regarda autour d'elle, sourcils froncés. La chambre contenait un rouet cassé, une toile représentant Bouddha roulée sur elle-même et en partie mangée par les souris, et une pile de livres de poche du Left Book Club à moitié moisis – toutes reliques abandonnées là par les gouvernantes successives lorsque, ne se sentant pas à la hauteur de leur tâche, elles avaient quitté l'école.

Ellen s'était dirigée directement vers la fenêtre.

Soudain, elle faisait partie du ciel, elle l'habitait. On pouvait chevaucher ces nuages fantaisistes, toucher les anges ou les oiseaux, rencontrer des sorcières. Des bonnes sorcières, bien sûr, avec des balais en état de marche, qui posaient le même regard qu'elle sur le monde…

Perdue dans la lumière, dans l'infinité de l'espace qui serait le sien jour après jour, la jeune femme ne baissa que graduellement les yeux vers la célèbre vue : les sommets enneigés en dents de scie de l'autre côté du lac, les sapins qui grimpaient derrière le village, l'étendue d'eau bleue avec son île solitaire à travers laquelle le vapeur s'essoufflait, retournant vers sa base.

Sophie attendait. Elle avait la même vue : la chambre qu'elle partageait avec deux autres pensionnaires se trouvait juste au bout du couloir. Mais, quand elle regardait par la fenêtre, quelque chose venait toujours la déranger : des images de ses parents se querellant, la terreur d'être abandonnée, les lettres qui n'arrivaient pas. Maintenant, en cet instant précis, elle voyait ce que voyait Ellen.

Lorsque cette dernière parla de nouveau, ce fut pour poser une question :

— Y a-t-il des cigognes, ici, Sophie ? Avez-vous des cigognes, à Hallendorf ?

— Je ne crois pas.

— Il faut que nous en ayons, décréta Ellen. Nous devons en faire venir. Les cigognes sont adorables ; elles bénissent les maisons, le savais-tu ?

Sophie parut y réfléchir.

— Ce ne sera pas facile, pour la bénédiction, expliqua-t-elle enfin, parce qu'il n'y a personne pour le faire, ici. Nous n'avons pas de Dieu.

— Ah, bien…, dit Ellen en se retournant vers l'intérieur de la pièce. Chaque chose en son temps. Ce dont nous avons besoin pour l'instant, c'est d'un grand feu. Pourrais-tu me trouver deux garçons bien musclés ? Des grands ?

Sophie plissa le front.

— Les deux plus grands sont Bruno et Frank, mais ils sont affreux. C'est Bruno qui a écrit « La gym, c'est… », enfin, qui a écrit ce truc au sujet de la gym sur le temple, et Frank passe son temps à donner des coups de poing et à rentrer dans les gens.

— Voilà exactement ce qu'il me faut, on dirait ! Pourrais-tu aller me les chercher, s'il te plaît ?

Lucas Bennet était assis dans le bureau, avec ses murs couverts de livres, ses fauteuils de cuir affaissés et son buste de William Shakespeare qui maintenait en place la mer de papiers recouvrant la table de travail. Il attendait son premier entretien avec la nouvelle gouvernante et était prêt au pire. Ellen Carr était là depuis moins d'une heure, et lui-même n'avait pas encore posé les yeux sur elle, mais il savait déjà qu'elle était très jolie et très jeune – ce qui ne pouvait qu'augurer un désastre. Nul doute qu'elle voudrait monter un ballet inspiré par le livre trois de l'*Odyssée* – qu'elle n'aurait pas lu – ou écrire une pièce dans laquelle elle jouerait le rôle principal, tandis que les enfants seraient relégués au rang d'esprits des bois ou d'âmes damnées errant en enfer… Chomsky tomberait amoureux d'elle, Jean-Pierre flirterait avec elle, les enfants feraient les quatre cents coups dans les dortoirs et, au bout d'un trimestre, elle partirait.

Ce qui était injuste, car cette fois il avait suivi les conseils de sa secrétaire, toujours si pleine de bon sens, et avait mis son annonce non pas dans *The Socialist Gazette* ou dans *The Progressive Educator*, mais dans

The Lady, le magazine auquel les employeurs avaient recours lorsqu'ils recherchaient des *nannies*, des gouvernantes ou des cuisinières à l'ancienne.

L'image d'une veuve bien en chair aux biceps rebondis l'avait aidé à tenir le coup depuis le jour où Conchita, la précédente gouvernante, avait compris qu'elle ne pouvait ignorer plus longtemps son besoin de suivre une troupe de danseurs de flamenco marxistes. Elle était partie deux semaines après le début du trimestre, et les enfants s'étaient retrouvés sans personne pour s'occuper d'eux.

Et maintenant, voilà que tout allait recommencer.

Dix années s'étaient écoulées depuis qu'il avait repris le bail du château et fondé son école. Petit et grassouillet, ce visionnaire était issu d'une riche et excentrique famille de banquiers, de diplomates et d'érudits. Son séjour à Oxford (où il avait étudié les lettres classiques) avait été brutalement interrompu en 1916 par la Grande Guerre, qui l'avait laissé avec une gênante blessure à la jambe et une haine tenace du nationalisme, du patriotisme à bon marché et des paroles hypocrites. Obsédé par l'idée que l'art était la clé du Paradis – car il rendait tous les hommes égaux et les libérait –, il avait décidé de fonder une école dans laquelle les enfants de toutes les nations se retrouveraient, unis dans un même effort. Une école affranchie des règles et des tabous qui avaient rendu sa propre scolarité si détestable, et qui, en plus des sujets classiques, se spécialiserait dans ce qui constituait ses passions : la musique, le théâtre et la danse.

Le moment était bien choisi pour une telle entreprise. La création de la Société des nations autorisait l'espoir d'une paix mondiale durable ; en Allemagne, la République de Weimar était synonyme de dynamisme artistique ; la pauvreté et les difficultés des années d'après-guerre semblaient oubliées. Et, à l'origine, le château de Hallendorf avait bel et bien attiré des idéalistes et des enthousiastes du monde entier. Des admirateurs d'Isadora Duncan étaient venus enseigner les danses grecques, des comtes russes avaient expliqué les doctrines de Stanislavsky, des disciples de Brecht venus d'Allemagne avaient organisé des séminaires d'été et monté des pièces. Certes, les villageois continuaient à observer tout cela avec méfiance, peu contents de trouver des professeurs d'harmonie entièrement nus empêtrés dans leurs filets de pêche, mais, au cours de ces premières années, il semblait que la prévision de Bennet dût largement se réaliser.

Hélas, désormais, près de dix ans plus tard, il était obligé de regarder la réalité en face : les promesses de Hallendorf n'avaient pas été tenues. Bien sûr, l'intelligentsia européenne et américaine lui envoyait toujours sa progéniture, mais il devenait de plus en plus clair que son école progressiste idéaliste n'était utilisée par les parents que comme… eh bien, comme une poubelle. Oh, évidemment, les enfants venaient de familles fortunées – Bennet s'assurait que les droits d'inscription fussent le plus élevés possible afin de pouvoir offrir des bourses aux plus talentueux –, mais beaucoup d'entre eux étaient si malheureux et perturbés qu'il fallait bien plus que des productions expérimentales de classiques russes ou des cours de gymnastique dans la prairie pour les calmer.

L'encadrement était lui aussi… mitigé. Arrivé là, le petit directeur coupa court à ses réflexions. Car comment aurait-il pu renvoyer les professeurs incompétents quand il autorisait Tamara à infliger ses terribles méthodes à ces enfants sans défense ?

Il fallait également admettre que la représentation annuelle de Hallendorf, qui avait lieu dans le théâtre construit par le comte pour sa maîtresse, n'avait jusqu'alors pas, contrairement à ce que Bennet avait espéré, attiré d'éminents producteurs ou musiciens. Max

Rheinhardt n'était pas venu de Berlin pour apprécier le travail de la nouvelle génération d'artistes, ni Toscanini de Milan ; et une dame, que tous croyaient être la tante du grand chef d'orchestre, s'était en définitive révélée totalement inconnue. Quant aux villageois, ils persistaient à rester à l'écart.

Maintenant, bien sûr, Max Rheinhardt ne risquait plus de venir, puisqu'il s'était enfui en Amérique, suivi de la moitié des artistes dramatiques des pays germanophones. Tout s'était passé si vite – le passage de la fin d'une guerre à la perspective de la suivante… Bennet ne pensait pas que l'Allemagne hitlérienne, cette folie aberrante, pouvait durer, non plus qu'il ne pensait que l'Autriche se laisserait engloutir par le Troisième Reich. Toutefois, le fascisme était en progression partout, assombrissant son monde.

De plus, l'argent commençait à s'épuiser. La fortune de Bennet avait été considérable ; mais, à moins de lancer des billets de banque du haut d'un pont, il n'est guère de moyen plus rapide pour perdre de l'argent que de financer une école.

Un coup frappé à la porte lui fit lever la tête. La nouvelle gouvernante entra.

Elle incarnait tout ce qu'il avait craint, et pourtant il était difficile d'être déçu. Certes, elle était fort jeune et fort jolie, mais son sourire était aussi espiègle que charmant, et il y avait de l'intelligence dans ses doux yeux bruns. Ce fut autre chose cependant qui retint Bennet, qui le surprit, quelque chose dont, avec le temps, il avait découvert la rareté. La nouvelle gouvernante avait l'air… heureuse.

— Vous êtes beaucoup plus jeune que nous ne l'avions prévu, dit-il après s'être poliment enquis de son trajet et avoir reçu une réponse enthousiaste sur la beauté du paysage et la gentillesse de ses compagnons de voyage.

Elle parut admettre que c'était possible, inclinant légèrement la tête sur le côté, comme cela lui semblait habituel lorsqu'elle réfléchissait.

— Se pourrait-il que ce soit un avantage ? demanda-t-elle respectueusement. Je veux dire, il y a beaucoup à faire…

— Oui. Mais certains des enfants les plus âgés ne sont pas faciles.

Il songea à Bruno, qui le matin même avait profané le temple grec de son opinion sur la gymnastique, et à Frank, qui en était à son cinquième psychanalyste et faisait des crises d'épilepsie dans les endroits les moins appropriés dès que sa volonté était contrariée.

— Je n'ai pas peur des enfants, répondit Ellen.

— De quoi avez-vous peur, dans ce cas ?

Elle réfléchit quelques instants. Bennet avait déjà remarqué que ses mains exprimaient aussi clairement que son visage ce qu'elle éprouvait, et il la regarda tandis qu'elle les mettait en coupe, comme pour les préparer à recevoir ses pensées.

— De ne pas être capable de voir, je crois, dit-elle.

— D'être aveugle, vous voulez dire ?

— Non, non, pas ça. Ce serait terrible, mais Homère a réussi à vivre ainsi, et notre accordeur de piano, qui est aveugle, est l'une des personnes les plus sereines que je connaisse. Je voulais dire… ne pas voir parce que vous êtes obsédé par quelque chose qui vous coupe du monde. Une folie quelconque, ou une croyance. Ou une passion. Cette affreuse espèce d'amour qui rend les feuilles, les oiseaux et les cerisiers en fleur invisibles parce qu'ils ne sont pas le visage d'un homme en particulier.

Pendant un instant, Bennet laissa une vague d'espoir l'envahir. Se pouvait-il que la jeune femme fût consciente de l'importance du travail à accomplir ? Qu'elle eût l'humilité nécessaire pour rester ? Puis il se força à conclure.

— J'ai bien peur de ne pas avoir eu la possibilité de vous décrire dans ma lettre toutes les tâches qui seraient les vôtres. Ma secrétaire, Margaret Sinclair, vous dira tout ce que vous souhaiterez savoir, mais, en deux mots, il s'agit de vous assurer que les chambres des enfants sont propres et bien rangées, qu'ils vont se coucher à l'heure, de ramasser leur linge sale, etc. Nous essayons de faire en sorte que tout le monde s'exprime en anglais durant la journée. J'imagine que l'apprentissage de la langue anglaise est l'atout le plus important que nous ayons à offrir à l'heure actuelle. Non pas parce que c'est la langue de Shakespeare, ajouta-t-il d'une voix sombre en touchant le buste de l'homme qui avait réussi à faire du problème d'être anglais une source de fierté, mais parce que les parents considèrent de plus en plus l'émigration vers l'Angleterre et les États-Unis comme un moyen d'échapper au fléau du nazisme. Cependant, le soir, vous pouvez les laisser bavarder dans leur propre langue.

— Oui, dit-elle, je ferai tout cela, bien sûr, mais je me demandais combien de temps je devrais passer…

Ah, ça y est, songea-t-il, avec d'autant plus de lassitude qu'il avait, durant un moment, cru à l'intégrité de la jeune femme.

— Ellen, il faut que quelque chose soit absolument clair, déclara-t-il sans lui laisser le temps d'expliquer qu'elle avait produit divers opéras pour la Fabian Society ou doublé Ariel à Regent's Park. Votre travail est difficile et vous occupera à plein temps. Naturellement, vous pourrez assister aux répétitions le week-end – l'année dernière, nous avons joué *Les Bas-Fonds*, de Gorki –, et si vous le souhaitez vous pourrez faire partie de la chorale, bien que notre professeur de musique soit parti se battre en Espagne. Par ailleurs, les réunions hebdomadaires au cours desquelles nous discutons des productions sont ouvertes à tous, mais…

Ellen écarquilla les yeux. Elle se leva à moitié de sa chaise.

— Oh, s'il vous plaît, je chante affreusement mal. Et je ne suis pas très douée pour ce qui est des réunions. J'ai été élevée au milieu de réunions, et elles m'ont toujours endormie. Peut-être que…

Elle prit une profonde inspiration et essaya de nouveau :

— Bien sûr, je ferai tout ce qui sera nécessaire… mais ce que je voulais savoir, c'est de combien de temps je disposerai pour m'occuper de la cuisine.

— *De temps ?*

— Oui. Il est évident que le bien-être des enfants passe avant tout, mais il n'est pas aisé de dissocier les petits de ce qu'ils mangent, et je ne peux pas superviser le personnel des cuisines si je ne prépare pas certaines choses moi-même. Ce ne serait pas juste pour eux. Et, très honnêtement, monsieur Bennet…

— Bennet. Nous sommes très informels, ici.

Ellen, se souvenant de la cicatrice d'appendicite, hocha la tête.

— Eh bien, Bennet, je pense qu'il serait assez injuste de me faire regarder des répétitions et assister à des réunions sur *Les Bas-Fonds* quand je pourrais être en train de faire à manger.

Bennet referma sa bouche, qui s'était entrouverte malgré lui.

— Vous voulez dire que vous n'avez aucune envie de jouer ? D'être actrice ?

— Seigneur, non ! Je ne pourrais rien imaginer de pire – passer sa vie dans le noir, se lever à midi et s'inquiéter de ce que les gens vont penser de vous…

— Ni de réaliser ?

Ellen se laissa aller en arrière et mit ses mains dans son dos. Elle parut pensive et – voilà que ce mot revenait – heureuse.

— Oh si, j'aimerais *réaliser* ! J'aimerais réaliser une crêpe Suzette parfaite pour chacun dans l'école. Pour une personne, c'est facile, mais… cent dix… C'est ça qui m'intéresse. Réussir à produire de la bonne nourriture en quantité.

Elle s'interrompit et jeta un coup d'œil par la fenêtre.

— Oh, parfait, comme ils sont gentils ! Quels garçons serviables !

Bennet suivit son regard. S'il y avait beaucoup de manières de décrire Bruno et Frank, les plus difficiles de ses grands élèves, celle-ci était inattendue… Bruno poussait péniblement en direction du potager une brouette sur laquelle étaient entassés un rouet cassé, une chaise en bois brisée et une paire de vieux bongos. Frank le suivait, traînant un sac duquel dépassaient divers rouleaux et un étui à guitare cabossé.

— Je leur ai demandé de brûler tout ça. Personne ne semblait vouloir récupérer ce qui se trouvait dans ma chambre, et ils ont dit qu'ils feraient très attention de n'allumer le feu que dans l'incinérateur.

Puis, comme Bennet demeurait silencieux, elle ajouta :

— Cela vous ennuie-t-il ?

— Non. Non, pas du tout.

À la porte, sur le point de s'en aller, elle s'arrêta un instant.

— Il y a quelque chose que nous devrions avoir, ici, selon moi.

Bennet jeta un coup d'œil à la lettre de son agent de change posée sur son bureau.

— Est-ce que c'est cher ?

Ellen sourit.

— Je ne crois pas. J'aimerais que nous ayons des cigognes. Seulement, je ne sais pas comment les faire venir. Il faut une roue, je crois ?

— Vous devriez poser la question à Marek, il saura ça. Il devrait revenir dans quelques jours.

Elle hocha la tête, se souvenant de la tortue.

— Oui, acquiesça-t-elle, il saura, j'en suis convaincue.

Après son départ, Bennet boitilla jusqu'à la fenêtre et posa son regard sur le lac. Se pouvait-il que quelque chose allât bien ? Que cette jeune femme restât à Hallendorf et travaillât sérieusement, que grâce à elle les enfants fussent enfin *respectés* ?

Et Tamara n'est pas là, songea-t-il.

Elle n'avait pas, comme il le lui avait demandé, préparé la chambre avant l'arrivée d'Ellen. Mais Tamara avait-elle jamais fait ce qu'il lui demandait ? Néanmoins, il ne voulait pas se laisser entraîner sur cette voie. Ce soir, il ne ferait pas les comptes jusque tard dans la nuit. Il irait se coucher avec un whisky bien tassé et la douce Nausicaa, évoquée avec tant de talent par le grec si simple, si fluide, si émouvant d'Homère.

— Elle ne tiendra pas une semaine, déclara Ursula, assise au bord de son lit dans son affreux pyjama à rayures.

Sophie acquiesça en ravalant ses larmes d'un reniflement. À mesure que l'obscurité gagnait du terrain, l'espoir qu'elle avait ressenti en rencontrant Ellen s'était évanoui. Comme les autres avant elle, Ellen se barricaderait dans sa chambre ; Frank et Bruno continueraient à arpenter le corridor en se ruant sur les portes – et le père de Sophie partirait de plus en plus loin, au-delà de l'Amérique, où il faisait en ce moment des conférences, et il finirait par disparaître par-dessus le bord du monde pour toujours.

— J'en ai tellement assez, gémit-elle.

Ursula haussa les épaules. Sophie ne la dérangeait pas autant que les autres, mais elle était bébête. Ursula vivait sur sa haine – haine de ses grands-parents, si âgés, dans leur horrible maison de Bath, de Frank, qui se moquait d'elle à cause de son appareil dentaire, du Dr Hermine qui allaitait son ignoble bébé durant les cours de mouvement et attendait d'Ursula qu'elle accouche d'elle-même ou se transforme en fourchette.

Au-dessus du lit de la fillette se trouvaient exposés les seuls êtres humains pour qui elle éprouvât de l'intérêt : une rangée de guerriers indiens en grande tenue.

La porte s'ouvrit, et la nouvelle gouvernante entra.

— Je suis venue vous dire bonne nuit et voir si vous aviez besoin de quelque chose.

Elle s'approcha du lit d'Ursula, lui sourit, arrangea les draps. Pendant un affreux moment, l'enfant songea qu'elle allait l'embrasser, mais non. Ellen demeura quelques instants à regarder les portraits, sous lesquels étaient indiqués les noms : Little Crow, chef des Santees, Geronimo, le dernier des Apaches, et le préféré d'Ursula, Big Foot, mourant dans la neige à Wounded Knee.

— N'est-ce pas là que le massacre a eu lieu ? demanda Ellen.

— Si. J'irai là-bas quand je serai grande. À Wounded Knee.

— C'est une bonne idée, acquiesça Ellen.

Puis elle se dirigea vers Sophie.

— Qu'y a-t-il ? Que t'arrive-t-il ?

— Elle a perdu ses parents, répondit Ursula. Je ne vois pas ce que ça a de si terrible – moi, j'ai perdu les miens depuis des années. J'ai tué ma mère parce que j'avais un bras tendu en naissant, et j'ai tué mon père parce qu'il est allé chasser le tigre pour oublier son chagrin et est mort de la fièvre. Mais il faut toujours que Sophie se mette dans tous ses états.

Ellen s'assit sur le lit et caressa doucement les longs cheveux bruns de Sophie.

— Par « perdu », Sophie, que veux-tu dire exactement ?

Sophie n'était pas capable de mettre des mots sur ce qu'elle éprouvait. Depuis l'âge de deux ans, elle avait sans cesse été ballottée entre son père et sa mère, en conflit perpétuel ; jamais elle ne savait à l'avance qui viendrait la chercher, ni où se trouvait sa véritable place. Sa nostalgie d'un « chez-elle » était celle, dévastatrice, des enfants qui n'ont jamais eu de foyer.

— J'ai perdu l'adresse de mon père. Il n'est pas à Vienne, il fait des conférences en Amérique, et je ne sais pas où il est. Ma mère, elle, tourne un film quelque part en Irlande, et je ne sais pas où elle est non plus.

Ellen réfléchit au problème.

— Y a-t-il quelqu'un qui soit en contact professionnel avec ton père, à Vienne ? A-t-il une secrétaire ?

— Il a Czernowitz.

Sophie s'était dressée sur son séant.

— C'est son assistant de laboratoire. Il s'occupe des rats. Une fois, il m'a même donné un rat rien que pour moi. Il était magnifique, avec une oreille marron, mais il est mort.

— De vieillesse, intervint Ursula. Il n'y a pas de quoi en faire un fromage.

— Bon, écoute, est-ce que tu as l'adresse de Czernowitz ?

— Oui.

— Alors, rien de plus simple. Nous demanderons à Bennet la permission de téléphoner à Vienne, et Czernowitz nous dira où se trouve ton père.

Les sanglots de Sophie s'atténuèrent.

— C'est possible ? Je pourrais faire ça ?

— Bien sûr. Maintenant, où est Janey ? Je vais éteindre les lumières.

— Elle ne vient pas se coucher ici. Elle dort dans la salle de bains.

— Quoi ?

— Elle mouille son lit. Pourtant, elle est assez vieille. Plus vieille que nous. En tout cas, la Coucoushka a dit qu'elle ne voulait plus s'occuper de ses draps. C'est elle qui était censée nous garder quand la dernière gouvernante est partie, en attendant votre arrivée. Bennet ne sait pas qu'elle a dit ça. Il serait furieux, parce que la mère de Janey n'arrête pas d'essayer de se suicider et…

Ellen l'interrompit.

— Qui est cette Coucoushka ?

— Une danseuse de ballet. Elle s'appelle Tamara. Elle affirme qu'elle est russe et elle aime que les gens l'appellent Coucoushka parce que ça veut dire Petit Chou – du moins, nous croyons que c'est ce que ça veut dire –, et que les Russes appellent les gens comme ça. C'est un mot affectueux, qu'on utilise pour ceux qu'on aime bien, un peu comme en français. Mais ça ne marche pas, en anglais.

— Non, c'est clair, reconnut Ellen.

Elle trouva Janey, une fille pâle aux yeux bleus mélancoliques, assise près de la baignoire, enveloppée dans une couverture, en train de lire un livre.

— Viens au lit, Janey, les autres sont sur le point d'éteindre.

— Je ne dors pas dans le lit. Je couche ici, en ce moment.

— Plus maintenant. Tu vas dormir dans ton lit, et si tu mouilles tes draps je les laverai demain matin, parce que c'est mon travail.

Janey secoua la tête.

— La Coucoushka a dit…

— Janey, ce qu'a dit la femme-chou ne m'intéresse pas. Je suis votre gouvernante à présent, et tu dormiras confortablement au chaud dans ton lit. Tu finiras par surmonter cette phase désagréable, c'est toujours ainsi que ça se passe, et en attendant tout cela n'a aucune importance. Allez, dépêche-toi, tu vas prendre froid.

— Oui, mais…

Ellen jeta un coup d'œil à la couverture du livre de Janey, qui représentait une fille souriante en jodhpurs faisant sauter un obstacle à son poney.

— Savais-tu que Fenella Finch-Delderton mouillait son lit, elle aussi, quand elle était jeune ?

Janey la regarda d'un air abasourdi.

— Celle qui a eu le deuxième prix aux jeux Olympiques ? Vraiment ?

— Vraiment, affirma Ellen, dont la moralité, quoique indéniable, était très personnelle. J'étais en classe avec sa sœur.

Restaient Bruno et Frank. Elle les trouva en train de chahuter bruyamment dans le corridor – si elle les avait mieux connus, elle aurait remarqué que, ce soir, ils manquaient d'énergie.

— Ah, parfait, lança-t-elle. Je suis contente de voir que vous n'êtes pas encore couchés. J'ai pensé que, peut-être, vous seriez assez gentils pour rouler le tapis de ma chambre et le descendre à la cave. En fait, je crois que je préfère le parquet nu. Et il y a le tabouret : il lui manque un pied, vous pouvez donc le descendre aussi.

Elle les fit travailler, monter et descendre les trois étages conduisant à la cave, jusqu'au moment où Frank s'arrêta, l'air têtu.

— L'heure d'aller nous coucher est passée, dit-il. Nous sommes censés être au lit à neuf heures et demie.

— Oh, mon Dieu ! s'exclama Ellen avec innocence. Voilà ce qui arrive quand on est nouveau quelque part… Dépêchez-vous, dans ce cas.

Dix minutes plus tard, l'aile ouest était plongée dans le silence, et Ellen put se rendre à sa chambre. Celle-ci était quasiment dénuée de meubles, à présent ; elle pourrait tirer le lit pour le placer sous la fenêtre, et ainsi voir les étoiles.

— Tu avais raison, Henny, murmura-t-elle en se penchant pour écouter le doux clapotis de l'eau sur la rive. C'est un pays magnifique.

Des images se bousculaient dans sa tête. Sa première vision de Sophie, descendant les marches en courant vers elle ; la main de Bennet se posant sur la tête de son cher Shakespeare… les martinets, voletant à travers le toit du hangar à bateaux. Mais l'image qui demeura le plus longtemps devant ses yeux fut celle de la tortue, faisant avec abandon du patin à roulettes sur la pelouse.

Il y avait tant à faire dans l'école que c'en était terrifiant ; cependant, elle savait que Marek l'aiderait à son retour. Ce qui rendait d'autant plus étranges les paroles de Bennet lorsqu'elle lui avait demandé qui était Marek.

— C'est une bonne question, Ellen, avait déclaré le directeur. On pourrait dire qu'il travaille ici en tant que gardien, et ce serait vrai. Ou qu'il enseigne l'escrime aux plus grands des garçons, et ce serait également vrai, ou encore que ces jours-ci il sert de chauffeur au Pr Steiner, de l'autre côté du lac. Mais même lorsqu'on aurait dit tout cela, on n'aurait pas dit grand-chose. Je crois – et en prononçant ces mots il s'était tourné vers elle avec un sourire amical – qu'il faudra que vous découvriez Marek par vous-même. Et, à ce moment-là, je serai très intéressé d'avoir votre opinion.

3

Ils avaient passé le plus clair de la journée en voiture. Après avoir quitté Hallendorf par la route surplombant le col, ils avaient tourné vers le nord-est, le long de la rivière. Les montagnes étaient devenues des contreforts, avec des vignes accrochées à leurs pentes, des champs bien entretenus et des villages paisibles, peuplés de gens qui ne demandaient qu'à être tranquilles.

À présent commençait la forêt. Dans une heure, ils seraient à la frontière.

La forêt convenait bien à Marek ; cet homme bien bâti, large d'épaules, aux épais cheveux raides, aux traits irréguliers taillés à la serpe et aux yeux pensifs y entrait comme dans un pardessus familier. Ici, la route était droite, une vraie route de bûcherons. Ses mains, posées sur le volant, bougeaient à peine. Les odeurs qui lui parvenaient par les fenêtres ouvertes de la camionnette étaient celles de son enfance : résine, sciure de bois, humus.

— Le vent vient du sud, dit-il.

Il avait toujours su d'où venait le vent : à Vienne, à Berlin, à New York, dans les étroits tunnels qui séparaient les gratte-ciel. Des femmes l'avaient taquiné à ce sujet, croyant qu'il s'agissait uniquement d'une manière de briller en société.

— Est-ce que la belle Tamara te manque ?

Cette plaisanterie inattendue, le Pr Steiner ne l'avait pas lancée sans effort. Il était deux fois plus âgé que Marek et faisait penser aux hommes des esquisses de Dürer – la barbe grise fournie, les sages yeux bleus un peu myopes, les traits marqués par le temps et, depuis quelques années, le chagrin.

Marek sourit. Le soulagement qu'il éprouvait à être loin de l'école de fous où il avait trouvé refuge le rendait presque heureux, léger ; pourtant, c'était là une émotion tout à fait déplacée. Il avait autorisé un vieil homme considérablement éminent et d'une santé fragile à l'accompagner dans une aventure qui avait de grandes chances de se terminer en catastrophe. Le danger à venir n'était pas de même nature que ceux que l'on rencontre en s'attaquant à la mer ou à la montagne. Un pic rocheux ou une tempête ne sont pas intrinsèquement mauvais – on ne pouvait en dire autant des hommes auxquels ils allaient être confrontés, dans cet enfer qu'était devenue l'Allemagne nazie.

— Puis-je vous demander une fois de plus de m'attendre de ce côté-ci du poste frontière ? commença Marek. Je vous ai promis…

— Non.

Le vieil homme avait parlé calmement, sur un ton n'admettant pas de réplique. Si quelqu'un était conscient des risques qu'ils prenaient, c'était bien ce Prussien de haute naissance, dont la famille était au cœur des affaires allemandes depuis des générations. Steiner avait passé l'essentiel de sa vie à Weimar, une ville qui symbolisait tout ce qu'il y avait eu de meilleur dans l'histoire du pays. Schiller y avait vécu, ainsi que Goethe – les squares et les statues résonnaient des noms des grands.

Les commerçants auraient pu régler leurs horloges sur les passages quotidiens du Pr Steiner se rendant à l'université, sa canne dans son dos. Ses travaux sur la musique traditionnelle de l'Europe de l'Est étaient célèbres ; chercheurs et disciples venaient du monde entier pour suivre son enseignement, et ses conférences faisaient salle comble.

En 1929, il était allé s'installer à Berlin en tant que directeur de l'Institut d'études musicales. Là, il avait continué à vivre comme tout bon universitaire allemand : conférences, concerts, musique chez lui, le tout avec l'aide constante et attentionnée de ses élèves.

Pourquoi, dans ces circonstances, lorsque Hitler était arrivé au pouvoir, avait-ce été lui et non ses collègues – gauchistes et engagés politiques – qui avait refusé de renvoyer ses élèves juifs ? Pourquoi avait-ce été lui, et non Heinz Kestler, qui s'était exprimé à tant de réunions de la gauche, qui avait pris la défense de ses employés sociaux-démocrates ? Pourquoi avait-il été impossible de faire taire cet homme âgé, qui demeurait si aisément silencieux durant les interminables réunions de professeurs ?

Les nazis n'avaient pas voulu renvoyer le Pr Steiner. Sa famille était connue, et il était exactement le type d'Allemand, aryen jusqu'au bout des ongles, dont ils avaient besoin pour soutenir leur cause. Ils lui donnèrent chance après chance, lui lancèrent des avertissements, l'arrêtèrent, le relâchèrent.

À la fin, ils perdirent patience. On lui enleva son poste et ses médailles, et on lui ordonna de quitter le pays. D'autres dans son cas s'étaient rendus en France, en Angleterre ou aux États-Unis ; Steiner, lui, se contenta de franchir la frontière pour passer en Autriche, toujours indépendante et libre. Sa famille possédait depuis longtemps une petite maison de vacances en bois, au bord du lac de Hallendorf.

Il y vivait depuis trois ans, avec ses livres et ses manuscrits, sans avoir besoin de rien ou presque, observant avec une douce ironie les bouffonneries de l'étrange école qui occupait à présent le château, de l'autre côté du lac, lorsque, deux mois plus tôt, Marek était soudain apparu.

Steiner avait connu ses parents, mais ce n'était pas cela qui, des années auparavant déjà, avait attiré le professeur chez le jeune homme. Même avant que les dons particuliers de Marek eussent été apparents, il y avait en lui quelque chose de remarquable – cette intégrité, cette force combinée avec une grande douceur que l'on rencontre parfois chez les enfants qui ont beaucoup reçu.

— Je voudrais seulement vous emprunter la camionnette et l'équipement, professeur, avait dit Marek. Il n'est pas question de vous impliquer. Si on me considère comme l'un de vos étudiants et qu'on m'autorise à poursuivre votre travail, ce sera déjà bien assez.

— Tu peux prendre la camionnette, mais je veux venir aussi. Je dois t'avouer que tu ne ressembles guère à l'idée qu'on se fait généralement d'un chercheur en musiques folkloriques ! Tu seras plus crédible en chauffeur et assistant.

Ils en avaient longuement discuté, et en fin de compte Marek avait cédé. Cela lui avait coûté de permettre à ce saint homme, si fragile, de risquer sa vie, mais il savait pourquoi Steiner avait toujours refusé les postes qu'on lui proposait à l'étranger et résidait toujours en Autriche. Le professeur aussi avait des amis en péril dans ce qui avait été son pays natal.

Ils firent halte dans une clairière. Marek descendit du véhicule et en ouvrit la porte. La camionnette était peinte en noir, avec les mots PROJET INTERNATIONAL D'ÉTUDE ETHNOLOGIQUE DES CHANSONS TRADITIONNELLES inscrits dessus à la peinture blanche. À l'intérieur s'entassaient les microphones, les platines et les disques de cire, les piles de papier à musique dont ils avaient besoin pour enregistrer et transcrire la musique ancienne de la campagne. Et d'autres choses encore : de la nourriture et des couvertures, parce que ceux qui cherchent les chansons traditionnelles doivent souvent s'aventurer loin des sentiers battus, et un fusil chargé, car ces bois faisaient partie de la grande forêt primitive qui s'étendait dans toute l'Europe de l'Est jusqu'en Pologne et en Russie. On y avait vu encore récemment des ours et des loups ; il était nécessaire de posséder des armes à feu, ainsi que des bêches et de la toile à sac pour sortir la camionnette d'une ornière éventuelle, et une torche…

— Nous ferions mieux de trouver quelque chose de convaincant à dire à Anton, fit Marek.

Ce n'était pas la première fois qu'ils traversaient la frontière, et les gardes commençaient à s'intéresser à leur travail.

Il posa une aiguille sur la platine, et un gémissement sinistre, plaintif, brisa le calme des lieux.

— Pourquoi les chants de mariage sont-ils toujours si tristes ? demanda-t-il.

Il se souvenait des larmes coulant sur les joues d'un vieil homme, dans un état second tant il avait bu de *slivovitz* [1], qui avait chanté pour eux dans sa hutte ruthénienne enfumée.

— Je ne sais pas, mais ils le sont invariablement. En revanche, les chants funèbres sont toujours joyeux, comme les malédictions.

— Ça, ça peut se comprendre, observa Marek. Bon, nous ferions mieux d'y aller.

Il vissa une casquette de chauffeur sur sa tête, et la camionnette reprit sa route dans le crépuscule.

Les deux hommes étaient silencieux pendant qu'ils se dirigeaient vers l'endroit où ceux qui avaient redessiné les cartes géographiques, troublés par la montée et la

1. Eau-de-vie de prune d'Europe centrale. *(N.d.T.)*

chute des empires, avaient permis aux frontières de l'Autriche, de l'Allemagne et de la République tchèque de converger. Environ cent soixante kilomètres à l'est se trouvait la demeure de Marek. À cette heure-ci, les hommes devaient rentrer de la forêt et de la ferme, détacher les chevaux de leurs charrettes, tandis que le soleil couchant transformait en or les longues fenêtres de la maison ocre. Les cigognes sur les toits de Pettovice se taisaient alors, lasses de leur fracas domestique, et la petite bonne au nez retroussé allumait les bougies dans le salon.

Mais il valait mieux ne pas penser à Pettovice, qui avait autrefois été Pettelsdorf. La maison de Marek était hors d'atteinte. Certes, la Tchécoslovaquie demeurait libre, mais là-bas aussi il y avait des dissensions, des sympathisants nazis qui semaient le trouble, et le jeune homme ne voulait pas risquer de faire du mal à ceux qu'il aimait.

Le Pr Steiner, lui aussi, pensait au passé : à son formidable grand-père, le Freiherr prussien, avec ses pantalons en peau de daim et sa cape de lynx, qui chassait les colporteurs juifs des portes de sa maison avec un chapelet d'injures. Il aurait sans doute été amusé d'apprendre que son petit-fils avait arraché Einigen et ses amis à leurs gardes et les avait conduits en sécurité. Ces exaltés bien nés qui avaient essayé de faire sauter Hitler auraient pu être à son goût. Même l'homme que Steiner et Marek espéraient rencontrer aujourd'hui aurait pu être jugé acceptable : un ancien conseiller du Reichstag, impeccablement aryen, qui s'était élevé contre les nazis. Mais qu'aurait pensé le vieux bigot s'il avait su que son descendant plongeait dans la forêt bohémienne à cause d'un petit homme portant des papillotes nommé Meierwitz ?

C'était en effet la volonté de Marek de sauver son ami qui les avait menés à se joindre aux partisans aidant les victimes des nazis à traverser la frontière. Ils n'avaient pas encore eu de nouvelles d'Isaac Meierwitz ; celui-ci s'était échappé d'un camp et se cachait. Mais tant qu'il n'aurait pas quitté l'Allemagne, Marek ne serait pas en sécurité et ne se reposerait pas.

Les personnes âgées aiment souvent l'aventure, ayant peu à perdre. Marek, en revanche, songeait le professeur, mettait toute sa vie en jeu, lui. Il prenait un grand risque en conduisant les fugitifs vers l'est le long de chemins de pèlerins secrets qu'il connaissait depuis l'enfance, tandis que Steiner l'attendait dans la camionnette. Et c'était mal. Le monde avait besoin de ce que Marek avait à offrir, désespérément besoin.

Et pourtant, comment aurait-il pu l'arrêter ? se disait-il. Il se souvint de ce que la mère de Marek lui avait raconté un jour, alors qu'ils rentraient d'un concert.

— Quand Marek avait trois ans, je l'ai emmené au bord de la mer. Il n'était encore jamais sorti de la forêt, mais des amis nous avaient prêté une villa près de Trieste. Il est resté un long moment debout à regarder toute cette eau, puis il a dit : « Maman, est-ce que c'est la mer ? » Quand je lui ai répondu que oui, il s'est tourné vers moi très sérieusement et a dit : « Maman, je vais la boire. Je vais la boire jusqu'à la dernière goutte ! »

Eh bien, il ne s'était pas trop mal débrouillé en vingt-neuf ans, pensa Steiner, regardant le visage de Marek, tendu et concentré à présent qu'ils approchaient de leur destination. Il avait bu sa coupe, mais ce qu'il faisait maintenant était de la folie. Cet homme n'avait pas le droit de jeter sa vie aux orties. Sans doute encore moins que n'importe quel autre.

Peut-être que je me trompe ? se demanda Steiner. Peut-être n'est-il pas ce que je crois ?

Mais il savait qu'il ne se trompait pas.

4

Dès la fin de la première semaine, Ellen était bien installée dans son nouveau travail.

Elle avait commencé par mettre de l'ordre dans sa propre chambre, car elle voulait que les enfants se sentent libres de venir la voir tant qu'ils le souhaitaient. Cela l'avait conduite à faire de l'« emprunt créatif », car après s'être débarrassée des vestiges archéologiques des précédentes gouvernantes elle s'était retrouvée avec des planches nues et un lit.

Pour remeubler la chambre, elle avait demandé de l'aide à Margaret Sinclair, la secrétaire de l'école, avec qui elle s'était immédiatement bien entendue. Margaret trottinait au sein de la confusion pittoresque de Hallendorf en tailleur strict, chaussures lacées et chemisier blanc impeccable. Elle avait été parfaitement heureuse à l'époque où elle travaillait à l'école de Sunny Hill, à Brighton, où les filles portaient des tenues de gymnastique prune, appelaient leurs professeurs « Madame » et traversaient à toute vitesse les terrains de hockey sur glace en criant : « Bien joué, Daphne ! » Elle était parfaitement heureuse à Hallendorf. La cicatrice bombée de Chomsky ne la troublait pas le moins du monde, pas plus que les jurons des enfants les plus turbulents. Et elle éprouvait pour Lucas Bennet, qui avait fondé cette maison de fous idéaliste et en supportait à présent la charge, un respect confinant à la vénération. La plupart des professeurs étaient persuadés qu'elle aurait volontiers porté le corpulent petit directeur entre ses dents pour le sauver des flammes si un incendie s'était déclaré dans l'école. Une chose était certaine : sans elle, Hallendorf n'aurait pas tardé à s'effondrer.

— À votre place, je prendrais tout ce que je trouverais, ma chère, avait-elle dit à Ellen, en qui elle reconnaissait une âme sœur. Si quelqu'un réclame quoi que ce soit, je vous préviendrai.

Aussi Ellen emprunta-t-elle deux vieux matelas de la salle de gymnastique, qu'elle transforma en tapis en les recouvrant d'une nappe en indienne dénichée au fond d'une malle à costumes. Dans une salle commune, elle prit un fauteuil trop longtemps martyrisé, en ôta la housse et en polit les bras. Elle emprunta également une desserte à la cuisine et la repeignit… Enfin, elle décida que le petit tilleul qui ornait la cour, dans son pot de faïence, serait bien plus en sécurité avec elle.

Mais ce fut essentiellement de la lumière que vit Sophie lorsqu'elle pénétra dans la pièce, après avoir timidement frappé à la porte.

— Oh ! s'exclama-t-elle. Qu'avez-vous fait pour que ça devienne comme ça ?

— C'était déjà ainsi. Et ta chambre est pareille. Les pièces nous disent ce qu'elles souhaitent, il suffit d'écouter !

Jusqu'alors, la vie de Sophie avait été dénuée de certitudes. Le mariage de sa mère, une très belle Anglaise, avec un austère scientifique de l'université de Vienne s'était vite révélé une erreur grossière, que les deux partenaires n'avaient pas tardé à rectifier. Carla voulait être actrice, faire la fête, s'amuser ; le Pr Rakassy avait besoin de sa routine quotidienne, de silence, de respect pour son travail. Les seules choses que tous deux avaient en commun étaient un ego surdimensionné et une apparente indifférence pour le bonheur de leur petite fille.

Après leur séparation, Sophie s'était mise à voyager à travers l'Europe : à Paris en Train bleu, à Berlin par le Nordwest Express, lorsque Carla se vit offrir un rôle de figurante par les studios de l'UFA, à Londres avec le Golden Arrow, puis de nouveau sur le continent… essayant toujours de faire plaisir, d'adapter sa personnalité. Il lui fallait être charmante, joliment habillée et vive d'esprit pour sa mère – mais se montrer sérieuse, poser des questions et porter des nattes soigneusement tressées auprès de son père.

Et, soudain, les allées et venues – telle une corde tendue – cessèrent. Les deux parents lâchèrent leur bout de la corde, et Sophie fut expédiée dans une école qui ne ressemblait en rien à celles qu'elle avait connues jusqu'alors. Elle était sûre d'une chose : là était le prélude à un abandon total et définitif.

Mais, à présent, il y avait Ellen. Ellen avait tenu sa promesse, au sujet du coup de fil à Czernowitz, et elle tenait d'autres promesses. Sophie suivait les cours avec assiduité ; elle supportait les séances de gymnastique et jouait consciencieusement son rôle de trousseau de clés ou de fourchette mais, dès qu'elle avait un moment de libre dans la journée, elle retournait vers Ellen, trottinant derrière elle en l'aidant à porter des paniers à linge ou des piles de couvertures. Et le soir, elle se roulait en boule sur le sol, dans la chambre d'Ellen.

Avec Sophie venait Ursula, qui ne lâchait pas le cahier rouge dans lequel elle répertoriait les brutalités infligées par l'armée américaine aux Indiens. Ursula, toujours renfrognée, toujours emplie de haine – mais réfléchissant parfois à ce que lui avait dit Ellen le premier soir. La gouvernante avait trouvé qu'aller à Wounded Knee était une *bonne idée*, et cette calme affirmation avait apaisé l'âme turbulente d'Ursula, lui avait fait l'effet d'une bénédiction.

D'autres venaient aussi, bien sûr : Janey, Bruno et Frank, les deux gardes du corps d'Ellen, et une fille américaine aux longues jambes nommée Flix. On la disait brillante actrice, mais elle n'avait qu'un rêve : devenir vétérinaire, et elle conservait une fourmilière en plâtre de Paris sous son lit.

Les accompagnait également un garçon beau, ténébreux et insupportable nommé Leon, qui jouait sur ses origines pour s'assurer de la sympathie de ses pairs.

— Vous devez être gentils avec moi, disait-il, parce que je suis juif – ce qui avait le don de faire entrer Ursula dans l'une de ses fréquentes crises de rage.

— Tu n'es qu'à moitié juif, rétorquait-elle, et je parie que c'est la moitié du bas. Alors, je serai gentille avec ton derrière, mais certainement pas avec ton horrible tête.

Leon était un marxiste convaincu : il couvrait les murs de sa chambre de posters représentant Lénine ralliant le prolétariat. Mais les pulls soigneusement effilochés qu'il portait étaient en pur cachemire, et ses sous-vêtements en soie. Son père – que Leon qualifiait de « monstre fasciste » – était un riche industriel qui, à l'arrivée de Hitler au pouvoir, avait transféré tous ses intérêts de Berlin à Londres. Depuis, la mère du jeune garçon et ses sœurs lui envoyaient d'innombrables colis de chocolats et d'épicerie fine de chez Harrods. Denrées qu'il méprisait… et mangeait néanmoins.

Cependant, si Leon était difficile à aimer, nul ne pouvait nier son talent ; il était intensément, indéniablement doué pour la musique.

Ellen s'était attendue que les enfants viennent la voir, mais elle n'avait pas vraiment prévu que les professeurs en feraient autant, abandonnant leurs chambres encombrées pour venir déguster ses biscuits Bath Oliver et boire son thé Lapsang Souchong. Hermine Ritter venait avec sa fille naturelle dans sa boîte à harengs, s'asseyait, écartant ses jambes recouvertes de flanelle grise, et racontait l'historique conférence de Hinterbruhl, au cours de laquelle elle avait succombé, quasiment durant son sommeil, à un professeur de réhabilitation vocale qui avait bu trop de cognac à la gentiane et l'avait laissée avec Andromède. Cette dernière, bien qu'élevée de façon à s'autoréguler, semblait en permanence de mauvaise humeur.

— Je serai ravie de m'occuper d'elle à votre place de temps en temps, déclara Ellen. À condition toutefois que vous lui trouviez des couches décentes.

— Oh, non, impossible ! Dans le livre de Natalie Goldberger…

Mais Ellen, qui voyait le bébé s'agiter à l'intérieur du tabard d'Hermine tel Donald Duck sous une tente, affirma qu'elle pensait que des couches seraient *bien* pour Andromède.

Jean-Pierre venait aussi, avec ses yeux charmeurs et son cynisme de salon. C'était un mathématicien brillant, qui vouait une haine tenace aux enfants, mais parvenait à leur faire quitter ses cours le cœur bondissant d'enthousiasme pour le calcul. Et Freya, également : une Norvégienne, très douce de nature, enseignant l'histoire et l'éducation sportive. Freya était amoureuse d'un Suédois au cœur dur nommé Mats, qui habitait dans une hutte en Laponie et n'écrivait jamais.

David Langley, le professeur de biologie aux genoux cagneux, dont l'occupation principale était de recenser toutes les oscines de Carinthie, venait également, ainsi bien sûr que Chomsky. Ce dernier fixait sur Ellen son regard congénitalement empreint de désespoir tout en dévorant un grand nombre de biscuits.

Une des enseignantes de l'école, cependant, brillait par son absence : le Petit Chou. Ellen ne devait rencontrer Tamara que deux jours après le retour de celle-ci, et d'une façon plus que malencontreuse.

Ellen, durant ses premiers jours à Hallendorf, travailla comme jamais auparavant. Elle frotta les planchers, cousit des étiquettes aux noms des élèves sur leurs affaires, installa sa planche à repasser dans la lingerie, monta des plantes en pot à l'étage, vida des paniers à linge, reprisa des rideaux…

Bientôt, les mots « Où est Ellen ? » retentirent de plus en plus fréquemment. Les enfants se tournaient vers elle dès qu'ils avaient les genoux écorchés, des bleus au front ou d'autres, plus complexes, à l'âme. Ils apprirent à déduire de sa coiffure le temps qu'elle pourrait leur consacrer. Lorsque ses cheveux étaient attachés sur le dessus de sa tête, il valait mieux la suivre avec un chiffon ; lorsqu'ils étaient rassemblés en natte sur son épaule, cela signifiait qu'elle sortait au jardin ; quand elle les laissait libres, elle avait le temps de parler. Ses impeccables tabliers amidonnés, roses, blancs ou bleus, devinrent une sorte de point de ralliement. Les jours où ils étaient bleus, Chomsky trouvait invariablement une excuse pour abandonner ses métaux et venir lui dire qu'elle lui rappelait Katya, l'infirmière qu'il avait profondément aimée.

Durant cette période, où elle ne prit quasiment pas de repos et ne s'autorisa même pas à penser aux *Kohlröserl*, Ellen eut le sentiment d'être sur la bonne voie : son travail commençait à prendre forme.

Mais plus on est content de soi, plus dure est la chute. Celle d'Ellen survint à la fin de la première semaine, alors qu'elle nettoyait une étrange collection de débris trouvés dans une petite chambre ronde de la tour est.

En entrant dans la pièce, elle avait vu un tableau suspendu sur un mur sombre au-dessus d'une table recouverte de détritus dégoûtants : une vieille boîte de sel Cerebos rouillée, un reste de bougie trop consumée, un bouquet d'œillets morts aux tiges gluantes et un morceau de pain couvert de crottes de souris.

Affolée de voir ainsi mises en péril la santé et la sécurité de tous, Ellen se mit aussitôt au travail. Elle fit tomber le sel et le pain dans sa pelle à poussière, jeta les fleurs, mit en boule la nappe usée avec ses crottes de souris et la trempa dans un désinfectant. Une demi-heure plus tard, la chambre était propre, les volets relevés afin de laisser entrer la lumière, et le tableau – qui représentait un certain nombre de petits hommes en sous-vêtements, portant des chapeaux coniques, dérivant sur de la glace flottante – régnait seul en maître sur les lieux.

Ellen avait ramassé son seau d'eau et sa pelle, et s'apprêtait à quitter la pièce lorsqu'une grande femme très mince, aux longs cheveux colorés au henné, au nez pincé et aux yeux bleu marine animés d'une lueur démente, lui barra le chemin. Elle portait une robe de mousseline à l'ourlet irrégulier, ses grands pieds aux orteils semblables à des serres étaient nus et vaguement jaunes, et tout en elle indiquait une rage irrépressible.

— Comment osez-vous ! hurla-t-elle avec un accent étrange qu'Ellen ne reconnut pas. Comment osez-vous détruire mon sanctuaire, le seul endroit où je puisse me rafraîchir l'âme ?

— Sanctuaire ? bégaya Ellen, baissant les yeux sur la boîte rouillée et le pain moisi dans sa pelle.

— Espèce de sale petite paysanne anglaise ignorante ! cria la femme. Évidemment, vous ne savez rien de la façon dont les Russes font leurs dévotions. Vous n'avez jamais entendu parler du coin de l'icône, qui est le cœur de tout foyer russe !

Ellen ne trouvait rien à répondre. La fureur de la femme jaillissait d'elle comme un torrent ; son nez étroit était blanc de colère. À sa grande honte, Ellen sentit des larmes lui picoter les yeux.

— Je ne me rendais pas compte… Le pain était moisi et…

— Oh, oui, bien sûr, c'est tout ce qui vous intéresse, en bonne petite gouvernante bourgeoise. On m'a dit que vous aviez tout frotté… Ce tableau – elle pointait du doigt les petits hommes tremblants dans leurs sous-vêtements sur la glace – m'a été donné par Toussia Alexandrovna, la *prima ballerina* du ballet Diaghilev. Les hommes que vous voyez là sont les évêques martyrs de Tula, qui ont préféré mourir sur une plaque de glace plutôt que de renoncer à leur foi. Chaque jour, j'allume une bougie dans ce coin – le *Krasny Ugol* –, et voilà que vous arrivez ici et détruisez l'atmosphère en une heure, avec votre hygiénisme de bas étage !

— Je suis désolée, vraiment. Je ne savais pas. Mais les fleurs étaient fanées et…

— Assez !

La femme leva une main aussi longue et jaune que ses pieds.

— Partez ! Je parlerai de cela à Bennet. Il se peut que vous soyez renvoyée.

Bien qu'elle fût consciente de l'absurdité de cette entrevue, Ellen eut beaucoup de mal à se débarrasser de la tristesse et de la honte qu'elle ressentait à l'idée d'avoir contrarié un des professeurs de l'école et, au lieu de se rendre dans la salle commune à l'heure du thé, elle alla trouver Margaret Sinclair dans son petit bureau.

— Oh, vous voilà, ma chère enfant, s'exclama la secrétaire. Je voulais justement vous parler.

— Margaret, j'ai fait une chose affreuse… mais je ne savais pas ! Je pensais seulement que c'était… Vous savez, il y a tant d'objets à droite et à gauche qui ont été tout simplement oubliés, et je n'avais jamais entendu parler des évêques martyrs de…

— Non, bien sûr que non. Cet endroit était dégoûtant, et nous sommes tous absolument ravis que vous nous en ayez débarrassé.

— Oui, mais elle… Tamara était furieuse. Elle va en parler à Bennet, et elle a dit qu'elle me ferait renvoyer.

— Oh, ma chérie… Venez, je vais vous préparer une tasse de thé. Quelle idiotie ! Bennet est parfaitement conscient de tout le travail que vous accomplissez ; il ne vous renverrait sous aucun prétexte ; de toute façon, il ne tient jamais le moindre compte de ce que raconte Tamara.

Néanmoins, il en fallait davantage pour réconforter Ellen.

— Ne croyez-vous pas que je devrais quand même aller chez lui et m'excuser ?

— Ma foi, il sera content de vous voir – en ce moment, il a pas mal de problèmes avec la nouvelle pièce. Cependant, il vaut mieux ne pas lui parler de Tamara ; ce n'est pas facile, pour lui. Il ne la critique jamais ouvertement, mais c'est une femme profondément désagréable, et ce qu'il traverse…

Elle s'interrompit et s'activa autour de la théière.

— Elle est tellement horrible…, reprit Ellen. Et ce qu'elle a fait à Janey… enfin, je veux dire, pourquoi ne se débarrasse-t-il pas d'elle ?

Margaret se retourna vivement. Une expression de profonde stupéfaction était peinte sur son bon visage.

— Seigneur ! Personne ne vous a donc dit… ? Je suppose qu'ils devaient penser que vous étiez au courant, et il est vrai que nous la mentionnons le moins possible. Nous aimons tous beaucoup Bennet, les enfants aussi…

Elle tendit une tasse à Ellen.

— C'est sa femme, vous comprenez… Tamara, je veux dire. Il est marié avec Tamara – bien sûr, ce n'est pas son vrai prénom.

— Oh !

Cela semblait incroyable, et infiniment triste. Durant son court séjour à Hallendorf, Ellen avait appris à admirer le petit intellectuel, si travailleur, dont les rêves visionnaires avaient donné naissance à l'école.

— Mais comment est-ce possible ? Je suppose que je ne devrais pas poser la question ni me montrer indiscrète, mais…

— Cela s'est passé à Paris. Bennet faisait des recherches sur des textes à la Sorbonne – c'est un excellent universitaire classique, comme vous le savez peut-être. C'est arrivé il y a douze ans, à l'époque où il était encore à Oxford. Il traversait le pont Neuf, il faisait nuit. Connaissez-vous Paris ?

— Oui. J'y ai vécu un trimestre pour apprendre le français.

Ellen visualisait sans peine la scène : les lampadaires allumés, le clair de lune, la Seine, les bateaux glissant sous le pont…

— Il a vu cette fille, prostrée sous un réverbère et qui pleurait. Elle avait des cheveux longs, un visage mince… et tout ça.

Margaret s'interrompit, consciente de l'amertume qui perçait dans sa voix.

— Je vous laisse imaginer. Bennet est un homme chevaleresque… Il s'est révélé que la fille était une danseuse du ballet Diaghilev qui avait été renvoyée parce qu'elle était enceinte. Son amant l'avait abandonnée, sa mère refusait de la récupérer, et elle n'avait nulle part où aller.

— Oui, je vois. Il serait difficile de résister à un tel désespoir. Elle était russe ?

— Eh bien, non, c'est cela qui est si ridicule ! Elle n'est absolument pas russe. Elle s'appelle Beryl Smith et vient d'un village minier, quelque part dans le nord de l'Angleterre. Sa mère – une de ces femmes obsédées par la danse – la poussait à passer des auditions, et elle a fini par être prise par Diaghilev pour les *Ballets russes*[1]. Ils étaient tous obligés d'avoir des noms typiques, alors elle a pris celui de Tamara Tatriatoff. Je suppose qu'elle a vécu alors ses moments les plus heureux, quand elle faisait partie de la troupe, avec la chaleur humaine et les bavardages, les gens qui allumaient des samovars et s'appelaient Petit Pigeon ou Petit Chou…

Les efforts de Margaret pour se montrer juste envers Tamara l'avaient épuisée. Elle qui avait décidé de ne plus mettre de sucre dans son thé tendit la main vers le sucrier et se servit une généreuse cuillerée.

— En fait, je me demandais, pour cette histoire de chou…, dit Ellen. *Coucoushka* ne signifierait pas plutôt Petit Coucou ? Nous lisions beaucoup de Tchekhov, à l'école, et…

— Si, si, vous avez parfaitement raison. Mais les enfants sont persuadés que cela veut dire chou, et je dois dire que moi-même…

Elle s'interrompit, n'osant avouer qu'adorant les oiseaux elle préférait imaginer Tamara en légume.

— Quoi qu'il en soit, Bennet l'a épousée, reprit-elle. Le bébé était mort-né ; apparemment, la douleur de Tamara a été terrible. Bennet m'a dit n'avoir jamais vu quelqu'un d'aussi désespéré. Il l'a emmenée ici peu après pour qu'elle reprenne des forces, elle a vu le château et a décidé qu'elle voulait y vivre. C'est alors que Bennet a eu l'idée de l'école. Tamara disait qu'elle souhaitait être comme une mère pour d'autres enfants, si elle ne pouvait pas en avoir à elle… Bien sûr, ce n'est pas ainsi que ça s'est passé. Non qu'on puisse entièrement le lui reprocher ; par malheur, plus un enfant a besoin de vous et moins il est séduisant… Je crois qu'elle s'imaginait qu'ils seraient plus petits, comme des fées dans un

1. En français dans le texte.

ballet. Bref, plus le temps passe et plus elle devient insupportable. Elle s'accroche chaque jour davantage à son fantasme russe. Personne ne la croit ; je ne pense pas qu'elle y croie elle-même. Je suppose qu'elle est un peu sotte… Toujours est-il que Bennet ne la laissera jamais, ce n'est pas son genre. Il l'empêche d'enseigner dans la mesure du possible, mais elle est persuadée qu'elle a une mission à remplir en ce qui concerne la danse.

— Est-ce elle qui donne les cours de gymnastique ? voulut savoir Ellen.

— Oui.

La jeune femme hocha la tête.

— Vous avez été très gentille de me raconter tout ça.

Elle se sentait mieux lorsqu'elle quitta Margaret ; mais pas cette dernière. Pourquoi ai-je abandonné mes fillettes en combinaison prune ? se demandait-elle tout en rinçant les tasses à thé. Qu'est-ce que je fais ici, à me morfondre jour après jour pour un petit homme chauve enchaîné à un chou ?

Le matin suivant les révélations de Margaret, Ellen se leva tôt et descendit dans la réserve, où elle prit un pot de peinture blanche, de grands pinceaux et une bouteille d'essence de térébenthine.

Elle avait dit à Bruno ce qu'elle voulait faire et lui avait laissé le choix de se joindre à elle ou pas. Mais elle ne s'attendait pas vraiment à le voir – Bruno aimait dormir.

Au début, elle avait été déterminée à obliger le jeune garçon à effacer lui-même ses « décorations » – les projets qu'elle nourrissait pour Hallendorf n'incluaient pas la dégradation de temples grecs. Néanmoins, depuis qu'elle avait rencontré Tamara, elle avait changé d'avis.

Tamara s'était retrouvée seule face à un berceau vide, et elle avait pleuré ; chaque fois qu'Ellen mourrait d'envie de la frapper – ce qui risquait, craignait-elle, d'arriver fréquemment –, elle penserait à cela et se retiendrait. Cependant, même si elle avait l'intention de faire des efforts vis-à-vis de la ballerine, Ellen n'en considérait pas moins que les leçons que celle-ci donnait, qu'elles fussent de « gymnastique rythmique » – une matière de laquelle la jeune femme ne savait trop quoi penser – ou de quoi que ce fût d'autre, devaient être difficiles à supporter pour quiconque, et en particulier pour un garçon tel que Bruno, qui se considérait comme un homme fort et avait l'intention d'entrer dans l'armée. Aussi était-elle prête à repeindre elle-même ce qu'il avait écrit.

Mais lorsqu'elle atteignit le petit temple, érigé de façon si romantique au bord du lac, elle trouva Bruno qui l'attendait sur les marches.

— Qu'est-ce que vous avez là ? demanda-t-il en s'approchant pour examiner son attirail. Ça m'a l'air bien. Je vais prendre le plus gros des deux pinceaux.

Il s'en saisit, mélangea un peu de térébenthine au pot de peinture, hocha la tête. Il semblait avoir oublié les aspects punitifs de l'expédition et s'intéresser techniquement à la tâche à accomplir. Alors qu'il commençait à passer la peinture sur les lettres inscrites sur le mur, Ellen demeura un moment immobile à le regarder. Il maniait le pinceau avec aisance, donnant de larges coups pour étaler le produit de façon uniforme. Elle qui s'était attendue à faire le gros du travail se retrouva bientôt dans le rôle d'assistante. Elle remarqua également que les lettres qu'ils faisaient disparaître n'étaient pas gribouillées hâtivement comme le sont d'ordinaire les graffitis, mais peintes avec style et même avec un panache indéniable.

— C'est affreux, observa Bruno lorsqu'ils eurent terminé. Il faudra repeindre tout le reste. Laissez le pot ici, je m'en occuperai.

Ellen, sur le point de discuter, décida d'obéir. On était dimanche ; Bruno ne raterait aucun cours.

— Je vais t'apporter un petit déjeuner, dit-elle.

Plus tard, cet après-midi-là, elle alla trouver Rollo, le professeur d'art et de design, qui fabriquait des cadres dans le studio.

— Je voulais vous demander, à propos de Bruno..., commença-t-elle.

Elle lui parla de son travail du matin.

— Il semble doué en peinture, très sûr de lui.

— Ne me parlez pas de ce sale gosse ! s'exclama Rollo, un Gallois roux arborant un large sourire et une proéminente bedaine de buveur de bière. Parfois, je pourrais l'étrangler !

Il s'approcha de son pupitre en désordre, ouvrit un tiroir.

— Regardez-moi ça !

Il sortit un cahier tout déchiré, aux pages couvertes d'additions dont la plupart, fausses, avaient été corrigées par Jean-Pierre à l'encre rouge.

— Voyez la couverture.

Ellen obéit. Griffonnés au crayon, elle vit des chatons qui sautaient de leur panier, des mains jointes, un profil de Jean-Pierre et le bout décoiffé des tresses de Sophie penchée sur son travail.

— Il est capable de dessiner n'importe quoi, pourtant il refuse. Si on le prend par surprise, on peut le voir gribouiller comme ça, mais en classe je n'arrive pas à lui faire faire quoi que ce soit. Il se contente de regarder dans le vide et de se conduire comme un imbécile renfrogné. Lorsque nous fabriquons les décors pour les pièces, il veut bien appliquer la colle ou clouer les planches, mais dès qu'on essaie de le pousser à créer quelque chose par lui-même il se défile.

— Mais pourquoi ?

— Avez-vous entendu parler de Klaus Feuermann ?

Ellen plissa le front.

— Est-ce un peintre ?

— Oui. Un peintre à la mode, assez talentueux, complètement idiot, pourtant. Il se promène avec une cape et un grand chapeau en se prenant pour Augustus John. Bruno est son fils, et le pauvre gamin a passé les six premières années de sa vie à faire le chérubin. Vous savez, ces angelots grassouillets avec des derrières potelés que l'on voit sur les plafonds… Tous les enfants de Feuermann servaient de modèles, et il avait un nombre incroyable de maîtresses. Vous pouvez admirer Bruno au plafond de l'Odeon de Zurich, et au Guildhall, à Rotterdam, et Dieu sait où encore. Quand il ne faisait pas le chérubin, on le collait sur les genoux d'une femme quelconque et il devait représenter le petit Jésus, ou on le suspendait en haut d'un lit à baldaquin pour figurer Cupidon lançant ses flèches. Quand il a eu dix ans, il ne supportait plus de s'approcher d'un tableau, et, si les gamins se moquaient de lui, il ne trouvait pas mieux que de se battre avec eux. C'est pour ça qu'il fait le dur et veut devenir soldat. Mais je peux vous le dire, Ellen, c'est terriblement frustrant. Cette école a besoin de talents.

— Oui, répondit Ellen. Je vois.

— Pour l'amour du ciel, ne lui dites pas que je vous en ai parlé. Ne le répétez à personne. Je ne l'ai moi-même appris que parce que je suis dans le métier. Bennet est au courant, et c'est le seul. Bruno s'est enfui de trois écoles parce que les enfants avaient découvert son secret et le taquinaient.

— Je vous promets de tenir ma langue. Merci, Rollo.

Parvenue à la porte, elle se retourna.

— Vous savez, en venant ici, je me suis en quelque sorte promis d'aimer les enfants – tous les enfants, même ceux qui paraissaient le plus difficiles. Et je crois que j'y arriverai sans trop de problèmes. Mais aimer les parents… ça va être beaucoup plus dur.

Elle secoua la tête et quitta la pièce.

Si personne n'avait évoqué Tamara avant son retour, les enfants comme les professeurs mentionnaient en revanche fréquemment et avec plaisir Marek Tarnowsky.

— Il fait ce truc incroyable, dit un jour Frank. Si vous lui bandez les yeux – vraiment bien, avec des couches et des couches de tissu –, que vous le faites asseoir le dos contre vous et qu'ensuite vous prenez plein de brindilles et que vous les lancez en l'air, il peut deviner en quoi elles sont.

— C'est vrai, renchérit Janey. Il vous dira seulement « chêne » ou « frêne » ou « bouleau »… il ne se trompe jamais. Selon lui, les différents bois ne font pas le même *bruit*.

— Et il a ressorti la vieille barque – c'était une véritable épave –, il a coupé de nouvelles planches et l'a calfatée…

— Il ne l'a pas fait tout seul, intervint un autre garçon. Nous l'avons aidé.

— Oui, mais il savait vraiment comment faire ; la barque flotte, maintenant, et c'est notre meilleur bateau.

À en croire Sophie, Marek était quelqu'un qui *trouvait* des choses.

— Quel genre de choses ? demanda Ellen.

— Oh… Des nids de souris, des lucioles… et il connaît les étoiles par leur nom. Quand il vous montre, eh bien, c'est comme recevoir un cadeau.

Un petit garçon français, très timide, qui parlait mal l'anglais, déclara que Marek lui avait fait comprendre en quoi consistait réellement l'escrime.

— Ce n'est pas… ce n'est pas qu'on essaie de frapper les autres. C'est un système du corps.

Ellen elle-même avait vu des traces de Marek partout. Le tuteur qu'il avait fabriqué pour le vieux catalpa de la cour, la bordure de la fontaine, qu'il avait réparée, les nouveaux châssis dans le potager… Tout parlait de lui.

Aussi fut-elle surprise de constater que l'un des enfants semblait le haïr. Leon ne se contentait pas de critiquer Marek ; il parlait de lui avec une colère qui surprenait Ellen et l'inquiétait.

— Il n'est pas honnête. C'est un menteur et un tricheur.

— Que diable veux-tu dire ?

— C'est la vérité, répondit Leon.

Il revenait des salles de répétition, où elle l'avait entendu s'attaquer à une sonate de Beethoven.

— Il déteste la musique. Il s'enfuit dès que le groupe de flûtes à bec joue ou dès que la chorale répète. Alors pourquoi court-il dans tout le pays à la recherche de chansons folkloriques, hein ? Je vous le demande ?

— Il sert simplement de chauffeur au Pr Steiner.

Comme Leon continuait à regarder droit devant lui en grommelant, Ellen, pour qui Achille la tortue était devenue une sorte de mascotte, reprit :

— Aucun menteur n'aurait pu faire ce qu'il a fait pour Achille. Il faut pratiquement *devenir* tortue si on veut accomplir cela.

— Eh bien, c'est du mensonge, ça, non ? Faire semblant d'être une tortue ? rétorqua Leon avant de s'éloigner en balançant son étui à musique en cuir frappé de son monogramme. Il n'avait pas encore réussi à le mettre dans l'état de dégradation avancée qu'il jugeait convenir au prolétariat, mais il y travaillait.

Comme la deuxième semaine d'Ellen à Hallendorf s'achevait, le temps se mit franchement au beau fixe, et Chomsky ne fut plus le seul à prendre le chemin du lac.

Ellen devint ainsi familière non seulement avec la cicatrice du Hongrois, mais également avec les maigres jambes blanches de David Langley, le professeur de biologie, que la quête des oscines de Carinthie n'avait visiblement pas musclées, et avec les boucles de poils orange vif qui recouvraient la poitrine et le ventre de Rollo.

Tout cela ne troublait pas Ellen, qui, plutôt que de philosopher sur la triste différence entre le nu et le déshabillé, se contentait de s'assurer que les enfants n'oubliaient pas leurs serviettes et ne gouttaient pas dans les couloirs fraîchement nettoyés à leur retour de baignade.

D'autres se révélaient moins à l'aise. Sophie affirmait ne pouvoir se baigner à cause d'un grain de beauté sur l'épaule, et Ursula refusait de nager parce qu'elle considérait la natation comme un sport idiot. Une jeune Indienne nommée Nandi demeurait également à l'intérieur, bien qu'il fût difficile d'imaginer ce qu'elle pouvait reprocher à son corps parfait.

Ellen écoutait ces dissidentes sans faire de commentaires. Puis, un après-midi où il faisait particulièrement beau, elle les invita à venir dans sa chambre pour admirer son costume de bain.

— Il est joli, n'est-ce pas ? Il a coûté une petite fortune.

— Ravissant, acquiesça Sophie. Allez-vous vraiment le porter ?

— Oui. C'est un cadeau de ma mère.

— Mais est-ce possible ? Je veux dire, peut-on *réellement* mettre un maillot de bain ? Cela ne gênera personne ?

— Allons, Sophie, ne sois pas ridicule. Que signifieraient les notions de liberté et d'expression personnelle si on ne pouvait pas choisir de porter ou non un maillot pour aller nager ? Je l'essaierai dès demain après-midi !

5

Marek était assis sur un siège en bois, une bière à la main, devant la petite maison du Pr Steiner. Son visage était détendu, ses yeux sereins. Au-dessus des roseaux, au bord du lac, les hirondelles alternaient vols rasants et piqués ; le soleil de l'après-midi évoquait la chaleur de l'été et non plus la promesse incertaine du printemps. Le jeune homme n'allait plus tarder à présent à retourner au château ; il en était parti plus longtemps que prévu, mais il n'était pas pressé de retrouver le risotto aux arêtes de la cuisinière, les hurlements des enfants et les embarrassantes tentatives de séduction de Tamara.

Le voyage s'était bien passé. Ils avaient atteint la frontière sans encombre et trouvé l'homme qu'ils cherchaient. Une année dans un camp de concentration n'avait pas réussi à briser Heller. Malgré son corps émacié, le débonnaire délégué du Reichstag, avec son monocle et ses *bons mots* [1], n'avait en rien perdu son esprit.

— Cela ne durera pas, avait-il dit comme ils traversaient la forêt de Bohême en direction de l'est. Le reste du monde finira par se rendre compte… Dieu me

1. En français dans le texte.

préserve de souhaiter une guerre, mais qu'y a-t-il à espérer d'autre ?

Cependant, il était en colère contre Marek, qu'il avait reconnu immédiatement pour l'avoir fréquenté à Berlin.

— Vous ne devriez pas faire ça ; vous avez d'autres choses à accomplir. J'étais...

Marek l'avait fait taire. Il ne voulait pas entendre de nouveau ce que Steiner lui répétait constamment.

Une quinzaine de kilomètres avant la frontière polonaise, ils avaient laissé Steiner avec la camionnette et s'étaient préparés pour la dernière partie du voyage, à pied. Comme ils se dissimulaient dans les sous-bois en attendant que la nuit soit à son plus sombre, Marek avait demandé à son compagnon s'il avait eu des nouvelles de Meierwitz.

— Il est toujours vivant, avait répondu Heller. En tout cas, il l'était il y a un mois. Une femme le cachait dans une ferme. Il a du cran, ce petit bonhomme... Il aurait pu partir en 34, mais...

— Arrêtez, l'avait coupé Marek. C'est à cause de moi qu'il est resté.

— Allons, ne dites pas de bêtises ! Je suis au courant de toute cette histoire, et je sais qu'il est demeuré en Allemagne par choix. Pour la gloire de...

Au loin, un chien avait aboyé, mettant un terme à toute possibilité de conversation, même chuchotée.

À trois heures du matin, la lune s'était couchée ; ils avaient alors ôté leurs vêtements et traversé la rivière en pataugeant. De l'autre côté, un homme avait émergé d'un champ de seigle et leur avait fait signe de le suivre.

Tout ira bien pour Heller, à présent, songea Marek. Il possédait un faux permis de résident qui lui permettrait de demeurer en Pologne ; sa sœur avait épousé un Polonais et le recueillerait. Il avait été pilote durant la guerre et avait l'intention d'offrir ses services d'instructeur à l'armée de l'air polonaise. Ils l'accepteraient : il avait reçu la croix de Fer.

Du salon de Steiner s'élevait la voix de la vieille femme que le professeur avait rencontrée dans le hameau où il avait attendu le retour de Marek. Il l'avait conduite à la camionnette, le cœur plein d'espoir : elle était pauvre et édentée, et son visage buriné était couvert de crasse. Si quiconque devait être dépositaire de l'héritage musical local, c'était bien Olga Czernova, dont les vêtements noirs sentaient le moisi et les feuilles pourries comme si elle venait tout juste d'être déterrée de la forêt.

Mais la mélodie que Marek entendait à présent n'était ni une chanson de travailleurs d'une époque révolue, ni un chant funéraire. C'était « Take a Pair of Sparkling Eyes », extrait des *Pirates de Penzance*. Puis suivit « Lippen Schweigen », de *La Veuve joyeuse*. Car dans le cœur de la vieille sorcière vivait une jeune femme qui était allée en ville, au bras d'un homme ayant juré de l'épouser. La ville en question n'était ni Prague ni Vienne, bien qu'Olga eût entendu parler des deux : c'était Olomouc, où, jadis, un empereur Habsbourg avait été couronné. À Olomouc, il y avait de la musique. Et quelle musique ! Non pas ces ennuyeux hymnes funèbres qui avaient bercé son enfance, mais d'adorables mélodies chantantes, jouées par l'orchestre municipal et chantées dans les opérettes par des hussards en bleu et argent et des gitanes portant des dizaines de jupes tourbillonnantes superposées… Et dans les cafés aussi, il y avait de la musique !

Le jeune homme l'avait quittée – c'était un bon à rien –, mais elle n'avait jamais oublié les chansons de cette époque magique. Au Pr Steiner, de plus en plus désespéré, elle avait chanté l'aria « Le champagne en est la cause » de *La Chauve-Souris*, le « Cancan » d'Offenbach et (en interprétant les deux rôles) un duo d'une comédie musicale intitulée *Prater Spring*.

— Enregistrez ça, répétait-elle, tandis que Steiner la suppliait sans succès de lui interpréter les vieilles chansons qu'elle avait apprises dans la forêt. Allez ! C'est le moment où il apprend qu'en réalité c'est une princesse…

Steiner avait obéi, avec l'intention d'effacer le disque plus tard, car il n'avait guère sa place dans la collection de musique ethnographique Bartók. Mais, à présent, il était décidé à le garder, parce que lui aussi avait été jeune et avait passé du temps dans les cafés ; également parce que les dernières notes stridentes d'Olga lui rappelaient le moment où il avait vu Marek sortir du rideau d'arbres et où il avait su que son ami était sain et sauf. Attendre le jeune homme lui était de plus en plus pénible.

Marek, somnolent au soleil, entendit Steiner s'affairer dans la cuisine, où il préparait le repas du soir. Il n'essaya pas d'aller l'aider : comme toute la maison, la cuisine de Steiner était minuscule. C'était cela qui avait incité Marek à refuser l'offre d'hébergement du professeur et à aller travailler à l'école.

Soudain, il s'entendit appeler.

— Marek ! Viens ici une minute !

Le seul luxe de Steiner, dans son exil, était un énorme télescope, très puissant, qui lui permettait d'observer les étoiles. Mais pas que les étoiles… Bien qu'il ne fût pas voyeur pour deux sous, cela l'amusait de regarder les gens sur le bateau à vapeur, les animaux qui paissaient dans les hauteurs ou les vacanciers qui pique-niquaient sur l'île.

En cet instant, le télescope était pointé sur l'école et, en approchant son œil de l'appareil, Marek vit, comme s'il avait pu la toucher, l'herbe au pied du perron, la barque sur la rive près du hangar… et la jetée de bois sur laquelle marchait, avec une grâce sûre d'elle, une jeune femme dont les épaules étaient entourées d'une serviette immaculée.

Derrière elle, en file indienne comme une couvée de canetons, arrivèrent quatre… non… cinq petites filles. Elles aussi se déplaçaient avec assurance, elles aussi étaient enroulées dans des serviettes d'un blanc de neige. Marek reconnut Sophie, avec ses longues tresses, et la petite Anglaise toujours de mauvaise humeur qui se passionnait pour les Indiens d'Amérique.

Mais ce fut la jeune femme qui retint son regard.

Ellen avait laissé tomber sa serviette et levait un bras pour rassembler la masse de ses cheveux châtains, afin de les attacher sur le sommet de sa tête. Comme Steiner s'en était douté, elle portait un costume de bain une-pièce bleu qui couvrait intégralement les parties du corps que ce genre de vêtement a pour fonction de dissimuler.

Comme des marionnettes, les petites filles laissèrent elles aussi tomber leurs serviettes et, copiant ses gestes, s'efforcèrent de faire tenir tant bien que mal leurs cheveux en place. Et, oui, elles aussi portaient des maillots de bain.

— Je n'ai jamais vu ça, dit Steiner.

— Moi non plus, répondit Marek, songeant au corps cave et nerveux de Tamara tandis qu'elle s'étendait impudiquement sur son chemin, aux membres livides du professeur de biologie et à la célèbre cicatrice de Chomsky.

Les yeux toujours fixés sur la jeune femme, il la vit faire un signe de tête aux petites filles, après quoi elle effectua un plongeon impeccable. Une à une, les fillettes la suivirent, certaines en sautant, d'autres en plongeant ; l'Anglaise toujours de mauvaise humeur, elle, descendit les marches de bois.

Dans l'eau, l'inconnue pivota et vérifia que tout son petit monde était en sécurité, puis elle se mit à nager vers le large avec force, non sans se retourner périodiquement afin de s'assurer que tout allait bien. Et derrière elle venait sa « couvée », nageant en V, exactement comme les canetons nichés dans les roseaux.

Marek fit un pas de côté afin de laisser Steiner jeter un nouveau coup d'œil.

— Comme c'est… convenable, dit le vieil homme, et Marek hocha la tête.

C'était le mot exact pour qualifier l'attitude de cette jeune femme sûre d'elle et attentive aux autres. Pendant un instant, Marek laissa son esprit vagabonder vers Nausicaa, la jeune fille dorée qui, dans l'*Odyssée*, quitte ses suivantes pour apporter aide et secours à Ulysse arrivant de la mer, épuisé. Mais à ce rapprochement érudit succéda bientôt une pensée tout autre : Marek se dit qu'il était un peu étrange que la première personne qu'il eût aimé voir nue dans cet endroit bizarre fût si résolument habillée.

Ellen ne s'était pas attendue qu'il y eût des assemblées matinales à Hallendorf – mais il y en avait. Trois fois par semaine, toute l'école se retrouvait dans la grande salle qui occupait presque intégralement le premier étage du château. On avait accroché au mur non les portraits des membres du conseil d'établissement ou de la famille royale, non plus que des boucliers au nom des meilleurs anciens élèves, mais des affiches aux slogans racoleurs et une frise peinte par les élèves de Rollo représentant des travailleurs engrangeant la moisson – car le prolétariat, quoique fort méconnu de la plupart des enfants de Hallendorf, était très cher à leurs cœurs.

Sur l'estrade élevée à un bout de la salle trônaient un piano et un antique poste de radio avec pick-up relié à un amplificateur. Il avait été question d'en changer, mais c'est alors que Bennet avait reçu une nouvelle lettre de son agent de change… Il y avait également un écran et une lanterne magique.

En l'absence de prières et d'hymnes – et en vérité de Dieu –, les assemblées, organisées tour à tour par les membres du personnel et par les enfants qui le souhaitaient, se révélaient un peu laborieuses, mais Ellen les trouvait sincèrement émouvantes car, à leur manière, elles traitaient des questions de la transcendance, de l'âme et de l'élévation de l'esprit. Au cours de l'une d'elles, Bennet lut des extraits de *The Freeman's Worship* [1], de Bertrand Russell – un philosophe que sa vie privée peu glorieuse n'avait pas empêché de faire quelques remarques pertinentes sur la condition humaine. Rollo tint une assemblée sur Goya, qui avait su se libérer de la maladie et du désespoir pour devenir l'un des peintres de la souffrance humaine les plus compatissants que le monde eût connus. Jean-Pierre, oubliant son cynisme, expliqua ce que les premiers manifestes de la Révolution française avaient signifié pour les masses miséreuses de Paris, et un jeune garçon américain projeta des diapositives du *Walden* de Thoreau, ce petit bout de Massachusetts sans prétention qui, pour tant de gens, symbolise désormais tout ce qui est bon et doux sur terre.

Mais lorsque Leon présida l'assemblée, sa prestation se révéla si dérangeante qu'Ellen se surprit à regretter l'ennuyeuse routine familière – hymnes et prières marmonnés sans conviction – à laquelle elle avait été habituée en Angleterre.

Arrivée à la dernière minute, la jeune femme s'était assise dans le fond. La salle était comble et silencieuse ; Leon, assis au piano, ne commençait pas.

---

1. *Le Culte de l'homme libre. (N.d.T.)*

Il regardait d'un air anxieux en direction d'Ellen – non pas elle, mais la porte. Enfin, celle-ci s'ouvrit ; un homme entra silencieusement et s'assit à côté d'Ellen.

Elle ne l'avait pas encore rencontré, mais son identité ne faisait aucun doute. En vérité, tout en lui correspondait étrangement à ce qu'elle s'était imaginé – sa taille, sa force, sa façon décontractée de s'appuyer au mur, les bras croisés… Les yeux bleu-vert au regard chaleureux collaient bien, eux aussi, au personnage, tout comme les épais cheveux clairs tombant sur son front. Seules les grandes lunettes à monture de corne qui mangeaient la moitié du visage du jeune homme surprirent Ellen. Elle s'était attendue qu'il eût un regard d'aigle, tel le bon forestier qu'on rencontre dans les fables, et elle songea qu'elle avait été ridicule.

Comme si l'entrée de Marek avait été le signal qu'il attendait, Leon se mit à jouer. Il interpréta un mouvement d'une sonate de Beethoven, fort bien. Tous, enfants et professeurs, étaient silencieux car, même s'il était difficile d'aimer Leon, on ne pouvait nier son talent.

Lorsqu'il eut terminé, il se leva et s'approcha du devant de l'estrade, dominant l'assemblée comme tous les enfants, entraînés à paraître sur scène, avaient appris à le faire. Il était très pâle, et sa nervosité visible avait de quoi surprendre chez un garçon d'ordinaire aussi extraverti et suffisant.

— C'était la *Sonate opus 26* de Beethoven – celle avec la marche funèbre –, et c'est de Beethoven que je vais vous parler. Mais pas de toute sa vie. Seulement de ce qui s'est passé à Heiligenstadt quand il avait trente ans.

Il s'éclaircit la gorge et de nouveau porta les yeux vers l'arrière de la salle. Son regard, qui avait quelque chose de fanatique, se fixa sur l'homme debout, immobile, près d'Ellen.

— Heiligenstadt est un village près de Vienne. Un endroit charmant, avec des tilleuls, de petits ruisseaux et tout ça ; mais ce n'est pas pour cette raison que Beethoven s'y rendit. Il alla là-bas parce qu'il ne voulait pas être vu, parce qu'il voulait se cacher. Il était terrifié, brisé, et essayait de fuir le monde. Il devenait sourd, voyez-vous, et c'est là-bas qu'il perdit définitivement espoir de trouver un remède à son mal. Cela faisait plusieurs années que cette surdité menaçait, mais il ne voulait pas y croire. Comment cela pouvait-il lui arriver à *lui* ? Comment *Beethoven* pouvait-il devenir sourd ?

« C'est terrible de lire ce qu'il fit pour essayer de se soigner, poursuivit Leon. Il se versa, à l'aide de seringues, des matières jaunes poisseuses dans les oreilles, il avala tous les médicaments possibles et imaginables, il eut recours à des aides auditives qui ressemblaient à des instruments de torture… mais rien n'y fit. Alors, il décida de mourir.

Leon s'interrompit et se frotta le nez du dos de la main. Pas de mouchoir, songea Ellen, coupable, et son cœur se serra devant l'émotion que parvenait à susciter ce garçon peu avenant.

— Mais il ne le fit pas, reprit Leon. Il ne se tua pas.

Il jeta de nouveau un regard trop intense, presque hystérique, en direction de l'endroit où se tenait Marek.

— Il écrivit ce qu'on a appelé le *Testament d'Heiligenstadt*, et qui est resté célèbre. Il commença par dire aux gens d'être bons, de s'aimer les uns les autres, mais la partie la plus importante est celle concernant l'art. Il y disait que, lorsque vous avez un don, vous devez vous en servir pour avancer dans la vie et non pas pour la fuir. C'était à cause de son art, expliquait-il, qu'il avait décidé de revenir dans le monde. Je vais vous lire ce passage.

Il prit un livre sur le dessus du piano et, d'abord en anglais, puis en allemand, il lut les mots du malheureux compositeur décidant de se consacrer de nouveau à la vie et à la musique.

— Ainsi, vous voyez, dit Leon avec force. Vous voyez…

Ellen remarqua que Bennet, sourcils froncés, se retournait pour suivre le regard de Leon, qui se dirigeait une nouvelle fois vers Marek, toujours près de la porte, les bras croisés.

— … vous devez continuer. Beethoven est rentré à Vienne, il a écrit sept nouvelles symphonies, son concerto pour violon, et *Fidelio*. Il a encore écrit des douzaines de quatuors à cordes, la *Missa solemnis*, et la sonate *Hammerklavier*… D'accord, il était grognon et avait mauvais caractère, il tapait sur ses pianos comme un fou, et les gens qui venaient lui rendre visite trébuchaient sur les pots de chambre qu'il n'avait pas pris la peine de vider ; mais il *n'abandonna jamais*. Quand il mourut, on ferma toutes les écoles de Vienne. Toutes, sans exception, pour que les enfants puissent aller à son enterrement. *Notre* école aurait été fermée, conclut Leon, comme si cela constituait un argument décisif.

Il avait terminé son discours. Il renifla une nouvelle fois, renvoya ses cheveux en arrière, puis s'approcha du pick-up.

— Je vais vous passer un extrait de la *Neuvième Symphonie*, pour terminer. Ou, du moins, je vais essayer, si ce satané Gramophone marche, maugréa-t-il, redescendant sur terre.

À l'instant où les accents triomphants de l'*Hymne à la joie* s'élevaient dans la salle, Ellen sentit un soudain courant d'air près d'elle.

L'homme vers qui cet étrange discours avait été adressé était parti.

Ellen avait pour habitude de se lever tôt et de faire le tour de la propriété avant que les autres ne s'éveillent. C'était l'heure où le lac était le plus beau, quand une légère brume s'échappait des eaux et que les oiseaux commençaient à s'agiter.

Tout en se promenant, elle « glanait ». Dans une corbeille de jardinier qu'elle réservait à cet usage, elle rassemblait les Yo-Yo qu'elle trouvait dans les buissons de fuchsias, les patins à roulettes périlleusement abandonnés sur les marches, les cahiers trempés par la rosée et les passe-montagnes kaki à moitié tricotés qui, eussent-ils été terminés, auraient grandement entamé les chances des Brigades internationales dans leur lutte contre Franco.

Le matin qui suivit l'assemblée menée par Leon, ayant ramassé un cerf-volant cassé, un appareil dentaire et une banane pourrie, la jeune femme se dirigea vers le puits situé au centre de la cour pavée, afin de repêcher la chaussure de gymnastique qu'elle y avait repérée la veille au soir.

Mais quelqu'un d'autre appréciait la paix du petit matin. Marek ne dormait pas dans le château même ; il avait une chambre au-dessus de l'étable, à laquelle on accédait par un escalier extérieur. Une pièce meublée aussi spartiatement qu'une cellule de moine – un lit, une table et une chaise –, où rien n'encourageait les visiteurs éventuels.

En cet instant, Marek descendait les marches, après avoir pris soin de bien fermer la porte derrière lui. Il traversa ensuite la cour en direction de la remise où étaient rangés les outils.

Ellen, penchée au-dessus du puits, ne le vit pas tout d'abord, et il l'aurait dépassée sans s'arrêter si au même moment elle n'avait levé la tête.

— Bonjour ! lança-t-elle en souriant.

Il plongea la main dans sa poche pour en tirer ses lunettes et s'approcha d'elle.

— Ce n'est pas une grenouille, j'espère ? demanda-t-il.

La manche d'Ellen était mouillée, et un petit morceau de mousse s'était accroché dans ses cheveux. Elle secoua la tête.

— Non. Et si c'en était une, une chose est sûre : je ne l'embrasserais pas ! Je pourrais peut-être embrasser un prince si j'avais la certitude qu'il se transforme en grenouille, mais pas l'inverse. En fait, c'est une chaussure de gym, et je n'arrive pas à l'attraper. Elle est coincée.

— Faites-moi voir.

Ellen songea qu'en cas de besoin Marek n'aurait aucune difficulté à arracher la grille de fer vissée au sol, tant il se dégageait de lui une impression de force et de puissance. Mais il se contenta de rouler une de ses manches de chemise et de repêcher la chaussure, qu'il déposa près d'elle sur la margelle.

— Je passe un temps fou à récupérer des chaussures de gym tombées dans des puits, des Yo-Yo accrochés dans des arbres ou des serviettes trempées oubliées dans l'herbe ! soupira-t-elle après l'avoir remercié. Je voulais leur apprendre l'ordre en leur donnant le bon exemple, mais ils sont tellement nombreux, et je suis toute seule… Je suppose que certains d'entre eux ne se rendront jamais compte.

— Mais d'autres, si.

Marek s'était assis près d'elle sur le bord du puits. Lorsqu'elle leva les yeux vers lui, reconnaissante de ses encouragements, il dut corriger la première impression qu'il s'était forgée. Tandis qu'elle nageait avec ses protégées, elle lui avait parue forte et sûre d'elle. Depuis, les délires énamourés de Chomsky, les compliments de Bennet et l'histoire de la chambre à l'icône l'avaient poussé à imaginer une sorte de Jeanne d'Arc portant seau et balai. Mais, en réalité, elle avait l'air douce et drôle… et peut-être vulnérable, avec sa bouche large, ses yeux pensifs.

Ellen aussi était surprise. Si le front haut de Marek, ses cheveux en désordre et sa petite chambre au-dessus des étables cadraient bien avec le personnage du forestier solitaire, sa voix, elle, détonnait. Il s'était exprimé en anglais, selon la coutume de l'école, et son accent, nuancé et léger, était celui d'un homme très à l'aise dans le monde.

— Je voulais vous demander quelque chose…, commença-t-elle. Bennet a dit que vous pourriez m'aider. Voilà, j'aimerais que nous ayons des cigognes à Hallendorf. Je voudrais savoir comment les faire venir.

Le visage de Marek se figea ; il devint silencieux, distant.

— C'est peut-être idiot, reprit-elle, mais je crois que les enfants ont *besoin* de cigognes.

Il ne dit rien pendant un moment, puis déclara :

— Avec les cigognes, ce n'est pas seulement une question de besoin, c'est aussi une question de mérite.

Ellen, cependant, ne se laissa pas arrêter par cette rebuffade.

— Sophie les mérite. Et d'autres aussi. On dit que les cigognes vivent fidèlement en couple jusqu'à la fin de leurs jours.

— Il est trop tard pour cette année, vous le savez sans doute.

— Oui. Mais il reste l'année prochaine.

— Ah, l'année prochaine !

Elle ne s'était pas trompée : sans savoir comment ni pourquoi, elle l'avait mis en colère.

— Bien sûr ! continua-t-il. Quelle Anglaise vous faites… Évidemment, vous autres, avec votre Manche qui rend tout le monde malade, vous ne risquez rien !

Honnêtement, vous croyez que nous serons encore là l'année prochaine ? Vous pensez que le monde va s'arrêter de tourner pour vous ?

— Non, répondit-elle, pointant le menton en avant. En fait, je suis très loin de penser cela. Je suis même venue ici parce que je voulais trouver des *Kohlröserl* et que je craignais qu'il ne me reste pas beaucoup de temps. Quoi qu'il en soit, cela n'a pas d'importance ; les cigognes seraient quand même...

— Des *Kohlröserl* ? Ces petites orchidées noires ?

— Oui. Ma grand-mère m'en a parlé avant de mourir... mais ne vous préoccupez pas de ça. Je veux des cigognes parce qu'elles bénissent une maison, insista-t-elle, répétant ce qu'elle avait dit à Sophie.

Marek s'était de nouveau renfermé en lui-même. Néanmoins, elle sentait que sa colère s'était apaisée.

— Qu'avez-vous en tête exactement, pour cet endroit ? demanda-t-il enfin.

Ce fut au tour d'Ellen de demeurer silencieuse. Toujours perchée sur la margelle du puits, elle remonta ses pieds sous sa jupe.

— J'ai du mal à l'exprimer correctement avec des mots... C'est un peu comme dans ces tableaux représentant des endroits où le lion et l'agneau se reposent ensemble... Vous savez, ces œuvres de peintres primitifs qui voient tout très simplement : des oiseaux de paradis, de grandes feuilles, tout qui se mêle à tout... Ou bien comme la forêt de Fontainebleau – je n'y suis jamais allée, mais j'ai vu un tableau sur lequel les cerfs avaient des crucifix entre les bois, et même les animaux probablement condamnés avaient l'air heureux. Quand j'ai découvert le château depuis le lac pour la première fois, j'ai tout vu dans ma tête. Les chambres propres et claires, qui sentiraient les fleurs et la cire d'abeille, et les roses, toujours libres et vigoureuses, mais pas étouffées... bien cultivées, pour s'épanouir au maximum. Je me disais qu'on pourrait installer des hamacs sous les arbres, dans lesquels les enfants viendraient s'allonger, et je les imaginais courant dehors sous la pluie et tournant leur visage vers le ciel – mais seulement après avoir fermé les fenêtres pour que les volets ne claquent pas. Je pensais que ce pourrait être un endroit où tout serait reçu avec… hospitalité : les leçons, les idées… et la nourriture des cuisines. Bien sûr, on n'y mangerait pas comme maintenant, ajouta-t-elle avec un sourire. Le matin, il y aurait l'odeur du pain frais et des mottes de beurre jaune… et quelque part dans le théâtre que le comte a fait construire avec tant d'affection pour sa maîtresse, on jouerait une pièce merveilleuse, pleine de magie, de rires, avec un texte magnifique, qui attirerait des gens de partout… Même les villageois viendraient, ils monteraient dans leurs bateaux et prendraient la direction du château, même le type qui a repêché Chomsky dans son filet ferait le déplacement.

Elle leva les yeux vers lui, rougissante.

— Je sais qu'un tel endroit ne peut pas exister, mais…

— Si, coupa Marek abruptement. J'en connais un. Si l'époque était différente, je vous y emmènerais.

— Et dans cet endroit, il y a des cigognes ?

— Oui, il y a des cigognes.

Il se mit debout et lâcha la chaussure de gymnastique dans la corbeille de jardinier. Puis il demeura un long moment immobile à regarder Ellen, sans sourire… en réfléchissant… et elle retint son souffle, car soudain elle eut pour la première fois l'impression d'avoir été parfaitement comprise.

— Je chercherai une roue, dit-il avant de s'éloigner dans la cour pour commencer son travail.

Plus tard, comme il surveillait le bûcher où flambaient les branches mortes et les feuilles tombées lorsqu'il avait taillé les haies, Marek se demanda comment il avait pu comparer sa maison avec cet asile de fous. Pettelsdorf devait sa richesse – son existence même – à la forêt qui l'entourait ; et les hommes qui dépendent des arbres mènent une vie de rigoureuse discipline. Le père de Marek et son père avant lui connaissaient à la perfection les deux mille hectares du domaine. Lorsqu'un architecte venait réserver des planches de chêne pour le beffroi d'une église, on le conduisait à un arbre, un seul, au cœur des bois en apparence sans limites. Il y avait des arbres sacro-saints, naturellement, comme le tilleul vieux de cinq cents ans, avec ses nids d'écureuils et ses cavités secrètes, que Marek enfant avait proclamé sien, ou l'orme, près de la maison, sous lequel il avait passé tant de nuits d'été à regarder les étoiles clignoter entre les branches. Mais, en général, on ne laissait guère de place aux sentiments, à Pettelsdorf ; une forêt de pins et de châtaigniers, de noyers, d'aulnes et de bouleaux ne s'entretient pas toute seule. Une agronomie minutieuse et quotidienne est indispensable pour assurer l'équilibre entre nouvelles pousses et anciens arbres protégés, entre clairières ensoleillées et plantations denses.

Ellen aussi avait parlé d'agronomie, de culture… Elle considérait les enfants, il s'en était aperçu aussitôt, comme son père et lui-même avaient appris à considérer les arbres : il y avait ceux qui devaient être taillés, ceux qui poussaient de travers, ceux qui n'avaient besoin que d'air et de lumière pour croître… Elle était comme ces jeunes filles que l'on voit sur les peintures de genre intitulées *Dentellière*, *Porteuse d'eau* ou *Couturière*. Des filles calmes, que l'artiste ne se donnait pas la peine de nommer tant il était clair que, sans elles, les fondations mêmes de la vie disparaîtraient.

Oh, zut, songea-t-il. Il avait promis des cigognes. Malgré lui, il avait entrouvert pour Ellen la porte d'un endroit qu'il n'avait jamais eu l'intention de quitter et qu'il ne pourrait retrouver tant que sa tâche épuisante ne serait pas terminée. Oui, il était étonnant de constater avec quelle facilité, en d'autres circonstances, il aurait emmenée cette jeune femme qu'il connaissait à peine à Pettelsdorf…

Elle le précéderait sur les marches menant à la véranda. Le chien-loup fourrerait son museau dans sa jupe ; sa mère hocherait la tête avec satisfaction, comme lorsqu'elle trouvait le mot juste pour l'une de ses traductions, et son père cesserait de nettoyer son fusil pour aller chercher le tokay impérial de 1904 qu'il gardait pour les invités de marque. Pendant ce temps, dans le ruisseau derrière la maison, les cigognes dont rêvait Ellen sillonneraient l'eau à la recherche de grenouilles…

Mais tout cela n'était que fantasme, bien sûr, car le travail dans lequel il était engagé lui interdisait de nouer la moindre relation. Et même une fois sa mission accomplie, il ne serait pas libre pour autant car, si incroyable que cela pût paraître, il semblait bien qu'une nouvelle guerre se profilait à l'horizon.

Ellen dut attendre le milieu de la deuxième semaine pour pouvoir se consacrer à l'office et à ses employés.

Les cuisines, qui autrefois fournissaient les comtes Habsbourg en gibier rôti et ragoûts de grouse, envoyant à l'étage cochons de lait et cognac Napoléon, n'avaient guère changé depuis l'époque où le dernier propriétaire de Hallendorf avait, après une semaine de chasse, organisé une fête en l'honneur de François-Joseph. Une cuisinière électrique avait remplacé le fourneau et les immenses fours à pain, et il y avait un réfrigérateur sur lequel étaient collés des slogans révolutionnaires réclamant la destitution du gouvernement costaricain ; mais l'immense table en bois était la même, tout comme les longs passages qui séparaient cuisine et cellier et les marches de pierre descendant à la cave.

Ellen, lorsqu'elle entra pour superviser les lieux, considéra la pièce avec satisfaction. Elle n'était pas sombre ; les fenêtres donnaient sur la cour et sur le catalpa, et tout était solide et propre.

Cette propreté la surprit, car la nourriture qui avait été servie jusqu'à présent était absolument atroce. Les menus se composaient invariablement de risottos au riz brun collé auquel adhéraient des morceaux de poisson pleins d'arêtes, d'étranges salades privées de sauce mais riches en petits cailloux, et de fruits exotiques gluants venus de loin dans des boîtes de conserve.

L'arrivée d'Ellen dans son tablier le plus impeccable ne fut accueillie avec enthousiasme ni par Juan, le Costaricain persécuté, ni par Fraulein Waaltraut Nussbaum-Eisenberg, une aristocrate déchue dont le neveu était maire de Klagenfurt.

Juan cuisinait en échange de son entretien et d'un salaire résiduel. Il s'attendait, disait-il, à voir d'un jour à l'autre la police secrète de son pays frapper à la porte et l'emmener. Fraulein Waaltraut, quant à elle, était résolument contre la viande, les œufs et le poisson, et aurait uniquement nourri les habitants de l'école de bourrache et de myrtilles si Bennet l'avait laissée faire.

— Naturellement, il faut que nous ayons des salades, dit Ellen, mais pas avec des gravillons dedans, et les orties doivent être cueillies jeunes. Par ailleurs, les enfants sont en pleine croissance, et nous devons nous assurer qu'ils ne manquent pas de protéines.

Elle posa ses livres de cuisine sur la table et demanda à voir le cellier. Ce ne fut guère apprécié. Fraulein Waaltraut souligna qu'elle n'avait pas l'habitude d'être inspectée, et Juan agita les bras en expliquant qu'on était jeudi et que le bateau apportant les vivres n'arrivait que le vendredi.

Il était clair que Juan et Fraulein Waaltraut, à l'instar des mangues en miettes provenant de pays africains pauvres qu'ils servaient, bénéficiaient de la tradition qui voulait qu'à Hallendorf on secoure les nécessiteux, quelle que fût leur valeur. En conséquence, Ellen ne pouvait que s'étonner davantage de la table impeccablement frottée, des casseroles et des pots briqués et soigneusement rangés… De toute évidence, une autre personne travaillait là !

La jeune femme ne tarda pas à la trouver – non dans la pièce principale, mais dans l'arrière-cuisine, où elle faisait la vaisselle du petit déjeuner.

Ellen arriva derrière elle sans bruit et l'observa un moment ; ce qu'elle vit lui redonna courage. La fille était très jeune – dix-huit ans au plus – et vêtue d'une large jupe froncée bleue immaculée, d'un corsage rose et d'une blouse blanche. Elle portait ses cheveux blonds fermement attachés autour de sa tête par des épingles, était petite et robuste, et travaillait à un rythme régulier, très concentrée, comme si ce qu'elle faisait était sa seule préoccupation sur terre.

— *Grüss Gott*, dit Ellen en lui tendant la main. Je suis le nouveau superviseur. Je m'appelle Ellen.

La fille se retourna, s'essuya les mains.

— Je suis Lieselotte, répondit-elle.

Comme elle esquissait une révérence, Ellen dut se retenir pour ne pas la prendre dans ses bras. Car elle aurait pu être Henny, revenue de l'au-delà ; Henny telle qu'elle avait été dans son propre pays, entière, généreuse et bonne.

— Dis-moi, Lieselotte, est-ce toi qui as préparé les œufs et les petits pains aux graines de pavot, dimanche ?

Lieselotte hocha la tête.

— Oui. Je ne suis pas censée faire la cuisine, je ne suis là que pour nettoyer et faire la vaisselle, mais le dimanche Fraulein Waaltraut n'est pas là et…

Elle s'interrompit et rougit.

— C'est difficile, ici. J'envisage de donner mon congé.

— Oh, non !

Ellen secoua la tête avec véhémence.

— Tu ne peux pas faire ça. N'y pense même pas ! À partir de maintenant, c'est toi et moi qui ferons la cuisine.

Le visage de la jeune fille s'éclaira.

— Oh, j'adore cuisiner ! Tout le monde pense que la nourriture autrichienne est lourde et grasse mais, vous savez, c'est seulement la *mauvaise* nourriture autrichienne. Les omelettes de ma mère sont légères comme des plumes, et son babeurre est si frais et bon…

— Ta mère t'a appris à cuisiner, alors ?

— Oui.

— As-tu des frères et sœurs ? Il va nous falloir de l'aide, parce que je dois travailler également en haut.

— J'ai deux sœurs. Elles voulaient venir, mais ma mère a pensé que ce ne serait pas une bonne idée. Elles sont jeunes, et parfois les enfants se conduisent si mal !

— Ma foi, n'importe qui se conduirait mal si on lui servait quotidiennement du risotto aux arêtes, observa Ellen. Je te le dis, Lieselotte, nous allons transformer cet endroit.

La jeune fille jeta un coup d'œil en direction de la cuisine, où une altercation commençait entre Juan et Fraulein Waaltraut.

— Mais… comment ferez-vous pour… ? Il n'a nulle part où aller, et elle est de la famille du maire !

— Je pense que Juan pourrait peut-être enseigner la poterie. Et… bah, je trouverai quelque chose. Bon, voici les menus que j'avais prévus pour la semaine prochaine, mais j'aimerais utiliser au maximum des produits de la région. Je suppose que tu connais des gens qui pourraient nous en fournir ?

— Oh, oui. Oui.

Lieselotte sourit.

— Mais ils ne vivent pas en Abyssinie…

6

À Gowan Terrace, les trois sœurs vivaient beaucoup plus mal l'absence d'Ellen qu'elles ne s'y étaient attendues. Sans elle, la maison semblait vide, silencieuse et froide. Si, trop occupée par sa vie trépidante, le Dr Carr n'avait pas prêté attention aux fleurs que sa fille rapportait et arrangeait, elle remarquait à présent leur absence. À l'office, la cuisinière était revenue à son poisson bouilli et à sa *jelly* colorée, et l'homme qui venait s'occuper du jardin avait déterré les pivoines d'Ellen et détruit la clématite.

Les anciennes suffragettes ne chômaient pas, cependant. Les réunions se succédaient, plus nombreuses que jamais : des réunions sur les femmes privées du droit de vote en Mésopotamie, sur l'enseignement des mathématiques dans les communes, sur la contraception gratuite pour les prostituées. Mais elles ne ressemblaient pas à celles d'autrefois – elles étaient plus courtes, moins de jeunes gens y assistaient, et les sandwichs servis par la cuisinière étaient si peu appétissants qu'on avait fini par les abandonner au profit de gâteaux secs.

C'était différent, pourtant, lorsqu'une lettre d'Ellen arrivait de Hallendorf. Ce jour-là, le Dr Carr et ses sœurs autorisaient certaines personnes à demeurer après le départ des autres et le rangement des plaques des lanternes magiques, et la lettre était lue non seulement aux initiées, comme la « tante » qui tenait la boutique du Left Book Club ou l'ancienne directrice d'école d'Ellen, mais aussi à d'autres – même des hommes –, dont on savait qu'ils œuvraient pour de justes causes. Parmi eux se trouvait Kendrick Frobisher.

Kendrick s'était rendu si utile à Gowan Terrace – inscrivant des adresses sur des enveloppes, classant des plaques et allant chercher des tracts chez l'imprimeur – qu'on n'aurait vraiment pas pu lui refuser le plaisir d'assister à la lecture des nouveaux épisodes de la vie à Hallendorf. Malgré tout, Annie (celle qui était professeur de mycologie, et qui voyait en conséquence les choses avec plus de recul) avait exprimé des doutes quant au bien-fondé de cette initiative.

— Il est très amoureux d'Ellen ; ne croyez-vous pas que cela risque de lui donner de faux espoirs si nous l'invitons à ce qui est, en quelque sorte, un événement familial ?

Mais personne n'avait eu le cœur d'exclure Kendrick, qui, peu de temps auparavant, avait été obligé de se rendre dans la maison humide du Cumberland pour une réunion de famille durant laquelle l'aîné de ses frères, major dans l'armée des Indes, lui avait parlé de chasse au sanglier. Son autre frère, qui était agent de change et apprenait à piloter son propre avion, avait pour sa part raconté comment on faisait un looping.

Kendrick, assis auprès de Charlotte, Phyllis et Annie, écoutait les rapports d'Ellen sur l'étrange comportement du Petit Chou (les élèves, semblait-il, tiraient au sort les malheureux qui devraient assister à ses cours de gymnastique rythmique) et sur la pièce choisie pour la représentation de fin d'année. Celle-ci se passait dans un abattoir et était politiquement saine, quoique fort triste. Ils apprirent aussi comment Ellen avait découvert Liese-lotte dans la cuisine, combien elle était furieuse contre les parents qui n'écrivaient pas à leurs enfants et avec quelle fierté elle était parvenue à faire passer Andromède de la sphaigne aux couches. Ils entendirent également – brièvement – parler d'un homme nommé Marek, qui avait mis des roulettes à une tortue et allait aider Ellen à trouver des cigognes.

Parfois, dans ses lettres, la jeune femme ajoutait : « Je vous en prie, envoyez mon meilleur souvenir à Kendrick et dites-lui que je lui écrirai bientôt. » Cela suffisait à donner des ailes à l'intéressé, lorsqu'il rentrait chez lui, et à le convaincre plus que jamais d'aller jusqu'au bout de ce qu'il considérait comme sa mission.

Celle-ci consistait à faire partager à Ellen, à travers les lettres qu'il lui envoyait, toutes les activités culturelles de leur ville natale. Lorsque Kendrick se rendait à une exposition d'urnes funéraires mexicaines ou assistait à la représentation d'une pièce grecque dans un sous-sol de Pimlico, il n'y allait pas seulement *pour* Ellen mais, d'une certaine manière presque mystique, *avec* elle. Il ne manquait jamais de rapporter deux programmes, et il prenait scrupuleusement des notes au cours de l'événement afin de pouvoir partager avec Ellen ses expériences. Ces notes, ajoutées à ses impressions et à diverses remarques, étaient jointes à sa lettre hebdomadaire.

Ainsi, le jour où Kendrick assista à un concert de musique contemporaine au Wigmore Hall, envoya-t-il à Ellen une analyse complète de la musique jouée, une copie annotée du programme et deux pages de commentaires agrafées derrière.

« Assez curieusement, je pense connaître la personne qui a écrit les morceaux que j'ai cochés, ceux qui ont été bissés. Comme vous le voyez, son nom est Altenburg. Il commençait à être connu en Allemagne avant l'arrivée au pouvoir de Hitler, mais maintenant il refuse que sa musique soit jouée dans le Troisième Reich, il ne permet même pas que ses compositions soient imprimées là-bas. Il y avait un garçon à l'école qui portait ce nom-là – son père était allemand, ou peut-être autrichien – et, s'il se distinguait des autres parce qu'il était extrêmement bon en musique, il était également très fort physiquement et n'avait peur de rien. Il a été renvoyé au bout d'un an pour avoir sorti un professeur par une des fenêtres du premier étage. Il ne l'a pas lâché, mais il l'a tenu par les chevilles au-dessus du petit jardin. Ça a fait un gros scandale, le professeur aurait pu tomber et se tuer… en fait nous étions tous ravis car c'était un sadique qui avait battu certains des garçons les plus jeunes de façon affreuse. Donc, en quelque sorte, Altenburg a été considéré comme un héros, mais il est parti aussitôt. L'école a dit qu'elle l'avait renvoyé ; nous, nous pensions que c'était lui qui avait choisi de partir. Il ne paraissait pas du tout embêté par ce qu'il avait fait. Il a simplement dit que la défenestration était une pratique courante à Prague, d'où venait sa mère. »

Arrivé là, Kendrick s'interrompit, ne sachant trop s'il devait expliquer à Ellen la Défenestration de Prague, événement célèbre de l'histoire tchécoslovaque. Il était fier de savoir écrire « Tchécoslovaquie » sans avoir recours à un dictionnaire et de bien connaître les conflits religieux au sein de la capitale de Bohême qui avaient conduit des protestants en colère se croyant trahis à jeter par une fenêtre deux catholiques. Mais il ne restait plus de place sur le programme, et, parfois, Ellen avait l'air fatiguée lorsqu'il expliquait les choses trop en détail. Aussi mit-il les notes de côté et retourna-t-il à sa lettre, lui répétant une nouvelle fois qu'il l'aimerait toujours, et que si un jour elle acceptait de considérer d'un œil plus clément sa demande en mariage, il serait indiciblement heureux.

Puis il signa la lettre, y joignit le programme théâtral de la pièce grecque, des critiques découpées dans le

Times, deux catalogues d'expositions et la brochure annotée du concert d'Altenburg, après quoi il porta le tout à la boîte aux lettres.

La missive arriva sans encombre, apportée au château par le bus postal jaune au klaxon schubertien qui faisait le tour du lac à l'aube. Ellen lut la lettre – elle éprouvait toujours de la compassion pour Kendrick –, mais laissa les catalogues et le programme de concert sur sa table de travail afin de les regarder plus tard. Elle planifiait à ce moment-là la redécoration intégrale de la salle à manger de Hallendorf ; la vie culturelle londonienne attendrait.

7

Le matin où Ellen eut des nouvelles de Kendrick – un matin où Sophie, une fois de plus, revint bredouille de sa boîte aux lettres –, Marek reçut une carte postale, qu'il mit dans sa poche avec satisfaction. La photographie représentait un joli village polonais avec des paysans souriants, et le texte disait seulement : « L'opération de tante Tilda s'est bien passée. Elle t'embrasse. »

Cela signifiait que Heller était sain et sauf. Marek l'imaginait sans peine : il avait sans doute récupéré son monocle et devait pérorer dans le mess des officiers de l'aviation… À présent, Marek n'avait plus qu'à attendre de recevoir des nouvelles de Meierwitz ; les recherches qu'il avait engagées suite aux révélations de Heller prendraient du temps.

Le sauvetage d'Isaac serait le dernier. Il l'avait promis à Steiner et était lui-même conscient que le temps des aventures solitaires était révolu. Pour que Hitler perde la partie, il faudrait désormais attendre que les autres pays s'éveillent à leurs responsabilités ; il était trop tard pour vaincre de l'intérieur, comme il l'avait d'abord espéré.

Marek reporta donc une nouvelle fois son attention sur les terres négligées de Hallendorf. Il arrosa les arbres du verger, répara les châssis dans le potager, mit des tuteurs aux rosiers.

Où qu'il allât pour travailler, les garçons se rassemblaient autour de lui et le regardaient – mais ils ne demeuraient pas longtemps à l'observer. Soit on laissait Marek tranquille, soit on l'aidait, et l'aide qu'il exigeait n'était pas de celles qui autorisent l'expression personnelle ou qui peuvent cesser dès que la nouveauté de la tâche s'est émoussée.

La plupart des élèves se rendaient réellement utiles, mais le désir qu'avait Leon d'« aider » était différent. Cet enfant nerveux, vif comme l'éclair, attendait quelque chose de Marek ; son affection apparente prenait souvent des allures de persécution. Marek en était conscient, aussi l'envoyait-il travailler le plus loin possible : biner un chemin sur la terrasse du bas ou aller chercher avec la brouette des bûches d'une pile distante. Mais le jeune garçon n'arrivait jamais à rester éloigné très longtemps.

Pour Ellen, fort occupée par ses projets de réorganisation de la salle à manger, Marek se révélait discret et utile à la fois. Il installait des tables à tréteaux à l'extérieur afin qu'elle puisse faire manger les enfants dans la cour jusqu'à ce que les travaux soient terminés, puis apparaissait sans prévenir à son côté pour soulever et déplacer les meubles ou pour, en quelques mots, lui suggérer un moyen plus simple d'accomplir telle ou telle tâche.

Il se montrait aussi serviable de bien d'autres manières, notamment en lui expliquant ce qu'elle n'avait pas bien compris.

— Chomsky nage vraiment beaucoup, n'est-ce pas ? remarqua-t-elle un jour où le professeur de métallurgie passait près d'eux, trempé une fois de plus. Je veux dire, trois fois par jour…

— C'est à cause du poids exceptionnel de son foie, répondit Marek. Bartók aussi nage beaucoup.

— Bartók ?

— Un compositeur hongrois. Probablement le meilleur encore en vie.

— Oui, je sais qui c'est… Mais, dites-moi, est-ce caractéristique des Hongrois, ces foies très lourds ? Et leur enlève-t-on toujours l'appendice dans la *puszta* ?

— Chomsky a été opéré de l'appendicite dans la clinique la plus chère de Budapest, dit Marek, l'air vaguement vexé, comme si elle avait manqué de respect à l'Europe centrale dans son ensemble. Son père est un diplomate de haut rang.

Les enfants n'étaient pas les seuls à suivre Marek partout lorsqu'il travaillait.

Tamara montait un ballet nommé *L'intérieur est l'extérieur*, inspiré d'un poème de Rilke qu'elle avait découvert à la bibliothèque, mais n'avait peut-être pas parfaitement compris. C'était un ballet en solo, dans la mesure où les enfants s'étaient montrés peu coopératifs. Les répétitions, qui impliquaient les contorsions que l'on est en droit d'attendre de quelqu'un dont l'intérieur est à l'extérieur, avaient généralement lieu le plus près possible de l'endroit où se trouvait Marek.

La façon dont Marek supportait cela était impressionnante. Cet homme, qui pouvait remarquer le plus petit scarabée sur le tronc d'un arbre ou qui se penchait pour sauver de sa faucille de petites grenouilles de la taille d'un ongle, agissait comme si Tamara n'existait pas. Un jour qu'il l'avait trouvée en train de prendre un bain de soleil en travers de son chemin alors qu'il se rendait au village, il avait même porté la main à son chapeau, comme si elle avait été une connaissance croisée sur les Champs-Élysées, avant de poursuivre sa route. Il n'y avait que quand elle prenait sa balalaïka et commençait à chanter qu'il s'empressait de déguerpir, témoignant du même talent pour l'esquive que lorsqu'il enseignait l'escrime.

Les problèmes d'Ellen avec Tamara étaient, eux, d'ordre horticole. Car, à ce qu'il semblait, les filles des Ballets russes avaient coutume de se promener avec des fleurs dans les cheveux – de grosses fleurs, généralement rouges. Et c'étaient des fleurs de ce type que Tamara cueillait ou arrachait avec ses longs doigts osseux pour les placer dans ses boucles teintes au henné.

— J'ai l'impression que c'est moi qu'elle coupe et met sur son oreille, avoua un jour Ellen à Marek tandis que le Petit Chou arrachait de sa tige une pivoine parfaite, à doubles pétales.

Conscient qu'elle avait besoin de réconfort, il répondit :

— Je crois que j'ai trouvé une roue. Un fermier, dans la vallée d'à côté, en a une dans sa remise. Il n'est pas encore sûr de vouloir s'en séparer, mais je le travaille au corps !

— Oh !

Ellen se rendait bien compte qu'elle faisait trop confiance aux cigognes. Elles ne pousseraient pas forcément les parents de Sophie à lui écrire, ni n'empêcheraient Janey de mouiller son lit. Faire de Tamara une épouse aimante, qui aiderait Bennet à diriger son école, n'était probablement pas non plus dans leurs cordes. Mais elle était si pleine d'espoir que Marek, en voyant son visage, crut bon de la prévenir :

— Une roue ne fait pas nécessairement venir des cigognes.

— Non, admit-elle gaiement, mais c'est un début.

Et, le succès lui montant à la tête, elle poursuivit :

— Peut-être pourrions-nous également avoir des colombes ? Des blanches ? Et des pigeons paons. Il y a un colombier, là-haut, dans les champs. Ce serait magnifique…

— NON !

— Pourquoi pas ?

— Parce que les colombes n'arrêtent pas de se reproduire et que les personnes qui les élèvent sont obligées de rassembler les petits dans des paniers à linge pour essayer de les donner à leurs amis, expliqua Marek avec amertume.

Il se souvenait des vains efforts de sa mère, au début, pour offrir son surplus aux propriétaires terriens de Bohême.

— Elles sont toujours prêtes à s'apparier, conclut-il afin de bien se faire comprendre.

— Comme Tamara, observa Ellen avant de porter vivement la main à sa bouche, car elle s'était juré de ne pas dire du mal du Petit Chou qui avait tant souffert.

La réouverture de la salle à manger de Hallendorf fut un événement d'une intensité dramatique inattendue. En vérité, certains des enfants devaient s'en souvenir longtemps après avoir oublié les pièces expressionnistes et les drames dansés dans lesquels ils avaient joué.

Avant, la pièce était demeurée fermée pendant deux jours, et on leur avait servi leurs repas *al fresco*. Puis, le troisième jour, un avis fut affiché dans le vestibule, demandant à tous de se réunir à l'extérieur de la salle à manger cinq minutes avant le repas du soir.

Inutile de préciser que cela causa dans les rangs une excitation considérable. Même Rollo, qui préférait d'ordinaire aller dîner au village de bière et de bretzels, et Chomsky, dont la constitution était délicate, attendaient l'heure dite avec impatience.

À dix-huit heures trente, Bruno, qui avait jusqu'alors gardé la porte, l'ouvrit d'un grand geste, et tous se précipitèrent à l'intérieur. Là, une transformation totale les attendait. Disparue la toile cirée avec son odeur tenace. Envolées les fenêtres sans rideaux, la vaisselle entassée dans des paniers de métal. Les tables de pin, passées à la cire d'abeille, étincelaient ; au centre de chacune trônait un bouquet de fleurs sauvages dans un vase de céramique blanc et bleu ; les places de chacun étaient clairement indiquées.

Le passe-plat, près duquel se tenait généralement Fraulein Waaltraut, la louche à la main, était fermé. À côté, quatre enfants, une serviette sur le bras, se tenaient prêts à servir leurs camarades.

Lorsque tout le monde fut assis, Sophie, placée un peu en retrait, prit une cloche sur une table et l'agita. C'était une clochette à vache, au son doux et mélodieux ; une clochette qui rappela rênes, cadeaux, bougies et sapins décorés aux enfants dont les parents étaient restés ensemble suffisamment longtemps pour célébrer Noël avec eux.

Au signal, la porte coulissante du passe-plat s'ouvrit. Au lieu de la mine épuisée de Fraulein Waaltraut apparut celle, fraîche et souriante, d'Ellen. Elle portait une blouse blanche, et une coiffe, également blanche, dissimulait ses cheveux, la faisant ressembler à une nonne pieuse et dévouée.

Mais à l'instant où elle parla, ses paroles ne furent pas celles d'une religieuse.

— Comme vous pouvez le voir, dit-elle d'une voix qui porta sans difficulté dans toute la pièce, nous nous sommes efforcés de rendre la salle à manger plus agréable. Nous espérons – et en avons fermement l'intention – servir une nourriture plus agréable aussi. Vous le savez tous, notre école est contrainte de faire des économies, et nous ne pouvons pas accomplir de miracles, mais nous ferons tout notre possible pour que vous mangiez des choses fraîches et bien cuisinées, même si de temps en temps cela peut paraître un peu simple. Cependant, il y a une chose qui doit être parfaitement claire, et elle concerne le prolétariat.

La jeune femme s'interrompit, observant son auditoire, qui semblait fortement intimidé.

— Depuis que je suis ici, j'ai beaucoup entendu parler du prolétariat, des travailleurs opprimés du monde entier ; et j'estime qu'il est bien, honorable et nécessaire de se préoccuper d'eux. Mais il faut que vous soyez conscients que le prolétariat n'existe pas seulement dans des endroits éloignés. Pas seulement dans les ateliers clandestins de Hongkong ou dans les usines du Midwest américain. Le prolétariat est aussi ici, dans la cuisine. Lieselotte, qui s'est levée à cinq heures du matin pour cuire les petits pains que vous vous apprêtez à manger, fait partie du prolétariat. Frau Tauber, qui nettoie la vaisselle pour vous, en fait également partie lorsqu'elle reste pendant des heures debout devant l'évier, ses jambes gonflées et douloureuses. *Je* suis le prolétariat, continua-t-elle en agitant sa louche. Quand vous lancez un morceau de pain à travers la pièce, vous détruisez ce qu'un homme a passé la nuit à faire, alors que son dos le faisait souffrir et que sa femme était malade. Si vous vous bousculez, que vous vous poussez et que vous renversez le lait, vous rabaissez un homme qui se lève dans le matin gelé et qui souffle sur ses doigts en se dirigeant vers l'étable pour traire les vaches pendant que vous dormez dans vos lits. Si vous comprenez cela, alors nous tous, dans la cuisine, nous ferons notre maximum pour vous servir de la bonne nourriture. Mais si vous n'y arrivez pas, je vous jure que nous retournerons illico au risotto aux arêtes et aux miettes de mangue, parce que vous ne mériterez pas mieux !

Un silence abasourdi suivit cette tirade. Puis, du fond de la salle, une voix profonde cria « Bravo ! ». L'exemple de Marek était toujours suivi, et c'est sous une véritable ovation qu'Ellen prit sa louche et se mit à servir.

— Vous savez, je regrette presque de lui avoir si clairement fait savoir que je ne voulais pas qu'elle se mêle des pièces d'une manière ou d'une autre, observa Bennet, plus tard ce soir-là. Elle a l'air d'avoir un véritable don pour la mise en scène.

— C'est vrai, acquiesça Margaret Sinclair, qui était venue dans son bureau lui faire signer quelques lettres. Mais, sauf votre respect, je me demande l'effet qu'aurait eu son discours tout seul. C'est la nourriture qu'elle a servie ensuite qui les a tous mis dans sa poche. Cette sauce sur les *Würstl* [1] et ces délicieux *Kaiserschmaren* [2]...

— Ma foi, vous avez peut-être raison. Je suis seulement désolé de ne pas avoir pu lui rendre service en laissant Juan enseigner la poterie. Mais Marek lui aurait trouvé du travail au jardin.

Avoir deux personnes dans son équipe sur qui il pouvait entièrement compter était un plus, même s'il savait que Marek ne resterait pas.

Bennet se souvenait de son premier entretien avec Tarnowsky. Celui-ci était arrivé en bateau à rames de la maison du Pr Steiner et avait demandé du travail.

— Pas pour longtemps... quelques mois.

— Que pourriez-vous enseigner ? avait questionné Bennet.

Ce n'était pas ainsi qu'il engageait ses professeurs d'ordinaire, mais à peine avait-il vu cet homme tranquille, aux gestes posés, qu'il avait souhaité l'avoir près de lui.

— J'avais pensé travailler sur les terres, avait répondu Marek. Le verger est dans un piètre état, et les

1. Saucisses. *(N.d.T.)*
2. Sortes de galettes. *(N.d.T.)*

arbres derrière le terrain de sport ont besoin d'être élagués.

— Pourriez-vous enseigner l'escrime aux garçons les plus âgés ? avait continué Bennet, suivant son instinct.

— Si vous voulez. Et la menuiserie, j'imagine.

Bennet avait essayé la poterie – il disposait, dans la cave, d'un tas de glaise de grande valeur, humidifiée périodiquement par des enfants confiants attendant que quelqu'un fût digne de leur apprendre à s'en servir –, mais Marek avait nié toute connaissance en la matière.

— Il y a un manuel, avait souligné Bennet, regardant les mains de son interlocuteur.

C'étaient des mains larges, fortes, pas des « mains d'artiste », et cela mettait le directeur en confiance.

— J'y réfléchirai.

— J'ai bien peur de ne pas pouvoir vous offrir grand-chose comme salaire, avait repris Bennet.

— Je ne veux pas de salaire. En revanche, je vais vous dire ce que je veux.

Marek avait réclamé des permissions pour accompagner le Pr Steiner dans ses expéditions de collecte chaque fois que le vieil homme entendrait parler d'un chanteur folklorique prometteur. Comme il atteignait la porte, Bennet avait essayé de nouveau :

— Et la musique ? Pourriez-vous diriger la chorale ?

Marek s'était retourné et avait secoué la tête.

— Certainement pas la musique.

À présent, Bennet était frappé de constater que les trois personnes sur lesquelles il pouvait se reposer, certain qu'elles feraient toujours de leur mieux, se désintéressaient toutes des idées qui, pour lui, donnaient sa raison d'être à l'école. Ni Ellen, ni Marek, ni Margaret, qui était venue à dix heures du soir l'aider à terminer ses lettres, ne semblaient accorder beaucoup d'importance à la liberté ou à l'expression personnelle ; non plus qu'ils n'avaient manifesté le moindre intérêt pour la pièce de fin d'année, que tous, bien que ce ne fût pas là son véritable titre, appelaient *Abattoir* [1].

L'amitié d'Ellen pour Lieselotte croissait de jour en jour. Sa promotion de fille de cuisine à cuisinière en titre avait allumé une petite flamme dans les yeux de la jeune fille ; la fierté qu'elle avait de son travail, de son savoir-faire, faisait plaisir à voir. Au bout d'une semaine, elle avait amené sa cousine Gretl pour l'aider, et, à présent que Juan travaillait dans les jardins et que Fraulein Waaltraut avait été envoyée à la bibliothèque préparer un rapport sur les herbes culinaires, la cuisine était devenue un havre de propreté et de compétence.

De surcroît, en devenant amie avec Lieselotte, Ellen s'était assuré la bonne volonté des commerçants de Hallendorf, qui jusqu'alors avaient considéré l'école avec une distance réprobatrice. Le boucher était l'oncle de Lieselotte, le boulanger, le beau-frère de sa mère, et le fermier qui possédait le verger dont les abricots faisaient rêver Ellen n'était autre que le mari de la tante de la jeune fille. Assurés que le château n'avait plus l'intention d'importer du *corned beef* provenant de méritoires parcs à bestiaux équatoriens ou du riz brun plein de charançons d'une lointaine coopérative, ils promirent de fournir les cuisines de Hallendorf en viande et fruits frais – et à des prix aussi raisonnables que justes.

Malgré tout, lorsque Ellen déclara qu'elle irait à l'église avec Lieselotte le dimanche suivant, cette annonce fut accueillie avec consternation. Nager en maillot de bain était une chose ; mais là, elle poussait le courage un peu loin.

---

1. En français dans le texte.

— Peut-on ? s'enquit Sophie, les yeux écarquillés. Peut-on vraiment faire ça ?

— Bien sûr ! rétorqua Ellen. Si l'on peut adorer Beethoven, Goya ou Dostoïevski, pourquoi ne pourrait-on adorer Dieu ? Après tout, qui a donné leur génie à Beethoven et aux autres ? Ça pourrait bien être Lui, tu ne crois pas ?

— Impossible, Dieu n'existe pas, répondit Leon. Et, de toute façon, la religion est l'opium du peuple.

— Autrefois, j'allais de temps en temps à l'église, à Vienne, murmura Sophie d'un ton pensif. La gouvernante m'y emmenait. C'était très joli, l'encens et la musique...

Ellen se força à ne rien dire. Elle n'avait pas pris un seul de ses dimanches depuis son arrivée à Hallendorf, et elle en était au point, familier de tous ceux qui ont travaillé dans une école, de ne plus vouloir parler à quiconque âgé de moins de vingt – voire trente – ans.

— Le vapeur ne marche que l'après-midi, le dimanche, n'est-ce pas ? demanda-t-elle à Lieselotte.

— Oui. Il y a un bus très tôt, mais en général Marek nous conduit au village en bateau, Frau Tauber et moi, et quiconque veut venir avec nous. Il est si gentil, et si courtois...

Cela, naturellement, causa la perte d'Ellen. Le dimanche suivant, elle descendit à la jetée peu après sept heures et trouva Sophie assise sur les marches, les bras autour des genoux.

Si elle avait supplié Ellen de l'emmener, la jeune femme aurait été ferme et lui aurait promis de l'accompagner une autre fois avec ses amies. Bien sûr, Sophie ne supplia pas. Elle savait que sa présence n'était pas désirée et resta assise sagement sur la jetée, à regarder Ellen.

— Voudrais-tu venir ? proposa finalement cette dernière.

Elle vit le bonheur métamorphoser le petit visage de la fillette.

— Suis-je assez propre ? demanda-t-elle.

Évidemment, la réponse était oui. Sophie était la seule élève de Hallendorf qu'on eût pu mettre directement dans un bateau pour l'église n'importe quel jour de la semaine.

On ne pouvait pas en dire autant de Leon. Celui-ci aimait beaucoup Sophie. Ellen le savait, même si Sophie, elle, ne s'en rendait pas compte. Il apparut sur ces entrefaites et déclara qu'il voulait venir aussi.

— Nous allons à l'église, Leon. En tant qu'athée, marxiste et garçon envers qui les gens doivent se montrer gentils parce que tu es juif, je ne pense pas que tu y aies vraiment ta place.

— Je m'en moque.

— Les gens, en revanche, ne s'en « moqueront » pas, si tu arrives avec le visage sale et les cheveux emmêlés. Si tu es capable de te laver en cinq minutes et de te tenir correctement, tu pourras venir. Mais si tu viens, laisse Marek tranquille, s'il te plaît.

— Que voulez-vous dire ?

— Tu le sais parfaitement... Maintenant, dépêche-toi.

Ellen s'était attendue que Marek les laisse à la porte de l'église, mais, à sa grande surprise, il les suivit à l'intérieur et s'assura qu'ils étaient bien installés sur un banc derrière la famille de Lieselotte avant de prendre sa place au bout de la rangée.

Leur présence causa une agitation considérable. Marek fut salué par un grand nombre de gens, et l'on connaissait Ellen car Lieselotte avait chanté ses louanges, mais nul n'avait jamais vu des enfants de Hallendorf à l'église par le passé, et la vieille femme qui avait mis Ellen en garde sur le bateau à vapeur murmurait frénétiquement à l'oreille de ses amies.

Les pensées d'Ellen vagabondaient toujours à l'église, mais elles vagabondaient *bien*. En cet instant, par exemple, elle se laissait aller à admirer les têtes blondes des jeunes frères et sœurs de Lieselotte, devant elle, et à admettre que Marek – qui ne semblait pas avoir besoin de ses lunettes pour lire le livret de chants – avait l'air extrêmement seigneurial dans son loden vert aux revers de velours et sa chemise d'un blanc de neige.

Mais, avant tout, ses pensées allaient à Henny, pour l'âme de qui elle priait bien qu'elle n'en eût pas le droit, n'étant pas catholique, et surtout aucun besoin dans la mesure où l'âme de Henny, entre toutes, était bien capable de se tirer d'affaire seule dans l'au-delà.

Lorsque l'office fut terminé, Ellen déclara qu'elle souhaitait faire le tour de l'église, ce qui fut approuvé avec chaleur ; mais il ne s'agissait visiblement pas là de quelque chose qu'il convenait de faire seul. La mère de Lieselotte en particulier, Frau Becker, manifesta son intention de venir aussi, tout comme son oncle, et la vieille femme qui avait prévenu Ellen sur le bateau. Lorsque Marek proposa d'attendre le petit groupe à la terrasse de l'auberge, sa suggestion fut accueillie avec peu d'enthousiasme ; Herr Tarnowsky, qui avait aidé la mère de Lieselotte à réparer son toit et avait abattu le poirier malade du boulanger, se devait d'être présent pour cette promenade.

Lieselotte fut autorisée à être le porte-parole du petit groupe de villageois admirateurs. Car dans l'église de Hallendorf se trouvait une « star », une célébrité locale, une sainte à qui l'église était dédiée, mais dont tous parlaient comme de n'importe quelle fille qui aurait vécu parmi eux et se serait particulièrement bien débrouillée.

— Elle s'appelait Aniella, expliqua Lieselotte. Regardez : les tableaux sur sa vie sont ici.

Elle montrait du doigt une rangée de peintures à l'huile alignées sur le mur du chœur.

— La voici avec sa famille ; elle vivait dans la montagne, sous la *Kugelspitze*, assez près d'ici. Vous pouvez également voir tous les animaux dont elle s'occupait.

Le tableau contenait tous les tendres détails que les artistes du XVIIIe siècle aimaient à représenter lorsqu'ils peignaient les choses simples. Aux fenêtres de la maison d'Aniella, on voyait des pétunias et des œillets d'Inde ; un volubilis grimpait contre le mur. Aniella elle-même était assise sur un banc, et elle se penchait vers une créature blessée qui avait placé sa tête sur ses genoux. Ce n'était pas un agneau – il y avait des agneaux, bien sûr, comme sur toutes les peintures religieuses, mais ils étaient plus loin, dans la prairie. Non, Aniella s'occupait de la patte cassée d'un saint-bernard ; on pouvait même distinguer le petit tonnelet de cognac autour du cou du chien. Il tenait sa patte en l'air avec confiance, et, près de lui, cherchant à le pousser pour se faire de la place, se tenait une chèvre avec une corne brisée. Autour de la jeune fille aux longs cheveux noirs et au visage paisible étaient regroupés de nombreux autres animaux. Certains étaient blessés – un chat à l'oreille bandée, un veau avec une plaie au côté –, mais d'autres semblaient là surtout pour lui tenir compagnie : une salamandre lui grimpait sur le pied, une couleuvre était enroulée sur une pierre. C'était un endroit où la tortue de Marek se serait sentie chez elle.

— Aniella était une guérisseuse, continua Lieselotte. Elle soignait tout le monde, sans faire de différence. Les infirmes, les couleuvres, les gens… Elle n'a jamais fait de mal à la moindre créature de toute sa vie.

— Et là, ce sont ses enfants ? demanda Sophie.

— Non, elle était très jeune, elle n'avait que dix-huit ans. Ce sont ses frères et sœurs. Ils étaient orphelins ;

après la mort de leurs parents, elle les avait pris en charge, alors qu'elle-même était à peine plus âgée qu'eux.

Les petits paysans, avec leurs habits froncés et leurs fichus, auraient fort bien pu être de la famille de Lieselotte, tant ils avaient l'air sains et bons. Ils aidaient leur sœur comme on apprend à le faire aux enfants paysans : un petit garçon aux cheveux couleur paille s'occupait des chèvres plus haut dans la montagne, une fille, assise non loin d'Aniella, préparait quelque chose dans un bol en bois, deux autres enfants rentraient le foin dans une grange, et une fillette toute frêle, aux cheveux longs, était penchée avec adoration au-dessus de l'épaule de la sainte.

— Regardez, voici son jardin, reprit Lieselotte. On voit les herbes qu'elle faisait pousser et les fleurs. Elle savait exactement ce qu'il fallait utiliser pour guérir.

Le jardin d'Aniella, représenté comme une sorte de plateau à thé sur le flanc de la montagne, était un miracle agronomique. On y reconnaissait des rangs de choux mouchetés de vert vif, des framboisiers, de petits arbustes dont la mère de Lieselotte donnait les noms : romarin, fenouil, millepertuis…

— Mais elle aimait aussi les fleurs sauvages, fit valoir Lieselotte. Là, dans le triptyque, il y a une peinture d'elle tenant un bouquet de gentianes, de marguerites et d'edelweiss.

Sophie, cependant, commençait à s'inquiéter. Personne ne devenait saint en aimant les fleurs et en étant gentil avec sa famille. Quel destin affreux guettait cette charmante jeune fille ? Il leur suffit de se tourner vers le tableau suivant pour le savoir. Un vil cavalier sur sa monture, un rictus conquérant déformant son visage, s'approchait de la montagne avec ses sbires. On aurait presque pu entendre les claquements des sabots, les cliquetis métalliques des lances.

— Le comte Alexei von Hohenstift, expliqua Lieselotte. C'était un chevalier vraiment méchant, et ceux qui le suivaient aussi. Quand il a vu Aniella, il est tombé passionnément amoureux d'elle et a décrété qu'elle devait l'épouser. Elle a pleuré, l'a supplié, l'a imploré de la laisser, mais il a dit que, si elle refusait de se marier avec lui, il tuerait tous les hommes, toutes les femmes et tous les enfants du village, et qu'il mettrait le feu.

— Oh, quelle horreur ! s'exclama Sophie. Qu'a-t-elle fait ?

— Elle a prié, bien sûr, intervint Leon.

L'assemblée de gens simples ne releva pas l'ironie de sa remarque.

— C'est exact, acquiesça Lieselotte. Elle est allée dans cette petite grotte, ici ; on la voit dans l'incrustation. Elle existe toujours, d'ailleurs, à mi-chemin de la colline qui se dresse derrière le château. Là, un ange lui est apparu et lui a dit qu'elle devait se préparer pour le mariage et avoir confiance en Dieu.

Sur le tableau suivant, ils purent constater qu'Aniella avait obéi. Aidée par ses frères et sœurs, dont les petits visages étaient couverts de larmes parfaitement peintes, on la voyait essayer sa robe de mariée, tandis que ses amis sortaient les tables et la nourriture pour la noce. Même la salamandre semblait en deuil.

— C'est celui-ci mon préféré, déclara Lieselotte, avançant le long de la rangée.

La peinture représentait une flottille de bateaux traversant le lac en direction de l'église. Sur l'un d'eux se trouvaient les musiciens avec leurs instruments, sur un autre les guildes, sur un troisième les enfants de l'école du village encadrés de religieuses. Et au centre de la flottille, dans un bateau magnifiquement drapé et décoré, Aniella était assise, en robe de mariée, entourée de ses frères et sœurs. Elle portait un bouquet de ces fleurs de montagne qu'elle aimait tant et n'avait pas du tout l'air de se rendre au sacrifice.

— C'est parce qu'elle a confiance en Dieu, vous comprenez, insista Lieselotte.

Sophie, qui ne supportait pas les fins tristes et qui s'attendait au pire – écartèlement ou pilori –, se mordait la lèvre.

— Que s'est-il passé ?

— Vous allez voir. Aniella est arrivée à l'église et, alors qu'elle attendait à l'autel, le méchant comte et ses sbires ont essayé d'entrer à cheval dans la nef. Comme les chevaux reculaient – ils ne voulaient pas commettre de sacrilège –, Alexei a remonté l'allée centrale à grands pas et, juste au moment où le prêtre a commencé la cérémonie, il s'est tourné vers sa future épouse…

Lieselotte fit une pause théâtrale.

— Regardez !

Tous se penchèrent par-dessus son épaule. Aniella était toujours là, avec sa robe blanche et son bouquet de fleurs ; mais son visage était devenu celui, hideux et ridé, d'une vieille femme.

— Dieu l'avait transformée en affreuse sorcière ! s'exclama Lieselotte. Comme ça, en une seconde. Alors, le comte a poussé un cri, a tiré son épée et la lui a plantée dans le cœur. Regardez, si vous approchez un peu, on voit le sang.

C'était vrai. Il coulait sur la robe d'Aniella tandis que celle-ci tombait sur le sol, et sur les enfants qui se penchaient avec angoisse vers leur sœur ; il gouttait de l'épée du comte comme il s'enfuyait de l'église, terrorisé, tachant le tapis de l'allée centrale.

— Ainsi, elle est bien morte, soupira Sophie.

C'était ce qu'elle avait craint.

— Non, ça s'est bien passé. Dès que le comte a été parti, elle est redevenue jeune et belle, elle s'est levée, et

Dieu l'a attirée à Lui pendant que des fleurs pleuvaient de partout.

Le dernier tableau représentait Aniella, flottant au-dessus du toit de l'église de Hallendorf, radieuse et charmante. Les anges, dans les cieux, étaient penchés afin de l'accueillir.

— Elle est montée vers Dieu, conclut Lieselotte, et sa satisfaction était telle que Sophie ne put que se réjouir.

— C'est une très jolie histoire, Lieselotte, déclara Ellen.

— Ce n'est pas une histoire, affirma la jeune fille. C'est la vérité.

— C'était comment ? demanda Ursula, ce soir-là.

— Chouette, répondit Sophie. On nous a parlé de cette sainte – elle aimait beaucoup les plantes et elle était très gentille. Comme un croisement entre Heidi et saint François d'Assise. Ou un peu comme une poule… Tu sais, quand elles écartent leurs ailes pour mettre leurs poussins à l'abri ?

Assise sur son lit, Sophie étira ses bras maigres.

— C'était une personne qui savait protéger.

— Comme Ellen, dit Janey.

— Oui, acquiesça Sophie, exactement comme Ellen.

— Et que lui est-il arrivé ? s'enquit Ursula.

— Elle s'est fait tuer.

Ursula hocha la tête. Les meilleures personnes se faisaient toujours tuer : son père et sa mère, Geronimo… et Sitting Bull, qui avait été trahi et assassiné à Standing Rock.

Deux portes plus loin, Ellen était penchée à sa fenêtre, savourant la quiétude chargée d'espoir de la nuit. En contrebas, le murmure du lac, qu'elle « ressentait » autant qu'elle l'entendait, semblait faire écho à ses pensées tandis qu'elle se remémorait la journée.

Après l'office, Marek les avait tous conduits à l'auberge pour prendre un café et des gâteaux, puis il s'était excusé ; il allait voir le Pr Steiner. Laissant les enfants se promener dans le village, Ellen s'était de nouveau glissée dans l'église. Elle voulait regarder de plus près le triptyque représentant Aniella avec son bouquet de fleurs de montagne.

Elle l'examinait toujours lorsqu'elle avait pris conscience d'une présence dans la chapelle attenante. C'était un homme qui, après avoir mis une pièce dans la boîte à offrandes, avait allumé un long cierge blanc et l'avait placé au pied de l'autel, là où brûlaient d'autres bougies votives.

Pendant un moment, il était demeuré immobile, la tête penchée sur la flamme. Puis il avait relevé les yeux, vu Ellen et s'était approché d'elle sans fausse pudeur.

— Regardez, lui avait-elle dit, je crois que je les ai trouvées.

Suivant son index tendu, Marek avait aperçu les minuscules points noirs représentant les orchidées au milieu des couleurs vives des saxifrages, des gentianes et des primevères.

— Les *Kohlröserl* ?

— Oui.

Elle était heureuse qu'il s'en soit souvenu.

— Donc il y en avait là à l'époque, en haut de la montagne.

— Ce qui signifie qu'il pourrait y en avoir encore. Et, s'il y en a, que nous pouvons en trouver.

C'était ridicule à quel point elle avait été ravie de ce « nous ». Mais au bonheur qu'elle avait ressenti à ce moment-là dans l'église se mêlait à présent autre chose : de la surprise, de l'anxiété…

Pour qui cet homme si fort et si indépendant avait-il éprouvé le besoin d'allumer un cierge ? Pour quelle personne – ou quelle entreprise – devait-il invoquer les dieux ?

Meierwitz, s'il avait été avec eux dans l'église, aurait peut-être été surpris, mais il aurait certainement été content. Pas plus que Marek il ne pensait sérieusement qu'une sainte autrichienne mineure d'origine incertaine (car on avait mis en doute la sainteté d'Aniella) prendrait la peine de s'occuper d'un petit juif sans maison ni patrie, qui ne fréquentait même pas sa propre synagogue, sans parler d'une église.

Mais les cierges sont… des cierges. Ils ne se limitent pas à des pays ou à des religions ; leur flamme vivante monte vers des lieux où les contestations ont depuis longtemps cessé. Ni Krishna, ni Jéhovah, ni le Christ ne pourrait prétendre être le seul destinataire de l'espoir et de la foi qui président à l'allumage d'une bougie, dans les greniers des mécréants, dans les écoles, sur les gâteaux d'anniversaire ou sur les arbres de Noël…

Marek, en déposant son cierge, n'avait pas prononcé de prière particulière, et pourtant on pourrait considérer que son souhait non formulé fut entendu. Deux jours plus tard, Isaac Meierwitz trouva en effet le courage de quitter la ferme dans laquelle il était demeuré caché durant des mois, pour partir en direction de cet endroit près de la frontière où il savait devoir rencontrer ses contacts. Jusqu'alors, il avait eu trop peur pour abandonner le refuge familier, et il avait encore peur… mais il était en route.

8

Durant la troisième semaine du trimestre, FitzAllan arriva d'Angleterre afin de diriger la pièce de fin d'année.

En raison de l'accent que l'on mettait sur le théâtre, à Hallendorf, le dernier trimestre était rallongé de près de trois semaines. Cela permettait aux représentations non seulement d'être vues par les parents et autres visiteurs, mais aussi de servir d'introduction aux cours d'été, qui commençaient en août et duraient jusqu'à la mi-septembre.

La pièce choisie était donc d'une importance particulière. À la différence des autres spectacles de l'année, elle mettait en scène tant les professeurs que les élèves. Les décors, la musique et les éclairages résultaient également d'un effort commun des adultes et des enfants.

La décision qu'avait prise Bennet de faire venir quelqu'un de l'extérieur pour effectuer la mise en scène, cette année, était osée. FitzAllan avait demandé un cachet substantiel, et les cachets – qu'ils fussent substantiels ou non – ne provenaient pas des coffres vides de l'école, mais de la poche même de Bennet. Cependant, Derek FitzAllan n'était pas qu'un spécialiste de la technique Stanislavski, il avait étudié avec Meyerhold en

Russie et Piscator sous la République de Weimar. Mais, surtout, il avait réussi à monter un coup inespéré, que Bennet ne pouvait se permettre de refuser.

En effet, FitzAllan avait, semblait-il, persuadé Bertolt Brecht, désormais exilé d'Allemagne, de laisser l'école monter une traduction de sa pièce *Sainte Jeanne des abattoirs*, qui n'avait jamais été mise en scène. Ils pourraient non seulement la jouer, mais également y faire les modifications nécessaires pour que la pièce puisse être donnée dans une école. Bennet, abasourdi que le dramaturge se fût montré si généreux, avait accepté l'offre de FitzAllan, et à présent il s'en voulait d'éprouver une légère lassitude, un désir diffus de monter un spectacle plus coloré, plus positif, plus vivant que ce drame marxiste.

En cet instant, alors qu'il se dirigeait en voiture vers la gare en compagnie de Tamara pour accueillir le metteur en scène, il faisait donc de son mieux pour se sentir motivé.

FitzAllan avait de longs cheveux blancs, un visage bronzé, relativement jeune, et il était entièrement vêtu de noir. C'était également, comme il le fit aussitôt savoir à Bennet, un végétalien strict qui ne déviait jamais, et il exigea que l'information fût sur-le-champ transmise à la cuisinière.

— Mon Dieu, qu'est-ce que c'est que ça ? demanda Lieselotte lorsque Ellen apporta la nouvelle à l'office.

— C'est quelqu'un qui ne mange rien qui vienne des animaux, expliqua Ellen. Pas de viande, pas d'œufs, pas de lait, pas de fromage…

— Mais que mange-t-il, alors ? s'inquiéta la pauvre Lieselotte.

Ellen fit la moue. Le metteur en scène lui avait déjà donné ses sous-vêtements souillés et ses chaussettes à laver, et elle le trouvait assez désagréable.

— Des noix, répondit-elle.

Elle avait très clairement fait savoir qu'elle ne souhaitait pas assister à des réunions sur le théâtre. Cependant, l'assemblée prévue par FitzAllan dans la grande salle dès son arrivée se présenta à la fin d'une journée difficile. Sophie n'avait toujours pas de nouvelles de ses parents, Freya, elle, avait reçu une carte postale de Mats, en Laponie, qui souhaitait rompre, et Bruno avait écrit « Râpons le Petit Chou » à la peinture rouge sur la porte d'une remise. Il y avait également le problème de Hermine Ritter. À l'origine, Ellen n'avait pas eu l'intention de prendre le Dr Ritter en affection. Sa moustache généreuse, sa voix – qui aurait mis au pas un régiment de Huns – et sa totale incapacité à organiser l'existence de son bébé n'étaient pas faites pour la lui rendre sympathique.

Mais, à sa manière, Hermine aimait profondément son travail – contrairement à Tamara, qui ne s'intéressait aux enfants que dans la mesure où ils la mettaient elle-même en valeur. Hermine ne s'épargnait aucun effort, et lorsqu'elle demanda à Ellen de venir assister à la réunion, la jeune femme sentit sa résolution faiblir. Elle savait que c'était Hermine qui avait mis en scène les spectacles précédents et se rendait compte qu'il ne serait pas aisé pour elle de se soumettre à la volonté d'un étranger.

— J'avais pensé surveiller Andromède à votre place, avança Ellen.

Mais Hermine déclara qu'elle emmènerait Andromède et qu'elles pourraient la *partager*.

Aussi Ellen était-elle présente à l'instant où FitzAllan, introduit par Bennet, sauta comme un gamin sur l'estrade et commença à expliquer ses projets.

— Comme vous le savez peut-être, la pièce se passe dans les parcs à bestiaux de Chicago dans les années vingt, et suit le destin d'un groupe de travailleurs des abattoirs que menace un lock-out organisé par leurs patrons capitalistes. Les travailleurs, qui meurent de faim, reçoivent la visite d'un groupe de l'Armée du Salut, dirigé par l'héroïne, Jeanne. Elle leur apporte de la soupe et essaie de les convertir au christianisme, mais même s'ils mangent la soupe les travailleurs rejettent le message du Christ.

Il s'interrompit, passa une main dans ses cheveux argentés et soupira. Certains des enfants paraissaient bien petits ; d'autres avaient l'air idiots. Il avait oublié que l'école acceptait les plus jeunes.

— Alors, reprit-il, Jeanne supplie les capitalistes d'abandonner et de rendre leur travail aux employés. Ils font semblant de l'écouter, mais en fait ils la trahissent et ne font rien. Quand elle s'en rend compte, Jeanne perd la foi, se joint aux travailleurs en grève et meurt de faim dans la neige.

Décrite ainsi, la pièce ne pouvait guère être qualifiée de gaie, mais les sentiments évoqués rendaient justice à tous, et, comme le souligna FitzAllan, il y aurait des rôles pour chacun. En effet, outre des capitalistes, des bénévoles de l'Armée du Salut et des prolétaires, il faudrait des éleveurs de bétail, des représentants syndicaux, des spéculateurs, des policiers et des marchands de journaux ; sans compter qu'on pourrait aussi monter un chœur de bovins, de cochons et de moutons massacrés, bien que ce ne fût pas dans le script original.

Ayant résumé la pièce, le metteur en scène demanda s'il y avait des suggestions sur la façon dont elle devrait être traitée.

— Il est clair que, dans une œuvre marxiste comme celle-ci, il convient de mettre l'accent sur la persécution des travailleurs, affirma Jean-Pierre. Leur destin est primordial. Nous devrions montrer cela en les éclairant de façon très frappante – avec des projecteurs militaires, par exemple –, tout en laissant les capitalistes dans l'ombre.

Rollo n'était pas entièrement d'accord. Selon lui, la pièce était centrée sur la structure hiérarchique en trois couches de la société ; il proposa un décor constitué de trois étages d'échafaudages : les travailleurs en bas, l'Armée du Salut au milieu et les capitalistes en haut.

— Mais pas en métal..., gémit le pauvre Chomsky entre ses dents. Pas un échafaudage en métal...

On ignora son intervention.

Pour Hermine, le problème ne se situait pas du tout là : la dure vérité du système capitaliste allait de soi. Ce qu'elle voyait dans *Abattoir*, c'était une occasion pour les enfants d'entrer en contact avec leur dimension physique.

— Je vais leur faire faire des exercices pour comprendre le mouvement des carcasses pendues et le coup de couteau. Ils pourront expérimenter le rictus... et les spasmes, dit-elle en tendant son bébé à Ellen afin de montrer ce qu'elle avait en tête.

FitzAllan leva la main.

— Tout cela est très intéressant et très vrai, coupa-t-il, et Bennet, qui le regardait, vit aussitôt qu'il était de ces metteurs en scène qui ne font jamais cas de ce qu'autrui leur suggère. Mais je dois avant tout vous rappeler que Brecht a inventé la théorie de l'Aliénation. Le *Verfremdungseffekt*, dit-il – passant à l'allemand pour le bénéfice de ceux des enfants qui avaient l'air perplexes –, est essentiel dans la pensée brechtienne.

Une petite fille aux cheveux roux, plus courageuse que les autres, leva la main et demanda :

— C'est quoi, la théorie de l'Aliénation ?

Elle fut aussitôt remerciée par maints regards reconnaissants.

— La théorie de l'Aliénation exige que le public ne soit en aucune manière impliqué dans l'action qui se déroule sur scène. On s'adresse à l'intellect et non aux émotions. Selon Brecht, les lumières devraient rester allumées durant la représentation pour que les gens puissent se promener et fumer des cigares… etc.

— Et qu'est-ce qu'on fait si on ne fume pas le cigare ? questionna un garçon à lunettes plutôt terre à terre, réprimandé sur-le-champ par un regard glacial du metteur en scène.

— Qui va écrire la musique ? s'enquit Leon. Que va-t-il se passer à ce niveau-là ?

Là encore, *Abattoir* se révéla une pièce parfaitement adaptée aux besoins d'une école dont le professeur de musique, emmailloté dans d'innommables passe-montagnes tricotés par ses anciens élèves, était parti se battre en Espagne. Car, comme l'expliqua FitzAllan, les travailleurs entonneraient *L'Internationale*, l'Armée du Salut taperait sur des tambourins en chantant des hymnes, et les exploiteurs capitalistes écouteraient du jazz décadent sur le Gramophone.

— Mais il faut qu'il y ait un ballet, déclara Tamara, et un soupir las parcourut la pièce. Un ballet rouge sur le thème de la… viscéralité. Cela pourrait venir aux travailleurs dans leur sommeil.

FitzAllan ouvrit la bouche et se souvint que Tamara était l'épouse du directeur… il la referma.

— Nous en discuterons en privé, dit-il en lui décochant un de ses radieux sourires de jeune premier.

— Qui va être l'héroïne ? demanda Janey. Celle qui donne de la soupe aux travailleurs et meurt dans la neige ?

— Je commencerai les auditions demain, répondit FitzAllan.

Puis, après leur avoir rappelé que la force de la pièce résiderait dans sa grisaille véridique et monolithique, il déclara la réunion terminée.

Bien que les leçons eussent toujours lieu le matin, les après-midi et les soirées étaient désormais consacrés à des répétitions de plus en plus frénétiques d'*Abattoir*.

Non seulement des répétitions, mais aussi des ateliers et des séminaires en tout genre, dont beaucoup se tenaient à l'extérieur.

Comme on pouvait s'y attendre, la pièce commençait à avoir des répercussions. L'idée du metteur en scène d'utiliser les expériences personnelles des enfants pour leur faire jouer des employeurs cruels se révéla particulièrement malvenue.

— Il a dit que j'opprimais Czernowitz parce qu'il venait le dimanche nourrir les rats du laboratoire, dit Sophie, en larmes, au retour d'un des cours de méthode. Mais ce n'est pas vrai, je vous assure, Ellen. J'*aimais* Czernowitz. Je l'aime toujours. Sans lui, je ne saurais jamais où est papa.

Leon s'était mis FitzAllan à dos en soulignant que les méchants propriétaires de parcs à bestiaux n'auraient pas dû écouter du jazz sur le Gramophone.

— Le jazz vient du blues, avait-il expliqué. C'est la musique par laquelle les Noirs se sont libérés, ce n'est donc pas du tout décadent.

Depuis, on l'ignorait superbement.

La plus mal lotie était la pauvre Flix. FitzAllan avait eu le discernement de voir en la talentueuse Américaine sans prétention l'actrice idéale pour jouer Jeanne, l'héroïne, mais il avait insisté pour lui faire une conférence sur le mouton Judas.

— C'est un mouton qu'ils s'arrangent pour faire entrer dans l'abattoir afin qu'il conduise tous les autres à l'intérieur. Il n'est jamais tué, il se contente de tourner sans arrêt, mais les autres, eux, sont abattus. C'est absolument *affreux* de faire faire ça à un animal, dit Flix, qui était récemment devenue jaïne et portait le soir un voile sur la bouche pour ne pas risquer d'avaler des moustiques ou de leur faire du mal.

Les professeurs n'étaient pas épargnés non plus. Les efforts de Hermine pour mettre les enfants en contact avec la réalité de leur corps affectaient son lait, et les pires peurs du pauvre Chomsky s'étaient concrétisées. La structure en trois couches représentant la nature hiérarchique de la société allait bel et bien être métallique, et le Hongrois, qui avait jusqu'alors passé une vie paisible à enseigner aux enfants à faire des serre-livres en pliant des feuilles d'acier galvanisé selon le bon angle, se retrouvait à cabrioler entre les étrésillons métalliques géants comme un Broumpristoche fou.

Dans ces circonstances, Ellen était de plus en plus reconnaissante à Marek pour son monde tranquille d'arbres, de plantes et d'eau. Car Sophie avait raison, Marek vous montrait bel et bien des choses – et c'était *vraiment* comme recevoir un cadeau. Marek découvrit un nid d'épinoches dans les roseaux et conduisit Ellen à un endroit où les libellules émergeaient et s'envolaient dans la lumière ; et, lorsque le vent fit perdre son chemin à une petite chouette effraie et qu'elle se retrouva assise comme une houppette abasourdie sous un sapin, il alla chercher Ellen à la cuisine pour qu'elle puisse l'aider à nourrir l'oiseau de morceaux de foie cru. Après un moment en sa compagnie à l'extérieur, Ellen retournait à son travail et aux enfants à réconforter avec une énergie renouvelée.

— Est-il possible que quelqu'un comme FitzAllan crée quelque chose de bien, en définitive ? demanda-t-elle à Marek un jour que la voix stridente du metteur en scène leur parvenait depuis la salle de répétition.

— Improbable. Est-ce vraiment important ?

— J'aimerais bien que ça marche, pour Bennet. Il a passé la journée à écrire des lettres à des « tantes de Toscanini » – vous savez, des gens importants qui, selon lui, pourraient être intéressés par la pièce. Et Margaret m'a confié qu'il payait FitzAllan de sa poche.

Marek s'appuya un instant sur sa bêche.

— Oui, c'est un type bien. Mais…

Il faillit lui répéter ce qu'il lui avait dit près du puits. Que les jours étaient comptés. Non seulement il n'y avait plus d'argent pour l'école, mais en plus celle-ci était menacée de l'extérieur. Combien de temps encore cet Éden confus, avec son équipe multilingue et sa croyance démodée en la liberté, pourrait-il continuer à subsister ? L'Autriche se rapprochait de plus en plus du Troisième Reich ; les Chemises brunes arpentaient sans honte les rues de Vienne, et même ici, à Hallendorf…

Ellen savait tout cela, bien sûr. Il se souvenait de ses paroles lorsqu'elle lui avait demandé des cigognes. « Elles demeureront ici même si nous devons partir. » C'était *parce que* le temps pressait qu'elle attachait tant d'importance à la pièce.

— Ça peut marcher, dit-il. J'ai vu des hommes se conduire bien plus mal que FitzAllan, et le jour J tout se passait bien.

Ellen, qui l'observait pendant qu'il travaillait, trouvait Marek moins détendu qu'autrefois ; elle sentait qu'une partie de lui était en alerte, attendant quelque chose qui n'avait rien à voir avec sa vie à l'école.

Cette impression s'accentua encore deux jours plus tard, lorsqu'elle le vit sortir de la poste du village. Il mettait quelque chose dans sa poche – un télégramme, pensa-t-elle – et, pendant un moment, il demeura immobile sur la place ensoleillée, le regard perdu dans le vide. Puis son expression hagarde disparut, il redevint aussi attentif que de coutume, l'aperçut et la salua.

— Je ne savais pas que vous deviez venir. Je vous aurais conduite. J'ai la camionnette.

— J'avais des factures à payer et des gens à voir.

Ils se mirent à marcher côte à côte en direction du lac. Le boucher, un petit homme très doux, leur fit un signe de la main depuis le seuil de sa boutique ; le primeur envoya son fils apporter à Ellen un bouquet de bleuets, et la vieille dame qui l'avait prévenue sur le vapeur se leva de son banc pour lui dire qu'elle devrait passer chez elle la prochaine fois et goûter son vin de framboise.

— Vous vous êtes fait beaucoup d'amis en un mois, observa Marek.

— C'est surtout grâce à Lieselotte, fit-elle. Mais j'adore ce village, pas vous ?

Ils atteignirent la fontaine, et Ellen s'arrêta pour émietter un petit pain rassis qu'elle avait dans son panier pour les carpes. À côté de la porte de l'église, ils passèrent devant le reliquaire d'Aniella : une maison de bois miniature sur pilotis qui faisait penser à une mangeoire à oiseaux.

— Allez-vous la nourrir, elle aussi ? demanda Marek comme Ellen s'arrêtait de nouveau.

Elle secoua la tête.

— Seulement de bleuets.

Prenant dans le bouquet une unique fleur, elle la déposa au milieu des offrandes des villageois.

— C'était une personne si pleine de bon sens, dit-elle d'une voix posée. Ses bougies brûlent droit et bien.

Marek la regarda avec intensité, mais elle s'était détournée.

— Je dois retourner au vapeur, ajouta-t-elle.

— Je vais vous ramener. J'en ai fini avec ce vieux grigou que je devais aller voir, dans le bois. Mais avant, allons prendre un café à la *Krone*. Le propriétaire est d'excellente humeur : il va héberger tout un congrès de dentistes dans sa nouvelle annexe. Sa femme croyait qu'il ne réussirait jamais à la remplir et hop ! vingt-trois dentistes débarquent d'un coup en juillet !

— Oh, je suis contente ! Ils travaillent si dur, ces deux-là...

Ils trouvèrent une table sous les châtaigniers, et Marek commanda du café et des *Streuselkuchen* [1]. Le café

---

1. Pâtisseries autrichiennes rappelant un peu le *crumble* anglais. *(N.d.T.)*

d'Ellen lui fut servi avec un verre d'eau de source fraîche, mais celui de Marek était accompagné, de la part du propriétaire, par une bonne dose de schnaps.

— Seigneur, allez-vous boire ça si tôt le matin ?

— Absolument, répondit Marek en levant son verre. L'eau, c'est pour les pieds !

Un petit groupe de moineaux et de pigeons s'était assemblé autour d'Ellen, et elle partageait son gâteau avec eux.

— Tout le monde n'a pas forcément faim, vous savez, observa Marek. Ces carpes, par exemple...

— Non, peut-être pas. Mais tout le monde aime manger.

Il la regarda distribuer habilement la nourriture afin que même les mésanges bleues, au fond, ne soient pas lésées par les pigeons, et il se souvint de la façon dont, chaque soir dans la salle à manger, elle répartissait la nourriture avec équité, maintenant l'ordre sans jamais élever la voix.

— Vous me faites penser à ma grand-mère, avoua-t-il. Elle est anglaise, elle aussi.

— Vraiment ? Je ne savais pas qu'il y avait une once d'Anglais en vous. Est-ce la raison pour laquelle vous parlez si bien notre langue ?

— Peut-être. J'ai passé un an dans une école anglaise. Un endroit affreux, je dois l'avouer.

— Est-elle encore vivante, votre grand-mère ?

— Oh oui !

Ellen attendit, la tête légèrement penchée, si bien qu'une partie de sa chevelure tomba sur son épaule. Ce n'était pas une attente passive ; finalement, Marek s'avoua vaincu et commença son récit.

— Son nom de jeune fille était Nora Coutts, dit-il en sucrant son café. À l'âge de vingt ans, elle est partie pour la Russie afin de s'occuper des trois petites filles d'un général de l'armée du tsar. Bien sûr, en bonne Anglaise, elle avait l'habitude de faire de grandes promenades toute seule dans la forêt ; même en hiver, même sous la pluie.

— Naturellement, acquiesça Ellen.

— Un jour, elle trouva un bûcheron assis devant un feu sous un bouquet d'arbres. Cependant, il n'avait pas l'air d'un bûcheron ordinaire. D'une part, son feu ne brûlait pas correctement et, d'autre part, il était en train de lire un livre.

— Quel livre ?

— *Les Frères Karamazov*. Alors ma grand-mère flaira l'arnaque, et avec raison car, en définitive, le jeune homme était un anarchiste appartenant à un mouvement de libération dont le but était de renverser le tsar. Il avait été chargé de surveiller le général et de prévenir ses supérieurs quand le moment serait propice pour le faire sauter sans tuer sa femme et ses enfants. Ils faisaient attention à ne pas assassiner les femmes et les enfants, à cette époque-là, souligna Marek, ce qui vous montre combien ils étaient démodés.

« Inutile de dire que ma grand-mère estimait que ce n'était pas une bonne idée. Or, à ce moment-là, le jeune homme était déjà tombé amoureux d'elle, parce qu'elle avait des cheveux roux et des taches de rousseur, et qu'elle était extrêmement gentille. Mais, en refusant de faire sauter le général, il se mettait en danger vis-à-vis des anarchistes, alors ma grand-mère et lui s'enfuirent ensemble, et, quand ils arrivèrent à Prague, ils s'arrêtèrent et s'installèrent dans une maison rose, si petite qu'on pouvait la chauffer avec des allumettes. Là, ils donnèrent naissance à une petite fille, qui en grandissant se mit à écrire des poèmes et devint ma mère… Une femme que, si vous la rencontriez, vous aimeriez probablement beaucoup.

Ellen attendit, pour s'assurer qu'il avait fini. Puis elle murmura :

— Merci. C'était une très jolie histoire. Elle m'a beaucoup plu.

Marek se carra sur sa chaise, transpercé par un regret soudain. Son séjour à Hallendorf touchait à sa fin ; cette jeune femme simple et généreuse allait lui manquer.

— Venez, dit-il. J'ai quelque chose à vous montrer.

Il lui fit de nouveau traverser la place, et ils empruntèrent une rue étroite qui montait vers les pâturages. Arrivé à la dernière maison, avec ses rideaux de dentelle et ses pots de géranium, Marek s'arrêta et frappa à la porte.

Un homme âgé, très frêle, et qui boitait, vint leur ouvrir.

— J'ai emmené Fraulein Ellen pour qu'elle voie vos animaux, lui dit Marek. Est-ce possible ?

L'homme hocha la tête et les conduisit à travers la pièce principale jusqu'à la cuisine. Une extension était construite sur le jardin. Sur une grande table étaient disposés un grand nombre de plateaux de bois recouverts de papier sulfurisé.

— Herr Fischer les prépare pour les vendre à Klagenfurt ; cependant, j'ai pensé que vous aimeriez les voir.

Mais Ellen pouvait à peine parler, elle était comme envoûtée. Les plateaux étaient couverts de rangées entières de petits animaux en pâte d'amande. Des lions aux crinières flottantes, des hérissons dont chaque épine était aussi distincte qu'une épingle, des écureuils réfugiés au creux de leur queue, un teckel, des vaches pie avec des touffes d'herbe dans la bouche, une grenouille au menton doré tachetée de brun foncé, et un pingouin, et une souris aux moustaches démesurées…

Ellen se tourna vers Herr Fischer.

— Oh ! Je n'arrive pas à le croire ! Les couleurs… les détails… Comme vous devez être fier ! Je donnerais n'importe quoi pour être capable de faire ça.

Le vieil homme rougit de plaisir, puis haussa les épaules.

— C'est juste une question de temps, Fraulein, de patience et de temps.

— Oh non ! C'est un talent. C'est un art.

Elle secoua la tête.

— Est-ce la recette habituelle – pâte d'amande et blanc d'œuf ?

— Oui, mais un mélange plus malléable, et, bien sûr, ce sont les couleurs qui posent problème. Un bon colorant vert…

— Oh oui ! Le vert est si difficile !

Marek écouta, amusé, la discussion se faire plus technique.

Comme Ellen se retournait pour jeter un dernier coup d'œil aux plateaux, il remarqua sur son visage une expression qu'il avait déjà vue à bien des femmes : un degré d'envie qu'on ne pouvait guère qualifier que de convoitise. Il avait lu cette envie sur les traits de Brigitta Seefeld quand elle regardait ce manteau de zibeline, dans une vitrine de la Kärntnerstrasse, et sur ceux de la petite actrice grecque qu'il avait connue à New York devant une broche en diamant de chez Tiffany. À présent, il la reconnaissait sur le visage d'Ellen tandis qu'elle contemplait l'œuvre de Herr Fischer.

— J'ai bien peur qu'ils ne soient pas à vendre, dit Marek. Ils sont tous destinés à une pâtisserie de Klagenfurt.

— C'est vrai, acquiesça le vieil homme, mais je peux bien en garder un pour la Fraulein. Pas pour le lui vendre, bien sûr, en cadeau.

Il fit un pas de côté pour que Marek puisse mieux voir.

— Si Herr Tarnowsky voulait bien en choisir un…

Marek s'avança. Pendant une bonne minute, il demeura debout, silencieux. Sa main passa sur un agneau incroyablement laineux… resta quelques instants en suspens au-dessus d'un escargot blond aux grands yeux bleu ciel… puis descendit avec assurance et détermination.

— Celui-ci, s'il vous plaît, et Herr Fischer hocha la tête car, avant même d'avoir entendu la respiration d'Ellen s'accélérer, il avait su qu'elle voudrait la plus petite, la plus discrète et en même temps, d'une certaine manière, la plus brillante de toutes les créatures du plateau.

— Quand allez-vous la manger ? la taquina Marek alors qu'ils sortaient dans la rue.

— La manger ! La *manger* ! répéta Ellen, outragée. Plutôt mourir !

De retour dans sa chambre ce soir-là, elle sortit le cadeau de son morceau de papier cannelé et le garda un moment dans sa main. Elle avait toujours eu une affection particulière pour les coccinelles – les gardiennes des roses, héroïnes des chansons et des comptines enfantines. Si l'une d'entre elles s'envolait de votre main, vous aviez le droit de faire un vœu…

Ç'avait été une journée heureuse. Dès son arrivée à Hallendorf, elle avait été persuadée que Marek l'aiderait, et elle ne s'était pas trompée. Il l'avait réellement aidée, et elle était fière de l'avoir pour ami.

Cependant, ces sentiments chaleureux et réjouissants disparurent brutalement, deux jours plus tard, lorsque Marek jeta l'un de ses petits protégés dans le lac.

Tout commença avec le Gramophone de Leon.

En plus de tous les coûteux cadeaux dont ses parents le couvraient, il possédait un Gramophone portable bleu, livré par courrier spécial au début du trimestre. De nouveaux disques, enveloppés dans du carton ondulé, lui étaient envoyés presque chaque semaine par sa mère, qui l'aimait à la folie. La moitié d'entre eux parvenaient cassés, mais un nombre suffisant survivait pour faire de

Leon un véritable fléau. Il les écoutait inlassablement et était renvoyé tour à tour des marches de la terrasse, de la salle commune et de la chambre qu'il partageait avec Bruno et un garçon français appelé Daniel.

La semaine où FitzAllan vint pour diriger *Abattoir*, Leon reçut un nouvel arrivage de disques, parmi lesquels se trouvaient des morceaux d'un compositeur contre lequel Ursula s'éleva aussitôt, car il était encore vivant.

— Les gens vivants ne peuvent pas écrire de belles mélodies, décréta-t-elle.

Et il fallait avouer que les *Chansons d'été* étaient étranges et inhabituelles. Si elles parlaient de l'été, ce n'était pas de la volupté des abeilles bourdonnantes et des senteurs lourdes, mais plutôt d'une saison désincarnée de clarté et de lumière. Les mélodies portées par le violon solo qui se détachait de l'orchestre et par la voix soprano argentée faisaient à Ellen l'impression de « presque mélodies » – elles apparaissaient, entraient dans son oreille puis s'évanouissaient avant qu'elle ait pu les saisir.

Mais, après les avoir écoutées plusieurs fois, elle commença à suivre le morceau avec intérêt, puis peu à peu avec un plaisir qui, n'ayant pas été instantané, n'en était que plus grand.

Cependant Leon, étant Leon, ne pouvait s'en tenir là. Il jouait les *Chansons d'été* dans le château et à l'extérieur. Il emportait son Gramophone sur le bateau à rames…

Un jour qu'il le remontait une nouvelle fois, assis sur les marches de la jetée, Marek, qui passait par là une binette sur l'épaule, lui demanda d'arrêter.

Leon leva la tête. Une expression obstinée durcissait ses traits fins.

— Je ne veux pas. J'aime ça. C'est magnifique, et l'homme qui joue le violon *obbligato* est fantastique. Il s'appelle Isaac Meierwitz et…

La main de Marek s'abattit et releva l'aiguille.

Dans le silence qui s'ensuivit, le jeune garçon bondit sur ses pieds.

— Vous n'avez pas le droit de faire ça. Vous ne pouvez pas être méchant avec moi, parce que je suis juif. Ce qui arrive aux juifs ne vous intéresse peut-être pas, mais...

Un observateur n'aurait sans doute remarqué qu'un léger durcissement des muscles faciaux de Marek. Mais Janik et Stepan, les bûcherons qui avaient été chargés de conduire Marek enfant dans les champs jusqu'à ce que ses accès de colère dévastateurs fussent passés, en auraient immédiatement reconnu les signes avant-coureurs.

Il posa sa binette, s'avança doucement et poussa Leon dans le lac.

Sophie et Ursula, surexcitées, grimpèrent aussitôt à l'étage pour annoncer la nouvelle à Ellen.

— C'est bien fait pour lui, décréta Ursula. Il était encore en train de suivre Marek partout, et il faisait jouer son insupportable Gramophone près de la jetée.

— Mais Marek a attendu de voir s'il remontait. Il ne l'aurait pas laissé se noyer.

Sophie était visiblement partagée entre sa pitié pour Leon et son inquiétude face à l'attitude indéniablement étrange de son héros, Marek.

Leon lui-même, enveloppé dans une serviette et tremblant de façon théâtrale, arriva bientôt, escorté par Freya, qui avait assisté à la scène.

— Il a subi un choc, bien sûr, mais je ne pense pas qu'il y ait du mal.

Le doux visage de l'enseignante exprimait le même étonnement et le même trouble que celui de Sophie.

— Je ne sais pas pourquoi...

Ellen entoura Leon de ses bras.

— Fais-lui couler un bain chaud, Sophie, ordonna-t-elle. Ursula, descends demander à Lieselotte d'apporter une bouillotte.

— Au moins, il ne m'a pas défenestré, grommela Leon en enlevant ses vêtements mouillés. C'est ce qu'il fait, d'habitude.

— Que veux-tu dire, Leon ?

— Rien.

Reniflant toujours et ravalant ses larmes, Leon détourna la tête.

— Je ne veux rien dire.

Lorsqu'elle l'eut séché et lui eut mis un pyjama sec, Ellen trouva Lieselotte près du lit de Leon qui tapotait ses oreillers.

— Pourrais-tu rester une minute avec lui, Lieselotte ? Je ne serai pas longue.

Elle se rendit à la porte de Marek, au-dessus de l'étable, sans trop savoir comment. La rage qu'elle avait contenue tant qu'elle s'occupait de Leon la consumait à présent entièrement.

— Comment osez-vous ? cria-t-elle avant même d'avoir franchi le seuil. Comment osez-vous avoir recours à la violence contre n'importe lequel de mes enfants ?

Marek leva brièvement les yeux de son tiroir, dont il vidait le contenu dans une vieille valise en peau de porc, puis il se remit à empaqueter ses affaires.

— Aucun enfant ici ne doit subir d'agressions physiques, continua Ellen. C'est la règle de l'école, et la mienne.

Il ne faisait absolument pas attention à elle. Il avait commencé à sortir des documents d'un coffre de bois, parmi lesquels des piles de papier à musique.

Son indifférence augmenta la rage d'Ellen au plus haut point.

— J'ai passé le plus clair du trimestre à essayer de calmer Leon, et maintenant vous avez tout gâché. S'il attrape une pneumonie et meurt…

— C'est peu probable, observa Marek avec indifférence.

— Vous êtes complètement fou ! Si ça vous amuse de faire semblant de porter des lunettes alors que vous n'en avez pas besoin, ou de faire une raie aberrante à vos cheveux, fort bien. Mais si vous vous mettez à brutaliser les enfants…

Impossible de le faire réagir. Ellen avait le sentiment qu'il se trouvait déjà ailleurs, quelque part où Hallendorf et elle n'existaient pas.

— Je m'en vais, dit-il, comme vous pouvez le voir.

— Parfait !

Le souvenir du visage pincé de Leon, de son nez qui coulait et de ses membres maigres et tremblants suffisait à maintenir sa colère à son plus haut niveau.

— Nous avons tous hâte que vous partiez.

Enfin, il la regarda. Tout à coup, elle se souvint de ce qu'elle avait éprouvé lorsqu'elle lui avait parlé pour la première fois près du puits : l'impression d'avoir été, l'espace d'un instant, entièrement comprise. Le regard qu'il lui lançait à présent produisait l'effet inverse : il l'oblitérait. Elle n'était rien.

Mais sa rage la soutenait toujours ; elle parvint à faire volte-face et le laissa, claquant la porte derrière elle comme une enfant.

À son retour, elle trouva Leon qui somnolait. Il avait repris des couleurs, et Lieselotte avait refait son lit.

Comme elle se penchait afin de s'assurer qu'il était convenablement bordé, Ellen vit le coin d'un classeur blanc qui dépassait de dessous le matelas. Elle le sortit de sa cachette.

— Je l'ai seulement emprunté, murmura Leon. Je voulais vous le rendre.

— Tout va bien, Leon. Dors.

Examinant ce qu'elle tenait à la main, elle découvrit qu'il s'agissait d'un programme de concert, auquel étaient attachées un certain nombre de feuilles de papier couvertes de l'écriture de Kendrick.

Une heure plus tard, Marek frappait à la porte de la chambre de Leon. Ellen et les enfants se trouvaient dans la salle à manger ; le jeune garçon, comme il s'y était attendu, était seul.

— Bon, Leon, dit-il en s'asseyant sur le lit près de lui. Que veux-tu, exactement ?

Les larmes recommencèrent à couler sur les joues de Leon ; son visage nerveux se tordit en une grimace.

— Je veux seulement que vous m'aidiez, sanglota-t-il. C'est tout ce que je souhaite. Que vous m'*aidiez*.

— Comment ?

— Je n'en sais rien… Je n'arrive pas à saisir le mouvement des doigts dans ma sonate de Beethoven et je ne sais pas si le quatuor que j'ai écrit vaut quelque chose. Mes parents veulent que je devienne musicien – ma mère en rêve, et mes sœurs aussi. Ils m'aident, ils n'arrêtent pas de m'aider, mais je voudrais que quelqu'un me dise si j'ai du talent.

— Personne ne peut te dire ça.

— Mais comment être sûr que ça vaut la peine de continuer ? Je ne sais pas si j'ai une véritable créativité ou…

— Bon sang, Leon, pourquoi analyses-tu toujours tout ce que tu fais ? Si tu éprouves le besoin d'écrire de la musique, ou d'en jouer, alors vas-y. Mais, crois-moi, ta créativité ne regarde personne. Écris quelque chose – après, cette chose est là. Si c'est ce que tu désirais écrire, si ça *existe*, alors, laisse-le. Si ce n'est pas ça, poubelle. Toutes tes superbes cogitations sont parfaitement hors de propos.

— Mais vous…

— Ce qui m'est arrivé n'a rien à voir avec ça. Il se trouve que je ne tenais pas tant que ça à ma prétendue créativité. Je l'ai combattue violemment et longuement, parce que je me rendais compte qu'elle m'emporterait loin de l'endroit où je voulais passer ma vie, loin du travail pour lequel je pensais être né. Si j'écrivais de la musique, c'est parce que je ne savais pas comment m'arrêter. Mais toi…

— Ma mère aime tellement la musique. Et mes sœurs, et mon père – c'est un homme d'affaires, mais il aurait voulu être pianiste, il est très bon. Alors je pensais… Je voulais. Ils ne m'ont pas forcé, mais…

— Oui, je vois.

Pour la première fois, Marek éprouva de la pitié et de l'affection pour Leon.

— Dis-moi, Leon, si je te demandais ce que tu voudrais faire quand tu seras grand, que me dirais-tu ? Réponds très vite.

— Des films, déclara aussitôt Leon.

Marek sourit.

— Ça sonne juste.

Il demeura assis en silence un moment, puis décida de donner au jeune garçon ce que celui-ci lui avait demandé – de l'aide.

— J'ai dit que personne ne pouvait juger la vocation de quelqu'un d'autre, et je le pensais, mais… voilà mon avis. Je crois que tu es authentiquement mélomane ; tu feras un excellent amateur, et, s'il te plaît, souviens-toi de la signification de ce mot. Un amateur est quelqu'un qui *aime* la musique. Tu seras un bon animateur de groupe, quelqu'un qui saura *faire exister la musique*. C'est grâce à des gens comme toi et ta famille qu'on écoute des morceaux, que des orchestres sont formés et financés, et c'est là quelque chose dont tu dois être fier. Mais si tu veux savoir si tu as ou non l'étincelle originelle, alors… non, je ne pense pas.

Il observa attentivement Leon et vit l'expression tourmentée quitter peu à peu son visage. Puis l'adolescent se laissa aller sur son oreiller et sourit, un lent sourire de soulagement et de bonheur. Délivré de son fardeau, il ressemblait de nouveau à un enfant, et non plus à un vieillard desséché.

— Ils me croiraient si vous le leur disiez, dit-il. Je sais que vous ne le pouvez pas en ce moment, mais un jour, si vous rentrez…

Marek se leva et se dirigea vers la fenêtre.

— La vision romantique que tu as de moi est erronée. Je ne suis pas à Heiligenstadt en train de renoncer au monde, Leon. Simplement, j'ai besoin de quelques mois durant lesquels je ne serai pas relié à ma vie d'avant. Maintenant, tu as…

— Je ne dirai rien. Jamais. J'ai su qui vous étiez dès votre arrivée, parce que ma mère se trouvait à Berlin quand vous avez défenestré ce nazi ; c'était dans tous les journaux, et j'ai vu votre photo. Mais je sais garder un secret.

— Si tu n'y parvenais pas, les conséquences pourraient être très graves. Personne d'autre n'est au courant ?

Leon baissa la tête.

— Si, Ellen, maintenant. Son fiancé lui a envoyé un programme du concert où ils ont joué vos *Chansons*. Je l'ai en quelque sorte… emprunté, et…

— Son fiancé ? demanda Marek, momentanément distrait.

— En fait, elle prétend qu'elle ne va pas l'épouser, mais nous pensons que si, parce qu'il n'arrête pas d'écrire des lettres et qu'elle le plaint beaucoup.

Voyez-vous, il vit dans une maison humide, et sa mère a accouché une chamelle sur la route de l'église.

Sa maison ne resterait pas longtemps humide si Ellen l'épousait, songea Marek. Il imagina la jeune femme perchée sur une échelle avec un torchon à carreaux blancs et rouges, en train de sécher soigneusement les cheminées.

— Il s'appelle Kendrick Frobisher, continua Leon, et il était à l'école avec vous.

— Vraiment ?

Ce nom ne disait rien à Marek. Il revint près du lit.

— Tu possèdes une famille aimante et proche, Leon, ajouta-t-il. Peu d'enfants ont cette chance. Fais-leur confiance. Dis-leur la vérité.

Comme il se dirigeait vers sa chambre pour y prendre sa valise, l'image d'un petit garçon recroquevillé près du radiateur s'imposa soudain à son esprit. Un garçon très chahuté, qui essayait toujours de se cacher dans un coin avec un livre. Oui, il était presque sûr qu'il s'agissait de Frobisher.

Ma foi, c'était ridicule ; il était absolument impossible qu'Ellen puisse l'épouser, *lui* ?

Quoique… Peut-être Kendrick était-il pour elle une autre créature à nourrir, pas avec des miettes de pain ou des restes de cuisine, cette fois, mais avec de la compassion et de l'amour. Auquel cas elle serait fort malheureuse…

Mais les problèmes d'Ellen ne le concernaient en rien. Sa vie à Hallendorf était derrière lui. Il avait dit au revoir à Bennet et lui avait rendu ses clés. Avant même que les enfants soient sortis de la salle à manger, Marek était parti.

Ellen, qui s'était empressée de monter à l'étage, trouva Leon assis sur son lit, complètement transformé.

— Marek est venu ! s'exclama-t-il d'une voix qui vibrait d'adoration pour son héros. Il est venu, et ce n'est pas grave si je ne deviens pas un grand musicien, je peux faire juste des choses ordinaires. Je peux *tout* faire ! Oh, Ellen, n'est-ce pas merveilleux ? Je crois que c'est la personne la plus géniale de la terre.

Ellen regarda fixement Leon. Son visage rayonnait, son futur glorieux et retrouvé l'attendait. C'était pour défendre cet enfant qu'elle avait attaqué Marek et l'avait laissé partir avec le souvenir de sa rage absurde et infantile…

— Je vais demander à mes parents de m'envoyer une vraie caméra de cinéma. On peut en trouver qui sont assez peu chères, enfin, pas vraiment si peu chères que ça, en fait… Je vais écrire un scénario. Sophie pourra jouer dans le film, et ça montrera à son monstre de mère…

Ellen le laissa continuer. Enfin, il s'interrompit.

— Ellen, vous dites toujours que nous devrions avoir des mouchoirs, et maintenant c'est vous qui reniflez !

Elle essaya de sourire et s'essuya les yeux.

— Ce n'est rien. Simplement, je me suis querellée avec Marek, et il est parti.

— Oh, cela ne le dérangera pas. Un homme comme lui ne s'en sera même pas rendu compte. Ellen, quand je serai grand, j'écrirai la biographie de Marek – s'il m'y autorise. Il a déjà eu une vie extraordinaire, avec ces gens qu'il a jetés par la fenêtre, et en étant un héros, et puis avec cette chanteuse d'opéra qui était amoureuse de lui… Elle est terriblement célèbre, en plus. Brigitta Seefeld. On disait plein de trucs sur elle, dans les notes, sur la pochette de mon disque.

Leon avait quasiment réuni autant d'informations sur son idole que Kendrick Frobisher.

— Je vais être comme Eckerman, qui notait tout ce que disait Goethe, ou comme ce type dont Bennet nous a parlé en cours d'anglais – Boswell, l'ami du Dr Johnson. Croyez-vous que vous pourriez essayer de vous souvenir de ce qu'il vous a dit, parce que vous étiez bons amis, n'est-ce pas ?

— Oui, je crois.

Ne laisse jamais le soleil se coucher sur ta colère. Mais le soleil était couché ; en cet instant même, il s'abîmait spectaculairement au-delà des montagnes, transformant la face rocheuse en pourpre, améthyste et or.

— Seulement, par où commencer ? demanda Leon, réfléchissant à sa biographie.

— Par le début, j'imagine, Leon, répondit Ellen avec lassitude.

Par cet endroit de Bohême où la mère de Marek avait déambulé, des colombes blanches dans son panier.

Cet endroit où il y avait des cigognes…

9

À l'origine, la maison était un pavillon de chasse, construit en tremble argenté dans l'ancienne forêt que les princes Habsbourg régnant sur les terres de Bohême avaient réservée à la vénerie. Au XVIIIe siècle, on l'avait agrandie, transformée en manoir, puis on avait mis des volets à ses fenêtres et peint ses murs stuqués de ce jaune Schönbrunn réservé aux loyaux serviteurs de Marie-Thérèse.

L'arrière-grand-père de Marek, le Freiherr Marcus von Altenburg, venu d'Allemagne du Nord, arriva là, tomba amoureux de la campagne environnante – ses vieux arbres, ses aigles, ses hiboux et son gibier inépuisable –, et acheta le tout. Il défricha suffisamment de terrain autour de la maison pour établir une petite ferme, creusa une mare afin d'avoir des poissons et laissa le soleil darder ses rayons sur les toits de Pettelsdorf. C'est alors que vinrent les cigognes.

Durant plus de cent ans, les Altenburg furent citoyens de l'Empire austro-hongrois. Puis, en 1918, l'Autriche s'effondra, et Pettelsdorf, devenu Pettovice, se retrouva dans la nouvelle république de Tchécoslovaquie.

Personne, à Pettelsdorf, ne s'en préoccupait vraiment. Dans cette région de l'Europe, les frontières n'avaient cessé d'avancer et de reculer depuis des générations, mais le même vent soufflait toujours sur les champs d'avoine et de seigle, les oies continuaient à se rendre à la mare en file indienne et les hauts chevaux de trait à tirer leurs charges le long des routes poussiéreuses et défoncées.

Le père de Marek, bien qu'il eût conservé sa nationalité allemande, était heureux de s'associer à la nouvelle république : la Tchécoslovaquie, sous Masaryk, était un modèle de gouvernement démocratique. Il avait, de toute façon, épousé une femme élevée à Prague, un bas-bleu qui avait grandi dans une petite maison médiévale derrière le château. La mère de Milena Tarnowsky était anglaise, son père russe ; elle-même parlait cinq langues, avait pris le thé avec Kafka et gagnait sa vie en traduisant des articles et des poèmes. Garder la porte ouverte aux gens de toutes les nationalités était une tradition, chez Marek, au même titre qu'abriter les vagabonds en était une pour les monastères qui bordaient la route des pèlerins vers l'est.

Ç'avait été un mariage inattendu que celui du capitaine von Altenburg, qui ne vivait que pour la chasse et les arbres, avec cette intellectuelle dont les poèmes dépouillés et d'une grande finesse célébraient une vision intérieure unique – mais cette union surprenante était vite devenue synonyme de bonheur.

Il n'était guère étonnant, en conséquence, que le fils qui en était né eût l'impression que le monde avait été créé seulement pour son ravissement personnel. Il n'y avait pas de division, à Hallendorf, entre le manoir et la ferme, la ferme et la forêt. Des oies patrouillaient devant le hamac de sa mère tandis qu'elle travaillait à ses traductions ; les chiens de chasse de son père chahutaient avec le terrier tibétain aux yeux écarquillés de Milena et les bâtards que Marek lui-même avait secourus au village. Dès qu'il put tenir à cheval, l'enfant monta avec son père pour participer au travail sans fin de la terre, restant parfois absent plusieurs jours d'affilée.

C'était quelqu'un qui avait un grand besoin d'abondance.

— Je n'aime pas *ou*, j'aime *et*, déclara-t-il à l'âge de cinq ans à la cuisinière qui lui demandait à quoi il voulait que son *beigli* d'anniversaire soit fourré. Abricot *et* graines de pavot *et* noix, exigea-t-il – et il les obtint.

Mais, si les serviteurs de la maison le gâtaient, il en allait autrement des hommes qui travaillaient dans les champs. Les bûcherons, les brûleurs de charbon et les tireurs de fardiers, qu'il considérait comme ses héros, savaient que c'eût été une erreur de passer tous ses caprices à l'enfant qui serait un jour le maître, et en conséquence le serviteur, du domaine.

Lorsqu'il succombait à l'une de ses rares mais dévastatrices crises de rage, Marek se réfugiait dans la grange à foin ou dans l'enclos, pestant et donnant des coups de pied jusqu'à ce que le vieux Stepan, le forestier en chef, le ramène à la maison, les joues maculées de larmes mais calmé.

Il paraissait tellement évident que Marek prendrait le relais de son père que l'enfant lui-même ne remit jamais consciemment la chose en question. Aussi, quand on fit toute une histoire de sa musique, n'y prêta-t-il pas attention.

Comme c'est souvent le cas, son talent s'était manifesté très tôt. À l'âge de trois ans, il avait exigé du chef d'orchestre de la ville qu'il se poussât pour prendre sa place. Deux ans plus tard, il écrivait une chanson en six-huit temps pour l'anniversaire de la fille d'un propriétaire terrien voisin, qu'il aimait passionnément. Il jouait du piano, bien sûr, et du violon, et il avait appris tout seul à se servir de la plupart des instruments de l'orchestre du village, qui se produisait lors des mariages et des enterrements. Mais qu'y avait-il là de si étrange ? Tout le monde, en Bohême, aimait la musique ; la moitié des joueurs de cor du Philharmonique de Vienne étaient tchèques, et les artistes lyriques du pays envahissaient l'opéra. Même lorsque le professeur de musique local déclara qu'il n'avait plus rien à apprendre au jeune garçon, Marek refusa de se laisser détourner de son but.

— Je ne vais certainement pas me mettre à courir le monde avec un peu de ma terre natale dans une bourse, comme ce pauvre Chopin, déclara-t-il.

Jusqu'alors, les efforts pour le pousser à aller étudier ailleurs n'avaient jamais abouti. Il s'était renvoyé lui-même sans faire d'histoires d'une académie pour fils de gentlemen, à Brno, et de l'école privée anglaise recommandée par sa grand-mère, la redoutable Nora Coutts. Nora vivait dans une aile de la maison et buvait du Earl Grey de chez Harrods tout en réprimandant son petit-fils pour ses fautes de syntaxe en anglais.

Quand Marek accepta enfin de se rendre à l'université de Vienne, ce fut afin d'y étudier la sylviculture et la gestion des terres. Mais Vienne n'est pas l'endroit idéal pour quelqu'un qui cherche à fuir la musique. À l'époque où il rencontra Brigitta Seefeld, le destin de Marek était déjà tout tracé.

Il avait vingt ans et était assis avec ses amis dans la quatrième galerie de l'Opéra, lorsque le rideau se leva sur *Figaro*.

Seefeld n'interprétait pas le rôle de Suzanna, la jeune fille débrouillarde et pleine de vie, mais celui de la comtesse, à qui, avec *Dove Sono*, Mozart a donné ce qui est peut-être la plus émouvante lamentation à un amour perdu de tout l'opéra.

Marek fut bouleversé. Il entendit encore Seefeld en Violetta dans *La Traviata*, et en Pamina dans *La Flûte enchantée*. Sa voix était ravissante : éthérée, argentée, et pourtant pleine et forte. Le fait qu'elle fût très belle

– blonde aux yeux bleus, dans la plus pure tradition viennoise – ne gâchait rien.

Quand il frappa à la porte de sa loge, porteur d'un grand arbousier en pot, Marek avait seulement l'intention de rendre hommage à son talent ; mais, en moins d'un mois, la diva lui fit grimper les trois marches conduisant à son lit – un lit absurde, décoré de cygnes dorés, cadeau d'un admirateur après qu'elle eut chanté pour la première fois Elsa dans *Lohengrin*.

Il n'y avait pas que le lit qui fût absurde. Brigitta elle-même était prétentieuse, égocentrique et extravagante, mais, quand il la serrait dans ses bras (et il y avait beaucoup à serrer), Marek avait l'impression de tenir contre lui les grandes et glorieuses traditions de la musique viennoise. Il écrivit les *Chansons d'été* pour elle, et, des années plus tard, lorsqu'il se les remémorait, c'était toujours chantées par sa voix.

Leur liaison était publique et fort approuvée par les commères de Vienne. Marek n'y aurait pas mis un terme de lui-même : Brigitta était de plus de dix ans son aînée, et il avait ce côté chevaleresque caractéristique des hommes jeunes. Ce fut elle qui le renvoya, « juste pour quelque temps ». Elle avait dépensé bien plus que son salaire et avait besoin d'auditionner un riche protecteur.

— Si je m'en vais maintenant, je ne reviendrai pas, la prévint Marek.

Sur le moment, elle ne le crut pas ; pourtant, il disait vrai.

C'est alors, au printemps 1929, qu'il se rendit à Berlin. Berlin, avec son architecture pompeuse, son affreux climat et sa vie culturelle exceptionnelle.

À Vienne, il avait été absorbé par sa liaison avec Brigitta ; à Berlin, il put se faire des amis. Un, en particulier.

Isaac Meierwitz était violoniste. Célèbre soliste virtuose, et authentique mélomane, il continuait malgré sa renommée à jouer de la musique de chambre, à occuper le premier bureau de la Berlin Akademia et à enseigner gratuitement aux étudiants dans le besoin. Marek l'avait rencontré chez le Pr Steiner.

En apparence, il ressemblait à l'idée que tout le monde se fait d'un juif russe : petit, les yeux écarquillés, et magnifiquement névrosé. Meierwitz était allergique au blanc d'œuf et aux sopranos, voyait des fantômes et gardait la tresse de sa grand-mère dans l'étui de son Stradivarius. Cependant, il avait un cœur de lion. Il buvait de la vodka comme du petit-lait, n'avait quasiment pas besoin de sommeil, nageait fort bien et racontait un grand nombre d'histoires drôles incroyablement affreuses.

Isaac avait seulement quelques années de plus que Marek, mais il connaissait tout le monde ; il présenta Marek à Schönberg et à Stravinski, l'emmena écouter *Wozzeck* au Kroll, et Schnabel jouer Beethoven au Volksbühne (en costume de ville, pour que les travailleurs se sentent à l'aise). Il savait dénicher les caves où jouaient les gitans – pas des diplômés du conservatoire de Budapest, mais de vrais *Zigeuners* –, ainsi que les cabarets où la fourberie des politiciens était ridiculisée avec virulence.

Un jour, comme ils se promenaient dans le Tiergarten après toute une nuit de fête, Isaac déclara qu'il était temps qu'il ait son propre concerto.

— Il faut que je pense à mon immortalité, tu sais.

— Seigneur, Isaac, ton immortalité ne dépend certainement pas d'un concerto pour violon écrit par un type comme moi !

Mais Meierwitz était sérieux.

— Tu es presque prêt. Et souviens-toi que, si un autre que moi joue pour la première, je te hanterai jusqu'à la fin de tes jours !

Peu après cela, Marek se vit offrir un contrat de deux ans au Curtis Institute de Philadelphie, la Mecque des musiciens, ce qui constituait un véritable honneur pour un homme de moins de trente ans. Il adora les États-Unis et fut complètement absorbé par la création musicale, là-bas. À la fin de son contrat, il prit six mois de congés, qu'il passa dans une cabane au bord de la rivière Hudson.

Un jour qu'il marchait près de l'eau, il entendit le thème du mouvement lent.

Les concertos pour violon descendent d'une lignée distinguée. Beethoven, Sibelius ou Brahms n'en ont écrit qu'un chacun, mais en notes de sang. Lorsqu'il eut terminé le sien, Marek envoya la partition à Berlin.

Meierwitz lui télégraphia aussitôt, l'abreuvant de superlatifs. Une première fut prévue à la Berlin Akademia au printemps suivant, dirigée par Marek lui-même. On était en 1933. Marek s'envola pour le Mato Grosso, au Brésil, où il étudia la musique indigène. Durant tout l'hiver, il perdit contact avec la civilisation. Plus tard, il devait s'étonner de sa naïveté.

Il reprit le bateau pour l'Europe au printemps 1934. Les journaux sud-américains avaient fait la lumière sur les agissements de Hitler, mais Meierwitz lui avait écrit, affirmant qu'il avait reçu la permission de jouer pour la première et qu'il resterait en Allemagne jusque-là.

Le *Bremen* fut pris dans une tempête. Marek arriva avec un jour de retard et se rendit directement à la salle de concerts pour commencer les répétitions. Le nouveau directeur musical l'attendait, souriant et affable. La première attirait l'attention de beaucoup de monde, déclara-t-il, et c'était un honneur pour l'Allemagne que Herr Altenburg soit de retour.

Marek ne lui prêta guère attention : il attendait le soliste. Dès que le bateau avait été à quai, il avait appelé Meierwitz et avait laissé un message.

Puis un jeune homme blond, amical, aux grands yeux bleus innocents, monta sur la scène avec un violon.

— Je suis Anton Kessler, Herr Altenburg, dit-il en esquissant une courbette. J'ai l'honneur de jouer votre concerto. Croyez-moi, c'est un grand jour pour moi.

Il y eut un silence de mort dans la salle de concerts.

— Non, Herr Kessler, vous n'avez pas cet honneur, répondit enfin Marek. Ce concerto est dédié à Isaac Meierwitz, ce sera lui et lui seul qui jouera la première.

Les membres de l'orchestre feuilletèrent nerveusement leurs partitions. Anton Kessler rougit.

— On vous a sûrement prévenu... Meierwitz a été... Meierwitz est juif, il est impossible qu'il se produise en tant que soliste.

Marek se tourna vers le directeur.

— On m'a dit que Meierwitz jouerait. J'ai reçu une lettre dans ce sens avant d'embarquer.

Le directeur passa une main sur ses cheveux gominés.

— Je crois qu'il doit y avoir une erreur. Meierwitz a été emmené... Meierwitz est parti. Il a refusé l'offre d'émigrer. Il a fait des difficultés, et c'est là quelque chose que le Troisième Reich ne peut autoriser. Je vous assure qu'il ne lui sera pas fait de mal. Vous savez, Herr Kessler est un excellent musicien. S'il vous plaît, Kessler, montrez à Herr Altenburg.

Le jeune homme blond s'avança vers le devant de la scène, et le thème qui était venu à Marek sur la rive de l'Hudson s'éleva bientôt dans la salle. Kessler jouait bien.

— Arrêtez, ordonna Marek.

À présent qu'il regardait l'orchestre avec plus d'attention, il constatait que d'autres visages avaient disparu : le premier cor, un homme nommé Cohen, le second flûtiste...

— Pourriez-vous avoir l'amabilité de me dire où Meierwitz a été emmené ? demanda-t-il.

— Je n'en ai hélas pas la moindre idée.

Le directeur semblait décontenancé.

— Vous-même devez bien être conscient que la musique allemande avait grand besoin d'être purgée des influences étrangères, et en particulier de…

Marek n'aurait pu décrire les prémices de ses crises de rage ; ces premiers instants étaient hors du temps. Lorsqu'il redevint lui-même, il tenait le corpulent petit homme, braillant, par une jambe de pantalon rayée hors de l'une des fenêtres du premier étage.

— Où est-il, espèce de petit flagorneur ? Où l'ont-ils emmené ?

— Arrêtez, arrêtez ! Vous allez me tuer. Remontez-moi, bon sang ! Au secours ! Au secours !

Marek descendit un peu sa prise ; il ne tenait plus qu'une cheville. En bas, dans la rue, une foule commençait à s'assembler. Un homme sortit en courant de la maison d'en face avec un appareil photo.

— Vous m'avez entendu ? Où est-il ? Vous avez exactement une minute.

— Il est dans un camp… Weichenberg… Près de la frontière tchèque. C'est pour la réimplantation…

Submergé par le dégoût, Marek tira le directeur à l'intérieur et le laissa sur le rebord de la fenêtre. Puis il se tourna vers l'orchestre.

— Ce concerto ne sera pas joué, messieurs, non plus qu'aucune autre de mes compositions, tant que ce régime sera au pouvoir.

Sur ces mots, il quitta la salle.

Il rentra à Pettelsdorf. Instantanément, il avait été déterminé à retrouver et à sauver Meierwitz ; or il lui semblait que ce serait plus aisé à partir d'un lieu familier, dont il connaissait les moindres cachettes.

Mais, même dans son propre pays, le mal couvait. Tous les Allemands sudètes ne s'insurgeaient pas, tous ne voulaient pas appartenir au Reich, mais il y avait suffisamment d'exaltés, encouragés par les nazis de Berlin, pour rendre l'existence difficile à ceux qui désiraient seulement avoir la paix. Le père de Marek se faisait insulter parce qu'il s'avouait satisfait de vivre en République tchèque ; certains de ses employés étaient molestés lorsqu'ils allaient au marché en ville. Par ailleurs, beaucoup de gens voyaient dans le refus de Marek une trahison envers le Reich. Il fut surveillé ; des nazis de haut rang qui cherchaient à le faire changer d'avis vinrent lui rendre visite ; il devint vite clair qu'il attirait des ennuis à sa famille, et qu'en tant que Marcus von Altenburg, ami avéré de musiciens juifs et autres ennemis du Reich, il ne pourrait passer inaperçu.

C'est alors qu'il se rendit à Hallendorf, chez le Pr Steiner, dans la seule intention de lui emprunter sa camionnette, et qu'il se trouva face à un homme aussi obstinément déterminé que lui à réparer les torts causés par sa terre natale.

10

Kendrick Frobisher avait ses défauts, mais c'était un jeune homme honnête. En racontant que sa mère avait accouché une chamelle sur la route de l'église, il ne faisait que rapporter des faits bien connus de tout le district, et lorsqu'il affirmait que Crowthorpe Hall était rouge et humide, il n'exagérait pas.

Ce qu'en revanche il n'avait peut-être pas clairement expliqué à Ellen – car il était modeste, à sa manière –, c'est que la demeure était également fort grande. Elle ne comptait pas moins de quatorze chambres, même si quelques-unes d'entre elles étaient trop froides et moisies pour être utilisables. Il y avait également un salon, une salle de billard, une bibliothèque (un lointain ancêtre ayant rassemblé la plus illisible collection de livres imaginable), une salle à manger tapissée de cuir du Maroc qui pelait et une galerie entourant le grand hall plein de courants d'air.

Le volume de Crowthorpe était encore augmenté par une véritable éruption de tourelles, pignons et autres protubérances datant de l'ère victorienne, époque où la demeure avait été presque entièrement reconstruite. Des vitraux et de lourds rideaux parvenaient à réduire la lumière provenant de la mélancolique et moutonneuse campagne environnante au point qu'il fallait allumer les lampes dès trois heures de l'après-midi, même en été. À l'intérieur, les meubles lourdement convolutés, les tables aux pieds en forme de griffes et les tapis turcs rouge sang créaient une ambiance qui n'aurait pas déplu à la reine Victoria, laquelle n'était guère célèbre pour sa *joie de vivre* [1].

L'importance de Crowthorpe, cependant, ne tenait pas à la bâtisse elle-même, mais aux terres qui l'entouraient et qui comptaient plus de mille six cents hectares. Certes, ces terres étaient pour l'essentiel aussi déprimantes et inutiles que la maison ; elles comprenaient notamment un lac plein de brochets maussades, une colline en forme de buste sur laquelle, bien qu'elle ne fût guère élevée, deux randonneurs avaient péri un jour de blizzard, et une carrière de gravier abandonnée. Néanmoins, la vallée que dominait la demeure et où coulait une rivière était fertile, et il y avait aussi une grande ferme fort rentable, que dirigeait depuis des années avec économie et efficacité un métayer originaire de la région.

Dans la plus pure tradition de cette campagne autonome, Mme Frobisher avait l'intention de léguer l'ensemble de la propriété à son fils aîné. Depuis la mort de son mari, elle s'occupait des affaires de Crowthorpe, et le fait que Roland eût l'intention de quitter l'armée des Indes et de rentrer en Angleterre lui procurait une grande satisfaction. Dès sa naissance, Roland avait été pour elle une source de plaisir. Enfant, c'était un beau petit garçon, plein d'entrain, robuste, qui pleurait rarement et aimait le sport. Lorsque, à sept ans, elle l'avait envoyé en pension, il ne s'était pas départi de son courageux sourire. Il ferait un bon maître pour Crowthorpe et, puisqu'il avait eu le bon sens de se marier, aux Indes, il

1. En français dans le texte.

pourrait bientôt avoir un fils pour assurer sa propre succession.

Au pire, si quoi que ce soit arrivait à Roland, il resterait toujours William. William n'était pas aussi stable que son aîné – il avait accumulé quelques dettes, étant plus jeune, et des rumeurs avaient couru concernant une jeune fille indéniablement commune, dont il avait fallu payer le silence. Mais il s'était bien calmé ; il était beau et populaire dans le comté et ne tarderait sans doute pas à se fiancer avec quelqu'un de convenable.

La succession était donc assurée, et, en temps normal, Mme Frobisher n'aurait même pas accordé une pensée au pauvre Kendrick. Kendrick – cette malheureuse conséquence du jour où elle avait autorisé à son mari ce qu'elle lui refusait presque systématiquement depuis la naissance de leur deuxième fils. Le pauvre garçon avait été un désastre dès le début. Tout en lui exaspérait Patricia et lui faisait honte : son asthme, sa peur des chevaux, ses honteuses crises de larmes lorsque venait le moment de retourner à l'école… et, plus tard, la manière qu'il avait de s'enterrer dans sa chambre à écouter de la musique obscure et déprimante en s'abîmant les yeux sur des lectures incessantes…

Mais un matin, dans le *Times*, Mme Frobisher lut que le gouvernement avait l'intention de fournir des masques à gaz à la population. Elle ne s'était jusqu'alors guère intéressée à la politique de Herr Hitler. Elle n'avait rien de spécial à lui reprocher – en vérité, ses efforts pour se débarrasser des juifs, des homosexuels, des communistes et des gitans le lui rendaient plutôt sympathique –, mais il parlait beaucoup du *Lebensraum* et des colonies, et c'était là une autre histoire. Seuls les Britanniques maîtrisaient vraiment l'art de la colonisation et savaient traiter les races inférieures avec justice et sévérité. En conséquence, il faudrait peut-être faire la guerre. Mme Frobisher, chassant de son esprit avec une volonté de fer la panique qu'éveillait en elle le souvenir de la guerre précédente et de la façon hideuse dont elle avait décimé la jeunesse britannique, décida sur-le-champ d'envoyer quérir Kendrick et de lui ordonner de se marier. Quoi qu'il arrivât, en effet, Kendrick survivrait ; avec son asthme et son astigmatisme – pour ne pas mentionner la légère courbure de sa colonne vertébrale –, il ne serait jamais question de l'enrôler dans l'armée. Même s'il était affreux de l'imaginer en maître de Crowthorpe, ce serait toujours mieux que de laisser le domaine sortir de la famille.

Aussi Kendrick fut-il appelé. Il emporta le volume trois d'*À la recherche du temps perdu* pour le trajet et des cachets de lait de magnésie, car une convocation à Crowthorpe lui donnait toujours des maux d'estomac ; ainsi paré, il prit le train en direction du nord. À partir de Carlisle, comme toujours lorsqu'il rentrait chez lui, la pluie se mit à tomber.

De la vieille Buick envoyée à la gare par sa mère, il regarda la brume qui s'enroulait autour des collines, il écouta le triste bêlement des moutons à tête noire et le sinistre débit des ruisseaux boueux qui atteignaient presque le niveau d'inondation, et il se demanda ce qu'il avait fait de mal. Kendrick avait son propre revenu, hérité d'un membre éloigné de la famille qui avait pris en pitié ce pauvre garçon non désiré, et il était propriétaire de son appartement de Pimlico ; sa mère ne pouvait donc pas lui faire grand-chose. Mais la logique n'avait guère sa place dans la perception qu'il avait de Patricia Frobisher.

Ce fut seulement après le dîner, qu'il prit seul avec sa mère dans la salle à manger glaciale, qu'il comprit pourquoi il avait été convoqué.

— J'espère que tu seras capable d'avoir une conversation sensée sur ce sujet, Kendrick, commença Mme Frobisher lorsque la bonne eut quitté la pièce sans demander son reste après avoir mis le blanc-manger sur la table. Je ne veux ni hystérie ni panique. Mais il semble possible qu'une guerre éclate.

Kendrick posa sa serviette, aussi blanc soudain que l'entremets posé devant lui. Dans sa tête, des zeppelins explosaient, des avions tombaient en piqué, des enfants sortaient en hurlant de leurs maisons démolies.

— Vous… vous le pensez vraiment ? parvint-il à bégayer.

— Je ne sais pas. Chamberlain fait de son mieux pour l'éviter, mais nous devons toujours considérer sans fléchir toutes les éventualités.

— Oui, approuva Kendrick.

Il eut une pensée envieuse pour Marcel Proust, son héros, qui avait passé douze ans à travailler sur son chef-d'œuvre dans une pièce tapissée de liège. Certes, ce n'était pas là à proprement parler une manière inflexible d'avancer dans l'existence, mais bien sûr Proust était un génie…

— Comme tu le sais, Roland rentre à la maison, mais s'il y a un problème, il est certain qu'il s'engagera. Quant à William, c'est un pilote expérimenté, à présent. Si quoi que ce soit leur arrive, tu seras le propriétaire de Crowthorpe. On ne peut rien y faire.

La mère et le fils se regardèrent fixement au-dessus de l'immense table, aussi écœurés l'un que l'autre par cette perspective. Dans l'esprit de Kendrick, d'énormes taureaux le poursuivaient tandis qu'il s'efforçait de donner des ordres aux métayers, les roues des batteuses vrombissaient, soufflant de la paille vers ses poumons asthmatiques, des filles montées sur de gigantesques destriers chevauchaient vers la maison en le considérant avec mépris…

— Il est donc à présent nécessaire que tu fasses ton devoir, Kendrick. Tu dois te marier.

Kendrick cligna des yeux derrière ses épaisses lunettes. Sa mère voulait qu'il se marie. À cette idée, effaçant les terribles perspectives guerrières et agricoles, l'image d'Ellen s'imposa à son esprit. Ellen, avec son joli visage, sa bouche ravissante, ses yeux si doux et ses cheveux flottant au vent…

— J'aimerais me marier, dit-il, mais il n'y a qu'une femme que je sois prêt à envisager d'épouser.

Patricia regarda intensément son fils, qui s'était exprimé avec une fermeté inattendue.

— Qui est-ce ? demanda-t-elle.

— Elle s'appelle Ellen Carr. Elle travaille en Autriche en ce moment, mais elle vient de Londres. C'est une personne formidable.

— Que fait-elle ? Que peut-on bien faire en Autriche ?

— Elle est gouvernante dans une école. Mais elle s'occupe également de la cuisine. Elle a suivi la meilleure formation.

Patricia ne réussit à se contrôler que par un pur effort de volonté.

— Une cuisinière ! Tu plaisantes, j'espère ? Même toi, tu ne te serais pas mis dans la tête qu'un Frobisher puisse épouser une cuisinière ?

Cependant, penser à Ellen avait donné à Kendrick un courage inattendu.

— Je n'accepterai d'épouser personne d'autre, répéta-t-il. Hélas, elle a refusé ma demande en mariage.

— Refusé ? Grands dieux, comment une cuisinière a-t-elle pu te dire non ? Sait-elle qui tu es ?

— Oui. Malheureusement, elle n'est pas amoureuse de moi. Vous savez, beaucoup d'autres garçons l'ont déjà demandée en mariage… Mais je ne perdrai jamais espoir. Jamais.

Patricia fit un effort surhumain pour essayer d'imaginer une cuisinière ayant reçu beaucoup d'offres de mariage et ne voulant pas épouser un Frobisher.

— De quel milieu vient-elle ?

— Sa mère est médecin. Une ancienne demoiselle Norchester. Elle a deux sœurs ; toutes les trois étaient suffragettes. Des femmes admirables. Le père d'Ellen a été tué durant la dernière guerre.

— Seigneur, pas ces Norchester-là ? Phillis, Charlotte… et comment s'appelle la troisième, déjà ?

— Annie.

— C'est ça. Bien, bien, les filles de Gussie Norchester. Folles à lier, toujours à s'attacher à des rampes et je ne sais quoi. Gussie ne savait pas quoi faire d'elles – elles refusaient d'être présentées dans la société ou de se conduire normalement.

La conduite aberrante des trois sœurs n'avait guère d'importance, comme le découvrit Kendrick. En effet, Gussie Norchester était la nièce de lord Avondale, et de fait parfaitement convenable. Si la cuisinière était sa petite-fille, ce n'était de toute évidence qu'une excentricité de plus, sur laquelle on pouvait passer l'éponge.

— Peut-être ne t'es-tu pas montré assez ferme, hasarda Mme Frobisher. Les filles aiment être dominées. Pourquoi ne vas-tu pas là-bas, en Autriche, pour plaider ta cause ? Si elle apprend que je ne m'oppose pas à votre union, cela fera peut-être une différence.

— Je me demandais, justement…, répondit Kendrick.

Il s'était effectivement posé la question, car ce qui se passait à Hallendorf, tel qu'il l'apprenait par les lectures de Gowan Terrace, le dérangeait de plus en plus. Dans ses lettres, Ellen parlait, le cœur léger, de Chomsky et des autres, et Kendrick commençait à faire des cauchemars dans lesquels sa bien-aimée était sujette aux avances de professeurs de métallurgie nus ou bien collée contre le mur par de grands Gallois roux.

— Peut-être pourrais-je lui suggérer de me retrouver à Vienne ?

— Bonne idée, acquiesça Mme Frobisher.

Elle n'aimait pas la valse outre mesure, mais savait que cette danse était considérée comme bénéfique aux entreprises amoureuses.

Toutefois, les projets de Kendrick pour sa visite à Vienne étaient d'une nature bien plus sérieuse. S'il devait attirer Ellen dans la capitale autrichienne, ce serait avec un programme qui en vaudrait la peine – promenades à thèmes culturels, concerts, galeries et musées.

Dès son retour à Londres, il alla s'enfermer à la bibliothèque afin d'y étudier avec attention les merveilles viennoises.

Il y avait tant à voir ! Les églises des Fischer von Erlach (le Jeune et l'Ancien), au moins une douzaine de statues équestres de premier plan, et un sanatorium pour lépreux, en banlieue, que l'on disait symboliser l'âge d'or de l'architecture sécessionniste. Et puis la Hofburg, bien sûr, et la voûte de l'église capucine, où se trouvaient les corps des empereurs Habsbourg mais, semblait-il, ni leurs cœurs ni leurs foies, conservés à la cathédrale St. Stephen. Naturellement, il ne fallait pas oublier tous les endroits où les grands compositeurs étaient nés, morts ou avaient simplement habité. À Nussdorf, on pouvait voir les lunettes de Schubert, et au Stadtsmuseum, la corne d'oreille de Beethoven, même si l'attribution à Mozart d'une queue de billard dans un café de Grinzing était sérieusement contestée.

L'idéal serait d'emmener Ellen à l'Opéra. Après tout, l'Opéra de Vienne était la gloire de l'Europe ; elle ne refuserait certainement pas de venir s'il lui offrait une place pour une représentation là-bas !

Il se rendit à son agence de voyages préférée, spécialisée dans les voyages culturels. Là, il parla avec une employée très serviable qui lui montra le programme du Staatsoper. Kendrick y découvrit un joyau culturel irrésistible : le 12 juillet, après la fin de la saison officielle, Brigitta Seefeld, la plus grande diva de Vienne, chantait dans *Le Chevalier à la rose*.

— Je ne suis pas sûre de réussir à obtenir des places, le prévint l'employée. Et si j'y arrive, elles seront terriblement chères. C'est un gala, et ils montent toujours les prix dans ces cas-là.

Mais Kendrick, qui se voyait déjà assis près de sa bien-aimée alors que Seefeld renoncerait à son jeune amant pour l'envoyer dans les bras d'une ravissante idiote, répondit avec panache que l'argent n'était pas un problème. Elle devait trouver des billets à n'importe quel prix, et le tenir au courant. Certes, il savait qu'Ellen préférerait sans doute visiter la pâtisserie Demel ou le Nasch Markt ; mais lui, pour sa part, était prêt à tout donner pour entendre chanter Brigitta Seefeld. Et il pourrait par ailleurs en dire davantage à Ellen au sujet de la liaison riche d'inspiration entre la diva et Altenburg, car il avait fait de plus amples recherches sur la vie du compositeur depuis qu'il s'était rendu compte que l'un des musiciens les plus célèbres de son temps avait été son camarade de classe.

Il ne prendrait pas immédiatement le risque de donner de faux espoirs à Ellen ; il se contenterait de lui écrire qu'il essayait d'avoir des billets pour l'Opéra. À moins qu'il ne dise rien du tout et lui fasse une merveilleuse surprise ?

Debout sur le trottoir, bousculé par les passants, Kendrick soupira de bonheur anticipé et rougit, car il venait juste de se souvenir que le prélude du *Chevalier à la rose* était censé décrire, en musique, l'acte d'amour.

Était-ce là quelque chose qu'il conviendrait d'expliquer – avec délicatesse, bien sûr – à Ellen ? Elle savait si bien écouter lorsqu'il lui parlait, la tête penchée sur le côté, les paupières mi-closes. De temps en temps, il songeait que c'était pour cela qu'il était sur terre : pour expliquer des choses à la fille qu'il aimait tant.

11

L'après-midi viennois était doux et chaud. Le soleil brillait sur les toits verts et dorés des églises, réchauffait les archiducs de pierre et les compositeurs de marbre érigés dans les parcs ; il effleurait les cours de la Hofburg. Autrefois demeure des empereurs, celle-ci abritait désormais les ministres du gouvernement, les chevaux lippizans – et quelques rares citoyens qui s'étaient vu accorder par l'État grâces et faveurs.

Parmi ces derniers figurait la diva préférée de Vienne, Brigitta Seefeld, qui venait de se réveiller dans son célèbre lit aux cygnes. Étirant ses bras potelés, elle demanda, mais dans un murmure, car elle ne parlait jamais les jours de représentation :

— Où sont mes œufs ?

Ufra haussa les épaules. Les œufs étaient là où ils se trouvaient toujours, dans un bol sur la coiffeuse, achetés frais le matin même au marché.

Arménienne aux cheveux noirs d'une cinquantaine d'années, fort laide, Ufra travaillait pour Brigitta depuis quinze ans, et elle savait qu'aujourd'hui sa maîtresse ferait des histoires. Elle interprétait le rôle de Mimi dans *La Bohême*, face à une Musetta nouvellement arrivée de Hambourg, que l'on disait à la fois excellente et très jeune. Ce soir, également, Benny Feldmann devait rentrer d'Amérique. Et s'il n'a pas retrouvé Marcus von Altenburg... Que Dieu nous protège tous ! songea Ufra.

Brigitta se leva, enfila son peignoir et descendit de son dais. Sur les murs de la chambre, comme sur tous les murs du somptueux appartement, avec ses parquets marquetés et ses poêles de porcelaine, étaient accrochés des portraits d'elle dans ses rôles les plus célèbres : la comtesse dans *Figaro*... Violetta dans *La Traviata*... Marguerite, avec des tresses, dans le *Faust* de Gounod...

Lorsqu'elle parvint près de la coiffeuse, elle cassa le premier œuf et le laissa couler dans sa gorge. Un second suivit ; puis vinrent les exercices.

— *Mi*, *mi*, *mi*, chantait Brigitta, une main sur le diaphragme – et dehors, dans la rue, les portiers levaient les yeux et souriaient, tandis que les palefreniers qui conduisaient les lippizans à leurs étables se regardaient en hochant la tête, car les vocalises de Brigitta Seefeld faisaient partie intégrante de Vienne, au même titre que les cloches de St Stephen ou les roucoulements des pigeons sur les toits.

À seize heures trente, Ufra fit entrer la masseuse, après quoi arriva Herr Köenig, responsable de la claque de Brigitta.

Marcus désapprouvait l'usage de claques.

— Tu n'as pas besoin de ces gens, enrageait-il. Payer pour des applaudissements, cela te rabaisse !

Comme il était idéaliste, ce garçon fou entré dans sa loge et dans sa vie un arbre à la main ! Mais que savait-il des choses de la vie, avec sa jeunesse impétueuse et son talent ? C'était facile, pour lui ; il pouvait se permettre d'aller s'encanailler dans les banlieues, de diriger des chorales de travailleurs et d'écrire des morceaux pour des enfants tuberculeux. Il n'était pas dépendant d'une collection arbitraire de cordes vocales et de tendons pouvant lâcher à n'importe quel moment ! Un rhume de cerveau, une infection pulmonaire, une menace de nodule au larynx la laisseraient sans défenses. Son statut serait menacé, elle deviendrait la proie de ses rivales... Pas étonnant qu'elle jugeât nécessaire d'entretenir ceux qui pouvaient l'aider.

Herr Köenig s'approcha pour baiser sa main douce et potelée – peut-être la main la plus baisée de Vienne –, et Brigitta lui annonça que, ce soir-là, elle n'attendait pas moins de douze rappels. Et pour elle seule, pas pour la grande perche de Hambourg qui chantait Musetta !

Herr Köenig blêmit. Douze rappels, fort bien – mais pour elle seule ? On disait la soprano de Hambourg très bonne. Néanmoins, Seefeld ne chanterait plus jusqu'à son *Chevalier à la rose*, dans quatre semaines. Pour les Viennois ordinaires, qui ne pouvaient s'offrir des billets au prix de gala, la représentation de ce soir constituerait bel et bien sa dernière apparition de la saison. Plongeant son regard dans les beaux yeux bleus de la diva, il oublia toute prudence.

— Vous les aurez, déclara-t-il avec emphase.

On put le voir, comme il atteignait la rue, se frapper le front en blâmant sa stupidité.

À dix-sept heures trente, Ufra prépara le chien. Peigner les longs poils soyeux du petit terrier tibétain et attacher les mèches du dessus de sa tête avec un ruban écarlate prirent presque autant de temps que d'arranger les boucles dorées de Brigitta ; mais le public attendait Puppchen au bout de sa laisse rouge, comme il attendait les étoles de zibeline, les bijoux, le célèbre sourire de la diva.

— En Arménie, on t'aurait mangé, grommela Ufra en maintenant fermement l'animal, qui gémissait et se débattait.

À dix-huit heures trente, la procession entama sa descente de l'Augustinerstrasse, observée par les commerçants, le vendeur du kiosque à tabac et les touristes chanceux auxquels on avait signalé que la Seefeld était en route pour la représentation de la soirée.

Arrivée à l'entrée des artistes, Brigitta se montra absolument charmante avec le portier, bien moins agréable envers le ténor qui interprétait le rôle de Rodolfo, et carrément odieuse avec la grande perche de Hambourg (qui aurait dû rester où elle était, même si elle était mariée avec un juif).

Néanmoins, la représentation se passa bien. Sa voix – cette capricieuse entité presque aussi imprévisible que le pénible petit chien que lui avait offert Marcus – se comporta bien, et Herr Köenig tint parole. Il y eut bel et bien douze rappels, et les autres chanteurs, soulagés de savoir que Brigitta serait absente pendant près d'un mois, la laissèrent en savourer un grand nombre toute seule.

Une nouvelle explosion d'applaudissements l'accompagna comme elle traversait le hall de l'Opéra en direction du Sacher, où elle avait l'habitude de dîner après les représentations ; et il y eut d'autres baisemains, d'autres courbettes tandis que le maître d'hôtel l'accueillait et que ses compagnons de table se levaient. Des roses avaient été déposées sur sa table.

— Tu as été magnifique, *Liebchen*, lui dit le comte Stallenbach, son « protecteur » du moment – un homme suffisamment âgé pour avoir des exigences physiques réduites.

Julius Staub, après avoir écrasé sa cigarette, y alla de ses félicitations. Ce dramaturge, pâle, avec un front immense, déambulait toujours entouré de cendres de cigarette comme un volcan éteint. Il avait écrit le livret d'un opéra sur Hélène de Troie, qui n'attendait qu'un compositeur pour être « parfait pour Seefeld ».

Cependant, l'homme qu'elle avait le plus envie de voir n'était pas arrivé : Benny Feldmann, son agent et le gérant de ses affaires, qui venait juste de rentrer des États-Unis.

— Il a téléphoné pour dire qu'il serait là dans une demi-heure. Le train avait du retard, et il est juste passé chez lui se changer.

Brigitta hocha la tête ; tandis qu'elle choisissait ses plats en sirotant son champagne, elle avait du mal à dissimuler son impatience.

Cela faisait plus d'un an qu'elle avait envie de retrouver Marcus von Altenburg. Elle avait été furieuse après lui lorsqu'il avait retiré son concerto pour violon de cette façon mélodramatique. Perdre l'opportunité d'une première à Berlin pour un petit juif comme Meierwitz était absurde, et Brigitta lui avait écrit pour le lui faire savoir. La musique devait être au-dessus de la politique.

Mais si Marcus avait été déclaré *persona non grata* par le Troisième Reich, il y avait, semblait-il, d'autres pays prêts à l'accueillir. Les Français venaient juste de jouer sa première symphonie, les *Chansons d'été* avaient été enregistrées à Londres, et les Américains l'avaient invité, à des conditions fort généreuses, à retourner aux États-Unis comme chef d'orchestre. On le disait actuellement sur place, en train de négocier.

— Si c'est vrai, il n'a pas tellement tort, avait souligné Benny Feldmann avant son départ. Le futur est là-bas, Brigitta. De plus en plus de gens émigrent.

Brigitta n'avait nullement l'intention de quitter l'Autriche ; elle était viennoise jusqu'au bout des ongles. Mais les nouvelles en provenance d'Allemagne étaient mauvaises : on montait de plus en plus d'opéras de Wagner pour le *Führer*, la clique de Bayreuth exerçait une influence croissante… Seefeld était une soprano lyrique, Wagner ne correspondait pas à sa tessiture. Si les liens amicaux qu'entretenait Hitler avec l'Autriche débouchaient sur une prise de pouvoir, ne serait-il pas sage d'envisager une expatriation ?

— Pourquoi ne demandez-vous pas à Altenburg de vous écrire un opéra ? Vous seriez alors la bienvenue n'importe où dans le monde, avait dit Feldmann en partant.

Il plaisantait. Des hommes comme Altenburg n'écrivaient pas d'opéras *pour* des gens – ils les écrivaient ou pas.

Mais Brigitta avait bondi sur cette idée. Altenburg la comprenait mieux que quiconque. Il avait un caractère de cochon, et ne s'était jamais vraiment départi de son air un peu sauvage d'homme tout droit sorti de la forêt dans une peau d'ours, mais le temps qu'elle avait passé à son côté avait été à nul autre pareil. Grâce à lui, elle avait accepté le rôle qui avait conduit à sa consécration : celui de la Maréchale dans *Le Chevalier à la rose*, cette charmante aristocrate sophistiquée qui abandonne son jeune amant à une ingénue de son âge.

— Je suis trop jeune, avait-elle protesté.

Et c'était vrai, à l'époque : elle avait trente-deux ans, et lui vingt.

— Mais c'est tout l'intérêt, tu ne comprends pas ? Faire le sacrifice alors même que tu es au summum de ta beauté… C'est ainsi que Strauss l'a imaginé. Ce n'est pas l'histoire d'une femme entre deux âges qui fait contre mauvaise fortune bon cœur ; c'est un acte suprême de renoncement et de sagesse.

Il avait eu raison. Elle avait été sensationnelle dans le rôle ; son interprétation de ce que Strauss avait appelé son « opéra à la Mozart » était devenue légendaire. Oui, c'était grâce à Marcus qu'elle allait chanter, dans quatre semaines, devant le Président et les têtes couronnées de plusieurs États européens.

Et c'était là le problème, la raison pour laquelle elle avait tellement envie de le retrouver *maintenant*.

L'opéra pouvait attendre, mais pas le gala. Cela faisait trois ans qu'elle n'avait pas chanté le rôle de la Maréchale ; son quarantième anniversaire était derrière elle – plutôt plus loin derrière qu'elle ne l'admettait, d'ailleurs –, et elle se sentait soudain terrifiée et vieille. Il y avait de gros problèmes avec la production, et Feuerbach, qui devait diriger, manquait de l'autorité et de la présence nécessaires pour imposer sa volonté à l'orchestre. Certains de ses tempos étaient absurdes : elle ne pouvait pas prendre le monologue de l'acte un à une telle vitesse. Pour tout arranger, la fille qui jouait Sophie ne ratait pas une occasion de se mettre en avant.

Tout avait été si différent lorsqu'elle était avec Marcus ! C'était un répétiteur incroyable, l'orchestre l'écoutait. Même à vingt ans, il savait se faire obéir, et maintenant… Marcus pourrait faire entendre raison à Feuerbach, elle en était sûre. Or, parmi les personnes qui assisteraient au gala, certaines mourraient d'envie de la prendre en défaut – des divas rivales de Berlin et de Paris, des officiels du Met.

— Le voilà ! s'exclama Staub comme Benny s'approchait d'eux, ses yeux noirs brillant en dépit du long voyage qu'il avait effectué.

Brigitta lui laissa à peine le temps de s'asseoir.

— Alors, quelles sont les nouvelles ? s'enquit-elle. L'avez-vous vu ?

Benny secoua la tête.

— Non. Personne à Philadelphie n'avait la moindre idée d'où il se trouvait. Le directeur du Sinfonia a essayé de le joindre, sans succès ; il semble s'être évanoui de la surface de la Terre. Ils pensaient qu'il était chez lui, là-bas, dans la forêt, mais leurs lettres sont restées sans réponse.

— Voyons c'est absurde ! Il doit bien être quelque part.

Staub s'éclaircit la gorge. Son *libretto* était, sans contestation possible, ce qu'il avait écrit de mieux de toute sa vie. Rédigé du point de vue d'un soldat grec sorti du cheval de bois qui rencontre la légendaire Hélène, roulée en boule sous une porte cochère de la cité en flammes, il n'aurait pas manqué de plaire à Altenburg, dont l'intérêt pour les gens du peuple était bien connu. Et Marcus parviendrait peut-être à convaincre Brigitta de *se rouler en boule*, ce que lui-même ne se sentait pas capable de faire. Il déclara :

— Je pense qu'il est peut-être ici. En Autriche, je veux dire. Brenner affirme l'avoir aperçu en Carinthie, dans une voiture, avec le Pr Steiner. Il ne l'a pas vu clairement, mais il est quasi certain qu'il s'agissait d'Altenburg.

— Steiner ? Le vieux collectionneur de chansons traditionnelles ?

— Oui. Je pensais que Brenner se trompait, puisque Marcus était censé être en Amérique, mais maintenant je m'interroge. Souvenez-vous, Steiner et lui étaient bons amis : Marcus a habité chez lui, à Berlin.

Brigitta fronça les sourcils. Le professeur appartenait à ce groupe de musiciens – dont Meierwitz faisait également partie – qui s'étaient laissé entraîner dans des histoires politiques.

— Mais que pourrait-il bien faire là-bas ? Et pourquoi n'a-t-il pas donné de ses nouvelles ?

Staub haussa les épaules.

— Brenner peut se tromper, mais ils étaient assez proches ; la camionnette s'est arrêtée à un passage à niveau, et il a bien tenté de faire des signes, mais Altenburg s'est contenté de le fixer sans bouger.

Qu'est-ce que cela pouvait signifier ? se demanda Brigitta. Marcus s'était-il caché pour travailler ? Et si oui... se pouvait-il qu'il écrive de la musique pour quelqu'un d'autre ? Une *rivale* ? Oh, pourquoi l'ai-je renvoyé ? songea-t-elle. Il avait dit qu'il ne reviendrait pas, et il n'était pas revenu ; il se contentait de la saluer lorsque leurs chemins se croisaient par hasard. Elle avait seulement voulu qu'ils se séparent quelques mois, le temps de régler ses affaires – encore était-ce sa faute à lui, qui avait refusé de vendre ses satanés arbres afin de lui acheter les zibelines pour lesquelles elle avait eu le coup de foudre.

— Où en Carinthie ? Où Brenner l'a-t-il vu ?

— À Hallendorf. Ils s'éloignaient du lac.

— Hallendorf ? répéta-t-elle. Ah oui, bien sûr, c'est là où il y a cette affreuse école…

Le directeur avait eu l'audace de lui écrire pour lui demander d'assister à des représentations musicales des enfants, un ou deux ans plus tôt. Elle n'avait même pas répondu… Mais, après tout, cela pourrait peut-être servir d'excuse pour faire une enquête ?

— Y a-t-il un endroit convenable où descendre, là-bas ? demanda-t-elle. Pourquoi n'irions-nous pas le chercher ?

Staub acquiesça aussitôt, Benny, lui, hésita. Il ne l'avait pas encore annoncé à Brigitta, mais il avait décidé d'émigrer et de transférer son affaire à New York. Si la cantatrice décidait de le suivre, il ne pourrait pas faire grand-chose pour elle : l'Amérique était submergée de chanteurs de *Lieder* qui fuyaient Hitler, et le Met avait sa propre écurie de sopranos.

Mais Altenburg… voilà qui était autre chose. Benny avait été surpris de constater la haute opinion que les Américains avaient de Marcus. Si Brigitta arrivait vraiment à le convaincre d'écrire un opéra avec un rôle pour elle, la combinaison pourrait se révéler sensationnelle. Leur vieille liaison était peut-être terminée, mais quelques commérages savamment distillés ajouteraient un peu de piquant à l'affaire, et où mieux qu'au gala commencer à faire courir des rumeurs ? Néanmoins, il fallait pour cela convaincre Marcus d'y assister…

— Pourquoi ne viendriez-vous pas tous ? répéta Brigitta.

Benny se décida.

— D'accord, dit-il en hochant la tête.

Il détestait la campagne, mais tiendrait bien le coup durant quelques jours.

— Et vous, *Liebchen* ? demanda Brigitta, une note d'anxiété dans la voix, en se tournant vers le comte.

Stallenbach lui tapota la main.

— Je ne pense pas, répondit-il en souriant.

Son rôle en tant que « protecteur » de Brigitta était essentiellement conventionnel ; depuis des générations, sa famille avait entretenu des chanteuses et des danseuses, appréciant leurs faveurs et leur compagnie. Stallenbach, cependant, avait plus de soixante ans et, de surcroît, il cachait un secret honteux : un constant et profond enthousiasme pour la compagnie de sa femme. Quelques semaines de calme sans Brigitta seraient les bienvenues, et il ne s'inquiétait nullement d'être supplanté par Altenburg. Le comte savait – mieux que Brigitta sans doute – combien de femmes s'étaient déjà jetées, en vain, à la tête du compositeur.

— En fait, reprit-il, j'ai une cousine qui possède une villa près de Hallendorf. Je crois qu'elle est vide ; je suis sûre qu'elle vous la prêtera.

Il fut récompensé par l'illustre, mais non moins charmant, sourire de Brigitta.

12

— Bien sûr, il s'en va tout à coup, comme ça. Et évidemment, il ne prend même pas la peine de dire au revoir. J'ai su tout de suite qu'il ne nous apporterait rien de bon, déclara mesquinement Tamara.

Bennet demeura silencieux. Marek lui avait en réalité fait ses adieux et lui avait expliqué pourquoi il partait et quelle avait été la raison de son séjour à Hallendorf. Il avait ajouté que, dans la mesure où Ellen et Leon connaissaient son identité à présent, il ne pouvait pas courir le risque d'impliquer l'école davantage.

— Savoir certaines choses peut se révéler bien dangereux, de nos jours, avait-il dit.

Bennet avait acquiescé. Ellen pouvait prendre ses propres décisions, mais Leon n'était qu'un enfant, dont il était lui-même responsable.

— Vous nous manquerez, avait-il affirmé.

En vérité, il était incroyablement contrarié de perdre cet homme, à qui il avait d'instinct fait confiance depuis le début.

— Quant à Derek, il est en train de faire n'importe quoi avec la pièce, continua Tamara.

Elle était la seule à appeler FitzAllan par son prénom.

— Je lui ai dit exactement ce que je voulais, pour mon ballet, mais il s'obstine à ne rien comprendre.

Bennet regarda sa femme avec une sorte de pitié lasse. Il savait bien ce qu'il adviendrait de son ballet. D'ores et déjà, FitzAllan en avait réduit la longueur et l'avait placé derrière des voiles. L'étape suivante – l'exclusion pure et simple – ne tarderait plus.

Dans des moments comme celui-là, la hautaine ballerine russe redevenait Beryl Smith, de Workington, avec son visage désespéré, cireux. Malgré lui, Bennet sourit à son épouse et la serra affectueusement dans ses bras.

Trop tard, il se rendit compte de son erreur. Tamara pivota, le prit par les épaules et l'embrassa avec fièvre sur la bouche.

— Je t'attendrai à l'étage, dit-elle d'une voix rauque.

Oh, mon Dieu, songea Bennet tout en lui faisant un petit signe de tête poli. Tamara réclamait son dû très rarement, maintenant – pas plus de quelques fois par an –, et seulement lorsque sa fierté avait été malmenée. Mais quand elle exigeait qu'il lui fît l'amour, c'était toujours selon un rite qui ne manquait pas d'alarmer le petit homme : des bâtonnets d'encens brûlaient dans la chambre, elle mettait le disque des *Danses polovtsiennes* et ondulait, nue, sur la musique... et après, c'était toujours un véritable déluge de larmes, parce que Toussia Alexandrovna trouvait l'acte sexuel tellement, tellement triste.

Hélas, il n'y avait rien à faire. Bennet s'approcha du placard où il rangeait son whisky et se versa une pleine timbale. Puis il prit les *Sonnets* de Shakespeare et les ouvrit au numéro 116. Le dix-huitième aussi faisait du bien dans des moments comme celui-là, et le soixante-sixième... mais après le cent seizième, il était impossible de ne pas ressentir de l'amour pour *quelqu'un*. Avec un peu de chance, il parviendrait à canaliser ce sentiment en direction de son avide épouse. Tout d'abord, cependant, sans savoir pourquoi, il se dirigea vers le bureau de Margaret Sinclair. Bien qu'il fût tard, elle travaillait comme de coutume derrière sa machine à écrire.

— Nous avons reçu une lettre de Brigitta Seefeld, la chanteuse d'opéra. Celle que nous avions invitée pour la pièce, il y a deux ans. Elle envisage de venir.

— Un peu tard, malheureusement, observa Bennet. J'ai peur qu'*Abattoir* ne soit guère son style. Enfin, dites-lui qu'elle sera la bienvenue quand elle le voudra.

Il jeta un regard circulaire au bureau de Margaret, au calme, à la propreté qui y régnaient, et à Margaret elle-même, qui mettait la housse sur sa Remington. C'était une femme simple, simple comme le pain, simple comme les mains de la mère de Rembrandt, songea Bennet, à qui le whisky faisait un peu tourner la tête.

Le bureau donnait sur la cour. Dans la lumière du crépuscule, ils pouvaient distinguer Ellen, assise sur la margelle du puits. Elle tenait quelque chose entre ses mains et avait l'air de lui parler.

— Qu'est-ce que c'est ? demanda Bennet.

— La tortue, répondit Margaret en venant se placer à son côté.

— Ah, oui.

Ellen semblait décidément passer beaucoup de temps avec cette tortue. J'espère qu'il n'est pas trop tard, songea le directeur, et il monta lentement les escaliers vers ses appartements. Les *Danses polovtsiennes* avaient dépassé le stade langoureux et abordaient la phase du milieu, barbare et brillante, durant laquelle Tamara interrompait généralement ses ondulations afin de s'enduire d'huile pour le corps en provenance de Bessarabie.

— *L'amour n'est pas l'amour, qui change aux changements*... murmura Bennet, et il ouvrit la porte de la chambre.

Il n'était pas exactement trop tard. L'absence de Marek n'oblitérait pas totalement le monde, pour Ellen, même s'il lui fallait un peu plus de concentration qu'auparavant pour se fondre avec les martinets plongeant en piqué ou avec les étoiles qui peuplaient le ciel nocturne, au-delà de sa fenêtre. Ce n'était pas l'absence de Marek qui lui faisait le plus mal, car elle avait toujours su qu'il ne resterait pas ; c'était plutôt la façon dont ils s'étaient séparés. Bennet l'avait mise dans la confidence ; elle savait combien le travail qu'avait entrepris Marek était dangereux, et elle avait du mal à supporter de l'avoir quitté en lui criant dessus comme une poissonnière.

Le lendemain, elle était allée jusqu'à la maison du Pr Steiner pour présenter ses excuses à Marek, mais les volets étaient clos, la porte aussi, et il n'y avait plus trace de la camionnette.

Heureusement, Ellen était tellement occupée qu'elle n'avait guère le temps de broyer du noir. Les élèves comme les professeurs se jetaient à corps perdu dans leur travail pour la pièce, mais l'ambiance était orageuse. Le metteur en scène avait enlevé leurs tambourins aux filles de l'Armée du Salut sous prétexte qu'ils étaient trop joyeux ; régulièrement, des enfants tombaient de la scène, aveuglés par les projecteurs jouant sur les oppresseurs capitalistes, et la petite Sabine, de Zurich, aux cheveux frisés, avait été oubliée un soir dans le théâtre éteint, pendue dans un sac de mousseline représentant une carcasse de porc après que FitzAllan avait fait des essais de disposition des crochets à viande.

Le sort des professeurs n'était guère plus enviable. FitzAllan avait reproché à Hermine sa trop grande émotivité.

— Mais pour moi, *c'est* émouvant… de sentir la peur qui précède l'abattage… les sursauts des membres… le flot de sang, disait la pauvre Hermine, dont le bébé, bien que tout à fait d'accord pour mordre dans un sandwich au jambon, ne semblait absolument pas décidé à être sevré.

Chomsky, cependant, demeurait le cas le plus préoccupant. Marek parti, il n'y avait plus personne pour l'aider à dresser son échafaudage en trois tiers, et la première tentative pour monter les étançons sur la scène avait été désastreuse. De trois fois par jour, les séances de natation du Hongrois étaient passées à quatre ; or le temps était devenu froid et nuageux, et Ellen s'inquiétait sérieusement pour sa santé.

Conscient peut-être qu'*Abattoir* ne progressait pas avec exactement autant de souplesse qu'il l'avait espéré, FitzAllan vint trouver Bennet et déclara qu'il jugeait essentiel que les enfants participant à la pièce aillent visiter un véritable abattoir.

— On observe un certain manque d'authenticité dans le jeu de quelques élèves ; ce problème, j'en suis sûr, serait réglé par une immersion totale dans la *mise en scène* [1], affirma-t-il.

— J'ai bien peur que ce ne soit là un projet bien onéreux, fit valoir le directeur. Il nous faudrait louer un bus, pour commencer ; par ailleurs, je dois ajouter que nous avons déjà constaté plus de trente pour cent d'augmentation du végétarisme chez les élèves depuis le début des répétitions.

Mais FitzAllan se montra intraitable.

— Le temps passé à faire des recherches n'est jamais perdu, insista-t-il en agitant une longue main fine.

Ellen s'échappait parfois de l'agitation causée par *Abattoir* pour se réfugier chez Lieselotte, qui habitait dans la montagne au-dessus du village. Là, la famille de la jeune fille la recevait toujours à bras ouverts ; Frau

---

1. En français dans le texte.

Becker lui apprenait à faire des *Mandelschnitten* [1] et des *Zaunerstollen* [2] ; quant aux frères et sœurs de Lieselotte, ils ne se lassaient jamais d'entendre des histoires sur l'école. Sachant combien Bennet tenait à se rapprocher des villageois, Ellen avait espéré que les Becker pourraient venir voir *Abattoir*, mais il apparut que la première de la pièce tombait le jour de la fête d'Aniella.

— Je suis vraiment désolée, dit Lieselotte avec un sourire espiègle. Nous aurions beaucoup aimé venir, mais c'est un jour très important pour nous, il faut nous comprendre.

— Naturellement. Que se passe-t-il le jour de la fête d'Aniella ?

— Oh, nous portons son portrait en procession dans l'église en chantant des hymnes. Ses reliques, aussi. Elle a de très jolies reliques : pas des os d'orteils ou des ongles, mais un morceau du voile de sa robe de mariée et un bandeau de perles. Je pense que nous n'en faisons pas assez, mais vous savez comment sont les gens : paresseux.

Une fois qu'elle descendait de l'alpage après une de ses visites aux Becker, Ellen vit Sophie et Ursula qui couraient à sa rencontre.

— Devinez quoi, Ellen ! Chomsky a fait une dépression nerveuse, une vraie ! s'exclama Sophie, les yeux écarquillés de panique.

— Une ambulance est venue et l'a emporté. Il est parti dans une maison de repos à Klagenfurt. Je pense qu'ils vont lui mettre une camisole de force.

Ursula rayonnait.

— C'est à cause de l'échafaudage. FitzAllan lui a crié dessus, et il s'est mis à sangloter et à agiter les bras

1. Sablés aux amandes. *(N.d.T.)*
2. Sorte de pain brioché. *(N.d.T.)*

tout autour de lui, et puis il est comme qui dirait tombé par terre en criant.

— Oh, pauvre Chomsky !

Ellen était sincèrement désolée.

— Bennet veut vous voir, reprit Sophie. Il a dit que vous deviez aller le trouver dès votre retour.

— C'est une sale affaire, Ellen, déclara le directeur.

Il avait l'air fatigué et inquiet, et la lettre de son agent de change posée sur son bureau semblait particulièrement longue.

— Je savais que Chomsky était très tendu ; j'aurais dû faire plus attention.

Ellen s'indigna.

— Et comment donc ? Comment quiconque aurait-il pu prévoir ce qui s'est passé ?

— Vous avez peut-être raison. Mais le problème est que Chomsky appartient à une famille très riche et très distinguée – son père est un diplomate de haut rang, qui a servi le gouvernement hongrois ; il a des contacts partout. Notre Chomsky est le cadet de cinq frères qui sont tous des hommes puissants. Laszlo ne supportait pas bien ce genre de pressions, voilà pourquoi ils l'ont envoyé ici. Comme dans une sorte de refuge.

— Je vois.

Ellen se remémora les paroles de Marek : « Son appendice a été enlevé dans l'une des cliniques les plus chères de Budapest. »

— Je ne pense pas qu'ils nous fassent des ennuis… un procès ou quelque chose comme ça. Mais si cela arrivait…

Bennet demeura silencieux quelques instants, envisageant une nouvelle source de ruine pour son école bien-aimée. Puis il en vint au fait.

— Chomsky vous a demandée lorsqu'ils l'ont emmené dans l'ambulance. Il voulait que vous lui apportiez une partie de ses vêtements et de ses affaires, mais je crois qu'il désirait surtout vous voir. J'ai cru comprendre que sa mère et d'autres membres de sa famille comptaient venir de Budapest pour lui rendre visite à l'hôpital. Si vous pouviez y aller, Ellen, et prendre contact avec eux… Je pense que si quelqu'un peut détourner leur colère, c'est bien vous.

Cependant, lorsque, deux jours plus tard, Ellen frappa à la porte de la chambre 15 de la Clinique Sommerfeld pour les Problèmes nerveux, elle vit aussitôt qu'il n'y avait pas de colère à détourner.

La clinique était claire, ensoleillée et meublée avec opulence, décorée d'épais tapis et de reproductions d'art moderne. La chambre de Chomsky donnait sur une cour au milieu de laquelle trônaient un cèdre du Liban et une fontaine, et elle ressemblait davantage à une suite dans un hôtel de luxe qu'à une chambre d'hôpital.

Mais c'étaient surtout les Chomsky réunis, installés par ordre de taille autour du lit de Laszlo – comme des chérubins, songea Ellen –, qui conféraient au professeur de métallurgie l'allure d'un potentat accordant audience à ses sujets. Près de l'armoire, une femme portant une magnifique veste brodée et un chemisier en soie arrangeait des fruits dans une coupe de cristal : pêches, nectarines, figues, amandes, grappes de raisin bleu-noir… La ressemblance de la mère de Chomsky avec son fils était frappante : mêmes yeux noirs fervents, mêmes mouvements passionnés. Deux hommes séduisants, des Chomsky aussi de toute évidence, se tenaient près de la fenêtre ; l'un fumait un cigare, l'autre venait tout juste d'ouvrir une bouteille de champagne. Une femme aux cheveux gris, portant une étole en renard argenté en dépit de la chaleur, était assise sur une chaise au pied du lit, les doigts serrés autour d'une canne d'ébène.

— Ellen ! s'exclama le malade en se redressant dans son lit.

Il était vêtu d'un pyjama de shantung jaune, dont la poche était brodée à ses initiales.

— Vous êtes venue !

Son cri de joie mit un terme aux bavardages en hongrois. Mme Chomsky s'avança vers Ellen et ouvrit grands les bras. On lui présenta les cousins de Laszlo, Farkas et Pali, ainsi que sa grand-tante Eugenie, qui était en cure à Baden lorsqu'on lui avait annoncé l'accident.

— Nous avons tant entendu parler de vous ! dit Mme Chomsky en allemand, tandis que le cousin Pali, en anglais, offrait du champagne à la jeune femme, et que le cousin Farkas la débarrassait de la valise qu'elle avait apportée avant de lui présenter une chaise.

En quelques minutes, Ellen se retrouva au centre d'un petit groupe de Chomsky approbateurs : des Chomsky qui la remerciaient de sa gentillesse envers leur Laszlo, des Chomsky qui espéraient que la valise n'avait pas été trop lourde, des Chomsky qui lui proposaient de passer ses vacances dans leur villa au bord du lac Balaton, dans leur demeure de Buda ou dans leur appartement des Champs-Élysées. Loin de blâmer quiconque à l'école pour l'accident de Laszlo, ils semblaient juste reconnaissants à Bennet d'avoir trouvé du travail au bébé de la famille, qu'ils aimaient tous énormément mais qui ne s'était pas vraiment montré de la même veine ambitieuse que ses aînés.

— N'est-elle pas comme la petite Katya ? voulut savoir Chomsky, et il fut rabroué par sa mère, qui déclara qu'Ellen était bien plus jolie que son ancienne infirmière, comment pouvait-il dire une chose pareille ?

Une heure plus tard, Ellen n'avait toujours pas réussi à prendre congé. Elle avait l'impression que les Chomsky lui auraient volontiers donné tout ce qu'ils possédaient, y compris leur plus jeune garçon en mariage. Chaque fois qu'elle essayait de s'en aller, on lui proposait une nouvelle surprise – un autre cousin qui ne tarderait pas à arriver de Transylvanie ou une tranche du salami spécial que Mme Chomsky avait apporté de Budapest (on ne pouvait faire confiance aux Autrichiens en matière de salami : le rapport viande d'âne-viande de cheval n'était jamais satisfaisant à l'ouest de la frontière hongroise).

À six heures, l'infirmière revint avec la valise vide pour qu'Ellen puisse la remporter.

— Nous n'aurons pas besoin de son passeport ni de son certificat de naissance, déclara-t-elle. Je les ai mis dans la poche intérieure ; nous n'aimons pas que des documents importants traînent dans la clinique.

— Mais il faut que vous dîniez avec nous ! s'exclama Farkas comme Ellen se levait. La nourriture n'est pas mal du tout à l'Imperial.

Ellen n'en doutait pas : l'Imperial était un hôtel incroyablement cher, avec son propre parc près du lac. Cependant, expliqua-t-elle, il lui fallait retourner auprès de ses enfants.

— La prochaine fois, alors ! s'écrièrent les Chomsky en l'embrassant avec ferveur sur les deux joues. Mme Chomsky la suivit dans le couloir pour lui donner quelques dernières informations sur son plus jeune fils.

— Il sera peut-être nécessaire de l'envoyer dans une station thermale pour qu'il se remette complètement, précisa-t-elle. Mais je crois surtout qu'il doit se reposer tranquillement jusqu'à ce que cette pièce affreuse soit terminée. Je vous en prie, dites à M. Bennet que Laszlo ne l'a pas abandonné, il reviendra !

Ellen sourit, détectant sous la chaleur communicative de la mère de Chomsky un soupçon d'anxiété à l'idée que Laszlo puisse être renvoyé de l'école. Elle promit qu'elle rassurerait le directeur.

— J'y ai mis quelques petites choses pour les enfants, ajouta Mme Chomsky lorsque Ellen souleva la valise, qui de fait avait l'air de contenir bien plus qu'un passeport et quelques documents. Cela ne vous dérangera pas ?

Ellen secoua la tête, embrassa de nouveau tout le monde et fut escortée jusqu'à la station d'autocar par Farkas, qui se lamentait toujours qu'elle ne puisse dîner avec eux.

Elle avait manqué le dernier bus qui passait près du château et fut contrainte de marcher depuis le village. Sur une impulsion, elle décida d'emprunter la rive est du lac, le long de la route qui passait devant la maison du Pr Steiner.

C'était une impulsion idiote, qui la retarda de plus d'une demi-heure sans raison, puisque aucune lumière n'était visible derrière les fenêtres et que la camionnette n'était nulle part en vue. Il était temps de se rendre à l'évidence : ils étaient partis pour de bon. Elle n'aurait plus jamais l'occasion de se réconcilier avec Marek.

Néanmoins, elle s'arrêta un moment sur le sentier qui conduisait à la maison. Ce faisant, elle vit quelqu'un bouger dans les buissons. Un homme, furtif et silencieux dans le noir. Ce n'était pas Marek – l'inconnu était plus petit, et jamais Marek n'aurait pu avoir l'air « furtif ».

Elle hésita, puis s'avança sur le sentier.

— Il y a quelqu'un ? appela-t-elle.

S'il s'agissait d'un cambrioleur, peut-être sa voix le ferait-il partir ?

L'homme avait disparu. Sans peur – ce qui était stupide de sa part, comme elle devait s'en rendre compte par la suite –, elle s'approcha de la porte.

C'est alors qu'une main l'attrapa par-derrière et l'attira sur l'herbe.

13

Leur voyage commença comme tous les autres : Marek conduisit la camionnette jusqu'à la douane, où les gardes n'examinèrent que sommairement leurs papiers.

— Vous avez de bonnes chansons ? plaisanta Anton.

Ils lui firent écouter un extrait de la vieille femme en train de chanter *Take a Pair of Sparkling Eyes*, et il leur fit signe de passer.

Au bout de trente kilomètres, ils virèrent au nord-ouest, vers la frontière allemande. Puis Marek quitta la camionnette ; Steiner continua le long d'un sentier cahoteux et se gara dans une clairière. Il n'y avait aucun espoir d'enregistrer quoi que ce fût, ici : ils étaient venus trop souvent. Il ne pourrait qu'attendre et prier, tandis que Marek plongerait dans la partie la plus dense de la forêt pour retrouver son contact et – si leur chance ne les abandonnait pas – l'homme qu'ils avaient cherché pendant si longtemps. Aujourd'hui, l'attente serait plus pénible que jamais. La nouvelle que Meierwitz avait quitté son refuge et venait enfin les rejoindre leur était parvenue en même temps qu'une autre, à laquelle ils s'attendaient à moitié. La ligne des sauveteurs se disloquait : un homme avait été arrêté et exécuté, et les nazis sudètes s'étaient joints aux Allemands pour patrouiller dans le *no man's land* entre les frontières.

Heureusement, lorsque Marek atteignit le point de rendez-vous, l'homme qu'il connaissait seulement sous le nom de Johann était là, avec quelqu'un que Marek, dans un premier temps, ne reconnut pas. Meierwitz avait été un homme corpulent, aimant la nourriture, avec une avenante houppette tirant sur le roux et des yeux noirs brillants. Le compagnon de Johann était maigre et voûté, et il tremblait dans la nuit d'été.

Craignant d'allumer sa torche ou de parler, Marek se contenta de tendre la main, mais Isaac sut aussitôt.

— Toi ! murmura-t-il avec incrédulité. Mon Dieu, Marek, *toi* !

Il parvint à contrôler son émotion tandis qu'ils se dirigeaient vers la camionnette, mais quand il se retrouva à l'arrière du véhicule, enveloppé dans une couverture, avec une tasse de café tirée d'une bouteille Thermos, il ne put retenir davantage les larmes qu'il avait réussi à maîtriser durant toutes ses années de fuite, de danger et d'emprisonnement.

— Toi, parvenait-il seulement à articuler, et il le répétait inlassablement. Mon Dieu, Marek, toi !

Lorsque Steiner quitta le siège du conducteur et vint embrasser son ancien collègue, ce fut pour Isaac un nouveau choc de voir que cet éminent et vénérable universitaire était impliqué lui aussi dans son sauvetage.

Ils se mirent alors en route. Steiner conduisait, Marek demeurait à l'arrière avec son ami. Ils avaient devant eux plusieurs heures de relative sécurité avant la prochaine phase dangereuse : le passage de la frontière polonaise. Marek prit soin de ne pas s'appesantir sur sa recherche, sa détermination obsessionnelle à libérer Meierwitz – mais Isaac devinait, et il fallut un long moment avant qu'il ne puisse parler calmement de ce qui s'était produit à Berlin après que les nazis avaient pris le pouvoir.

— J'étais bien décidé à jouer ton concerto, et je le leur ai dit. Je suppose que je me suis un peu trop agité ;

tout le monde avait peur, et je n'avais pas l'intention de me laisser intimider moi aussi. Par ailleurs, il était hors de question que je quitte le pays avant d'avoir donné la première. Malgré tout, j'ai été surpris lorsqu'ils ont accepté. C'était une ruse de leur part, bien sûr. Ils avaient reçu un choc en s'apercevant qu'il restait à peine un musicien décent dans tout le pays. Alors ils ont attendu d'être certains que tu viendrais, et puis ils sont venus m'arrêter.

Il avait passé près d'un an dans un camp de concentration, après quoi il avait été transféré et était parvenu à s'enfuir.

— Une femme que je n'avais jamais vue m'a caché dans sa ferme. Elle n'était pas juive, elle n'était pas mélomane…

Il secoua la tête.

— Savoir que l'on met les gens en danger, c'est ça qui rend fou.

Il voulut savoir, pour le concerto.

— Qui a joué pour la première ?

— Personne. Ce sera toi et personne d'autre.

— Non, Marek. Ne sois pas têtu. Je ne jouerai plus jamais professionnellement. Ça fait plus de trois ans ; c'est trop long pour que je retrouve ma technique, et dans le camp mes mains…

Il s'interrompit et se mordit la lèvre.

— Tu dois trouver quelqu'un d'autre.

— Eh bien, je ne le ferai pas, n'en parlons plus. Qu'est devenu ton Stradivarius ?

— Je l'ai laissé chez ma logeuse, à Berlin. Tu te rappelles, celle qui s'évanouissait à chaque orage ?

Ils parlèrent alors des petites choses sans importance dont ils se souvenaient : le canard trouvé errant sur le Kurfürstendamm et adopté ; une fille nommée Millie qui avait fait le poirier sur une table au cours du banquet du maire ; un joueur de trombone qui s'était retrouvé avec un bouton de chaussure de sa petite amie coincé dans la narine avant la première de *Tristan*.

— Tu n'es toujours pas marié ? demanda Isaac.

— Non.

— Tu es probablement trop difficile, à cause de tes parents. Et Brigitta ?

Marek haussa les épaules.

— Cela fait des siècles que je ne l'ai pas vue. Stallenbach s'occupe d'elle, je crois.

Ils conduisaient depuis trois heures lorsque Isaac, qui savait que son répit dans la chaleur de la camionnette obscure touchait à sa fin, demanda :

— Et ensuite ?

— Tout d'abord, je veux que tu t'habilles comme un juif. Un vrai.

Isaac le regarda sans comprendre.

— Tu es fou ?

— Non. Il y a un chapeau noir, dans le coffre, et un long manteau.

— Je vais essayer d'entrer en Pologne habillé en juif orthodoxe ?

— Absolument.

Marek sourit ; il lui avait fallu des mois pour élaborer l'itinéraire de fuite de Meierwitz, qui n'avait pas l'ambition de s'enrôler dans l'armée de l'air polonaise ou dans la résistance, et il n'était pas peu fier du chemin qu'il avait trouvé.

— As-tu déjà entendu parler des Rats de rivière ?

Isaac fronça les sourcils.

— Attends un peu… Serait-ce ces juifs qui gagnent leur vie en faisant avancer les troncs d'arbres le long des rivières avec des perches ? Des gens bizarres, très religieux, qui vivent sur des radeaux et ne parlent quasiment à personne ?

— Exact. On s'imagine toujours que les juifs vivent tous en ville, mais ces gens-là sont des forestiers compétents – incroyablement, même. J'ai appris à les connaître quand je faisais des rondes avec mon père. Ils conduisent les troncs sur de longues distances le long du Niémen, de la Vistule et des canaux, parfois jusqu'à la Baltique. Ils t'attendent.

— Mon Dieu !

— C'est le moyen le plus sûr de t'en sortir. Ils vivent hors des frontières ; personne ne les embête, ils sont trop pauvres. Quand vous arriverez à Königsberg, ils te mettront dans un cargo suédois ; des papiers t'y attendront. Tout est arrangé.

Isaac demeura un moment silencieux, songeant au long voyage sur les voies d'eau sombres et inhospitalières de Pologne, en compagnie de ces étrangers pieux et frustes.

— Pourquoi ? demanda-t-il dans un souffle. Pourquoi ont-ils accepté de me prendre ?

Mais il savait. Lui-même n'avait quasiment jamais mis les pieds dans une synagogue ; sa mère avait même été baptisée. Cependant, Hitler avait créé un nouveau type de juif – quelqu'un qui existait pour être chassé et tué –, et en conséquence ces hommes inconnus le considéraient comme un frère.

Une dizaine de kilomètres avant la frontière, la camionnette s'arrêta. C'était là qu'Isaac et Marek devaient se séparer de Steiner pour continuer à pied.

— Je ne sais pas quoi dire, professeur, déclara Isaac. Le mot « merci » ne semble guère à la hauteur.

Steiner lui serra la main.

— Sottises. Et n'oubliez pas que, le cas échéant, vous êtes le bienvenu à Hallendorf. Je rentre, à présent. Ma maison est petite, comme vous le savez, mais il y aura toujours de la place pour vous, et vous n'aurez pas à coucher sur la véranda, comme la fois où vous êtes venu avec le quatuor. L'Autriche est encore libre, alors… qui sait ?

Isaac hocha la tête. L'Autriche était encore libre, c'était vrai, mais sans un permis de séjour il n'y serait une fois de plus qu'un fugitif, au mieux mis en prison, au pis déporté vers le Troisième Reich.

Ils avaient fait la route à travers une brume épaisse. À présent, il commençait à pleuvoir, des voiles gris opaques qui obscurcissaient tout. Seul Marek aurait pu se repérer sur un terrain pareil.

— Reste près de moi, dit-il.

Il avait donné à Isaac une boussole, du poivre pour perdre les chiens en cas de poursuite, de l'argent – mais dans ce monde ténébreux d'arbres dégoulinants et de brume, ce serait un cauchemar pour le violoniste d'essayer de trouver son chemin seul. Ils ne disposaient plus que de deux heures d'obscurité pour rejoindre Franz et traverser la rivière à gué jusqu'en Pologne.

Le fil de fer barbelé avait été coupé ; tout semblait en ordre, mais Marek n'arrivait pas à se débarrasser du sentiment de malaise qui ne l'avait pas quitté depuis le début du voyage.

Ils atteignirent la rivière. Il ne leur restait plus qu'à attendre le cri d'une chouette répété à trois reprises. La pluie ne faiblissait pas ; le sol, le ciel, la rivière se mêlaient dans un gris uniforme.

Puis ils l'entendirent… une fois… deux fois… et ils aperçurent l'ombre de la silhouette de Franz sur l'autre rive.

Mais le troisième cri ne vint pas. Ce fut un coup de feu qui, soudain, rompit le silence, et ils virent Franz écarter les bras et tomber.

— Retourne en arrière, Isaac, souffla Marek. Dépêche-toi. Cours.

— Je ne partirai pas sans toi.

— Tu feras ce que je te dis. Essaie de retrouver Steiner et de le prévenir. Je te suivrai, mais je dois d'abord voir si je peux faire quelque chose pour Franz. Il n'est peut-être pas mort.

Il disparut en direction de la rive.

Quelques minutes plus tard, un second coup de feu retentissait.

14

Leon avait tenu sa promesse de diriger un film et de donner à Sophie le rôle principal. Ce dernier était en définitive le *seul* rôle ; en effet, même les très dévoués parents de Leon avaient renâclé à lui envoyer une caméra de cinéma, et celle qu'ils avaient fini par se procurer se révélait plus compliquée à manier que le jeune garçon ne s'y était attendu. Par ailleurs, il n'y avait pas d'équipement sonore, si bien que le rôle que Leon avait créé pour Sophie – celui de Fille Terrifiée Réagissant à une Chose Sans Nom – était muet.

Sophie avait écrit à ses deux parents, les suppliant de venir voir *Abattoir*. Elle se disait que son rôle de volontaire de l'Armée du Salut (presque entièrement dissimulée par un capuchon pointu et entourée par douze autres filles) lui permettrait de ne pas se ridiculiser, même sans tambourin. Par ailleurs, s'ils venaient tous les deux, alors peut-être – *peut-être* seulement – se rendraient-ils compte qu'ils tenaient toujours l'un à l'autre, et ils achèteraient une maison dans laquelle ils emménageraient pour toujours, tous ensemble, comme une vraie famille.

Pour une fois, les réponses à ses lettres étaient arrivées assez vite : sa mère expliquait qu'elle ne pourrait pas venir car son tournage en Irlande se poursuivait, et, le lendemain, Czernowitz avait écrit pour dire que le père de Sophie était infiniment désolé, mais qu'il retardait son retour des États-Unis.

La déception de la fillette se lisait dans ses yeux, qui avaient retrouvé leur air abattu coutumier. Et si personne ne venait plus jamais, et si l'école se vidait et qu'on l'oubliait ? Mais Ellen avait mis un terme à ces pensées moroses.

— Si l'école se vide et qu'on t'oublie, je t'emmènerai à Gowan Terrace, nous irons au zoo, voir plein de films de Charlie Chaplin, et nous ferons du caramel.

— Je ne comprends pas pourquoi tu voudrais qu'ils viennent, avait de son côté fait valoir Leon. C'est une pièce affreuse.

Néanmoins, lui aussi avait réagi à la détresse de Sophie : il avait allongé son rôle dans le film, si bien que, en plus d'être terrifiée dans son taudis, elle avait le droit de marcher doucement vers le lac, comme Louis de Bavière, et de s'y noyer.

Il préparait cette prise de vues difficile entre deux répétitions d'*Abattoir* lorsque Sophie, qui pataugeait dans les ajoncs, s'immobilisa brutalement et s'écria :

— Seigneur ! Voilà Cléopâtre dans sa barge !

Les enfants allongés sur l'herbe s'assirent sur leurs séants. L'embarcation qui se dirigeait lentement vers eux avait bel et bien quelque chose de majestueux, quoique ce fût seulement un bateau à moteur loué au village. Une femme aux formes généreuses était alanguie sur des coussins ; elle portait un ample vêtement fleuri avec un turban assorti et tenait une ombrelle à franges dans sa main gantée. Derrière elle, vêtue de noir, était assise quelque personne inférieure, sans doute une bonne, qui tenait la laisse d'un petit chien surexcité.

— Elle ne ressemble pas à un parent d'élève, observa Flix.

C'était vrai. Les parents qui venaient voir comment se débrouillaient leurs enfants à l'école arboraient rarement une expression aussi hautaine et confiante. C'étaient en général des gens minces, vêtus de velours côtelé ou de jupes folkloriques, et ils avaient l'air inquiets.

À mesure qu'ils s'approchaient du château, les espoirs de Brigitta grandissaient. Trop vaniteuse pour porter les lunettes dont elle avait besoin, elle ne pouvait distinguer que la beauté du bâtiment rose et apercevoir des enfants qui remuaient dans le parc. La dévotion d'Altenburg pour les enfants, sa conviction qu'on pouvait leur apprendre à chanter ou à jouer de la musique dès le berceau l'avaient irritée, à Vienne ; mais cela rendait plus que probable qu'il traînât dans un endroit comme celui-là.

Elle avait laissé Staub et Benny dans la villa que Stallenbach leur avait procurée, préférant être seule pour retrouver son ancien amant. Alors que le bateau ralentissait près de la plate-forme de débarquement, elle se promit de ne pas prononcer un mot de reproche quand ils seraient face à face. Elle le supplierait seulement de l'aider pour le gala, et il ne refuserait pas, elle en était sûre. Puis, lorsqu'il serait à Vienne et après que *Le Chevalier à la rose* aurait été un succès, elle lui montrerait le *libretto* de Staub, et leur vraie collaboration pourrait commencer. Cosima von Bülow et Wagner… Alma Schindler et Gustav Mahler… George Sand et Chopin…

Il n'y avait rien d'absurde dans la comparaison. Cosima avait coupé ses longs, longs cheveux pour les lancer dans la tombe de Wagner, songea Brigitta en tripotant machinalement sa courte chevelure permanentée à travers son turban. Si Marek revenait, s'il mettait en musique l'opéra de Staub, elle-même irait peut-être jusqu'à *se rouler en boule*.

Les enfants qui étaient sur le quai étaient plus grands qu'elle ne s'y était attendue et n'avaient guère l'air convenables, mais cela ne rendait la présence de Marcus en ce lieu que plus probable encore.

— Pouvons-nous vous aider ? demanda la seule qui semblait vaguement propre et décente, une fillette avec des tresses brunes.

— Je suis Brigitta Seefeld, annonça la diva sans prendre la peine de présenter sa domestique. Et je cherche Herr Altenburg, le compositeur, qui, je crois, travaille ici.

Sophie et les autres, en toute innocence, secouèrent la tête. Seul Leon se raidit et parut inquiet.

— Il n'y a personne de ce nom ici, déclara Sophie.

— Non, vraiment pas, renchérit Flix en s'approchant du petit chien.

Mais Brigitta ne se laissa pas si aisément décourager.

— Emmenez-moi à votre directeur, ordonna-t-elle. Dites-lui que Brigitta Seefeld est là.

Tandis que les enfants la conduisaient jusqu'à l'escalier, Leon prit Sophie à part.

— Va chercher Ellen, chuchota-t-il. Dis-lui que Brigitta Seefeld est ici et qu'elle cherche quelqu'un du nom d'Altenburg. Allez, dépêche-toi.

Sophie, sans poser de questions, tourna les talons et courut vers la cuisine. Elle ne s'arrêta pas pour se demander pourquoi Ellen devait être prévenue de cette visite ou du but de celle-ci ; aller voir Ellen à tout bout de champ était devenu une sorte de réflexe pour les enfants de l'école.

Lorsque Sophie entra dans la cuisine, Ellen enseignait à son nouvel assistant la façon de découper l'angélique pour lui donner des formes intéressantes. Il voulait devenir chef et n'était là que depuis quelques jours, mais tout le monde l'aimait bien : il apprenait vite, était amusant et prêt à aider pour tout, à l'intérieur comme à l'extérieur.

— Ellen, une grande grosse femme blonde vient d'arriver ; elle s'appelle Brigitta Seefeld et elle cherche quelqu'un du nom d'Altenburg. Un musicien. Leon m'a dit que je devais vous prévenir.

Ellen leva la tête, le batteur à œufs toujours dans la main. Au même instant, un grognement du futur chef leur fit tourner la tête ; lui, d'ordinaire si attentif et si soigneux, s'était coupé le doigt.

— Où est-elle, maintenant ? demanda Ellen.

— Leon l'emmène voir Bennet. Nous lui avons dit qu'il n'y avait personne ici qui correspondait à sa description, mais elle ne nous a pas crus.

Tout en parlant, Sophie regardait fixement le nouvel assistant, qui était aussi blanc que son tablier. Il y avait des gens qui ne supportaient pas la vue du sang, elle le savait. Cela n'avait rien à voir avec de la lâcheté ; c'était juste une réaction.

— Dois-je aller chercher un sparadrap dans la boîte à pharmacie ? proposa-t-elle.

Ellen secoua la tête.

— Non, je vais m'en occuper. Peux-tu aller voir Bennet et lui dire que je vais lui apporter du café et des gâteaux dans son bureau ? J'y serai dans dix minutes, s'il voulait bien avoir la gentillesse de m'attendre. D'accord ?

Sophie hocha la tête et détala. Dès qu'elle fut partie, Ellen alla fermer la porte de l'arrière-cuisine, où Frau Tauber faisait la vaisselle.

— Elle sait, bien sûr ? demanda-t-elle à son assistant.

— Oui.

Il se mordait la lèvre. L'effort qu'il faisait pour se contrôler était visible.

— Bien, dans ce cas, nous devons vous cacher, décréta Ellen en allant chercher un rouleau de sparadrap et du coton.

Elle banda le doigt de l'homme tout en réfléchissant. Puis :

— N'avez-vous pas proposé de jouer le rôle de David Langley à sa place, pour la répétition ?

Et, comme il hochait la tête :

— Dans ce cas, vos problèmes sont résolus. Vous serez en toute sécurité ici.

Le trajet de Brigitta jusqu'au bureau du directeur, escortée par Leon et suivie d'Ursula et de Janey, se révéla périlleux. Ne réalisant pas qu'elle s'était vu épargner la cicatrice d'appendicite de Chomsky, la cantatrice frémit lorsque le professeur de biologie, quasi nu, la dépassa en courant, son filet à la main, à la recherche de larves de libellule dans la vase. Puis un garçon grossier aux pieds sales se laissa tomber d'un arbre sous le nez de Brigitta, la heurta, jura et disparut.

— C'est Frank, expliqua obligeamment Janey. Son père est un philosophe célèbre, et il a eu *cinq* psychanalystes.

— J'attendrai dehors, déclara fermement Ufra, et elle conduisit le chien en direction du potager.

À mesure qu'elle passait devant les portes ouvertes des salles de cours et de répétition, la conviction de Brigitta d'avoir trouvé la cachette de Marcus faiblissait. Dans l'une des classes, une femme noueuse en justaucorps exhortait un groupe d'enfants réticents à laisser parler leur viscéralité ; dans une autre, une grosse moustachue en pantalon de flanelle faisait une démonstration de cri primal. Un enfant était allongé sur le sol dans le couloir et lisait un livre en mangeant une banane. Même

Marcus, avec sa passion pour la liberté et la tolérance, n'aurait pu travailler dans un bazar pareil...

Cependant, quand elle atteignit le bureau de Bennet, elle reprit un peu espoir. Le directeur était un homme cultivé et bien élevé, qui parlait un allemand parfait et était vêtu correctement. Ses murs étaient couverts de livres, et le buste de Shakespeare encouragea Brigitta ; Marcus avait mis en musique six des *Sonnets* pour ténor, cordes et percussions lorsqu'il était arrivé à Vienne, l'ennuyant avec ses panégyriques des vers.

— Je suis Brigitta Seefeld..., commença-t-elle.

Elle fronça les sourcils avec mauvaise humeur lorsque le jeune garçon qui s'était mis en avant depuis le début eut l'impertinence de l'interrompre.

— Mme Seefeld est ici parce qu'elle pense que Herr Altenburg est venu, expliqua-t-il rapidement. Je lui ai dit que non, mais...

— Leon a raison, madame Seefeld. Nous n'avons eu personne de ce nom, dit Bennet en toute honnêteté en faisant à Leon un petit signe de tête rassurant.

On frappa brièvement à la porte, et Sophie entra avec le message d'Ellen.

— Elle a dit qu'il ne lui faudrait pas plus de dix minutes.

Bennet hocha la tête et renvoya les enfants.

— Ellen est notre gouvernante, et elle s'occupe aussi de la cuisine, commenta-t-il. Une femme formidable...

Bennet était certain que Marek voulait que son passage à Hallendorf demeurât secret, même maintenant. Seules trois personnes connaissaient son identité : Ellen, Leon (à qui il était évident que l'on pouvait faire confiance) et lui-même.

Mais cela n'empêchait pas la femme qu'il avait sous les yeux en cet instant d'être une sorte de « tante de Toscanini ». Brigitta Seefeld était connue dans toute l'Europe comme une chanteuse d'exception, une doyenne de la scène lyrique. Deux ans plus tôt, quand Franz Lerner avait monté un opéra à partir du *Joueur de flûte de Hamelin*, Bennet avait écrit à la diva pour l'inviter à Hallendorf, et elle n'avait même pas pris la peine de répondre. À présent, elle était là, et tout ce qu'il pouvait lui montrer était *Abattoir*. Mais était-ce si peu, après tout ? Ne se montrait-il pas pessimiste à tort ? La première d'une pièce de Brecht mise en scène par un homme qui avait étudié avec Meyerhold et Stanislavski…

Faisant signe à Brigitta de s'installer dans un fauteuil de cuir en piteux état, face à son bureau, il décida de se montrer charmant et de la flatter.

— Comme vous vous en doutez, votre visite est un grand honneur pour Hallendorf. Si vous nous aviez prévenus un peu plus tôt, nous aurions pu vous montrer certains de nos ateliers en action. Malheureusement, la musique est actuellement notre point faible. Notre excellent professeur de musique est parti se battre en Espagne et, jusqu'ici, nous n'avons trouvé personne pour le remplacer.

— J'ai cru comprendre que le Pr Steiner vivait juste de l'autre côté du lac.

Brigitta paraissait toujours soupçonneuse.

— Nous nous sommes arrêtés chez lui, mais il a l'air absent. Ne pourrait-il vous aider, lui ?

— Je ne pourrais pas déranger un homme d'une telle éminence, répondit Bennet avec honnêteté. Ni de son âge. Certains des enfants, ici, manquent un peu… d'éducation.

— Oui, je m'en suis aperçue. Mais Altenburg a été vu avec le Pr Steiner. J'ai du mal à croire qu'il ne soit jamais venu ici. Travailler avec des enfants l'intéresse.

Bennet sourit avec lassitude.

— Je vous assure que nous aurions accepté toute forme d'aide de ce genre à bras ouverts.

Ils furent interrompus par un coup frappé à la porte, et Ellen entra avec un plateau d'argent sur lequel étaient posées une cafetière et une assiette de biscuits.

— Ah ! Des *Kipferl* [1] à la vanille ! Je pense que vous n'en mangerez pas de meilleurs, même chez Demel, s'exclama Bennet.

Ellen posa le plateau et sourit à la femme décrite de façon si dithyrambique dans le programme de concert que lui avait envoyé Kendrick. Seefeld lui parut d'âge mûr ; elle avait les paupières gonflées, et Ellen estima qu'elle était plus grosse que « voluptueuse ». Mais ses yeux étaient d'un bleu pervenche brillant, les cheveux qui dépassaient de son turban semblaient toujours dorés – et, surtout, Seefeld avait l'assurance, la présence qui viennent après des années de célébrité. Que la collaboration entre Marek et elle ait été « fructueuse » à plus d'un titre ne faisait aucun doute.

À son tour, Brigitta observa Ellen avec un intérêt soudain. La jeune femme était remarquablement jolie ; ses boucles libres, ses grands yeux d'un brun doré, sa bouche aux contours arrondis… et durant quelques instants la diva songea qu'elle avait découvert la raison du séjour de Marek dans la région. Mais c'était absurde. Cette fille était une femme de l'ombre, elle travaillait dans les cuisines. Il aurait pu à la limite flirter un peu avec quelqu'un comme elle, mais qu'elle pût l'intéresser sincèrement, qu'il pût *écrire de la musique* pour elle était absurde. Même Marcus ne composait pas pour des cuisinières.

Cependant, le café était excellent, et les *Kipferl* à la vanille vraiment délicieux. Lorsqu'ils eurent terminé, Bennet invita la diva à se rendre au théâtre, où une répétition de la pièce venait de commencer.

1. Sablés. *(N.d.T.)*

— Le théâtre a été construit en même temps que le château, en 1743, expliqua-t-il. Il est particulièrement joli ; l'œuvre de Grunwald von Heilgen…

Il continua un moment, et Brigitta étouffa un bâillement.

— Très bien. Mais j'aimerais d'abord jeter un coup d'œil à l'école. J'aimerais *tout* voir.

Elle ne pouvait entièrement se débarrasser de l'idée que Marcus, pour une raison qu'elle n'arrivait pas à imaginer, était caché quelque part dans le bâtiment.

Quand ils atteignirent le théâtre, où la répétition d'*Abattoir* battait son plein, Brigitta comprit enfin qu'elle faisait fausse route. Où que se trouvât son ancien amant, ce ne pouvait être ici.

La structure en trois tiers de Chomsky était enfin en place, et FitzAllan s'évertuait à faire monter tout le monde sur scène en même temps : les capitalistes en haut, les filles de l'Armée du Salut au milieu et les travailleurs en bas.

Cela ne se passait pas bien. Les volontaires de l'Armée du Salut apparurent trop tôt, se firent crier dessus et disparurent. Les capitalistes, censés jouer aux dés, paraissaient tout verts, évaluant la distance jusqu'au sol avec un certain vertige, et il y avait des problèmes avec les carcasses.

Il y avait toujours des problèmes avec les carcasses. FitzAllan avait insisté pour que les cadavres décapités, entièrement entourés de mousseline, soient remplacés par de vraies personnes. Celles-ci, de fait, ne pouvaient ni voir ni être vues, et les possibilités de catastrophes étaient infinies.

Lorsque la célèbre diva entra, le metteur en scène, onctueux, s'approcha aussitôt d'elle.

— C'est un honneur, vraiment, dit-il dans un allemand excellent en se penchant sur sa main, avant de la conduire vers les planches.

— Continuez ! cria-t-il aux enfants, de plus en plus perdus.

Un employé de l'abattoir, désorienté, buta contre un morceau de bœuf mal éclairé, essuya un juron et dévia sa trajectoire.

— Comme vous pouvez le voir, nous tâtonnons encore un peu, reprit FitzAllan.

Brigitta répondit qu'elle le voyait, en effet. Elle fit toutefois une dernière tentative avant de prendre la fuite.

— Qui s'occupe de la musique, car j'imagine qu'il y a de la musique ?

FitzAllan esquissa un sourire modeste.

— Je me suis dévoué pour remplir le vide laissé par le départ de Franz Lerner. Peut-être aimeriez-vous entendre l'une des chansons des travailleurs ? Je l'ai adaptée moi-même d'après un chant extrait d'un manifeste communiste.

Il frappa dans ses mains, et ceux des enfants qui l'entendirent s'approchèrent du devant de la scène.

— Nous allons directement à la *Chanson de la famine*, à la fin de l'acte deux. Je vais vous donner le *la*. Prêts ?

Brigitta écouta, et ses derniers doutes furent dissipés. Jamais de la vie Marcus n'aurait pu être à l'origine d'un vacarme pareil. Tournant les talons, elle se trouva nez à nez avec le jeune garçon ténébreux, au regard intense, qui l'avait accueillie sur la plate-forme de débarquement.

— Si Herr Altenburg entendait ça, il se retournerait dans sa tombe, vous ne croyez pas ? chuchota-t-il.

Bien qu'elle eût aimé ignorer l'enfant, elle ne put qu'acquiescer.

— La première a lieu à la fin du mois de juillet. Si vous vous trouviez dans les parages, votre présence nous honorerait, déclara Bennet.

— Merci, mais mon programme pour juillet est déjà très rempli, répondit-elle.

Elle rejoignit Ufra et Puppchen qui l'attendaient déjà dans le bateau. Le chien mordillait avec passion un grand gant de jardinage.

— Il l'a trouvé dans une des remises, expliqua Ufra. Il appartenait à l'homme à tout faire. Il a quitté l'école, alors j'ai pensé que le chien pouvait aussi bien emporter le gant.

— C'est dégoûtant, fit Brigitta, voyant l'objet se recouvrir peu à peu de salive canine. Enlevez-lui ce truc et jetez-le dans le lac.

Mais Puppchen refusait d'abandonner son trésor. Il grogna et découvrit ses dents pointues. Lorsque le bateau atteignit le village, il bavait toujours sur le gant, et il continua dans le taxi qui conduisit Brigitta à la villa si obligeamment prêtée par le comte.

Ellen attendit que le théâtre se soit vidé et qu'on ait éteint les lumières pour se diriger vers les coulisses.

— C'est bon, dit-elle. Vous pouvez sortir, maintenant. Elle est partie depuis longtemps.

La carcasse de bœuf dans son enveloppe de mousseline se balança ; le moignon de papier mâché représentant sa tête tranchée se souleva.

— Mon Dieu, vous êtes tout blanc ! Il ne faut pas vous inquiéter, elle est loin, à présent.

— Ce n'est pas la peur, c'est le mal de mer, répondit Isaac Meierwitz en s'extrayant du sac.

Le jour, Isaac parvenait à oublier la terreur qu'il avait éprouvée dans la forêt ; le moment où Marek avait disparu en direction de la rivière, le second coup de feu. Il réussissait à ne plus penser aux heures passées à trébucher dans la brume à la recherche de la camionnette de Steiner, aux aboiements des chiens de garde, qui l'avaient obligé à ramper sous le fil barbelé pour se retrouver en Autriche... au long voyage vers Hallendorf, mort de faim et les pieds en sang, espérant contre toute attente que Marek et Steiner y seraient.

Mais, le soir, le cauchemar lui revenait en boucle, et alors il n'avait d'autre choix que de se lever, de sortir et d'aller s'asseoir sur les marches du petit temple grec, pour regarder de l'autre côté du lac, en direction de la maison de Steiner, en espérant voir une lumière derrière les fenêtres... priant pour que les hommes qui avaient risqué leur vie pour lui fussent de retour, sains et saufs.

C'est là qu'Ellen le trouva la nuit suivant la visite de Brigitta. Elle portait un manteau par-dessus sa robe de chambre et lui apportait une couverture, car la nuit était fraîche.

— Vous devriez dormir, Ellen. Vous travaillez si dur...

— Flix m'a réveillée, dit-elle. Elle a fait un cauchemar à propos du mouton Judas.

Elle s'assit à son côté, les enveloppant tous deux dans la couverture, et sa proximité éveilla chez Isaac un sentiment qu'il ne reconnut pas tout d'abord, car il lui était devenu presque totalement étranger. Du bonheur ? songea-t-il. Est-ce encore possible ? Et il se répondit aussitôt : Où elle est, c'est possible.

Le moment de panique, près de la porte de Steiner, lorsqu'il avait essayé de maîtriser l'intruse, n'avait pas duré longtemps. La douceur de son corps, la façon dont elle s'était écroulée dans ses bras avant de se raidir, prête à se battre, l'avaient vaincu. Il l'avait lâchée, puis le malaise contre lequel il n'avait cessé de lutter jusqu'alors l'avait terrassé et il avait perdu connaissance.

Quand il était revenu à lui, sa victime était agenouillée près de lui et ouvrait une valise.

— J'ai bien peur de ne pas pouvoir vous offrir un repas équilibré, déclara-t-elle, éclairant avec une lampe de poche un salami entouré d'un filet doré, des prunes de Karlsbad et une grappe de raisin. Vous devez manger très lentement, ajouta-t-elle de sa voix douce, très légèrement teintée d'accent anglais, sans quoi vous serez malade.

Il était affamé – et, lorsqu'il tendit la main, ce ne fut pas vers les nourritures étranges qu'elle tirait de sa valise magique, mais vers ses cheveux, les effleurant brièvement là où ils étaient attachés, à la base de son cou. Ainsi, elle existait, elle était bien réelle.

— On dirait qu'il y a aussi une bouteille de tokay, reprit-elle, sortant d'une boîte en bois un flacon enveloppé de paille. Mais il ne faut pas que vous buviez ça ; pas encore. Il y a un robinet à l'arrière de la maison, je vais aller vous chercher de l'eau.

Isaac sortit alors de son espèce de transe. Honteux de sa faiblesse, il tendit la main vers la bouteille.

— L'eau, c'est pour les pieds, décréta-t-il.

La jeune femme leva vivement la tête, comme s'il lui avait donné un mot de passe.

— Vous êtes un ami de Marek, affirma-t-elle. Je vais vous aider..

Il essaya d'argumenter. Il n'avait pas de papiers ; si on lui posait des questions, il serait renvoyé de l'autre côté de la frontière ou emprisonné.

— Quiconque m'aide pourrait avoir des ennuis.

— Personne ne vous posera de questions. Vous êtes mon nouvel assistant. Vous rendiez visite à Chomsky, et je vous ai offert un travail temporaire. Non payé, bien sûr !

Il avait continué à protester, mais elle n'y prêtait pas attention. C'est alors qu'il avait pris conscience de l'étrange mélange de douceur et de détermination qui la caractérisait.

Elle était revenue avec quelques-uns des vêtements de Chomsky. Jusqu'à présent, elle avait eu raison : dans une école où les ballerines russes venaient de Workington et où les hommes de charge étaient des révolutionnaires costaricains, personne ne s'interrogeait sur la présence d'un nouveau chef apprenti. Il dormait dans la chambre de Chomsky et faisait de son mieux pour se rendre utile. Il lui semblait que les grandes cathédrales du Moyen Âge, qui donnaient asile aux hommes pourchassés, n'étaient rien comparées aux cuisines de Hallendorf... Tout le ravissait : la chaleur, la propreté, les riches et délicieuses odeurs, les enfants, si gentils et amusants – et Ellen, bien sûr, qu'il supportait mal de perdre de vue.

Mais la nuit, Isaac montait la garde. Il n'avait pas parlé à Ellen du second coup de feu ; néanmoins, il savait qu'elle aussi attendait la lumière à la fenêtre, qui ne venait jamais.

Le tirant de ses pensées, elle l'interrogea à propos de Brigitta.

— Pourquoi est-elle venue, Isaac, le savez-vous ? Qu'attendait-elle de Marek ?

Il haussa les épaules.

— Cela fait si longtemps que je suis parti... Mais il y avait des rumeurs selon lesquelles elle lui avait commandé un opéra. À moins qu'elle ne soit confrontée à une crise dans sa carrière. En fait, elle a essayé de le récupérer dès l'instant où elle l'a quitté.

— Pourtant, elle doit être assez vieille. Au moins quarante ans.

— Plus. Mais la musique peut créer des ponts entre les gens les plus improbables. C'est une femme horrible ; malgré cela, elle chante la musique de Marek comme personne d'autre. J'ai enregistré les *Chansons d'été* avec elle, à Berlin. Elle faisait constamment des scènes, elle était impossible, mais le résultat final est superbe. Vous savez, Marek a été poursuivi par les femmes dès son enfance, dans sa forêt, là-bas.

— Êtes-vous allé à Pettelsdorf ?

Isaac secoua la tête.

— Il n'y invite que les gens qui comptent beaucoup pour lui. C'est son sanctuaire.

— Vous comptez énormément pour lui. Il vous l'a prouvé, non ?

— Peut-être. Il a dit en effet qu'il m'emmènerait là-bas après la première. Cependant, je ne pense pas qu'il aime mélanger ses différentes vies. Lorsqu'il est à Pettelsdorf, je crois qu'il espère d'une certaine façon que la musique va disparaître.

— Mais elle ne disparaîtra pas ?

— Non, Ellen. Jamais. Vous pouvez en être sûre.

La jeune femme hocha la tête. Elle avait bien compris que, quoi qu'il advînt, jamais quelqu'un d'aussi inculte qu'elle en matière musicale ne pourrait vraiment importer pour Marek. Malgré tout, elle ne put s'empêcher de poser une question aussi sotte que typiquement féminine.

— Brigitta y est-elle allée ?

Isaac sourit.

— Je ne pense pas. Non, je suis certain que non. Mais ce n'est pas faute d'avoir essayé.

Une brise se levait, ridant la surface de l'eau sombre.

— Vous devriez rentrer, Isaac, il commence à faire froid.

Cependant, Isaac était en proie à ses démons.

— Si quoi que ce soit lui est arrivé, Ellen…

— Impossible. Il reviendra. Il ramènera Steiner, et vous partirez en lieu sûr. Je vous ai parlé du cierge – il a brûlé tout droit, sans problème.

— Ah oui, la sainte aux salamandres… Vous croyez qu'elle va prendre la peine de sauver un juif sans importance ?

— Si elle peut sauver des salamandres, elle peut sauver des juifs, et vous n'avez même pas de taches.

Isaac secoua la tête.

— J'ai affirmé que je le hanterais jusqu'à son dernier jour s'il ne me laissait pas jouer son concerto, et parfois je me dis que c'est exactement ce que j'ai fait. Il a perdu des années à essayer de me retrouver, à faire échapper des gens… Vous savez, c'est une œuvre incroyable, ce concerto… le mouvement lent… Mon Dieu ! Si j'avais su ce qu'il allait faire à Berlin ! Il a quasiment tué le directeur musical. En Allemagne, il est soit condamné, soit adulé, et il ne veut rien de tout cela.

— Quand vous serez loin, en sécurité, il retournera à sa musique, n'est-ce pas ?

Isaac se tourna et lui sourit, reconnaissant du « quand ».

— Il le faut. Les Américains ne voulaient pas qu'il parte. Il devrait retourner là-bas jusqu'à ce que tout se calme.

— Oui.

Ellen baissa la tête. L'Amérique, c'était… loin.

— Il a un don merveilleux non seulement pour écrire de la belle musique, mais aussi pour la faire exister. À Berlin, à Vienne aussi, partout où une douzaine de personnes étaient réunies, Marek parvenait à leur tirer quelque chose. Il pouvait obtenir de la musique de trois conducteurs de tramway et d'un balayeur. Il n'a jamais considéré cela comme un art réservé aux professionnels, même s'il était incroyablement méticuleux en ce qui concernait son propre travail. Ses partitions ressemblaient à des palimpsestes égyptiens, il les écrivait et les réécrivait encore et encore. Mais lorsqu'il était en compagnie de gens ordinaires, la musique devenait tout simplement un moyen d'expression à la portée de tous.

Ellen hocha la tête, silencieuse et pensive. Isaac mourait d'envie de tendre les bras vers elle, de la serrer contre lui et de ne jamais la laisser partir.

— Et pour vous, Ellen ? Que signifie la musique, pour vous ?

Elle mit un long moment à répondre.

— Quand j'étais à l'école… encore toute petite… il y avait une fille qui avait une bonne oreille et une très belle voix, et qui jouait du piano. J'entendais les gens parler d'elle.

Elle s'interrompit, entrelaça ses doigts.

— « Elle est mélomane », disaient-ils, « Deirdre est mélomane », et c'était comme s'ils avaient dit « Elle est angélique ». Voilà ce que c'était pour moi, aimer la musique : être angélique.

Isaac se tourna vers elle.

— Mon Dieu, Ellen, murmura-t-il d'une voix rauque. C'est vous qui êtes angélique. S'il y a une seule personne angélique sur Terre, c'est vous !

15

La nouvelle que Kendrick attendait avec tant d'impatience arriva trois jours après sa première visite à l'agence de voyages.

— Nous les avons, monsieur ! s'exclama la jeune fille serviable. Nous avons vos billets pour le gala ! Grâce à une annulation, mais ce sont de très bonnes places : une loge à l'orchestre. Elle était réservée pour un diplomate américain et sa femme qui entre-temps ont été rappelés à Washington.

Elle paraissait presque aussi contente que Kendrick. Néanmoins, en fille consciencieuse, elle se sentit obligée d'ajouter :

— Des rumeurs circulent selon lesquelles il pourrait y avoir quelques problèmes. La Seefeld n'est pas contente du chef d'orchestre, dit-on. Mais je suis sûre que tout sera parfait.

Durant un instant, Kendrick blêmit. Et s'il payait tout cet argent pour qu'une obscure soprano prenne la relève ? Comment réagirait Ellen ? En essayant de répondre à cette question, il dut admettre qu'il ne savait pas, au fond, si la musique émouvait profondément Ellen. Une fois, il l'avait emmenée à un concert de Tchaïkovski au Queen's Hall ; après le concert, quand il lui avait demandé à quoi elle pensait, elle avait répondu : « À de la soupe à l'oseille. »

Elle avait expliqué que le mouvement lent de la *Pathétique* évoquait pour elle une forêt verte, que cela lui avait fait penser à de l'oseille et qu'elle s'était demandé si elle pourrait en trouver pour faire une soupe à l'une des tantes de Gowan Terrace, qui avait mal à l'estomac. Il n'empêche que cela avait fait un choc au jeune homme.

Mais elle ne penserait pas à de la soupe à l'oseille après *Le Chevalier à la rose*. Non, après *Le Chevalier à la rose*, elle penserait – elle *devrait* penser – à l'amour ; et c'est à ce moment-là, dans un endroit qu'il n'avait pas encore déterminé, qu'il la demanderait en mariage. Ce ne serait pas une déclaration hâtive, proférée à la va-vite dans une cuisine, comme la première fois, mais un discours aussi bref que bien senti, qui lui irait droit au cœur. Il avait fait une liste des lieux qui pourraient convenir : la fontaine de Donner dans le Neuer Markt (qui symbolisait les affluents du Danube), le monument à Mozart du Burggarten, la statue équestre de l'archiduc Albrecht sur les marches de l'Albertina. Tous étaient à quelques minutes à pied de l'Opéra.

Cela l'amena à réfléchir à la question délicate de l'hôtel. Il leur faudrait deux chambres dans un établissement convenable – mais pas deux chambres contiguës, qui pourraient effrayer Ellen et lui donner une fausse opinion sur ses intentions. Peut-être devraient-ils être à deux étages différents, songea Kendrick. Il avait entendu sa mère traiter d'« animaux » les hommes qui ne savaient pas contrôler leurs instincts. L'idée qu'Ellen pût le considérer comme animal de quelque manière que ce fût était trop affreuse pour être tolérable.

Bégayant un peu, Kendrick exposa le problème du coucher à la gentille fille de l'agence, qui lui recommanda l'hôtel Regina, sur le Graben, une avenue historique de la Vienne impériale, et promit de faire la réservation sur-le-champ.

Il ne restait donc plus à Kendrick qu'à adresser une nouvelle lettre à Ellen, la suppliant de venir à Vienne, car elle n'avait pas répondu à la première. Cependant, cette fois encore, il se garda de mentionner le gala et Seefeld. Ainsi, s'il y avait un problème quelconque, Ellen ne serait pas déçue ; de surcroît, il était toujours surexcité à l'idée de la surprendre. Elle s'imaginerait qu'ils allaient assister à un bal ordinaire, avec du champagne et des valses, quand, soudain, il lui dévoilerait un programme mille fois plus alléchant, qui la laisserait complètement ébahie.

Un instant, l'idée qu'Ellen pourrait refuser son invitation l'effleura ; il la chassa résolument. Dans une librairie de Tottenham Court Road, Kendrick avait trouvé un pamphlet intitulé *La Pensée positive pour débutants*. Il ne l'avait pas acheté (ce n'était pas le genre de livre qu'acquérait un Frobisher), mais il l'avait lu dans la boutique et mettait depuis ses préceptes en pratique avec détermination. Il avait même écrit gaiement à sa mère, lui annonçant ses projets – et écrire gaiement à Patricia Frobisher ne lui arrivait pas souvent.

Par chance, il était attendu ce soir-là à Gowan Terrace pour aider à passer des diapositives soutenant la cause des réfugiés basques, et il put ainsi partager son exaltation avec la mère d'Ellen et ses tantes.

— Ils lui donneront bien une ou deux journées de congé, vous ne pensez pas ? demanda-t-il, et elles répondirent que c'était plus que probable.

Tante Annie – la mycologue – continuait à estimer qu'il n'était pas sage d'encourager le malheureux jeune homme, mais le Dr Carr n'était pas mécontente de penser que sa fille pourrait séjourner quelques jours à Vienne, ville magnifique entre toutes. Sa dernière lettre trahissait en effet une certaine lassitude. Charlotte songea qu'Ellen n'avait pas mentionné l'homme à tout faire, celui qui avait mis des roulettes à la tortue, depuis longtemps. Elle espérait qu'il était toujours là-bas ; il lui avait paru sensé, d'après ce qu'en disait sa fille, et ce n'était pas le cas de la plupart des professeurs de Hallendorf…

Quant à tante Phyllis, elle nourrissait une réflexion qui, lorsqu'elle affleurait à la surface de sa conscience, la dérangeait profondément. Car elle la renvoyait à l'époque où elle était la docile fille de Gussie Norchester et menait une vie parfaitement conventionnelle. Oui, elle s'était plusieurs fois surprise à penser qu'il y aurait des endroits bien pires pour sa nièce bien-aimée, en cas de guerre, qu'une vaste demeure dans la région rurale du Cumberland…

16

La voiture descendait le long de la route sinueuse vers le premier des lacs lorsqu'il commença à pleuvoir. Marek baissa la vitre de la vieille Talbot de son père et mit les essuie-glaces en marche. Ils tremblèrent de façon incertaine, puis se bloquèrent. Cette voiture, un ancien pick-up, n'était utilisée qu'à la ferme ; il avait refusé d'emprunter la Buick du capitaine.

À son côté, Steiner ne disait mot. Son bras en écharpe reposait sur un coussin que la mère de Marek lui avait installé avant leur départ ; il était en colère contre ce dernier.

— Il n'y a aucune raison que tu fasses ça, lui avait-il fait valoir. Je peux parfaitement rentrer en train.

Marek n'avait pas tenu compte de ses protestations. Maintenant, alors qu'ils traversaient des villages insouciants et pimpants en direction de la maison de Steiner, ils n'avaient pas grand-chose à se dire. Leur longue quête d'Isaac s'était terminée par une tragédie ; Steiner était blessé, et ils avaient dû abandonner la camionnette, cachée dans une remise à Pettelsdorf, pour qu'elle soit démontée et remontée en camion ordinaire. L'époque où le Pr Steiner collectait les chansons folkloriques était révolue.

— Tu dois te remettre au travail, Marek, affirma le vieil homme. Il faut que tu réserves une place sur un bateau en partance pour les États-Unis. Moi, je dois rester afin de classer mes papiers, et si tu me déranges, je serai furieux. Ma maison est trop petite pour nous deux.

Marek parvint à sourire.

— Je ne vous embêterai pas longtemps. Juste le temps de m'assurer que votre bras guérit bien.

La balle tirée à travers le pare-brise par les brutes nazies qui avaient tendu une embuscade à Steiner n'avait fait qu'effleurer la peau, mais des morceaux de verre avaient pénétré la chair plus profondément.

— Mon bras *est* guéri, rétorqua le professeur avec colère. Laisse-moi te dire, Marek, que je ne supporterai pas que tu fasses des histoires à cause de moi.

Dieu du ciel, songeait-il, comment faire comprendre à cette tête de mule où est sa véritable destinée ?

— Tu ne peux plus rien pour Meierwitz.

— J'aurais aimé l'enterrer, murmura sombrement Marek.

Il n'avait eu d'autre choix que d'emmener Steiner, blessé, à Pettelsdorf. La camionnette se traînait à la vitesse d'un escargot, la vitre avait explosé en mille morceaux ; jamais ils n'auraient pu passer la frontière pour rentrer à Hallendorf.

En se souvenant de la façon dont les gens de chez lui s'étaient précipités à leur rencontre, Marek se maudissait de les avoir mis en danger. À peine avait-il arrêté la camionnette qu'on l'avait emportée, cachée. Personne n'avait posé la moindre question, ni Janik ni Stepan, encore moins Andras, à la minoterie ; tout le monde avait été instantanément sur le qui-vive, tout le monde avait compris. Lenitschka, d'ordinaire si volubile, avait emmené Steiner à l'étage en silence, tandis que les bonnes couraient chercher des bandages.

Mais Marek s'était aussitôt querellé avec sa mère.

— Tu n'avais pas le droit de garder ton travail secret, l'avait-elle réprimandé. Nous voulons aider, nous le voulons tous. Nous aussi, nous désirons nous battre contre ce mal. Nous aurions pu abriter tes fugitifs et grandement te faciliter les choses.

Élevée parmi des intellectuels, Milena avait toujours eu une conscience politique très aiguë. Depuis le jour où Hitler avait ordonné un autodafé devant l'université de Berlin, elle était implacablement opposée aux nazis.

La grand-mère de Marek lui avait elle aussi fait des reproches.

— Ta mère a parfaitement raison, avait dit Nora Coutts, émergeant de sa chambre pour vérifier que Lenitschka bandait correctement la blessure de Steiner. Tu as toujours tendance à te montrer paternaliste envers les femmes. Je te l'ai déjà dit.

Par ailleurs, il n'avait pas non plus réussi à les convaincre de demander un visa d'immigration.

— Vous devez prendre conscience de ce qui va se passer, je vous en prie.

Il leur avait répété ce qu'il avait déjà dit, à savoir qu'il avait entendu une voix tchécoslovaque, appartenant à une brute en uniforme nazi, se vanter du meurtre d'Isaac.

— Pars devant, avait répondu Milena. La seule chose qui compte est que tu sois en sécurité. Si tu y vas, et que tu nous prépares la route, nous te suivrons.

Marek savait qu'elle mentait. Le capitaine Altenburg ne quitterait pas Pettelsdorf, et, aussi longtemps qu'il resterait, elle demeurerait à son côté. Ces deux personnes, pourtant si différentes, étaient comme deux cordes d'un même archet ; à elles deux, elles composaient la mélodie de Pettelsdorf.

Pour Steiner, cette semaine de souffrance et de deuil avait été teintée d'une joie étrange.

Il était âgé de trente ans lorsqu'il avait vu Milena pour la première fois, à une lecture de poésies à Berlin. Elle avait dix-neuf ans ; c'était une jeune fille fine comme un oiseau, dont on pouvait pénétrer l'âme sans ruses car elle ne cachait rien. Il était tombé éperdument amoureux d'elle… et l'avait perdue pour un homme qui n'aurait jamais dû lui convenir, et qui s'était en définitive révélé sa véritable moitié – un homme qui tirait sur trop d'animaux et lisait trop peu de livres.

Depuis lors, Steiner avait revu Milena à Berlin ou à Prague, l'avait emmenée à des concerts, transformant laborieusement, en grinçant des dents, son amour en amitié – mais il n'avait jamais osé aller chez elle. À présent qu'approchait la fin de son existence, il était infiniment heureux d'avoir d'elle une image enfin complète. De l'avoir vue assise à son bureau, poussant de côté le chat alangui sur ses papiers… s'assurant que l'oie qu'ils devaient avoir pour le dîner n'était pas une oie qu'elle connaissait personnellement, mais une bête provenant d'une autre ferme… Il se réjouissait d'avoir pu, assis près d'elle dans le jardin éclairé par la lune, écouter les loriots et l'entendre lire encore une fois le poème qu'il avait découvert de sa voix profonde, un peu rauque :

Transfigurées, et non évanouies, sont les choses d'hier,
Prêtes à revenir, souvenir du bonheur…

Steiner ne se racontait pas d'histoires. Il ne s'imaginait pas que Marek était l'enfant qu'ils auraient pu avoir ; le jeune homme ressemblait bien trop au Freiherr Altenburg. Mais, lorsque Marek était venu chez lui pour lui demander sa camionnette, Steiner avait compris qu'il allait pouvoir partager ses aventures et courir les mêmes risques que lui, et ç'avait été pour lui une récompense dépassant ses espoirs les plus fous.

— Nous avons besoin d'essence, observa Marek. Et j'aimerais vérifier le niveau d'huile.

— Il y a un garage à une dizaine de kilomètres d'ici, de l'autre côté du village.

Marek hocha la tête et continua.

La pluie avait cessé, mais les enfants, dans l'autocar, ne disaient rien. Sabine, ses boucles frisées collées par la sueur, était assise à côté d'Ellen ; elle avait déjà été malade à trois reprises, et son état ne semblait pas s'améliorer.

Il restait encore au moins une heure avant qu'ils ne parviennent à destination. Sophie aussi se sentait nauséeuse. C'était dû en partie au mouvement du bus, mais aussi à l'appréhension. Tout était allé de travers avec ce voyage. Si FitzAllan les avait conduits, ce qu'ils s'apprêtaient à faire n'aurait pas autant dérangé Sophie, mais c'était Ellen... Elle avait dû remplacer à la dernière minute le metteur en scène, qui avait la migraine. Or, l'idée de causer des ennuis à Ellen était intolérable pour Sophie.

— Si seulement nous n'étions pas venus ! souffla-t-elle à Leon. J'aimerais que nous puissions faire demi-tour.

— Mais c'est impossible, lui rappela Leon. Nous avons promis à Flix de l'aider.

Cependant, Flix elle-même ne semblait pas en très grande forme. Elle aussi avait dû descendre du car une fois pour vomir. Quant à Frank, à qui elle avait demandé de venir parce qu'il était censé être fort et courageux, il s'agitait en jetant des regards mauvais à la ronde. Enfin, reprenant machinalement d'anciens réflexes d'écolier, il leva le doigt et annonça à Ellen qu'il allait devoir être excusé.

La jeune femme hocha la tête et demanda à Herr Tauber de s'arrêter la prochaine fois que ce serait possible. Mais la phraséologie de Frank n'avait fait que la conforter dans l'idée qu'il y avait quelque chose d'étrange. Car Frank n'avait pas vraiment demandé à « être excusé » ; il avait en réalité exprimé son besoin d'exercer certaines fonctions corporelles avec une vigueur toute rabelaisienne. Sans cesser de passer un linge mouillé sur le front de Sabine, Ellen balaya l'intérieur du véhicule du regard. Quelque chose ne tournait pas rond. Trop d'enfants s'étaient sentis mal. Elle les avait déjà accompagnés lorsqu'ils avaient pris le car pour voir le cirque de Klagenfurt, et seulement Sabine et une autre fillette avaient été malades.

Frank passa devant elle, et elle remarqua que, sous son habituelle expression renfrognée, se dissimulait autre chose : une sorte de peur. Il était assis à côté de Flix, et cela aussi était surprenant ; d'ordinaire, la petite Américaine n'était jamais en sa compagnie.

— Il n'y a absolument aucune raison que nous poursuivions cette expédition, dit-elle en se levant pour interroger les enfants du regard. Absolument aucune. Si vous le souhaitez, nous pouvons rentrer sans la moindre difficulté.

Pendant quelques secondes, une lueur d'espoir éclaira les visages levés vers elle. Sophie se dressa à moitié sur son siège, mais elle fut tirée en arrière par Leon. Puis Flix, toujours pâle et les yeux gonflés, déclara :

— Non. Nous voulons continuer. Il le faut.

Frank remonta, le véhicule démarra. La route était raide à présent ; ils avaient laissé les lacs derrière eux.

— J'ai mal à la tête, gémit Janey d'une toute petite voix en posant le front contre la fenêtre.

Ellen s'efforça de la réconforter, mais elle aurait pu en dire autant. De surcroît, elle se reprochait vivement de ne pas avoir annulé cette expédition dès le début.

— C'est une idée parfaitement ridicule, avait-elle déclaré à Bennet quand il lui avait dit que FitzAllan était déterminé à faire visiter aux enfants un véritable abattoir. Un homme qui ne mange que des croquettes aux noix, vouloir les exposer à tout cela !

Bennet était d'accord.

— De toute façon, je lui ai expliqué que louer un autocar reviendrait beaucoup trop cher.

Mais, sur ce point, ses efforts avaient été sapés par Herr Tauber, le mari de la tante de Lieselotte, venu travailler sur les terres après le départ de Marek. La généreuse « mafia » dirigée par la famille de Lieselotte ne cessait de s'agrandir, et Herr Tauber avait proposé son bus pour seulement le prix de l'essence, si cela pouvait rendre service à l'école.

Même dans ces circonstances, le directeur n'aurait pas donné son accord si, à sa grande surprise, un certain nombre d'enfants – apparemment conduits par Flix, au cœur d'ordinaire si tendre – n'étaient venus lui dire qu'ils souhaitaient y aller.

— Cela nous aiderait à comprendre nos rôles dans la pièce, disaient-ils, répétant les sottises de FitzAllan.

Le voyage avait donc été organisé et, naturellement, juste avant le départ, FitzAllan avait succombé – ou, du moins, prétendu succomber – à une terrible crise de migraine.

Sur le coup, Ellen n'avait pas eu l'intention de tirer FitzAllan d'affaire mais, pour une raison incompréhensible, les enfants avaient paru très déçus à l'idée d'annuler le voyage. Par ailleurs, elle-même se sentait en vérité assez coupable de sa réticence à visiter l'abattoir municipal carinthien. Après tout, elle n'était pas végétarienne, au contraire : son *bœuf en daube* [1] lui avait valu un premier prix à l'école de cuisine et de gestion ménagère Lucy-Hatton. Et pourtant, elle n'avait jamais vu comment les pauvres bêtes qu'elle cuisinait si volontiers étaient occises.

---

1. En français dans le texte.

Voilà pourquoi elle avait accepté d'y aller, ce qu'elle regrettait fort à présent.

Ils avaient dépassé Klagenfurt et le sanatorium où Chomsky se reposait toujours, entouré des membres dévoués de sa famille. La dernière fois qu'Ellen lui avait rendu visite, ils se demandaient s'ils devaient emmener Laszlo dans une ville d'eaux pour l'aider à récupérer, et ils lui avaient proposé de l'accompagner en tant qu'infirmière.

Si seulement elle avait pu faire confiance au bon sens d'Isaac... Elle l'avait laissé avec Lieselotte, déterminé à se lancer dans un *Kartoffelpuffer*[1], mais il avait commencé à abandonner tout espoir de revoir Marek et parlait de s'enfuir tout seul.

Sophie, assise dans la première rangée, se retourna.

— Vous avez un sac en papier, Ellen ? interrogea-t-elle, et la jeune femme lui tendit le dernier de son panier.

Mais qu'avaient-ils donc tous ?

Sophie, comme souvent, essayait de réconcilier les deux parties conflictuelles d'elle-même. En Angleterre, elle lisait des histoires pour enfants dans lesquelles moucharder et raconter des histoires étaient les deux pires choses que l'on pût faire. Mais à Vienne, chez son père, c'était contrevenir à la loi qui était impardonnable. Et si, à cause d'eux, Ellen allait en prison ? Les enfants n'étaient pas mis en prison, mais on les envoyait dans des endroits affreux – des institutions pour jeunes délinquants, ou pis encore. Devait-elle dire à Ellen ce qui se cachait dans le panier de pique-nique de Flix, sous sa nourriture et son manteau roulé en boule ? Ou dans celui de Frank ? Ils transportaient tous des pinces et des cisailles, mais Flix et Frank, eux, avaient de grandes limes et une scie égoïne.

---

1. Sorte de galette aux pommes de terre. *(N.d.T.)*

Flix avait tout planifié : elle allait libérer le mouton Judas et le chasser dans la forêt.

— Alors, les autres moutons le suivront, avait-elle expliqué, et pendant que les hommes leur courront après, vous, vous libérerez les animaux qui sont dans les camions et les enclos.

Sophie avait voulu participer – nul n'aurait pu refuser après avoir entendu FitzAllan expliquer comment les bœufs étaient assommés et avaient la gorge tranchée tandis que leur cœur battait encore afin que le sang coule mieux. Comme si les animaux étaient des espèces d'égouts ! Mais la fillette ne pouvait s'empêcher de se demander si ce serait aussi simple que cela : elle imaginait le piétinement des bêtes, les hommes furieux, le sang… Oh, mon Dieu, que dois-je faire ? songeait-elle, en colère contre Ursula, qui avait déclaré depuis le début que c'était idiot et que ça ne marcherait pas. Elle était venue quand même, mais elle avait prévenu qu'elle n'aiderait en aucune façon ; en conséquence, c'était la seule à ne pas se sentir mal.

Un autre enfant leva la main.

— Herr Tauber, dit Ellen, je pense que nous ferions mieux de faire une pause. Connaîtriez-vous un endroit où nous pourrions nous arrêter ?

Il hocha la tête.

— Il y a une station d'essence au pied de la colline avec suffisamment de place pour garer le car. Ils ont également des toilettes, et ils vendent des fruits.

— Alors, nous y ferons halte, si vous le voulez bien.

Peu après, ils pénétraient dans la cour.

— Vous pouvez tous sortir et vous dégourdir les jambes, annonça Ellen. Mais pas plus de cinq minutes, nous devons poursuivre notre chemin. Tous ceux qui veulent aller aux toilettes…

Cependant, les enfants, pour une fois, ne faisaient pas attention à ce qu'elle disait. Leon avait poussé un cri et dégringolait les marches, Sophie sur ses talons. Bientôt, tous se précipitèrent vers la pompe à essence située dans le coin le plus éloigné du garage, là où un homme de haute taille discutait avec l'employé.

Marek ne fut pas content de les voir arriver. L'école appartenait à son passé, et les événements de la semaine précédente lui avaient prouvé combien il était important de ne mêler personne à ses affaires. Comme de plus en plus d'enfants accouraient vers lui, il ne put s'empêcher de sourire de leur affection et de leur enthousiasme.

— Où allez-vous ? leur demanda-t-il, et ils le lui dirent, dans l'excitation et la confusion les plus totales.

Quelque chose tomba de la poche de Frank, et le jeune garçon le ramassa promptement, mais Marek avait eu le temps de voir ce dont il s'agissait.

— Ellen nous emmène, annonça Sophie, et de nouveau son visage s'assombrit. Ç'aurait dû être FitzAllan, mais maintenant c'est elle.

Marek regarda en direction du bus et vit Ellen debout sur le marchepied. Il avait oublié la façon dont ses cheveux encadraient asymétriquement son visage, plus volumineux du côté gauche. Se souvenant de la colère de la jeune femme la dernière fois qu'ils s'étaient vus, il attendit, mais elle descendit du bus, s'avança vers lui et déclara :

— Pourrais-je vous parler seul à seul ? Juste un moment ?

— Bien sûr.

Il chassa les enfants, et ensemble ils se dirigèrent vers un endroit où ils ne pourraient pas être entendus.

— Je l'ai, dit alors Ellen d'une voix très calme. J'ai votre ami.

Marek secoua la tête à demi. Les mots qu'elle prononçait n'avaient aucun sens pour lui.

— J'ai Meierwitz, répéta-t-elle. Il travaille pour moi à la cuisine.

Mais la transition était trop brutale. Dans l'esprit de Marek, Isaac était demeuré dans la forêt, assassiné ; il ne pouvait pas la croire.

— Je l'ai laissé avec Lieselotte. Elle lui apprend à faire du *Kartoffelpuffer*.

L'évocation du *Kartoffelpuffer* réussit là où l'assurance d'Ellen avait échoué. Personne n'aurait pu inventer cela, cette manière absurde de traiter les pommes de terre… Enfin, Marek saisit ce que lui disait Ellen, et il comprit que l'impossible s'était produit, que son ami était en vie et en sécurité.

— Oh, Ellen ! s'exclama-t-il.

Puis il avança d'un pas vers elle et, sans se préoccuper des enfants qui les regardaient, il la prit dans ses bras.

FitzAllan se laissa aller contre les oreillers et passa une main languide sur son front. Bien qu'il eût tiré les rideaux, trop de lumière lui blessait encore les yeux dès qu'il soulevait les paupières. L'étape des taches violettes était derrière lui, mais sa tête lui faisait encore intolérablement mal, et il se sentait nauséeux.

C'était la tension, bien sûr – la tension qui résultait de l'affrontement perpétuel entre sa volonté et celle des autres, professeurs et enfants. Ils le contrariaient dès qu'il essayait de mettre ses idées en pratique.

Chaque fois qu'il était tendu, il avait une crise, et les hurlements de Tamara lorsqu'il lui avait annoncé qu'il allait devoir encore raccourcir son ballet n'avaient fait qu'empirer les choses.

Mais, au moins, il avait obtenu ce qu'il voulait en ce qui concernait la visite à l'abattoir. Bennet s'était opposé à lui – tout le monde s'était opposé à lui –, mais il avait gagné. En cet instant même, on guidait les enfants à travers l'abattoir municipal carinthien. Peut-être qu'après cela ils joueraient correctement leurs rôles.

Un calme merveilleux régnait sur le château. Ils ne rentreraient pas avant le soir et, s'il parvenait à dormir un peu maintenant, il serait peut-être capable de travailler demain. Il glissa dans un rêve éveillé bruissant d'applaudissements et peuplé de producteurs de théâtre qui le félicitaient de ce qu'il était parvenu à accomplir, malgré un si maigre potentiel. Ils lui proposaient du travail à Paris, à Londres, à New York… « Les risques que vous avez pris étaient entièrement justifiés », affirmaient-ils.

Il fut réveillé par le claquement d'une porte ; des voix surexcitées lui parvinrent. Les couloirs étaient de nouveau remplis d'enfants. Ce devaient être ceux qui ne participaient pas au voyage, il n'était pas possible que le car fût déjà de retour. Il eut pourtant l'impression d'entendre Frank crier, ainsi que Bruno… or tous deux étaient censés se rendre à l'abattoir.

FitzAllan tressaillit et se tourna vers la lampe posée sur sa table de chevet pour regarder sa montre. Dix-sept heures trente. Ils avaient dû faire le tour de l'abattoir en un temps record. Un petit coup fut frappé à la porte, et Ellen entra.

Même dans son état de faiblesse extrême, FitzAllan remarqua qu'elle semblait joyeuse. Elle était en vérité radieuse, et le metteur en scène, qui ne l'aimait pas, en éprouva un étrange malaise.

— Je vous ai apporté un cadeau ! annonça-t-elle. Fermez les yeux et tendez votre main.

— J'ai du mal à *ne pas* les fermer, gémit FitzAllan d'une voix mourante.

Cependant, il tendit la main et sentit un objet un peu mou dans sa paume.

— De quoi s'agit-il ?

— D'un boa constricteur, répondit Ellen avec tendresse.

Malgré lui, il poussa un cri et laissa tomber la chose sur le sol. Ellen la lui remit entre les doigts d'un air de reproche.

— Je vais ouvrir les rideaux pour que vous puissiez le voir correctement. Il est en pâte d'amande.

— Non !

— Dans ce cas, je vais vous le décrire. Je ne sais pas s'il est très fidèle – je ne crois pas que Herr Fischer en ait déjà vu en vrai –, mais il est *mieux que fidèle*. Il est enroulé sur lui-même et couvert de zigzags verts et de losanges jaunes, et l'on peut voir très distinctement sa langue fourchue. Nous avons tous acheté des animaux en pâte d'amande dans le magasin de Herr Fischer. Marek a donné de l'argent à tous les enfants sans exception, et c'est très intéressant de voir ce qu'ils ont pris. Sophie a choisi un crocodile, et Leon un escargot – pas du tout ce à quoi je m'attendais –, et…

— Une seconde. Pourquoi êtes-vous allés à la pâtisserie de Klagenfurt ? Je ne comprends pas.

— Eh bien, quand Marek nous a expliqué que l'abattoir était fermé à cause de la fièvre aphteuse…

— Quoi ?

Oubliant sa migraine, FitzAllan se dressa sur son séant et grogna :

— Mais c'est n'importe quoi ! J'ai vérifié hier.

— Oh, ce n'est arrivé que ce matin. Marek en venait, il ramenait le Pr Steiner, et ils sont passés juste devant. Il y avait de grands panneaux indiquant FERMÉ. Je vous assure que c'est vrai, insista Ellen avec douceur.

— Je ne le crois pas.

— Eh bien, posez la question à Marek.

Et dire que si je n'avais pas participé à votre voyage idiot, j'aurais pu rater Marek, songeait Ellen en souriant à FitzAllan avec une joie ineffable. Il aurait déposé Steiner et serait reparti, et je ne l'aurais pas vu, et il ne m'aurait pas serrée dans ses bras en me remerciant d'avoir sauvé son ami, et, à l'heure qu'il est, Isaac ne serait pas en train de sauter de joie dans la chambre de Chomsky.

— Je dois descendre servir le dîner, reprit-elle. Même si je doute que quiconque mange beaucoup. Nous avons fait une sorte de fête, quand Marek nous a annoncé que nous ne pouvions pas aller à l'abattoir. Oh, c'était adorable et si intéressant ! Je crois que, si j'étais le Pr Freud, je ne perdrais pas tant de temps à chercher ce que les gens ont vu leurs parents faire, ni à parler d'inceste et de toutes ces choses-là. Je les emmènerais au magasin de Herr Fischer et j'observerais ce qu'ils choisissent. Si incroyable que cela puisse paraître, Frank n'a pas du tout pris un animal – il a choisi un *marron*. Juste une châtaigne ordinaire en pâte d'amande. Il y avait un marronnier dans le jardin de sa mère quand il était petit, a-t-il dit ! Et Sophie a mangé son crocodile sur-le-champ, en deux bouchées ; cela m'a vraiment donné confiance, je crois qu'elle s'endurcit un peu, au fond.

Arrivée à la porte, elle s'arrêta et sourit une nouvelle fois à l'invalide, ouvertement indifférent.

— Si vous voulez savoir quel animal j'ai acheté, sachez que je n'en ai pris aucun. C'est que, voyez-vous, j'en ai déjà un. Une coccinelle !

Les volets de la petite maison de Steiner étaient hermétiquement clos. Marek avait caché la barque utilisée par Ellen et Isaac pour traverser le lac dans le petit hangar à bateaux du professeur ; la nuit était sombre et sans lune, et il n'y avait pas une ride sur l'eau.

Ellen avait eu l'intention de laisser Isaac seul. Ses retrouvailles avec Marek devaient avoir lieu, estimait-elle, dans l'intimité. Mais Isaac faisait peu de cas de l'intimité. Il voulait qu'elle l'accompagne chez Steiner ; il voulait qu'elle soit toujours avec lui, partout. Alors,

Ellen en avait profité pour changer le bandage du professeur, après quoi elle avait fait du café dans la petite cuisine tandis qu'Isaac et Marek échangeaient leurs souvenirs de la terrible nuit. À présent, autour d'un verre de cognac, une carte étalée sur la table, ils discutaient de la prochaine étape : l'évasion d'Isaac vers l'Europe centrale.

— Le réseau de la rivière est toujours valide, dit Marek. Uri descend une fois par semaine avec les troncs, il t'emmènera. Mais comment te faire passer en Pologne ? Nous ne pouvons plus utiliser la camionnette, Franz est mort, et ils ont doublé les gardes. Cette fois, nous devrons partir convenablement armés et…

— Moi, je pense que c'est complètement idiot, intervint Ellen.

— Oh, vraiment ? répondit Marek. Vous avez une meilleure idée, j'imagine ?

— Oui. C'est la solution que j'avais trouvée pour le cas où nous aurions appris votre mort.

— Eh bien, je ne suis pas mort, alors chassez vite cette note lugubre de votre voix.

Puis il ajouta, comme à contrecœur :

— Bon, d'accord : comment comptiez-vous faire entrer Isaac en Pologne ?

— En train. Dans un compartiment de première. Un *wagon-lit* [1], de préférence avec des panneaux de chez Lalique et des lampes Art nouveau, parce que l'architecture sécessionniste m'intéresse, expliqua-t-elle gaiement. En tant que patient psychiatrique gravement atteint, il devrait rester au lit et ne serait pas autorisé à se rendre dans le wagon-restaurant, mais moi si, car les infirmières ont le droit de manger. Or, j'ai entendu dire qu'ils faisaient un aspic d'œufs de caille sur le Varsovie Express, et je n'en ai jamais goûté.

1. En français dans le texte.

Ils la regardèrent tous avec stupéfaction.

— Mais de quoi diable parlez-vous ?

— De Chomsky, répondit Ellen. Voilà de quoi je parle. Ils envisageaient de l'envoyer récupérer dans une ville d'eaux. Il y en a une là-bas, en Pologne.

Elle désigna sur la carte un point au bord de la Vistule.

— Ils m'ont proposé de l'accompagner en tant qu'infirmière, et il se trouve que j'ai son passeport. Alors, pourquoi Isaac n'irait-il pas à sa place ? Ne pourriez-vous faire changer la photo ?

— Pas dans l'immédiat. L'homme qui s'occupait des faux est précisément celui qu'ils ont pris.

— Bon, dans ce cas, tant pis. Isaac a le même âge que Chomsky, il fera nuit, et il aura la tête bandée.

— Il y a tout de même un risque, fit valoir Marek. Et il n'est pas question que vous le preniez. Allez chercher le passeport et donnez-le-moi…

— Non, coupa Ellen. Vous pouvez venir aussi, histoire de tirer sur les gens ou de les pendre par les pieds hors des fenêtres si les choses se passent mal, mais je serai l'infirmière d'Isaac.

— J'aimerais bien qu'elle soit mon infirmière, acquiesça l'intéressé.

Marek lui jeta un regard mauvais.

— Silence, Isaac ! Ce n'est pas une plaisanterie. Je suis désolé, Ellen, mais je ne peux en aucun cas vous autoriser à vous impliquer davantage. Je serai toujours votre débiteur, mais…

— M'autoriser ! s'écria Ellen en posant son verre. *M'autoriser ?* Comment osez-vous me parler ainsi ? J'ai failli remettre Isaac à la police, uniquement parce que vous ne m'aviez pas fait assez confiance pour me confier ce qui se passait…

— Ellen, ce n'est pas un travail pour…

— Non !

Elle se tourna vers lui, furieuse.

— N'allez surtout pas me dire que ce n'est pas un travail pour une femme. Ma mère et mes tantes ne se sont pas fait piétiner par des chevaux de police et jeter à terre pour que vous veniez me traiter comme une ravissante idiote. De plus, si la guerre est déclarée, personne ne prendra la peine de faire une différence entre hommes et femmes. Demandez aux femmes de Guernica si quelqu'un s'est soucié de leur sexe lorsque la place du marché a été bombardée. Faire sortir Isaac, c'est participer à la lutte contre Hitler. Il n'est pas question qu'on me laisse en dehors de ça.

Elle s'interrompit, et tous se tournèrent vers Steiner. Le vieil homme était carré dans sa chaise et riait d'une plaisanterie connue de lui seul, mais visiblement fort amusante.

— Merveilleux ! s'exclama-t-il. Milena serait ravie. Tu devrais vraiment l'emmener à Pettelsdorf, Marek. Milena et Ellen sont des sœurs dans l'âme.

Marek fronça les sourcils, se souvenant de la première fois qu'il avait vu Ellen, près du puits. À l'époque, il s'était dit que ce serait précisément ce qu'il ferait, un jour…

— Ne voyez-vous pas combien il est intolérable pour moi de vous mettre en danger ? demanda-t-il à voix basse à Ellen.

Mais elle ne se laissa pas attendrir.

— Ne voyez-vous pas combien il est intolérable pour moi de *ne pas* pouvoir vous aider ? répondit-elle. Isaac et moi sommes *amis*.

Amis ? songea Marek, saisi par la passion qui vibrait dans sa voix. Ou quelque chose de plus ? Il avait vu la façon dont Isaac la suivait des yeux…

Il leva son verre, le vida cul sec et sourit à Ellen.

— Bon. Puisque vous semblez bien connaître le passeport de Chomsky, avez-vous eu l'occasion de lire ce qu'il a mis dans la rubrique « Signes particuliers » ?

La jeune femme lui rendit son sourire, rayonnante.

— Mon hongrois n'est pas très bon, mais j'ai bel et bien regardé, et rien n'est mentionné. Ce qui est aussi bien. Non qu'Isaac ait l'intention de voyager en maillot de bain, mais tout de même…

17

Isaac se retourna sur sa banquette et glissa un regard à Ellen par-dessous l'énorme bandage qui lui recouvrait la tête. La lumière tamisée du luxueux compartiment couchettes éclairait la coiffe cannelée de la jeune femme, son tablier immaculé. Elle ressemblait à une infirmière spécialement descendue du ciel pour lui, et il ne savait pas comment il supporterait de la quitter.

— Vous êtes encore angélique, murmura-t-il.

— Chut. Vous êtes censé dormir.

Tout s'était passé en douceur. Marek avait loué une ambulance et réservé leurs places dans le train de nuit. Puis il les avait lui-même conduits à la gare avec un brassard de la Croix-Rouge, et ils avaient installé Isaac dans le compartiment où, pour cause de quarantaine, il serait seul avec Ellen. Ensuite, Marek était reparti en ambulance, avant de revenir vêtu de ses vêtements civils, avec sa valise en peau de porc et son passeport, qui disait – sans mentir – qu'il était Marcus von Altenburg, musicien. Si on lui avait posé des questions, il aurait affirmé se rendre à un festival de musique à Varsovie ; on ne lui en posa pas.

Ellen le voyait, en cet instant, debout dans le couloir, qui montait distraitement la garde. Il avait réservé une place dans le compartiment de première qui jouxtait celui qu'Isaac et elle partageaient, et il semblait y être seul. Une fois à destination, Isaac et lui continueraient à pied, et elle-même rentrerait à Hallendorf.

Isaac, qui portait un pyjama de rechange de Chomsky, se laissa aller contre son oreiller. Il était certain de se faire arrêter, soit à l'un des deux postes frontières se trouvant sur le trajet, soit lorsqu'il atteindrait la Baltique. S'ils essayaient de le renvoyer en Allemagne, il était décidé à mettre fin à ses jours.

Mais, en attendant, il y avait Ellen.

Il tendit une main ; elle la prit et la tint dans la sienne. Elle pouvait lire ses pensées sur son visage aussi clairement que s'il avait parlé à haute voix.

— Ellen, si je m'en sors…

— Quand.

Il parvint à sourire.

— Quand. Pourquoi ne monterions-nous pas un restaurant ? Je crois que je ferais un assez bon chef.

— Peut-être. Mais vous êtes violoniste.

— Je l'étais. Je ne le suis plus, j'ai essayé de faire comprendre à Marek que c'était fini. Dans le camp, quand ils ont appris que j'étais musicien…

Il s'interrompit. Jamais il ne pourrait parler de ce qu'ils avaient fait à ses mains.

— L'autre jour, je me suis coupé le doigt, et j'ai pensé : « Ça n'a pas d'importance. » Quel soulagement ! Je travaillerai très dur, vous savez. Réfléchissez-y, Ellen. Si j'avais quelque chose à espérer… quelque chose que nous pourrions faire ensemble, alors cela vaudrait peut-être la peine de me battre pour rester en vie. Je vous ai aimée dès l'instant où je vous ai vue, agenouillée à côté de cette incroyable valise.

— Oh, Isaac, je vous aime aussi, mais…

— Oui, je sais. Pas comme ça. Ça pourrait venir… Je pense que nous ferions une merveilleuse équipe. Peut-être Marek accepterait-il de nous prêter des fonds.

— Marek est convaincu que vous êtes l'un des meilleurs violonistes du monde et que vous jouerez de nouveau.

Il secoua la tête et fit semblant de fermer les yeux. Cependant, il la voyait encore, la tête penchée sur son livre. Il avait espéré qu'elle s'allongerait près de lui. Il n'aurait pas posé un doigt sur elle, bien sûr ; cela lui aurait seulement donné un souvenir auquel se raccrocher lorsqu'il serait roulé en boule sous l'un de ces appentis nauséabonds où dormaient les hommes de la rivière en route vers la mer.

— Il reste encore une heure avant la frontière, Isaac. Reposez-vous.

Ellen releva la tête et vit la silhouette de Marek se détacher en ombre chinoise contre la fenêtre. Il montait toujours la garde, et elle dut se retenir pour ne pas le rejoindre dans le couloir afin de tirer un peu de réconfort de sa calme présence, de sa stature imposante.

Ils franchirent le premier point de contrôle sans difficulté. La douane entre l'Autriche et la Tchécoslovaquie se limitait à un petit groupe de cabanes et un passage à niveau. Les deux hommes qui passèrent dans le couloir semblaient relativement amicaux : c'étaient des Tchèques aux pommettes hautes, des paysans qui n'avaient aucun compte à régler. Ellen leur donna son passeport et celui de Chomsky en posant un doigt sur ses lèvres pour leur signifier que son patient dormait.

Ils jetèrent à peine un coup d'œil à l'un des passeports, mais examinèrent l'autre suffisamment longtemps pour faire battre le cœur de la jeune femme à toute vitesse.

— Vous êtes anglaise, dit enfin l'un des soldats dans un allemand teinté d'un fort accent, et Ellen vit que c'était son passeport à elle qu'il tenait.

— Oui.

— Votre gouvernement devrait nous aider, reprit-il. Il devrait nous soutenir contre Hitler.

Puis il lui rendit son passeport.

Ils avaient franchi le premier obstacle.

Ellen se glissa dans le couloir, et Marek, jouant son rôle de passager aisé ébauchant un flirt avec une jolie infirmière, se tourna pour la laisser circuler. Ils traversaient une campagne boisée en direction d'Olomouc ; Marek parla à Ellen de la vieille femme qui avait chanté à Steiner les mauvaises chansons.

— Sauf que ce n'étaient pas les « mauvaises chansons », nous étions absurdes. C'étaient simplement les chansons de sa jeunesse.

Des passagers commencèrent à les dépasser pour se rendre au wagon-restaurant. Une femme trop maquillée portant une cape de fourrure jeta à Marek un coup d'œil sensuel sous ses cils collés par le mascara.

— Je suis désolé que vous ne puissiez venir goûter l'aspic d'œufs de caille, dit-il à Ellen.

— Je ne veux pas laisser Isaac.

— Non, bien sûr.

Il avait observé avec quelle tendresse elle se penchait vers Meierwitz, lui tenait la main.

— Je lui apporterai une bouteille de champagne, poursuivit-il. Il pourra la boire au lit.

— Comme Tchekhov ! Je suis contente qu'il soit mort en buvant du champagne.

— Oui. C'était un homme bien.

Il pointa du doigt par la fenêtre un cours d'eau à peine visible dans le crépuscule.

— Vous voyez cette rivière ?

— Oui.

— Autrefois, mon grand-père y pêchait. Elle coule devant notre maison, à environ cent cinquante kilomètres à l'ouest d'ici.

— Votre grand-père, l'anarchiste russe ? Celui qui voulait faire sauter le général mais que votre grand-mère n'a pas laissé faire ?

— Celui-là même. Il adorait pêcher, et il adorait Tchekhov. Il citait toujours ce que Tchekhov a dit sur la pêche.

— « Dieu n'ôtera pas du temps imparti à l'homme celui qu'il aura passé à pêcher », cette citation-là ?

Marek hocha la tête.

— Un jour, environ deux ans avant ma naissance, il était assis sur la rive avec sa canne à pêche quand ma mère est allée lui annoncer ce qu'elle venait juste d'apprendre en ville : Tchekhov était mort. Mon grand-père a été complètement foudroyé. « Dire que je vais vivre plus longtemps que Tchekhov ! » répétait-il sans cesse. Et il n'est pas retourné pêcher une seule fois de tout l'été.

— C'était un tel gentleman – Tchekhov, je veux dire, affirma Ellen. Je me l'imagine toujours toussant là-bas, à Yalta, et écrivant à sa femme à Moscou de ne pas s'inquiéter, de rester où elle était et de faire ce qu'elle voulait. Cela dit, c'est étrange qu'un anarchiste ait autant aimé un tel homme.

— Peut-être. Mais rappelez-vous qu'il ne s'agissait pas d'un très bon anarchiste. Par ailleurs, Tchekhov s'était rendu dans la colonie pénitentiaire de Sakhaline et avait écrit sur le sort des prisonniers qui s'y trouvaient. Cela avait beaucoup influencé mon grand-père.

Ellen demeura silencieuse, songeant aux étranges unions qui avaient abouti à l'homme debout près d'elle : un Russe et une Anglaise, un Allemand et une Tchèque… Il n'était guère étonnant qu'il se sente chez lui aux frontières !

— Est-ce que les alentours de Pettelsdorf ressemblent à cela ? demanda-t-elle.

— Oui. Peut-être la forêt y est-elle plus dense.

La jeune femme songea à ce fascinant domaine où seuls les blessés étaient admis.

— Cela vous manquera quand vous serez en Amérique.

Il avait l'intention d'embarquer dès qu'Isaac serait en route ; c'était presque la dernière fois qu'elle le voyait.

Marek haussa les épaules.

— Il vaut mieux ne pas trop s'attacher aux endroits, dans le monde où nous vivons.

— Ni aux gens, sans doute.

Elle se tut, songeant à la dernière lettre de sa mère. On creusait des tranchées à Hyde Park, annonçait le Dr Carr. Elle avait prié sa fille de rentrer sur-le-champ en cas de crise.

— Ni aux gens, acquiesça Marek.

— Seulement, comment pourriez-vous écrire de la musique si vous n'étiez attaché à rien ? reprit Ellen. Je suppose que le résultat serait un peu comme les mélodies bouddhistes ; ces espèces de moulins à prières tintant dans le vent et ces cors si tristes... Non pas que j'y connaisse quoi que ce soit, ajouta-t-elle, embarrassée tout à coup.

— Au contraire, vous en savez de toute évidence beaucoup sur le sujet – et sur bien d'autres choses, dit-il. Même si vous avez surtout l'air délicieusement cabotine, avec cette ruche sur la tête.

Pourquoi diable ne l'embrassait-il pas tout simplement, au lieu de discuter de Tchekhov et de la nature de l'attachement ? se demanda-t-il.

— Ce n'est pas une ruche ; c'est une véritable coiffe d'infirmière, rétorqua Ellen, vexée. Simplement, je me suis dit qu'en en choisissant une pas trop guindée j'aurais moins de mal à la revendre. Après tout, je l'ai achetée avec votre argent et je tiens à vous rembourser.

D'autres passagers les dépassèrent, en route pour le dernier service.

— Êtes-vous sûre de ne pas vouloir m'accompagner au restaurant ? Nous pourrions être de retour longtemps avant le passage de la frontière.

Il était dur de refuser, plus dur qu'elle ne l'aurait cru. Cependant, elle se souvint de la peur qu'elle avait lue dans les yeux d'Isaac et secoua la tête.

— Vous me direz ce que vous aurez mangé, d'accord ? En détail ?

— Je vous le promets.

Il ne s'éloignait toujours pas. Attendait-il quelqu'un ?

— Isaac est persuadé qu'il ne jouera plus jamais du violon, à cause de quelque chose qu'ils ont fait à ses mains, dans le camp, dit-elle. Pourtant, je l'ai observé quand il m'aidait à la cuisine ; je pourrais jurer que ses mains vont bien, à présent. Il a fait des éclairs décorés à la crème fouettée, et cela demande une excellente coordination. J'aimerais que vous arriviez à le convaincre. Il voudrait que nous montions un restaurant.

Marek fronça les soucils.

— Nous ? Vous voulez dire, lui et vous ?

Dans ce cas, Isaac était soit sérieusement amoureux, soit fou.

— Est-ce ce dont vous avez envie ? questionna-t-il avec brusquerie.

Ellen fit non de la tête. Elle était sur le point de retourner dans le compartiment lorsqu'une femme portant une jupe de satin rouge moulante, un affriolant chemisier en lamé doré et un gigantesque boa de plumes arriva dans le couloir – une blonde d'une incroyable vulgarité, qui sourit à Marek de façon éhontée.

Et à qui celui-ci sourit en retour. Puis il s'excusa et, à la grande déception d'Ellen, il suivit le derrière ondulant de la femme en direction du wagon-restaurant.

Une heure passa, puis une autre. Les dîneurs retournaient les uns après les autres dans leurs compartiments, mais Marek ne revenait pas avec le champagne promis.

Puis le train ralentit et s'arrêta dans un de ces endroits comme on en trouve d'un bout à l'autre de l'Europe : abris de douane, cabanes de l'armée dans lesquelles des hommes jouent aux cartes, passages à niveau, le tout autour d'une gare où personne ne descend jamais de son plein gré.

Ellen ouvrit sa trousse d'infirmière, en sortit une seringue à moitié remplie d'un liquide rouge et demeura debout près de la porte. Deux douaniers montèrent : un jeune deuxième classe et un sergent. Les Polonais n'avaient que trop souvent dû se battre ; les deux visages minces des militaires étaient tendus, et ils ne souriaient pas.

La porte coulissante d'Ellen s'ouvrit. Le sergent continua sa route vers le compartiment suivant, le soldat entra.

— Passeports, s'il vous plaît.

La jeune femme lui tendit le sien, puis celui de Chomsky. Le soldat lui fit signe de se pousser ; il voulait voir qui était dans le lit.

Ellen prit sa seringue. Au lieu de faire obstacle au soldat, elle lui toucha le bras, lui indiquant par signes qu'elle avait besoin de faire une nouvelle prise de sang à son patient et sollicitait son aide.

Pendant quelques instants, cela parut devoir marcher. Elle avait vu tant d'hommes forts s'évanouir aux cours de secourisme ! Et le contenu de la seringue, préparé par les enfants en cours d'art à Hallendorf, imitait bien le sang. Mais si le soldat esquissa un geste de dégoût, il ne battit pas en retraite pour autant.

— Retournez-le, ordonna-t-il.

Ellen toucha l'épaule d'Isaac et il grogna.

— Plus vite ! aboya le Polonais.

Cependant, avant qu'elle ait pu obéir, un cri horrible, déchirant, leur parvint du compartiment voisin. Un autre hurlement suivit, et le soldat poussa Ellen du coude pour sortir dans le couloir. Quelques secondes plus tard, la porte s'ouvrait ; une femme se jeta dans les bras du militaire. Ses cheveux blonds étaient collés par la sueur, son rouge à lèvres écarlate faisait une traînée sur sa bouche tremblante mais, surtout, elle était totalement, spectaculairement nue.

— Aidez-moi ! Aidez-moi ! criait-elle. Protégez-moi ! Cette brute a essayé de me violer !

Ses bras minces se refermèrent comme un étau autour du cou du soldat. L'odeur de son parfum à bon marché, de son déodorant éventé, envahit le corridor.

Le Polonais avait vingt et un ans et était préparé à tout, sauf à cela.

D'autres portes s'ouvrirent, des passagers affolés apparurent ; un vieil homme et sa femme… le contrôleur du wagon-lit. Puis la porte du compartiment d'où la femme était sortie coulissa de nouveau, pour révéler Marek dans une robe de chambre lâchement nouée, les cheveux en bataille. À sa vue, la femme devint plus hystérique encore.

— Vous devez m'emmener avec vous ! hurla-t-elle au soldat. Vous devez vous occuper de moi !

Elle se mit à pleurer, frottant son visage contre celui du jeune homme, pressant son corps contre son uniforme rêche.

— J'ai peur !

En essayant de se libérer, le militaire fit tomber les passeports.

— Elle ment, dit Marek. Elle a promis qu'elle le ferait pour cent marks. C'est une garce et une menteuse.

D'autres passagers apparurent, et le garde… puis le sergent qui commandait au jeune Polonais. S'adressant à lui d'un ton furieux, il tâcha de faire lâcher prise à la femme, mais celle-ci ne fit que s'accrocher plus fermement, pleurnichant et prononçant des mots sans suite.

Le sergent cracha, puis parvint à la détacher d'un geste vicieux.

— Dehors ! ordonna-t-il à son subordonné. Dehors !

Il ramassa les deux passeports et les tendit à Ellen.

Cinq minutes plus tard, le train repartait.

Marek avait choisi de faire escale pour une nuit dans la ville de Kalun avant de partir à pied rejoindre les Rats de rivière.

Située sur un affluent de la Vistule, à quelque deux cents kilomètres au nord de Varsovie, Kalun était un endroit austère et assez sinistre, qui avait toutefois réussi à survivre aux guerres, aux sièges et autres horreurs des siècles passés en gardant ses constructions à peu près intactes.

Dans les guides, Kalun se présentait fièrement comme une ville d'eaux, mais elle était loin de rivaliser avec Baden-Baden, sa clientèle sortie tout droit du Gotha et son Kurpark peuplé d'arbres magnifiques. Aucun visiteur royal n'était venu incognito à Kalun pourchasser les jolies filles dans les bois avec des brouettes ; l'impératrice Sissi avait préféré prendre sa cure de petits raisins à Merano, et Goethe, qui avait passé treize étés à Karlsbad, n'avait jamais mis les pieds à Kalun, dont il n'avait d'ailleurs probablement pas entendu parler.

Cependant, les Polonais, en peuple toujours plein d'espoir, avaient creusé une série de sources dans les rochers surplombant la petite ville, avant de faire couler leurs eaux sulfureuses et nauséabondes jusqu'aux maisons de bains et aux établissements de cure. On avait persuadé des médecins de s'y installer, et ils proposaient des traitements pour un nombre impressionnant de maux ; des chaises roulantes faisaient la navette entre les pavillons, et tout un bataillon d'employés palpaient, immergeaient et pesaient malades et personnes âgées, pour le quart du prix qu'auraient exigé les villes d'eaux françaises et allemandes.

Marek avait réservé trois chambres au Kalun Spa Hotel, un bâtiment triste aux corridors sans fin et aux vastes pièces imprégnées d'une forte odeur de sulfure d'hydrogène.

L'installation d'Isaac et de son infirmière dans cet endroit sépulcral se déroula sans incident. On enregistra les numéros des passeports ; puis l'ambulance repartit au garage. Le lendemain, un télégramme arriverait, exigeant le retour d'Isaac chez lui pour raisons de famille, mais, en attendant, il lui fallait choisir le mal duquel il voulait être guéri.

Après avoir consulté une liste impressionnante sur une sorte de menu épinglé à la porte, Isaac opta sans hésiter pour une maladie oto-rhino-laryngologique – de celles dont il est impossible de démontrer l'absence. Il fut aussitôt enlevé dans une chaise à porteurs par deux infirmiers ravis, afin de subir une séance d'hydrothérapie suivie d'une immersion massive dans de la boue radioactive. La maladie sélectionnée avait depuis quelque temps perdu du terrain parmi les clients, et le choix d'Isaac faisait plaisir au personnel.

Marek avait essayé de convaincre Millie de rester jusqu'au matin et de faire ainsi au moins une partie du chemin de retour avec Ellen ; les deux jeunes femmes semblaient bien s'entendre. Millie, cependant, avait un engagement dans un cabaret de Berlin et devait reprendre le train de nuit quelques heures plus tard. Ellen lui avait suggéré de venir se reposer dans sa chambre, mais si Millie avait accepté sa proposition elle ne se reposait pas vraiment. En fait, affalée sur le lit d'Ellen, elle fumait des De Reske à la chaîne en évoquant ses souvenirs de l'époque où, à Berlin, elle avait connu Marcus von Altenburg et son ami.

— Ils étaient si amusants ! Vous auriez dû voir Isaac dans ses vêtements du soir, tout pomponné pour un concert… Il portait toujours un œillet blanc – surtout pas rouge – et des chaussures cousues main. Il avait vraiment l'air d'un petit pingouin, mais quand il jouait… mon Dieu, ça vous hérissait les cheveux sur la nuque. Cette musique si pleine d'âme… et, après, il sortait jusqu'à l'aube, il dansait et racontait des blagues. C'est affreux de penser à ce qu'ils lui ont fait.

— Envisagez-vous parfois de quitter l'Allemagne ?

— Oui, j'y pense. Mais j'ai une mère et un frère – mon père s'est fait la malle. Alors, travailler dans les cabarets, ça aide… et parfois… vous savez, j'ai d'autres types de boulot. Comme ça, je peux me faire pas mal d'argent.

Elle tendit le bras et regarda avec plaisir le bracelet d'or autour de son poignet.

— Il n'avait pas besoin de me donner ça ; il m'avait déjà payée pour ma petite prestation, et de toute façon j'aurais volontiers fait ça gratuitement. Mais Marcus est comme ça, il donnerait sa chemise à n'importe qui. À Berlin, les gens pensaient qu'il était riche, mais non ; simplement, il ne compte jamais.

— Combien de temps les avez-vous fréquentés, là-bas ?

— Oh, presque tout le temps que Marcus y a passé, et j'ai continué à voir Isaac jusqu'à l'arrivée des nazis. Ils étaient tellement amis, ces deux-là, cela faisait plaisir à voir. Si différents… Isaac n'arrêtait pas de dénicher des gens susceptibles d'aider Marcus ; c'est lui qui lui a trouvé une ouverture en tant que chef d'orchestre. Et ils n'étaient jamais jaloux l'un de l'autre comme le sont souvent les gens qui sont dans la même branche. Même en ce qui concernait les femmes. Pourtant, ç'a dû être difficile, pour Isaac.

— Pourquoi ?

— Eh bien, il rencontrait une fille, dans une boîte de nuit, par exemple ; il la ramenait à sa table, flirtait un peu – il s'entichait tout le temps pour des filles –, et Marcus ne disait pas grand-chose. Il se faisait discret, c'était évident, il essayait d'être comme un de ses arbres, histoire qu'Isaac puisse avoir la fille, mais à la fin de la soirée c'était toujours lui qu'elle voulait.

— Ça semble injuste.

— Oui. Mais qu'y a-t-il de juste, dans la vie ? Vraiment, faire d'un type adorable comme Isaac un paria simplement parce qu'il lui manque un bout de prépuce !

Elle s'interrompit.

— Désolée, ne faites pas attention à mon langage. En tout cas, je peux vous dire que quand j'ai rencontré Marcus à la gare et qu'il m'a demandé si j'accepterais de faire un peu diversion en cas de besoin pour qu'Isaac puisse passer, j'étais fière comme Artaban. Mais je veux que vous sachiez, même si vous n'avez pas posé la question : non, je n'ai pas fait l'amour avec Marek. Ni dans le train ni jamais – et pourtant j'ai de l'expérience. C'était juste du travail.

Ellen lui sourit.

— Je regrette que vous ne restiez pas plus longtemps, Millie. Vous allez être si fatiguée, en rentrant ce soir !

Millie secoua la tête.

— Je dois partir, Ellen. Si jamais vous venez à Berlin…

— Ou vous à Londres.

On frappa à la porte, et une femme de chambre âgée annonça l'arrivée du taxi pour la gare.

Les deux jeunes femmes s'embrassèrent.

— Prenez soin de vous, dit Millie. Êtes-vous amoureuse d'Isaac ? demanda-t-elle, une fois parvenue à la porte.

Ellen fit non de la tête.

— Mais je l'aime énormément…

Millie balaya l'argument d'un geste.

— Oh, ça ! Lui, en tout cas, est sacrément attiré par vous.

— C'est seulement parce que je l'ai trouvé et recueilli. Dès qu'il retournera dans le monde, il m'oubliera.

— Peut-être.

Millie posa son béret écarlate sur sa tête, en ajusta l'angle.

— Ce qui est amusant, c'est que Marek n'essaye pas de faire l'arbre…

La salle à manger du Kalun Spa Hotel était une pièce immense ; ses lourds doubles rideaux, ses chandeliers projetant une faible lumière et ses tapis turcs poussiéreux créaient une atmosphère de sombre mélancolie. On sentait que les autorités avaient finalement abandonné tout espoir de voir un jour figurer Kalun sur la carte des grandes villes d'eau d'Europe, qu'elles avaient accepté l'idée que la reine Marie de Roumanie ou le roi Alfonso d'Espagne ne boiraient jamais, désormais, l'eau dégoûtante des pavillons. Les rares dîneurs déjà réunis semblaient dans un état de désintégration avancé, assis sur leurs chaises roulantes ou appuyés de façon précaire sur des coussins, leurs déambulateurs près d'eux. L'odeur du sulfure d'hydrogène couvrait celle d'oignons frits qui provenait de la cuisine ; les serveurs étaient aussi âgés et arthritiques que les clients.

En entrant dans la salle, Ellen repéra Marek assis à une table près de la fenêtre, en train de noter quelque chose sur le grand menu relié de cuir marron fourni par la direction. Comme elle s'approchait, il se leva prestement, et elle vit que c'étaient des notes de musique qu'il avait griffonnées, entre des noms de plats aussi alléchants que « Bouillon de foie et boulettes » ou « Bœuf bouilli aux nouilles ». Pendant un instant, elle eut l'impression qu'une porte s'était ouverte sur son autre vie, une vie de laquelle, quoi qu'il arrive, elle serait toujours exclue.

— Je vous en prie, ne vous arrêtez pas à cause de moi, dit-elle.

Il secoua la tête et rangea son porte-mine.

— Cela n'a pas d'importance. Je finirai plus tard.

— Comme Mozart…

Il sourit.

— Oh oui, exactement comme Mozart.

— Ce que je voulais dire, c'est qu'on l'affirmait capable d'écrire n'importe où, sans être gêné si on l'interrompait.

Marek haussa les épaules.

— Ce n'est pas si mystérieux, vous savez, de composer de la musique. Si vous écriviez une lettre et que j'entrais dans la pièce, vous ne feriez pas toute une histoire.

Il tira une chaise pour qu'elle s'assoie.

— Vous êtes ravissante. Où avez-vous trouvé cette robe délicieuse ?

— Je l'ai faite. Le tissu vient d'un vieux sari ; c'est une copie d'un modèle Gujerati.

Marek arqua un sourcil. La qualité d'exécution de la courte veste de soie bleue et de la jupe tourbillonnante ornée de roses, d'étoiles et de minuscules oiseaux stylisés était remarquable.

— J'ai bien peur que vous ne troubliez tous ces vieux messieurs. J'entends craquer des vertèbres chaque fois qu'ils essaient de tourner la tête.

— C'est peut-être vous qu'ils regardent, parce que vous êtes en bonne santé et capable de mettre et de quitter votre veste de smoking tout seul. On se sent coupable, n'est-ce pas ?

— Notre tour viendra… Et Isaac ? Il arrive ?

Elle secoua la tête.

— Les masseurs lui ont tendu une embuscade. Je crois que l'excitation d'avoir un patient souffrant d'un problème oto-rhino-laryngologique leur est montée à la tête. Ils lui ont porté un repas spécial dans sa chambre, l'ont pesé, et Dieu sait quoi d'autre. J'ai essayé de le persuader de descendre, mais il a aperçu deux personnes qu'il a prises pour des policiers dans le couloir. Je suis sûre que c'étaient seulement des pompiers inspectant la sécurité, mais je crois que la perspective de demain rend les choses difficiles. Ce doit être tellement affreux, pour lui, de recommencer à fuir…

— Tout ira bien, vous verrez. Laissez-moi vous verser un peu de champagne. La carte des vins n'était pas très émoustillante, mais j'ai trouvé du Dom Perignon, et cela fait un apéritif très acceptable.

Ils entrechoquèrent leurs flûtes.

— « L'eau, c'est pour les pieds », cita docilement Ellen. Au fait, d'où vient cette expression ?

— Je la tiens de Stravinski. Il dit toujours qu'il dirige mieux avec un ou deux cognacs dans l'estomac. Mais, croyez-moi, je pourrais vous montrer un endroit où l'eau n'est pas que pour les pieds.

— À Pettelsdorf.

Ce n'était pas une question.

— Oui. Il y a un puits dans un champ derrière le verger, on y trouve l'eau la plus pure et la plus froide de Bohême. Les filles du village y vont après leurs noces et tirent un verre d'eau qu'elles apportent à leur jeune époux. C'est censé leur assurer une union longue et fidèle.

Pas seulement les filles du village, songea-t-il. Lenitschka lui avait raconté comment sa mère s'était faufilée entre les pommiers, protégeant son verre plein, quand le capitaine l'avait ramenée de Prague après leur mariage.

Le serveur parvint enfin jusqu'à leur table. Il paraissait âgé d'un peu plus de quatre-vingts ans ; son visage grisâtre trahissait son anxiété tandis qu'il déposait devant eux leurs assiettes de soupe. Sous une pellicule de graisse figée, on pouvait distinguer des boulettes de foie, semblables aux têtes noyées d'antiques goules.

— Au moins, Isaac ne rate pas grand-chose, observa Ellen. Je lui ai promis de monter plus tard m'assurer que tout allait bien. Une infirmière consciencieuse ne devrait pas s'enfuir ainsi dans la salle à manger !

— Je suis content que vous l'ayez fait. Je n'aimerais pas dîner seul dans cet endroit.

— Je voulais vous dire... Si Isaac parvient à se rendre en Angleterre, ma mère et mes tantes s'occuperont de lui, le temps qu'il trouve ses marques. Elles pourraient aussi lui servir de mécènes, le cas échéant. Je leur ai écrit à ce sujet.

— Et elles ont été d'accord ?

— Je n'ai pas encore reçu leur réponse, j'ai posté la lettre il y a seulement quelques jours. Mais vous pouvez compter sur elles.

— C'est un beau compliment que vous leur faites.

— Oh, je sais que je peux m'engager pour elles sans risque. Être dans le besoin ne pose aucun problème à Gowan Terrace. En revanche, *ne pas* être dans le besoin est plus ennuyeux !

Elle pencha la tête et fronça les sourcils. Elle n'avait toujours pas répondu à la lettre de Kendrick, qui la suppliait de le rejoindre à Vienne...

Le fait de mentionner Gowan Terrace lui avait rappelé la façon dont sa mère, si courageuse, s'efforçait toujours de regarder la vérité en face. Aussi demanda-t-elle bravement :

— Avez-vous déjà réservé votre billet pour l'Amérique ?

— Un bateau part de Gênes le 10. J'essaie d'obtenir une cabine.

Il fit une pause, puis conclut :

— Je m'enfuis.

— Ce n'est pas dans vos habitudes, j'imagine.

— Non. Mais les Américains se sont montrés très bons pour moi ; il y a un orchestre là-bas que je me ferai un plaisir de former. Et une fois sur place, je pourrai faire pression sur mes parents pour qu'ils me rejoignent.

Durant tout le voyage, ils avaient parlé en allemand par égard pour Isaac et, bien qu'ils fussent seuls désormais, ils continuaient sans y penser. Tout à coup, Marek se fit la réflexion qu'il était doux et amusant d'entendre cette jeune femme intelligente s'exprimer dans sa langue avec tant de douceur et de maîtrise, mais aussi avec cette pointe d'accent étrange qu'il avait déjà remarquée – un accent moins anglais, semblait-il, qu'originaire de quelque province rurale autrichienne qu'il n'arrivait pas à déterminer.

— Vous savez que votre allemand est remarquable ? Ne me dites pas que vous l'avez appris à l'université !

— Non. C'est la gouvernante de mon grand-père qui me l'a enseigné. Je voulais qu'elle soit ma grand-mère – il le fallait. Parler avec elle, c'était comme pénétrer dans un autre monde, un monde dont j'avais besoin.

Il hocha la tête, se souvenant soudain des mots d'un professeur pédant, à Berlin. « L'amour est une question de linguistique, avait dit le vieil érudit. Il est complètement différent en français, en allemand ou en espagnol... même dans le noir, même quand aucun mot n'est prononcé. »

Jusqu'alors, Ellen s'était vaillamment débattue avec sa soupe, de peur de vexer le serveur, mais elle finit par poser la cuillère.

— C'est à se demander si Fraulein Waaltraut n'a pas une sœur aux cuisines !

Le vieux domestique, attristé mais pas surpris, ôta les assiettes et revint un moment après de sa démarche titubante avec deux portions de bœuf gris et nerveux, entouré d'une masse de nouilles gluantes et collées.

— Peut-être aurions-nous dû opter pour votre suggestion ? remarqua Ellen en jetant un coup d'œil aux portées musicales que Marek avait griffonnées entre les plats chimériques proposés en alternative aux leurs.

— Je pense qu'une autre bouteille de champagne nous faciliterait peut-être les choses.

Il avait raison, comme souvent, songea Ellen. Le choix d'un champagne de marque pour accompagner ce qu'ils mangeaient n'était guère orthodoxe ; mais l'alcool avait l'avantage de créer une barrière entre elle-même et la conscience qu'elle avait de voir Marek pour la dernière fois. Ainsi, lorsqu'ils se sépareraient, elle pourrait prendre un air désinvolte, imperturbablement britannique, et c'était ce qu'elle espérait depuis le début.

— Nous ferions peut-être mieux de sauter le dessert, suggéra Marek. Café seulement ?

Mais le serveur, lorsqu'ils lui firent part de leur décision, parut désespéré. Il avait, annonça-t-il, prévu une gourmandise particulière pour mademoiselle ; sa propre spécialité, apprise et perfectionnée lorsqu'il avait passé une année en France, dans sa jeunesse. Il lui demandait – en vérité, il la suppliait – de le laisser lui préparer une crêpe Suzette.

— Je ne sais pas s'il devrait faire ça, observa Ellen avec inquiétude. C'est assez délicat.

Cependant, ils ne purent résister à ses prières, et lorsque enfin il réapparut, poussant un chariot sur lequel étaient posées une poêle en cuivre contenant des crêpes pliées en deux, une lampe à pétrole, une petite bouteille de liqueur d'orange et une grande bouteille de cognac, la fierté qui se lisait sur son visage était telle qu'ils ne regrettèrent pas de s'être laissé amadouer.

D'une main tremblante, il versa une mesure de liqueur d'orange sur les crêpes, puis une dose – très généreuse, en vérité – de cognac.

Alors, avec ce qui se voulait de toute évidence un geste auguste, il craqua une allumette et l'approcha du contenu de la poêle.

On entendit un souffle d'une force surprenante. Un rideau de flammes s'éleva dans les airs, et Ellen leva la tête avec un petit cri de surprise.

La réaction de Marek fut si instantanée que les témoins auraient pu jurer qu'il n'y avait pas eu d'intervalle entre le moment où les cheveux de la jeune femme avaient pris feu et celui où il avait saisi la bouteille de champagne pour lui en verser le contenu sur la tête. Aussitôt après il tira sur la nappe, et tandis que les verres, les lampes et les couverts s'écrasaient sur le sol, il enroula vivement le tissu damassé autour de la tête d'Ellen, l'attirant à lui pour éteindre les dernières étincelles.

À présent, ils étaient encerclés : le serveur, saisi de panique, qui agitait sa serviette ; une femme de chambre, s'efforçant d'extirper l'extincteur encastré dans le mur ; l'un des dîneurs, qui sautillait sur ses béquilles.

— Allez-vous-en ! Tous. Maintenant, ordonna Marek.

— Mais…

— *Dehors !*

Il se pencha vers Ellen, ôta la nappe de son visage… et vit une jeune femme trempée à qui il manquait un certain nombre de boucles. Une jeune femme aux yeux éberlués, mais qui, heureusement, ne souffrait pas des brûlures qu'il avait craintes.

— Merci mon Dieu ! Venez, sortons d'ici. Vous avez besoin de prendre l'air.

Il passa son bras autour d'elle et la guida à travers le vestibule jusqu'au jardin désert. Il commençait à faire sombre, mais il trouva un banc sous un acacia éclairé par une lanterne solitaire, et il y fit asseoir Ellen tout en examinant plus attentivement son visage et en repoussant ses cheveux sur son front. Par chance, seules d'infimes marques rouges étaient visibles ; cependant, comme il poursuivait son observation, une boucle en péril se détacha. Il la mit dans sa poche.

— Vous êtes trempée, murmura-t-il, et il enleva sa veste pour la lui poser sur les épaules.

— Honnêtement, je vais bien. C'est plutôt pour le serveur que je m'inquiète. Je ne voudrais pas qu'il ait des ennuis.

— Vous intercéderez pour ce vieil imbécile plus tard, décréta Marek en s'asseyant à son côté. Bien plus tard.

Elle effleura ses cheveux d'une main, la laissa retomber.

— Il vaut mieux que je ne demande pas de quoi j'ai l'air !

— Je vais vous le dire : vous êtes flambée… asymétrique… et vous ressemblez à Madame Malmaison sous la pluie.

— Madame Malmaison ?

— La rose préférée de ma mère. Très fripée, très odorante. Elle perd ses pétales comme vous vos boucles, mais il en reste toujours plein.

Il s'était exprimé d'une voix qu'elle ne lui avait jamais entendue, et elle comprit qu'il lui fallait demeurer aussi silencieuse et immobile que possible et accepter docilement ce que lui apporteraient les minutes à venir. Surtout attendre, sans rien dire : c'était vital.

Elle n'eut pas besoin de se blinder. Marek ne s'éloigna pas, il ne fit pas de remarque coupante. Ce qu'elle dut accepter fut bien différent : tout d'abord, le contact de ses mains viriles pendant qu'il tournait son visage vers le sien… et ensuite l'accomplissement, le moment hors du temps qui, pourtant, contenait le temps tout entier.

Elle dut accepter son baiser.

18

Ils avaient marché toute la journée et une partie de la nuit, et à présent ils repartaient encore : deux juifs en longs manteaux sombres avec des chapeaux à larges bords, et des sacs de colporteurs sur le dos.

Personne ne les arrêta ni ne leur demanda ce qu'ils faisaient ; ils étaient trop pauvres. La forêt polonaise avait vu défiler des vagabonds, des fugitifs et des pèlerins depuis l'aube des temps. C'était une forêt touffue, peuplée de bisons dont Marek rêvait enfant, furieux qu'on n'en trouvât pas à Pettelsdorf, situé trop à l'ouest.

Dans un village, des enfants leur lancèrent des pierres, mais lorsque le plus grand des deux « juifs » se retourna vers eux, ils arrêtèrent aussitôt et détalèrent.

— Ce ne sont pas les juifs qu'ils lapident, en nous, avait expliqué Marek calmement en voyant le visage d'Isaac. Ce sont les étrangers.

Dans leurs sacs, ils avaient du pain, du poivre pour perdre les chiens, des colifichets et des châles de prière. Le bâton de Marek était affûté au point de pouvoir être mortel, mais il ne portait pas de pistolet.

Ils avaient passé la nuit dans un abri de branchages. En rassemblant des feuilles sèches et de la fougère pour se faire un lit, ils étaient tombés sur un objet rond et métallique qui brillait sous la lune : un bouton provenant du grand manteau d'un soldat russe et datant de la bataille de Tannenberg. Mais ils auraient aussi bien pu trouver le bouton de l'un des fusiliers de Napoléon, ou celui d'un Turc en maraude. Toute l'histoire de l'Europe de l'Est gisait sous l'humus et les aiguilles de pin de cette forêt.

L'après-midi du deuxième jour, ils atteignirent la rivière. Elle était déjà large, à cet endroit-là ; une vaste route argentée et silencieuse, qui, dans son chemin vers la mer, irait rejoindre les affluents de la Vistule et les grands lacs. Çà et là, des coupes avaient été opérées dans les sombres phalanges des arbres, et les rondins roulaient lentement le long des rampes. Ils n'étaient plus très loin à présent des hommes qu'ils cherchaient.

Marek regardait avec plaisir les hérons qui pêchaient dans les eaux peu profondes ou les truites sautant pour essayer d'attraper des mouches, mais Isaac, lui, ne voyait que le voyage redouté qui l'attendait. Un voyage dans des conditions effrayantes, en compagnie d'hommes aux traditions et aux compétences totalement différentes des siennes, et ensuite, de nouveau, l'incertitude et le danger.

— Écoute, Marek… mon violon est à Berlin, chez ma logeuse. Le Stradivarius, je veux dire – les autres, je les ai donnés à l'Institut.

— J'espère que la tresse de ta grand-mère se trouve toujours en sécurité à l'intérieur…

— Oui.

Mais Isaac était d'humeur sérieuse.

— S'il m'arrive quoi que ce soit et que tu parviennes à le récupérer, je voudrais que ce soit Ellen qui l'ait.

— Ellen ? Mais elle ne joue pas, si ?

— Elle n'a pas besoin de jouer ; elle *est* musique, rétorqua Isaac.

Marek fronça les sourcils. Son ami ne l'avait pas habitué à une telle emphase.

Ainsi, la passion d'Isaac était sérieuse ; cet homme tourmenté avait bel et bien placé en Ellen ses espoirs pour le futur...

— Parfait, je m'en assurerai. Mais tu t'en sortiras. Tu arriveras à Königsberg, tu monteras sur le bateau, tu obtiendras tes papiers, et en un rien de temps tu te retrouveras en train de parader en queue-de-pie sur une scène de concert.

Isaac secoua la tête.

— C'est fini, Marek, je te l'ai déjà dit. Je ne rejouerai pas. En revanche, si je pouvais l'avoir, elle... Si elle acceptait...

Il se tut et se retourna pour regarder son ami.

— Par le passé, je n'y ai jamais attaché d'importance. J'ai toujours compris pourquoi elles te préféraient. Mais, cette fois, Marek, s'il te plaît...

Il s'interrompit, honteux.

Ils marchèrent encore pendant une heure et parvinrent à une clairière. Des piles de troncs abattus étaient poussés le long d'une glissière de bois vers la rivière, puis stabilisés par des hommes portant des chapeaux sombres et des papillotes, qui maniaient de longues perches à pointe. D'autres hommes, s'adressant les uns aux autres en yiddish, se tenaient en équilibre sur les rondins déjà dans l'eau et se préparaient à entourer de chaînes l'île flottante. Un radeau sur le pont duquel s'ouvrait un appentis était amarré au ponton mouvant ; à l'intérieur, on pouvait distinguer des piles de toile à sac et une caisse de poulets.

— C'est là que tu vas dormir, dit Marek en souriant avec malice. Mais ne t'inquiète pas : les poulets ne te dérangeront pas longtemps, ils constituent le garde-manger.

Au sommet d'un petit promontoire offrant une vue globale sur la rivière se trouvait une hutte de bois bien entretenue et clôturée, seule structure permanente de ce monde flottant. Uri, le contremaître, était âgé ; il s'était approprié un morceau de terre polonaise. Il avait planté des tournesols dans le minuscule jardin, et un carré de légumes. Autrefois, du vivant de sa femme, il venait là entre les voyages.

Il attendait, assis sur un banc de bois.

Marek le salua en polonais – à l'instar d'Isaac, il ne parlait que quelques mots de yiddish.

— Je pensais que vous ne viendriez plus, remarqua Uri.

— Il y a eu des problèmes.

— Oui. Il y a toujours des problèmes. Ainsi, voilà l'homme en question…

— Oui.

Uri hocha la tête. Il avait des yeux très bleus, surprenants dans son visage à la barbe noire. Isaac se tenait devant lui, tête baissée. Fatigué, reconnaissant et plein d'appréhension, il dit :

— Je n'ai à ma disposition que les mots ordinaires. Merci.

Il s'exprimait en allemand, mais Uri comprit.

— C'est suffisant.

Il montra du doigt la rivière sur laquelle les forestiers s'activaient.

— Nous partirons au matin ; il y a encore une charge qui descend.

— Vous avez une bonne équipe, observa Marek, regardant avec admiration quelques hommes dégager des rondins qui avaient formé un embouteillage autour du radeau.

Depuis l'enfance, Marek rêvait d'accomplir ce périple, qui terrorisait tant Isaac.

— Oui. Ils ne vont pas tarder à arrêter ; la lumière baisse.

Uri les fit entrer dans la hutte. Celle-ci était meublée d'une table recouverte de papier journal, de quelques chaises et d'une banquette. Aux murs, il y avait des crochets pour les manteaux, des lanternes ; et sur une étagère était posé un objet enveloppé dans un châle. Isaac s'efforça de ne pas le regarder.

Uri se dirigea vers un placard délabré et en tira une bouteille de vodka crasseuse et trois verres, qu'il remplit presque à ras bord.

— *Le-ħaïm*, dit-il, et ils levèrent leurs verres en répétant l'ancestral toast hébreu : « À la vie ! »

Les hommes vinrent les rejoindre plus tard, lorsqu'ils se furent lavés et eurent dit leurs prières. Marek avait mis dans son sac tout ce qu'il pouvait porter : de la saucisse fumée, du tabac, quelques menus présents... Uri sortit une autre bouteille de vodka ; ils la burent pure, avec du poivre. Quand ils parlaient, c'était dans un yiddish mêlé de bribes de polonais et de quelques mots allemands, mais ils parlaient peu : ils mangeaient et buvaient en examinant leur protégé et l'homme qui l'avait amené.

Cependant, lorsque le niveau de la bouteille eut été réduit à presque rien, Uri se leva et s'approcha de l'étagère du fond. Il y prit l'objet entouré de tissu coloré.

— Jouez-vous ? demanda-t-il à Isaac en démaillotant le violon avec précaution.

Marek observait la scène entre ses paupières mi-closes. Il n'avait rien dit sur Isaac au vieil homme ; seulement qu'il était juif et en fuite.

Isaac repoussa sa chaise, comme pour mettre la plus grande distance possible entre l'instrument posé sur la table et lui.

— Non ! s'exclama-t-il avec violence. Non, je ne joue pas.

Un murmure de déception s'éleva parmi les hommes. Uri montra ses doigts, tordus par l'arthrite, raison pour laquelle il ne jouait plus.

Tout à coup, une rage folle s'empara de Marek.

Il se dressa de toute sa taille au-dessus d'Isaac. Lorsqu'il parla, il semblait s'adresser à un ennemi.

— Comment oses-tu ! dit-il à l'homme qui était son ami le plus cher. Comment oses-tu te montrer aussi arrogant, aussi mesquin et égoïste ? Ils risquent leur vie pour toi, et toi, tu es trop étroit d'esprit pour leur jouer un morceau ?

Isaac, abasourdi, était recroquevillé sur sa chaise.

— Je te l'ai dit… je ne peux pas… Mes mains…

— Je me moque de tes mains. Tout le monde s'en moque, ici. Bon Dieu, je ne te demande pas de donner un concert ! Ces gens sont fatigués ; ils veulent quelqu'un qui joue du violon. Un violoniste amateur, comme il y en a toujours eu dans ton peuple. Mais je suppose que tu es trop bien pour ça !

Isaac avait pâli sous l'affront. Jamais auparavant il n'avait vu le mépris de Marek tourné contre lui. Les hommes de la rivière, qui ne comprenaient pas leurs propos, demeuraient silencieux.

— Oh, va au diable ! lança Marek en se détournant.

Cependant, Isaac avait saisi le violon… l'archet… il testait les cordes. C'était un vieux violon de campagne, mais entretenu avec amour. Il le porta à son menton, commença à l'accorder.

Puis, de nouveau, il perdit courage, le posa ; il était trop tard, toutefois. Les hommes le regardaient, il lisait la faim dans leurs yeux.

Il ne pouvait pas leur parler. Il ne savait rien de leur religion.

Mais il connaissait leur musique.

Cela, il n'en était même pas conscient avant de commencer. Quelle grand-mère, quel ancien serviteur dans un *shetl* lui avait chantonné la berceuse qu'il jouait soudain ? D'où venait-elle, la mélodieuse chanson nuptiale qui suivit ? Les doigts d'Isaac retrouvaient les vieilles danses, les sérénades traditionnelles... ils retrouvaient la musique que les *Zigeuners* avaient empruntée aux juifs, qu'ils avaient transformée puis rendue... et les airs fredonnés près des wagons qui traversaient les steppes d'est en ouest, fuyant les pogroms...

Ses doigts étaient raides, mais cela n'avait pas d'importance ; la vodka – et la rage de Marek – l'aidait.

Lorsqu'il s'interrompit enfin, ils ne le remercièrent pas, ils n'applaudirent pas. Clignant des yeux, ils revinrent au monde réel et soupirèrent. Un vieil homme, édenté et couvert de cicatrices, se pencha en avant et lui toucha le bras un moment.

— Attendez, dit Isaac. Je vais vous jouer encore un morceau. Un nouveau.

Uri traduisit, les hommes s'immobilisèrent. Cependant, après avoir repris le violon, Isaac ne commença pas tout de suite. Il se dirigea vers la porte et l'ouvrit toute grande sur la nuit étoilée.

Les hommes étaient intrigués par son manège ; il y avait déjà suffisamment d'air frais dans leur vie. Le bourdonnement des moustiques, le cri de souffrance d'un animal de la forêt résonnèrent dans la pièce.

Isaac voulait la rivière. Il voulait la regarder comme Marek avait regardé l'Hudson, si longtemps auparavant.

Puis il se mit à jouer.

La villa que la cousine du comte Stallenbach avait mise à la disposition de Brigitta était si confortable que la diva et ses compagnons avaient décidé de passer une autre semaine près du Wörther See [1], bien que la recherche de Marcus ait été infructueuse.

---

1. Lac de Carinthie. *(N.d.T.)*

À présent, cependant, ils ne pouvaient repousser plus longtemps leur retour à Vienne. Appuyée contre les coussins de son compartiment de première classe, Brigitta envisageait les répétitions qui l'attendaient avec angoisse. On lui avait imposé la grande perche de Hambourg dans le rôle d'Octave, le répétiteur était nouveau et inexpérimenté, et sa rivale mortelle répandait déjà des calomnies au sujet de sa voix.

Mais le véritable désastre, c'était Feuerbach. Les tentatives de Brigitta pour faire revenir le chef d'orchestre habituel du Philharmonique de sa tournée d'été à l'étranger ayant échoué, elle était censée travailler avec ce parvenu borné, qui n'aurait même pas été digne de prendre en charge un orchestre de balayeurs à la retraite.

Staub, assis près d'elle, regrettait l'échec de leur quête. Il avait solidement travaillé son *libretto*... avait remodelé l'histoire de Troie en flammes racontée par la voix du soldat sorti du cheval de bois de retour chez lui et cherchant quelqu'un pour l'écouter. Son héros était une sorte de vieux marin [1], dont personne ne faisait cas à l'exception d'un petit garçon. Altenburg aurait adoré, il en était sûr.

Benny, comme d'habitude, faisait des projets. Il resterait pour le gala, puis partirait pour les États-Unis. Toute seule, Brigitta ne pouvait rien lui apporter ; peut-être parviendrait-il à lui organiser une petite tournée en tant que chanteuse de *Lieder* l'année prochaine, mais c'était tout.

— Prochain arrêt, tout le monde change. St Polzen, tout le monde change, annonça le contrôleur en passant dans le couloir.

Pourquoi cette ville obscure avait été choisie pour devenir une jonction ferroviaire importante, nul n'aurait

---

1. Allusion au poème de Coleridge, *Le Dit du vieux marin*.

pu le dire. Une chose était sûre, en tout cas : ce n'était pas en raison des commodités qu'elle offrait aux voyageurs.

— Ils pourraient tout de même créer un service direct pour Vienne, grommela Brigitta.

Elle se leva tandis que les hommes descendaient ses cartons à chapeau, sa mallette de maquillage, ses fourrures et sa grande valise. Ufra, qui voyageait en troisième classe avec le chien, mit son manteau.

Le train ralentit… s'arrêta. La cameriste ouvrit la porte du wagon ; Puppchen sauta à terre, se mit à aboyer frénétiquement, tira si fort sur sa laisse qu'il la lui arracha des mains et partit en courant sur le quai.

— Pour l'amour du ciel… Ne pouvez-vous contrôler ce maudit animal ? gronda Brigitta en descendant à son tour.

Immobile, Ufra fixait le chien, qui sautait tout frétillant devant un homme assis tout seul sur un banc de bois.

— Non, dit-elle. En vérité, je ne peux pas.

Après avoir dit au revoir à Isaac, qui commençait sa descente de la rivière, Marek avait pris le train de nuit depuis Varsovie. Il en était descendu à St Polzen où, à l'aller, il avait laissé la voiture de son père et loué l'ambulance. Il n'avait plus qu'à traverser la route, récupérer le véhicule, et conduire jusqu'à Pettelsdorf pour y prendre ses affaires et dire au revoir à sa famille. Il avait déjà fait ses adieux à Steiner – et à Hallendorf.

Mais il était fatigué à présent que l'aventure était terminée, et pendant quelques instants il s'assit sur un banc au soleil. Un train partait pour Hallendorf vingt minutes plus tard ; il pouvait le prendre et être là-bas dans trois heures. Serait-elle en train de servir le dîner à côté du passe-plat, ses boucles brûlées dissimulées par sa coiffe ? Ou de conduire ses pudiques petites filles au lac ? Fermant les yeux, il laissa les souvenirs affluer.

Ellen récupérant des chaussures de gymnastique, le premier matin… offrant un bleuet à Aniella… ôtant une écharde du pied de Sabine.

Puis il se retrouva dans le jardin à l'odeur de soufre, à Kalun, alors qu'elle levait la tête vers lui pour recevoir son baiser, et cette fois ce n'était plus seulement un souvenir. Il y était pour de bon. Durant ces instants où il l'avait tenue dans ses bras, il avait eu l'impression, enfin, de ne plus rien avoir à envier à ses parents, d'avoir, lui aussi, découvert la simplicité suprême d'un amour total et confiant. Lorsque, ensuite, il l'avait raccompagnée à sa chambre et qu'il avait mis la clé dans la serrure pour elle, il avait commencé à lui parler – puis la porte voisine s'était ouverte et Isaac était apparu, engoncé dans une sorte de corset médical ridicule. Ellen s'était avancée pour l'aider ; le moment était passé.

Marek n'avait pas répondu à la supplique d'Isaac, au bord de la rivière. Il ne considérait pas le sacrifice de soi comme un principe de vie sain. Et pourtant… Quand ils s'étaient lavés dans le ruisseau, le premier matin, Marek avait vu la marque du camp de concentration inscrite au fer rouge sur le bras d'Isaac. Ne devait-on pas offrir quelque chose de particulier à un tel homme ?

Encore dix minutes avant le départ du train… il n'était pas trop tard. Il n'embarquait pas avant deux semaines ; on pouvait résoudre beaucoup de choses en deux semaines.

Cependant, voilà que, sur l'autre quai, un train arrivait. Non pas celui qui se rendait à Hallendorf, mais celui qui en venait. Comme il était absurde d'obliger tout le monde à changer dans cette petite ville sans intérêt !

La porte d'un wagon s'ouvrit. Marek entendit les aboiements furieux d'un petit chien, et soudain l'animal fut sur lui, sautant, roulant sur lui-même, agitant sa queue dans un paroxysme d'accueil délirant.

Derrière lui, bien sûr, apparut Brigitta, les bras tendus.

— Marcus ! Chéri ! Mais c'est incroyable ! Nous t'avons cherché partout !

Staub s'avança pour lui serrer la main, suivi de Benny, considérablement gêné par les cabrioles de Puppchen, dont le seul don exceptionnel était sa capacité à se souvenir de Marcus après un laps de temps remarquable.

— Quel miracle ! s'exclama Brigitta. C'est le destin, cette rencontre... Un présage. À présent, je sais que tu vas venir à Vienne et...

— Désolé, Brigitta, tu te trompes. Je rentre chez moi, après quoi j'embarque pour l'Amérique.

— Oh, mais tu ne peux pas ! Tu ne peux pas ! Parlez-lui du gala, Benny. Parlez-lui de Feuerbach.

— C'est véritablement une sacrée anarchie, acquiesça Benny. Si vous pouviez venir, ne serait-ce que quelques jours...

— Je suis désolé, répéta Marek.

De tous ceux qui l'entouraient, c'était le petit chien offert à Brigitta tant d'années auparavant qu'il avait le plus de plaisir à revoir – le chien et Ufra, pour qui il avait toujours éprouvé un profond respect.

— Bon... Au moins, chéri, viens boire un café. S'il te plaît. Nous avons une heure à tuer, supplia Brigitta, persuadée qu'aucun homme ne pouvait rester plus de deux minutes en sa présence sans être aussitôt subjugué et prêt à faire ses quatre volontés.

— Bon, d'accord, Brigitta.

Il y avait des limites à la grossièreté.

— Prenons donc un café en souvenir du bon vieux temps.

Alors qu'ils traversaient la petite place, Marek entendit le train à destination de Hallendorf entrer en gare en haletant.

Le destin avait parlé, et il avait eu raison. Après tout, Marek n'était pas seulement lié par sa loyauté envers un ami qui avait souffert. Il y avait davantage que la marque inscrite dans la chair d'Isaac ; comme ce moment, dans la hutte, où le violoniste s'était tourné vers lui, le visage illuminé de joie pour la première fois depuis des semaines, et s'était exclamé : « Je te l'avais dit, n'est-ce pas ? Je t'avais dit que je jouerais la première ! »

Il n'avait joué que le thème du mouvement lent, mais c'était suffisant.

On n'enlevait pas à un tel homme, dont la musicalité et le dévouement avaient survécu à tant de souffrances, ce qu'il croyait être son accomplissement et son futur.

Deux jours après le retour d'Ellen de Kalun, Bennet dirigea une assemblée que la jeune femme trouva un peu troublante.

Elle traitait d'un guerrier grec nommé Philoctète. Mordu au pied par un serpent, il avait été abandonné par ses amis sur une île déserte, parce qu'ils ne supportaient pas la puanteur qui se dégageait de la plaie. Certes, l'histoire finissait bien : se rendant compte qu'ils avaient besoin de lui durant la guerre de Troie, ses compagnons revenaient et, après de longues discussions, parvenaient à le convaincre d'embarquer avec eux sur un bateau en partance pour la cité iliaque. Là, il expédiait Pâris en enfer avec son arc et sa flèche, mettant ainsi un terme à toute cette triste affaire.

Mais la manière quelque peu larmoyante qu'eut Bennet de s'étendre longuement sur les blessures du héros abandonné et sur l'ingratitude de ses amis ne correspondait pas du tout au style habituel du directeur, et Ellen ne fut pas surprise, lorsqu'elle discuta avec Margaret, d'apprendre que la secrétaire se faisait du souci.

— C'est ce fichu FitzAllan et sa pièce ! Il agit comme si cela seul importait sur Terre et en demande toujours plus. Pourtant, tout le monde lui a dit qu'il n'y avait pas d'argent. Et Tamara lui court après de façon éhontée pour sauver son stupide ballet.

— Mais tout de même, il ne…

— Oh non, pas lui. Il est bien trop égocentrique pour remarquer quoi que ce soit. Mais, vraiment, les bains de soleil de Tamara commencent à devenir ridicules. Elle est allée s'allonger en plein milieu de l'expérience de David Langley sur les oscines, alors qu'il avait clairement mis des pancartes.

— Je vais vous dire quelque chose, Margaret. Si jamais je la surprends un jour en plein bain de soleil sur des *Kohlröserl*, je ne réponds pas de moi ! dit Ellen.

— J'aimerais que Bennet cesse de s'inquiéter autant à propos de cette pièce. De toute façon, c'est pour suivre son atelier à lui sur *Le Conte d'hiver* que les gens viendront au cours d'été.

La secrétaire jeta un regard admiratif à Ellen.

— Je dois dire que votre frange est vraiment ravissante. Quel étrange garçon, ce Bruno !

— Oui, vraiment.

Entré dans la chambre d'Ellen le soir du retour de la jeune femme, Bruno l'avait trouvée essayant de réparer les dommages causés par la crêpe Suzette. Il l'avait observée un moment tandis qu'elle tentait de mettre à niveau les boucles mutilées, puis il avait secoué la tête.

— Il faut couper plus que ça. Beaucoup plus.

— Que veux-tu dire ?

Bruno n'était pas fort en paroles. Il lui prit les ciseaux des mains et lui demanda de fermer les yeux. Il n'était pas aisé de rester assise, immobile, quand ce garçon à la grossièreté légendaire coupait ce qui semblait être de grosses mèches de cheveux ; Ellen y parvint, pendant que les autres enfants regardaient en silence.

Quand il eut fini et qu'elle put enfin s'approcher du miroir, elle se surprit à sourire de plaisir et d'étonnement.

Bruno avait réduit ses boucles endommagées à de petites demi-lunes, y ajoutant plus de cheveux pour constituer une frange folle, originale, qui venait lécher ses sourcils et faisait écho au marron doré de ses yeux. Certes, elle avait un peu l'air d'une courtisane tout juste sortie du lit – mais d'une courtisane très, très chère.

Marek aimerait cette coiffure, avait songé Ellen, alors que les enfants poussaient des exclamations enthousiastes. Sauf que Marek ne la verrait jamais... Toutefois, elle avait gardé le sourire, incapable d'occulter le souvenir de leur baiser, dans le jardin. Bien sûr, il ne pourrait la contacter avant d'être rentré de Pologne, mais après... nul doute qu'il lui écrirait au moins une fois avant d'embarquer. Peut-être même passerait-il la voir, ne serait-ce que pour lui donner des nouvelles d'Isaac ? Il semblait impossible que leur au revoir murmuré avant l'aube fût leur dernier adieu.

En attendant, comme toujours, il y avait du travail et des gens à consoler. Bruno, une fois le problème de ses cheveux réglé, s'était replongé dans son habituel refus de coopérer. Niant posséder la moindre capacité artistique, il ne voulait pas aider le pauvre Rollo, à qui FitzAllan avait appris que les masques qu'il avait faits pour les animaux n'étaient pas assez monolithiques et tristes à son goût.

— Si jamais vous voyez un porcinet monolithique et triste, j'aimerais que vous me le présentiez ! avait rétorqué Rollo avec colère.

Le metteur en scène avait également ordonné à Hermine de ne plus allaiter son bébé dans le théâtre. L'enseignante, larmoyante, était allée trouver Ellen.

— Je crois qu'il n'aime pas mes seins. Et je le comprends : je ne les aime pas non plus, avait-elle dit d'une voix sombre en baissant les yeux vers sa poitrine. Mais je ne peux pas laisser Andromède si loin de moi. Bien sûr, je n'aurais pas dû autoriser le professeur à...

À ce stade de la conversation, Ellen avait changé de sujet, car elle ne supportait pas les lamentations de Hermine au sujet de sa séduction par l'expert en réhabilitation vocale qui avait bu trop de cognac à la gentiane durant la conférence de Hinterbruhl.

— Je pourrais mettre du verre pilé dans ses croquettes aux noix ? suggéra un jour Lieselotte, qui avait pris le metteur en scène en grippe dès le début.

Elle était particulièrement virulente quand elle comparait les caprices de FitzAllan aux exigences de parcimonie qui présidaient à la préparation de la fête d'Aniella, au village.

— Tous les ans, nous répétons que nous allons monter quelque chose de bien pour elle, et tous les ans les gens sont trop paresseux, ou trop fatigués, ou trop pauvres.

Naturellement, FitzAllan avait téléphoné à l'abattoir pour vérifier l'histoire de la fièvre aphteuse et avait découvert la vérité – ce qu'il considérait comme une coalition de Marek et d'Ellen pour le piéger –, et depuis il adressait à peine la parole à la jeune femme.

Par chance, en revanche, lorsqu'elle rendit visite à Chomsky, elle le trouva en meilleure forme. Pas remis au point de pouvoir rentrer à l'école, mais suffisamment pour qu'il ne fût plus question de l'envoyer à l'étranger et de réclamer son passeport à Ellen.

Une semaine après son retour de Pologne, Ellen comprit que sa capacité à supporter les épreuves et à réconforter les autres avait une cause sous-jacente. Contre toute logique et contre tout bon sens, elle était persuadée qu'elle reverrait Marek. Que les instants vécus avec lui dans le jardin, à Kalun, avaient eu de l'importance pour lui. Pas autant que pour elle, bien sûr, car c'était un homme expérimenté, avec de nombreuses liaisons à son actif ; mais un peu. En fait, elle était incapable de concevoir qu'elle pût être seule à éprouver l'impression d'appartenance totale, le mélange de paix absolue et d'excitation débordante qui ne l'avaient pas quittée depuis leur baiser.

À mesure que les jours passaient, consciente que Marek devait être rentré de Pologne, elle se surprit à attendre le bus postal le matin – non plus, désormais, pour consoler Freya lorsqu'elle n'avait pas de nouvelles de Mats, ou Sophie, qui espérait toujours en vain une lettre de ses parents, mais pour elle-même. Sous l'attente et le désir – une attente et un désir inimaginables –, il y avait de la colère. Car elle se souvenait fort bien de ce qu'elle avait dit à Bennet lors de leur premier entretien, quand il lui avait demandé ce qu'elle craignait par-dessus tout. « De ne pas voir, avait-elle répondu. D'être obsédée par quelque chose qui vous coupe du monde. Cette affreuse espèce d'amour qui rend les feuilles, les oiseaux et les cerisiers en fleur invisibles parce qu'ils ne sont pas le visage d'un homme en particulier. »

Maintenant, chaque fois qu'elle savourait un rare moment de solitude, c'était le visage de Marek qu'elle revoyait, encore et encore. Son visage quand il s'était arrêté devant sa porte dans le couloir de l'hôtel et lui avait dit : « Ellen, si je devais vous le demander… »

À cet instant, la porte de la chambre voisine s'était brusquement ouverte, et le pauvre Isaac était sorti, tout ligoté de bandages ; quand elle avait eu fini de l'aider, Marek n'était plus là.

Qu'avait-il été sur le point de dire ? De temps en temps, elle se laissait aller à délirer et songeait que c'était : « Si je devais vous le demander, viendriez-vous en Amérique ? » ou « Si je devais vous le demander, resteriez-vous avec moi cette nuit ? » Aux deux questions elle aurait répondu « oui » avec chaque molécule, chaque fibre de son corps.

Cependant, dans la mesure où les jours passaient et où elle demeurait sans nouvelles, elle savait qu'il n'avait pu s'agir de l'une ou l'autre de ces questions. Au mieux, il avait voulu la prier de s'occuper de sa tortue ou de changer les pansements de Steiner.

De fait, elle allait voir ce dernier aussi souvent que possible ; elle s'était prise d'affection pour le vieil homme. Lui non plus n'avait pas de nouvelles.

Puis, environ dix jours après son retour, alors qu'Ellen descendait du bateau à vapeur avec un panier rempli de provisions, Sophie s'approcha d'elle en courant, une lettre à la main.

— Elle vient d'arriver pour vous ! En express, recommandé et tout !

Ellen posa son panier. Pendant un moment, elle ressentit une joie si complète et si intense qu'elle fut surprise de ne pas se retrouver en train de voleter parmi les anges. Puis elle prit la lettre.

La joie mourut plus lentement qu'on n'aurait pu s'y attendre. Bien qu'elle eût constaté presque aussitôt que la missive venait de Kendrick, le message n'atteignit son cerveau que graduellement. Elle souriait toujours lorsqu'elle ouvrit la lettre, même si des larmes lui picotaient déjà les paupières.

« Je suis vraiment désolé de vous déranger à nouveau, Ellen, écrivait Kendrick. Mais ce serait si merveilleux que vous puissiez me rejoindre à Vienne, et je n'ai toujours pas de réponse… Même si vous ne veniez que pour le week-end – comme je vous l'ai dit, je vous ai réservé une surprise le samedi soir ; un événement pour lequel vous pourriez porter cette robe incroyable que vous aviez faite à l'occasion de votre remise de diplôme. Je serais si heureux, et il y a tant à voir ! »

— Est-ce qu'elle vient de l'homme à la maison humide ? demanda Sophie, qui semblait dotée d'un don de seconde vue.

Ellen hocha la tête et lui tendit la feuille. Elle ne se sentait pas encore la force de parler. Sophie lut donc docilement les espoirs de Kendrick concernant la vie culturelle viennoise.

Mais quand elle releva la tête, ce qu'elle vit lui coupa le souffle. Jusqu'alors, Ellen s'était toujours occupée d'eux. Maintenant, tout à coup, la fillette entrevoyait la possibilité d'une autre situation – une situation dans laquelle ses amis et elle pourraient avoir à s'occuper d'Ellen.

Aussitôt, avec une maturité toute nouvelle, elle déclara :

— Lieselotte attend le sucre glace.

Elle vit Ellen se pencher pour ramasser le panier – pour ramasser les débris de son existence.

La lettre qu'Ellen attendait arriva le lendemain, adressée non à elle, mais au Pr Steiner.

— Il l'a écrite de Pettelsdorf, dit gentiment le vieil homme en la lui mettant dans la main.

Cette fois, Ellen était une femme avertie. Il n'y eut ni espoirs, ni attentes, ni anges avec qui voleter.

« Isaac s'est enfui sain et sauf par la rivière, avait griffonné Marek. J'ai confirmé ma réservation et embarquerai à Gênes le 10. S'il vous plaît, dites au revoir à Ellen pour moi encore une fois, et remerciez-la de ma part. Je serai toujours son débiteur et le vôtre. Marek. »

Le lendemain matin, Bennet fit appeler Ellen.

— Les enfants me disent que vous avez été invitée à Vienne.

— Oui.

Zut, songea le directeur. Zut, zut, zut. Il avait vu ce qui se tramait, mais avait espéré qu'Ellen serait épargnée. Elle s'en remettra. Elle remettra son ouvrage sur le métier, se dit-il. Mais ç'avait été l'ouvrage le plus beau, le plus lumineux qu'il eût vu depuis des années.

— Je crois que vous devriez y aller, déclara-t-il. Ce n'est qu'un week-end, et vous serez de retour pour la pièce.

— Mais je viens juste de m'absenter…

— Il vous reste tout de même des jours de congé à prendre. N'ayez crainte, Freya s'occupera de vos enfants.

— Très bien, répondit-elle d'un ton apathique.

— D'après Sophie, vous avez une robe ?

Elle parvint à esquisser une ébauche de sourire.

— Oui, c'est vrai.

Elle releva la tête, et son rictus devint un vrai sourire.

— Oui, j'ai une robe.

19

Brigitta avait eu beau essayer de convaincre Marek dans le café, à St Polzen, ses efforts avaient été vains. Les intrigues du gala n'intéressaient nullement le jeune homme, et il ne se sentait en rien concerné par les affaires de la cantatrice.

Cependant, moins d'une semaine après leur rencontre, il se retrouva à Vienne, où il avait décidé de faire étape sur le chemin de Gênes. Ce n'était pas à la diva mais à un homme tranquille à lunettes et cheveux gris que Marek devait ce changement d'itinéraire – le directeur des Éditions universelles, qui publiaient sa musique depuis dix ans. Herr Jaeger dirigeait la maison depuis un bureau poussiéreux du Kohlmarkt considéré comme un lieu saint par tous ceux qui s'intéressaient à la musique, et c'était sa lettre envoyée à Pettelsdorf qui avait amené Marek en ville.

Se sentant d'humeur à vivre luxueusement après sa semaine passée dans la forêt, Marek prit une chambre à l'Imperial. De là, il téléphona à Herr Jaeger, puis sortit pour se faire couper les cheveux sur le Graben. Le coiffeur se montra fort mécontent de la façon dont les épais cheveux drus de son client formaient des épis inattendus.

— Je ne sais pas ce que vous leur avez fait, monsieur, grommela-t-il. On dirait que vous avez dormi dans une haie.

Marek ne répondit pas et, inévitablement, la conversation porta sur le gala.

— Vous avez dû lire le journal, dit le barbier. Elle menace d'annuler.

— Elle ? demanda Marek, bien qu'il sût déjà de qui il s'agissait.

— La Seefeld, répondit le coiffeur. Elle a pris le chef d'orchestre en grippe, un type appelé Feuerbach. C'est l'intérimaire, en l'absence de Weingartner, qui est à l'étranger.

— Il faudrait qu'elle cesse de se comporter comme ça, intervint un homme de forte carrure en habit de travail – un conducteur de camion d'essence – qui se faisait tondre la tête sur la chaise voisine. Des scandales en permanence… Ils devraient donner le rôle à Baumberger.

— Certainement pas ! s'exclama un gros homme à la figure rougeaude et luisante qui attendait son tour.

Il parlait avec un lourd accent campagnard et portait le bleu de travail d'un porteur de viande.

— Scandales ou pas, c'est la meilleure. Ma mère a vu tous les *Chevalier à la rose* montés depuis 1911, et elle affirme que personne n'arrive à la cheville de la Seefeld.

— Je n'ai pas dit qu'elle n'était pas bonne, souligna le chauffeur de camion. Je ne nie pas qu'elle soit fabuleuse. Mais, à cause d'elle, tout le monde est sens dessus dessous, et, lorsque vous vous êtes mis le Philharmonique de Vienne à dos, Dieu vous préserve !

— Ce n'est pas l'orchestre qu'elle s'est mis à dos, c'est Feuerbach, et elle a bien raison. Je l'ai entendu diriger la *Septième* de Bruckner à Linz, et c'était nul, déclara le porteur de viande en s'essuyant le visage avec un mouchoir à pois.

Marek prit le journal que lui tendait le coiffeur. Ce jour-là, un massacre avait eu lieu à Pékin, la ville de Bilbao était tombée aux mains de Franco, et Moscou avait de nouveau exécuté trente intellectuels pour « espionnage », mais la une du *Wiener Tageblatt* proclamait « SEEFELD MENACE D'ANNULER. LE GALA EN DANGER ».

Ressortant dans la rue, Marek eut une pensée exaspérée pour les Viennois, que rien n'intéressait à part ce qui se passait dans leur Opéra. Malgré tout… Peut-être parce qu'il savait que c'était un au revoir et parce qu'il pressentait beaucoup de souffrances pour cette cité absurde, il parvint à s'abandonner à la beauté pure des maisons Biedermeier, des petites rues accueillantes, des dômes vert et or. Certes, les Viennois s'occupaient de futilités quand il était urgent d'agir ; mais ils auraient peut-être pu faire pire. Et quand ce serait terminé – la catastrophe qu'il entrevoyait avec une telle clarté –, ils continueraient à se disputer chez le coiffeur à propos du contre-ut d'une quelconque soprano encore à naître ou discuteraient sur la tessiture d'un ténor nouvellement importé.

Herr Jaeger était au travail dans son petit bureau sombre.

— Herr Altenburg ! s'exclama-t-il en se levant pour lui serrer la main. C'est un plaisir. Merci infiniment d'être venu en personne.

— De rien, vraiment, répondit Marek en posant son chapeau et ses gants sur un buste de Mahler. Je constate que vous partagez mon avis sur ce qui nous attend.

— Hélas oui ! Comme je vous l'ai dit dans ma lettre, nous transférons nos affaires à Londres. Nous espérons également, une fois là-bas, pouvoir établir quelques liens avec les États-Unis. Ç'a été une décision difficile à prendre – vous le savez, nos traditions remontent à plus de trois cents ans.

Marek hocha la tête. Il avait eu affaire aux Éditions universelles dès l'époque où il était étudiant, et ses interlocuteurs s'étaient toujours révélés compétents et justes. Mais il y avait plus encore : sous verre, dans un coin du bureau, se trouvait un fac-similé du *Quartetsatz* de Schubert. La première édition du *Wozzeck* de Berg, lourdement annotée, était dans une autre vitrine.

— Nous espérions, bien sûr, que vous continueriez à travailler avec nous, mais…

— C'est ce que j'ai décidé de faire. Je pars très bientôt pour l'Amérique, mais, si vous prenez des contacts aux États-Unis, Londres me semble une bonne base intermédiaire.

— Je suis très heureux de l'apprendre, et mon partenaire le sera aussi. Il va partir le premier ; il est juif, et nous pensons…

— Oui, vous avez raison de le penser.

— Vous n'auriez rien de prêt, maintenant, par hasard ? Arriver à Londres avec un morceau d'Altenburg nous garantirait un triomphe certain…

— Bientôt, promit Marek. J'ai été occupé à d'autres choses, ces temps-ci.

— Mais vous restez pour le gala ?

— J'en doute. J'ai cru comprendre qu'il y avait du grabuge.

Herr Jaeger sourit.

— Oui, c'est le moins qu'on puisse dire. Oui, vraiment. Bon, maintenant, en ce qui concerne nos contrats, je me demande si vous pourriez jeter un coup d'œil là-dessus…

Quand il quitta le bureau et se dirigea vers la Hofburg, Marek vit un groupe de touristes, à l'extérieur de la Stallburg, qui attendaient que les lippizans soient ramenés de l'École d'équitation espagnole à leurs étables princières. De même, d'autres avaient attendus – et attendaient probablement encore – que Brigitta sorte de son appartement pour se rendre à l'Opéra. Et c'était assez logique : la cantatrice était, après tout, une sorte de lippizan humain, richement caparaçonné, adulé et noblement logé.

Conscient peut-être, au fond de lui, qu'il avait eu l'intention de faire cela depuis le début, Marek dépassa l'Augustinerkirche et l'Albertina, pour se retrouver devant une petite porte sans prétention, sur laquelle un écriteau mentionnait seulement : *Zur Bühne* [1].

À l'extérieur, sur une chaise droite, était assis un vieil homme, qui portait toujours l'uniforme des gardiens de la scène, bien qu'il fût depuis longtemps à la retraite. C'était son fils le gardien en titre, à présent, mais Josef était une véritable institution, et on l'autorisait à continuer à regarder les grands entrer par cette petite porte de l'Opéra.

— Bonjour, Josef.

Le vieux monsieur leva la tête, cligna des yeux et reconnut son interlocuteur.

— Herr Altenburg ! s'exclama-t-il. Vous voilà de retour à Vienne ! Eh bien, eh bien, attendez donc que je dise ça à mon fils !

Rien au monde n'aurait pu l'empêcher de se lever et de conduire Marek jusqu'au bureau en désordre.

— Voici Herr Altenburg, Wenzel ; tu te souviens sans doute de lui.

Le fils de Josef hocha la tête.

— Il y a un peu de remue-ménage, à l'intérieur, monsieur. C'est le gala... Ils répètent le premier acte et, ma foi... J'imagine que vous êtes au courant. Personne n'a le droit d'entrer. Cela dit, puisque c'est vous...

Le fils comme le père se souvenaient du temps où Herr Altenburg accompagnait la diva aux répétitions. On en parlait encore comme d'un âge d'or. L'époque où

1. « Vers la scène ». *(N.d.T.)*

Brigitta se comportait correctement et chantait tel un ange…

— Ils sont dans l'auditorium, monsieur. C'est la première répétition avec l'orchestre au complet.

Marek le remercia d'un signe de tête, se faufila dans les corridors familiers, poussa la lourde porte et demeura tranquillement debout dans le fond.

— Je vais annuler ! criait Brigitta. Je vous promets que je vais annuler. Allez-y, dites-le aux journaux, dites-le à qui vous voudrez ! Je ne peux pas chanter sur ce tempo. C'est une insulte pour moi et une impossibilité pour ma voix. Soit vous allez me chercher Weingartner, soit j'annule.

— Allons, Brigitta, je vous en prie…

Jaillissant des coulisses, le répétiteur s'efforça d'amadouer la diva. Le directeur musical, assis à l'orchestre, émit un grognement. Cette maudite femme n'était que crises de rage et mauvais caractère. Il restait encore une semaine avant le gala, et il en avait assez. Non seulement il avait envie qu'elle annule, mais il souhaitait aussi qu'elle se fasse écraser par un tramway, manger par des rats, ou les deux. Hélas ! Qui pourraient-ils faire venir à la dernière minute ? Ils n'avaient eu qu'elle en tête lorsqu'ils avaient organisé le gala.

— Peut-être devrions-nous réessayer, Herr Feuerbach, suggéra-t-il.

Il détestait Brigitta, mais il lui fallait admettre que Feuerbach le décevait ; c'était un petit homme arrogant, qui avait réussi à se mettre l'orchestre à dos. Et une fois que ces vénérables gentlemen méprisaient un chef d'orchestre, ils se montraient implacables. Si l'on avait jamais pu dire du Philharmonique de Vienne qu'il jouait mal, c'était maintenant.

— Si je comprends bien, vous voulez que ce soit joué comme une marche funèbre, ironisa Feuerbach.

— Non. Juste un peu plus *andante*. Après tout, c'est une lamentation sur le temps qui passe, fit valoir le directeur, se demandant pourquoi il était nécessaire d'expliquer la partition de l'opéra le plus célèbre de Richard Strauss à l'homme qui le dirigeait.

Feuerbach eut une moue dédaigneuse et leva sa baguette. Brigitta s'avança.

Ils répétaient le premier des célèbres monologues sur les mystères du temps et de sa fuite inexplicable. La Maréchale est seule sur scène ; jusqu'alors, elle a été présentée comme une *grande dame* [1] voluptueusement aimée, ou comme le point de mire d'une assemblée de courtisans. Soudain, l'atmosphère change : l'orchestre est réduit aux cordes solistes et aux clarinettes tandis qu'elle s'approche du miroir et évoque la jeune fille qu'elle a été, fraîche émoulue du couvent, puis, dans un mouvement de terreur, la vieille femme qu'elle sera un jour, moquée et montrée du doigt, sa beauté envolée. Pourtant, se dit-elle, il faut se résigner – et le hautbois (qui, en cet instant, résonnait magnifiquement, en dépit de Feuerbach) fait écho à sa question perplexe : « Mais comment ? *Wie ? Comment* fait-on pour se résigner ? »

Marek, qui écoutait, fut soudain submergé d'émotion. Il se revoyait dans la quatrième galerie, transporté par la beauté pure de la voix que Dieu avait si capricieusement placée dans le corps de cette femme insupportable. Brigitta faisait de son mieux, en dépit du tempo traînant imposé par Feuerbach. Elle ne voulait pas annuler ; ce rôle était fait pour elle.

Tout à coup apparut dans la tête de Marek avec la force d'une explosion une vision globale du merveilleux chef-d'œuvre qu'était *Le Chevalier à la rose*, avec

1. En français dans le texte.

ses valses flamboyantes, son invocation douloureuse de l'amour de jeunesse, et le sens du sublime et de l'honneur qui en constituaient le cœur. *Le Chevalier à la rose* tel qu'il devait être, tel qu'il pouvait encore devenir.

Car c'était possible. Il faudrait cajoler et malmener Brigitta, l'empêcher de tomber dans le sensationnel ou le sentimentalisme. Il faudrait apaiser Feuerbach – même si on avait envie de l'étrangler –, amener l'orchestre à lui obéir. Il faudrait travailler jour et nuit, y mettre toute son énergie, mais on pouvait encore y arriver.

Oui, mais pas moi, songea Marek. Certainement pas moi. J'embarque sur le *Risorgimento*. Ceci est un au revoir.

— Très bien, dit le directeur. Nous faisons une pause.

Le chef d'orchestre quitta l'estrade, mais les musiciens ne le suivirent pas. Marek, inconsciemment, s'était avancé pendant que Brigitta chantait. À présent, l'un des joueurs de contrebasse se penchait et murmurait quelque chose à l'oreille d'un violoncelliste ; celui-ci fit passer le mot, qui atteignit bientôt à l'arrière les bois, les cuivres, et à l'avant les altos, pour enfin parvenir jusqu'aux violons…

Le premier violon tourna la tête.

— Vous êtes sûr ? demanda-t-il calmement.

— Tout à fait, répondit son voisin. J'ai joué pour lui, à Berlin.

Le premier violon opina. Puis il se leva, et tout l'orchestre, sans exception, l'imita. Ensuite, tandis que les violonistes tapotaient leurs archets sur les lutrins, il déclara :

— Bon retour à Vienne, Herr Altenburg.

Marek ne recevait pas ce salut en raison de ses prises de position politiques, il le savait. Ce n'était pas un hommage destiné à sa personne, mais à ce que ces hommes et lui partageaient et servaient. À la musique.

Aussitôt, Brigitta s'avança vers la rampe, se protégeant les yeux de la main. Puis elle poussa un petit cri aigu, théâtral, disparut en coulisses et reparut bientôt à l'orchestre pour se jeter dans les bras de Marek.

— Marcus ! s'écria-t-elle. Je savais que tu viendrais. Je savais que tu m'aiderais. Maintenant, tout va bien se passer.

— Si tu veux que je t'aide, tu pourrais commencer par ne pas mettre de sentimentalisme déplacé dans *Où sont les neiges d'antan*. Tu as soutenu ce *si* bémol bien trop longtemps. Je te l'ai déjà dit, tu ne dois pas être larmoyante. La pitié et l'apitoiement sur soi-même s'excluent mutuellement.

— Ce n'est pas ma faute, c'est à cause de Feuerbach. Je ne suis pas aidée par…

— J'espère que tu n'es pas en train de te plaindre de la manière dont le hautbois t'a suivie ? demanda Marek d'un ton glacial.

— Non, mais…

— Bien. Je te suggère de t'occuper de toi, et le reste s'arrangera de lui-même. Je reviendrai dans une heure. Nous commencerons à la sortie du baron Ochs et continuerons jusqu'à la fin de l'acte.

20

— Vous boitez, Kendrick, remarqua Ellen. Aimeriez-vous vous asseoir quelques instants ? Nous pourrions prendre une tasse de café là-bas.

Elle montrait du doigt un café accueillant, avec des tables en terrasse, de l'autre côté de la place. Toutefois, Kendrick secoua la tête.

— Ça va aller. Il nous reste encore la Hofburg et la cathédrale à voir. Nous ne pouvons pas nous permettre de perdre une minute.

En vérité, son pied le faisait vraiment beaucoup souffrir. Il avait une grosse ampoule au talon et un cor qui poussait sur son gros orteil gauche, car il avait déjà passé trois jours à visiter Vienne avant l'arrivée d'Ellen. Il avait parcouru en tous sens le cimetière central pour voir les tombes de Beethoven, de Schubert et de Brahms (en attachant une attention toute particulière à celle de Beethoven, car elle était censée contenir le pince-nez d'Anton Bruckner, qui l'aurait laissé tomber par mégarde dans le cercueil ouvert lorsque les restes du compositeur avaient été transférés depuis le cimetière de Wahring). Il avait pris un tramway jusqu'à St Marc, qui était finalement assez loin, pour voir l'endroit où Mozart avait peut-être été mis en terre, puis un autre vers une banlieue plus distante encore, afin de rendre hommage à la tombe de Gustav Mahler.

Et ce n'étaient là que les tombes ; il y avait aussi eu tous les endroits où les compositeurs étaient nés, morts ou avaient tout simplement *fait* des choses : donné des coups de marteau sur des pianos, crié sur leurs logeuses, lancé des pots de chambre par les fenêtres. Souvent, ces actions s'étaient déroulées dans des maisons incroyablement éloignées les unes des autres.

Tout cela lui avait fait fort mal aux pieds. S'y était ajouté l'art : un immeuble sécessionniste situé près d'un marché assez désordonné et le Kunsthistorisches Museum. Ce dernier s'était révélé une merveilleuse source d'inspiration, mais le sol de marbre en était particulièrement dur, et les toilettes difficiles à trouver.

Il avait toutefois gardé les endroits les plus connus pour Ellen, arrivée le matin, et qui se tenait en cet instant patiemment debout à côté de lui, l'air distant dans sa robe de lin crème, tandis qu'ils attendaient pour pénétrer dans la crypte de l'église capucine, où étaient enterrés les empereurs Habsbourg. Ou, plutôt, où étaient enterrés *leurs corps* – leurs cœurs et leurs organes se trouvaient à un autre endroit, comme Kendrick l'expliqua à Ellen. Les inclure dans le programme allait d'ailleurs poser problème. Alors qu'il jetait un coup d'œil inquiet à son Baedeker, Kendrick sentit la main fraîche d'Ellen sur son bras ; le guide était arrivé, et ils descendaient sous les voûtes où s'alignaient les lourds sarcophages de marbre décoré.

L'empereur François-Joseph… sa malheureuse épouse, la ravissante Sissi, assassinée par un anarchiste sur le lac de Genève… leur fils, le prince héritier Rudolph, qui avait mis fin à ses jours à Mayerling…

Dépassant ces tombes à l'opulence sinistre, Ellen en découvrit une qui lui plaisait.

— Regardez, Kendrick ! Ce sarcophage-là n'est pas celui d'un empereur ou d'une impératrice ! Il s'agit d'une gouvernante, celle de Marie-Thérèse. L'impératrice l'aimait tellement qu'elle a été autorisée à être enterrée ici, alors qu'elle n'était pas de sang royal. Si c'est arrivé à une gouvernante, pourquoi pas à une cuisinière ? Je vais peut-être finir dans la crypte de Windsor !

Au départ, Ellen n'avait pas eu envie de venir à Vienne. Cependant, maintenant qu'elle s'y trouvait, elle avait bien l'intention de s'amuser. Le temps était superbe, la ville magnifique – elle ne pouvait rêver meilleur endroit pour oublier Marek, qui devait être en train de voguer vers une nouvelle vie. Elle avait été idiote d'attacher une telle importance à un vague flirt et à un baiser de politesse ; mais elle n'avait pas l'intention de devenir une victime. On a toujours le choix, s'était-elle dit, et elle avait choisi de guérir et d'être heureuse. Sinon tout de suite, du moins *bientôt*.

La prochaine visite – celle des appartements privés de la Hofburg – leur révéla le coffre du Trésor royal, qui contenait un certain nombre d'objets inestimables d'une laideur surprenante, et une enfilade d'appartements claustrophobes caractérisés par une absence totale de salles de bains. Comme ils ressortaient sur la Michaeler Platz, Kendrick, le nez dans son guide, déclara qu'ils avaient tout juste le temps de se rendre à la maison où Hugo Wolf avait écrit ses *Mörike Lieder*.

— Regardez, c'est dans cette petite rue, là. Nous prenons la première à gauche, puis la première à droite…

— Kendrick, *vous*, vous allez voir la maison où Hugo Wolf a écrit les *Mörike Lieder* ; moi, je vais chez Demel boire une grande tasse de café, manger un *Indianerkrapfen* [1] et étudier leur pâtisserie.

---

1. Chausson fourré à la crème. *(N.d.T.)*

Dans le cœur de Kendrick, un terrible conflit fit rage. Laisser Ellen, qu'il aimait tant, ne fût-ce que pour une demi-heure, était difficile ; mais rater la maison de Hugo Wolf, particulièrement recommandée par le guide, l'était aussi.

— Souvenez-vous qu'il vous restera toute une journée après mon départ, fit valoir la jeune femme. Je dois rentrer demain.

— Bon, d'accord, je viens avec vous, dit Kendrick en boitillant en direction de Demel.

Là, il fut récompensé de son sacrifice par le visage émerveillé d'Ellen tandis qu'elle regardait le comptoir et que ses yeux allaient du treillage travaillé de la *Linzertorte* [1] à la magnificence baroque des gâteaux au chocolat à plusieurs étages. Et il prit même plaisir à voir les éclairs qu'ils avaient choisis emportés sur des chariots par les serveurs, comme vers une maison de retraite sélecte, pour être remplis de crème Chantilly fraîche.

Tout en leur versant une seconde tasse de merveilleux café, Ellen demanda :

— Ne croyez-vous pas que nous devrions passer chez un pharmacien, histoire de trouver un pansement correct pour votre pied ? Vous allez vraiment souffrir si vous essayez de danser avec cette ampoule.

Elle attendait le bal avec impatience. L'orchestre serait forcément bon, et même si Kendrick et elle dansaient très peu, elle aimerait regarder les autres.

À son grand étonnement, elle vit tout à coup Kendrick rougir et poser sa tasse. Il n'avait pas eu l'intention de révéler sa merveilleuse surprise avant leur retour à l'hôtel, mais, après tout, le moment n'était pas plus mal choisi qu'un autre.

---

1. Gâteau nappé de confiture de framboise. *(N.d.T.)*

— Ellen, nous n'allons pas à un bal, lui dit-il en se penchant vers elle. Nous allons dans un endroit bien plus excitant. Un endroit absolument... extraordinaire.

— Et... où donc ? demanda Ellen, envahie par un sombre pressentiment.

— À l'Opéra ! répondit gaiement Kendrick. L'Opéra national de Vienne ! Nous allons écouter *Le Chevalier à la rose*. Et devinez qui joue le rôle principal ?

— Qui ? s'enquit docilement Ellen, dont le pressentiment se précisait.

— Brigitta Seefeld ! Son interprétation de la Maréchale est absolument légendaire. Elle est merveilleuse ; vous vous souvenez que je vous ai écrit à son sujet, à propos des chansons qu'Altenburg a écrites pour elle ? Je ne peux vous dire quel miracle ç'a été d'obtenir des billets. Tout Vienne y sera.

Soudain, il remarqua quelque chose sur le visage de sa compagne.

— Vous êtes contente, n'est-ce pas ? Vous auriez préféré aller au bal ?

Elle releva la tête.

— Non, non, Kendrick. Je suis ravie, bien sûr. Ce sera formidable.

À quoi bon lui gâcher son plaisir ? Même si elle avait à peu près autant envie d'écouter chanter cette grosse vache de Seefeld que de passer la nuit dans une station d'épuration, elle le garderait pour elle. Avec Marek en mer et Isaac en sécurité à l'étranger, la diva ne représentait aucune menace. Malgré tout, Ellen se sentait en droit d'exiger une petite consolation et déclara :

— Je vais prendre un autre *Indianerkrapfen*.

— Un *autre* ? répéta Kendrick, choqué.

— Oui.

J'ai besoin de me remonter le moral, aurait-elle pu ajouter. Mais elle ne le fit pas, à cause de la maison humide et de la chamelle, et parce que Kendrick avait l'air tellement content.

— Oh, Ellen ! s'exclama Kendrick alors qu'elle descendait l'escalier avec légèreté, prête pour l'Opéra. Vous ressemblez…

Mais à quoi ressemblait-elle ? La *Primavera* de Botticelli, certainement, flottant comme si elle n'avait pas de poids. Cependant, son opulente chevelure bouclée lovée au-dessus de ses sourcils évoquait davantage Vénus sortie des eaux… Sauf que Vénus ne portait rien du tout, alors qu'Ellen était vêtue d'une robe blanche, qui écumait, moussait et tourbillonnait autour d'elle comme des embruns, comme des fils de la Vierge, comme des flocons de neige. Trébuchant de peintre en peintre, de nymphes forestières en cygnes enchantés, pour revenir aux premières, Kendrick s'efforçait de mettre son érudition au service d'Ellen *en grande tenue* [1], mais il n'y parvenait pas.

Sa confusion était parfaitement légitime, car Ellen et son dragon de professeur de couture, à l'école de gestion menagère Lucy-Hatton, avaient fait un chef-d'œuvre.

— Vous ne pouvez pas utiliser le tulle de cette façon, avait dit Mlle Ellis dans un reniflement méprisant. Pas si vous voulez le denier le plus fin. Vous allez passer la nuit à coudre les nids-d'abeilles.

— Dans ce cas, j'y passerai la nuit, avait décrété Ellen.

Elle en avait passé plusieurs et, à la fin, Mlle Ellis avait attrapé le virus. La robe avait obtenu le premier prix à la cérémonie de remise des diplômes ; mais elle avait fait bien plus que cela.

---

1. En français dans le texte.

Comme Ellen descendait du taxi qui les avait déposés au pied des marches de l'Opéra, une petite fille en équilibre sur les épaules de son père demanda :

— Est-ce que c'est une princesse ?

Elle fut aussitôt détrompée par un autre observateur, qui répondit d'un ton dédaigneux :

— Oh non, pas elle : elle est bien trop jolie !

Car les personnes amassées pour assister à l'arrivée du public de gala savaient tout sur l'aristocratie et étaient assoiffées de sang bleu. Après avoir destitué les Habsbourg quelque vingt années plus tôt, les Viennois étaient devenus spécialistes des rois et des reines s'accrochant encore à leurs trônes. Ainsi le Président autrichien fut-il salué de maigres applaudissements, tandis que le roi Charles de Roumanie, à la vie personnelle notoirement douteuse, reçut une ovation.

Dans le foyer régnait l'excitation coutumière de toute soirée de gala, mais Ellen crut également percevoir autre chose. Les douairières, avec leurs rangs de perles, les hommes aux poitrines couvertes de décorations, les petits groupes de très belles femmes, tous paraissaient agités par la nouvelle d'un scandale ou d'une calamité quelconque. Leurs visages, tandis qu'ils répétaient « Vous êtes sûr ? » ou « Je n'arrive pas à le croire ! », étaient animés de cette joie perverse, déguisée en intérêt, que l'on réserve d'ordinaire aux désastres qui ne nous affectent pas personnellement.

Dans le brouhaha, Ellen entendit à plusieurs reprises répéter un nom.

— Qui est Feuerbach ? demanda-t-elle à Kendrick pendant qu'ils montaient le superbe escalier.

— Le chef d'orchestre.

Il n'avait rien remarqué ; son allemand était médiocre, et il était occupé à sortir de sa poche sa partition, ses jumelles de théâtre et les notes concernant l'opéra qu'il avait recopiées à la bibliothèque de Londres.

— Kendrick, quelles places extraordinaires !

— Oui, n'est-ce pas ? acquiesça le jeune homme, qui ne put résister à la tentation de lui en révéler le prix.

Dans la loge à leur droite, deux spectateurs parlaient d'une voix suffisamment forte pour qu'Ellen pût saisir leur conversation.

— Ça va ! disait un petit homme aux cheveux sombres qui venait de rejoindre son ami. Ils ont réussi à le convaincre, mais ç'a été difficile. Il a poursuivi Feuerbach dans toute la ville pour essayer de le faire changer d'avis, en vain.

— Qu'avait-il donc fait pour que Feuerbach s'en aille ? Il l'avait défenestré ?

— Absolument pas. Il est resté très calme tout le temps. Mais c'est l'orchestre... Ils ont rendu la vie impossible à Feuerbach. Enfin, Staub, elle l'a récupéré, et Stallenbach est loin. Votre opéra est dans la poche.

Staub hocha la tête.

— Je lui ai montré le livret, et il a réellement été intéressé.

Les derniers rois et reines étaient arrivés ; des personnes d'apparence lasse, ployant sous le poids de leurs bijoux. Puis un vieil homme solitaire apparut dans la loge de scène, et tous les regards convergèrent vers lui. Richard Strauss, le compositeur de l'opéra, le plus célèbre musicien du monde, avait fait le voyage depuis Garmisch.

Les lumières baissaient, à présent, mais les murmures colportant rumeurs et spéculations couraient encore.

Puis le rideau s'ouvrit, et le directeur apparut.

— Vos Majestés, vos Altesses royales, Herr Président, mesdames et messieurs, j'ai une annonce à vous faire. En raison d'une indisposition de Herr Feuerbach, la représentation de ce soir du *Chevalier à la rose* sera dirigée par Marcus von Altenburg.

L'assistance exulta. Tout le monde applaudit, lança des exclamations joyeuses, s'embrassa. La rumeur courait depuis des jours – on disait que l'amant de Brigitta Seefeld était revenu la diriger, que leur célèbre liaison avait repris, que l'impopulaire Feuerbach n'avait cessé de faire des scènes...

Et maintenant, voilà que survenait Altenburg, preux chevalier venu à la rescousse !

— Ça va, Ellen ? s'enquit Kendrick, car sa compagne avait pris une brusque inspiration. Oh, Ellen, n'est-ce pas excitant, n'est-ce pas incroyable ? Je ne savais même pas qu'il était à Vienne ! Je me demande si j'oserai aller le saluer. Il ne me reconnaîtra pas, bien sûr. Quoique...

Les lumières du théâtre étaient maintenant entièrement tamisées. Seules les lampes éclairant l'estrade du chef d'orchestre et les pupitres des musiciens brillaient encore dans la salle.

Le chef d'orchestre apparut et reçut une ovation que, attendant le silence, il ignora. Ensuite il se tourna pour saluer – non pas les têtes couronnées, ni le public, mais le vieux monsieur assis tout seul dans sa loge. Richard Strauss.

Puis il leva sa baguette et libéra ce prélude qui avait tant inquiété Kendrick, et avec raison, car il décrivait bien, en vérité, l'acte d'amour en musique.

Le choc, pour Ellen, était terrassant. Voilà la vraie vie de Marek, son véritable monde. Elle en avait eu l'intuition dans la salle à manger de l'hôtel, à Kalun, mais rien ne l'avait préparée à cela. Pourquoi avait-elle cru qu'il était à sa place au milieu des tortues estropiées, des arbres et des cigognes ? Même ses actes de bravoure dans la forêt ne constituaient qu'une infime parcelle de son existence. Ici, où un groupe de musiciens parmi les meilleurs du monde, soudés par ses mouvements, devenaient un ensemble, ici, devant ce public éclairé, devant le compositeur lui-même assis dans sa loge, il était à sa vraie place. Ici, auprès de Brigitta Seefeld, qui, à l'instant où elle ouvrait la bouche pour chanter, cessait d'être une femme sotte, prétentieuse et trop maquillée pour redevenir la grande cantatrice qu'elle était.

Seulement, pourquoi m'a-t-il menti ? s'interrogeait Ellen, à l'agonie. C'était cela qui faisait le plus mal – le mensonge. Je ne lui ai rien demandé, alors pourquoi a-t-il prétendu qu'il embarquait pour l'Amérique, qu'il en avait fini de Vienne et d'elle ?

Elle mit un certain temps avant d'entendre réellement la musique. Elle ne connaissait pas l'opéra ; au début, elle rata les mélodies célèbres, les ensembles dramatiques. Mais, soudain, le baron Ochs entra, accompagné de ses glorieuses, absurdes valses, et des courtisans bourdonnants... Si bien que lorsque la Seefeld arriva pour le célèbre monologue dans lequel la Maréchale se lamentait, avec une perplexité touchante, du passage du temps, Ellen, qui voulait la haïr, se retrouva suspendue aux notes limpides qui lui échappaient, aussi blessée et surprise que la cantatrice se demandant ce que Dieu avait voulu faire.

— *Un jour, tu me quitteras*, chantait Seefeld à son jeune amant. *Aujourd'hui, demain ou le jour d'après...*

Mais Marek ne partait pas. Il revenait..., songea Ellen.

Quand le rideau tomba sur le premier acte, les applaudissements furent frénétiques. Tout le monde était conscient d'assister à un triomphe, à une représentation qui entrerait dans la légende de l'art lyrique.

— N'est-elle pas incroyable ? demanda Kendrick. Son interprétation n'a jamais été surpassée. Mais le chef d'orchestre ! Je savais qu'elle était sa muse, bien sûr, mais j'ignorais qu'il était à Vienne. Vous rendez-vous compte que j'ai chanté dans la même chorale que lui ?

Ellen ne dit rien. Un homme qui l'observait avec admiration tandis qu'ils se dirigeaient vers la pièce où étaient servis les rafraîchissements baissa les yeux, se demandant pourquoi cette jolie jeune femme arborait une telle mine.

Si seulement c'était terminé, songeait Ellen. Si seulement je pouvais rentrer à la maison…

Pas à Hallendorf, où l'attendaient tant de souvenirs, mais loin de l'Autriche. À Londres, Londres pluvieux et triste, où l'on creusait des tranchées dans les parcs.

— Je suis allé la voir, dit Benny, de retour dans sa loge. Elle est aux anges. Honnêtement, personne ne peut lui résister lorsqu'elle donne une représentation comme celle-là. Elle l'attirera dans son lit aux cygnes avant l'aube, si elle ne l'a pas déjà fait. Je vais lui laisser quelques jours, et puis je les ferai signer tous les deux. Bien sûr, elle va devoir terminer son contrat ici, mais elle pourra le rejoindre ensuite.

Seefeld n'apparut pas dans le deuxième acte, consacré à l'amour joyeux et instantané d'Octave, l'infidèle chevalier à la rose, pour la jeune Sophie von Faninal. Mais si l'on regretta l'absence de Seefeld, l'orchestre dirigé par Altenburg joua la « Présentation de la rose », le duo extatique des jeunes amants et la valse irrésistible, sentimentale du baron Ochs comme si c'était la première fois. Des femmes s'essuyaient les yeux ; Benny secouait la tête. Comment Altenburg arrivait-il à faire jouer ainsi un orchestre, même aussi célèbre ?

Une seule voix dissonante s'éleva durant le second entracte : celle d'un homme cireux, arborant la croix de Fer sur sa poitrine.

— Je vous accorde qu'Altenburg est un bon chef d'orchestre, mais c'est une erreur de se mettre les

Allemands à dos. On le hait à Berlin ; nous ne devrions pas avoir l'air de cautionner sa position contre Hitler. Pas avec ce qui pourrait se produire.

Néanmoins, il était le seul de cet avis, et ses interlocuteurs s'éloignèrent de lui. Ils ne seraient peut-être pas aussi braves demain mais, ce soir, ils étaient prêts à tourner résolument le dos au Troisième Reich et à l'offre d'union et de fraternité de Hitler.

Vint l'heure du dernier acte. Comédie, agitation, quiproquos… Le baron Ochs discrédité… Et l'entrée de la Maréchale, peut-être le moment le plus émouvant de tout l'opéra. Elle est debout sur le seuil de l'auberge, elle sait que son jeune amant l'a abandonnée – pas « un jour » ou « bientôt », mais *maintenant*. Pourtant, Octave n'est pas une canaille, la fille dont il est tombé amoureux n'est pas une friponne calculatrice. Les amants sont rattrapés par la seule chose qu'elle-même ne pourra plus jamais atteindre – leur jeunesse. Perplexes, honteux et pourtant extatiques, ils la regardent…

Et elle arrange tout. Le trio qui suit est d'une telle beauté qu'il fait cesser toute agitation. La Maréchale chante – mais pas de façon grandiloquente, théâtrale – le besoin de sacrifice personnel. Elle chante, en fait, quelque chose d'à la fois incroyablement simple et incroyablement difficile : *le besoin de bien se comporter*. Les amants se font des reproches, tremblent, puis, avec sa bénédiction, tombent dans les bras l'un de l'autre.

Quand elle les quitte, bien qu'ils continuent à chanter, l'opéra est terminé. Personne dans le public – quel que soit ce public – ne peut se retenir de pleurer pour la Maréchale. Tout le monde est de son côté.

Le rideau tomba. Kendrick, regardant Ellen, fut soulagé de constater qu'elle pleurait. Après l'incident de la soupe à l'oseille, il se demandait parfois avec quelle profondeur elle *ressentait* la musique.

Ne la ressentait-elle pas presque trop, en cet instant ? Bien qu'elle eût toujours un mouchoir sur elle, il lui tendit le sien, car elle ne faisait rien pour éponger ses larmes.

Le renoncement. L'abandon. Brigitta, qui n'avait pas à renoncer à quoi que ce fût, l'avait chanté. Mais moi, qui ne chante pas, il faut que je le fasse, songea Ellen. Seulement, j'aimerais tant avoir quelque chose à quoi renoncer. Oui, j'aimerais tant…

Les applaudissements sans fin, les cris de « Bravo » et « Bis », la pluie de fleurs passèrent comme dans un rêve. Mais lorsque enfin Marek se laissa traîner sur scène et qu'il fit lever son orchestre, lorsque Brigitta vint vers lui, les bras tendus, et qu'il l'embrassa, à la grande joie et à la bruyante approbation des Viennois, elle vit ce à quoi elle devait renoncer. Elle le vit même très clairement.

21

— Eh bien, après ce soir, nous aurons des choses à raconter à nos petits-enfants ! s'exclama Benny, triomphant.

Il n'était pas marié et n'avait nullement l'intention de remédier à cela, mais ce soir il se sentait dynastique. Le *Fidelio* de Mahler… Le *Tristan* de Karajan… Et, maintenant, *Le Chevalier à la rose* de la Seefeld. Ou serait-ce *Le Chevalier à la rose* d'Altenburg ? Aucune importance. C'était l'ensemble qui avait fait de cette soirée un moment de légende lyrique.

Tout le monde en était conscient. Ils passaient près de leur table, au Sacher – les critiques acerbes, les musicologues toujours insatisfaits –, et se répandaient en compliments comme des écoliers. La direction du restaurant leur avait apporté deux bouteilles de champagne ; Brigitta rayonnait et étincelait, et de temps en temps elle posait une main amoureusement propriétaire sur le bras de Marek.

Il est de nouveau à moi, songeait-elle avec exultation. Je l'ai récupéré. En esprit, elle se projeta à la fin du repas… au moment où ils atteindraient son appartement. Ufra se serait occupée de tout : les bougies seraient allumées, le lit vaporisé de *Nuit d'été* – mais légèrement, car Marcus n'avait jamais aimé les parfums trop forts –, et le petit chien serait sagement enfermé. Rien de tel en effet pour gâcher une ambiance que l'accueil bruyant que la créature n'aurait pas manqué de faire à Marcus !

Ensuite, Brigitta accomplirait le premier des sacrifices qu'elle était prête à faire pour inspirer le compositeur.

Marek n'était que partiellement conscient de l'agitation qui l'entourait et de la possessivité coquette de Brigitta. En réalité, il était encore avec l'orchestre, tandis que celui-ci le suivait à travers l'extraordinaire richesse et complexité de la partition. La représentation n'avait pas été parfaite : le *piu tranquillo* avant la « Présentation de la rose » avait trop traîné (le sentimentalisme de Feuerbach ne pouvait pas être éradiqué en un instant), mais ils avaient joué comme... eh bien, comme le Philharmonique de Vienne.

Je rendrai mes Américains tout aussi bons, se jura-t-il. Il avait raté le bateau de Gênes, mais il y en avait un, plus rapide, qui devait partir de Marseille ; il serait à peine en retard.

Brigitta s'appuya encore plus contre lui ; elle avait décidé de faire son sacrifice maintenant plutôt que dans l'intimité de ses appartements, sachant combien cela ferait plaisir à Staub, assis à côté d'elle. Jusque-là, elle avait été ferme dans son refus de représenter Hélène de Troie recroquevillée par la terreur sous un porche, mais à présent...

— Chéri, dit-elle à Marek sur le ton de la confidence, je me suis décidée. Si tu écris l'opéra, je suis prête à le faire. Je suis prête à me rouler en boule.

Marek la regarda et essaya de se concentrer sur ses paroles. Benny avait de nouveau rempli son verre, et il n'avait pas protesté : il avait besoin de se détendre. La dernière fois qu'il avait bu du champagne, c'était dans la salle à manger du Kalun Spa Hotel.

À cet instant, comme si ses pensées l'avaient rappelé de cet endroit à l'odeur de soufre, il vit une jeune femme dans une robe blanche debout sous un lampadaire, qui le regardait à travers la vitre.

— Pardonnez-moi, dit-il en se levant.

Mais quand il atteignit la rue, elle n'était nulle part en vue. Il devait être plus ivre qu'il ne l'avait cru.

— Je suis désolé, Brigitta, s'excusa-t-il en se rasseyant. J'ai cru voir quelqu'un que je connaissais.

Puis, faisant un effort :

— Que me disais-tu ?

— Que j'étais prête à me rouler en boule, répéta Brigitta d'un ton contrarié.

Cependant, cette fois, sa phrase ne sonna pas de la même façon.

Près de deux heures après la fin de l'opéra, Kendrick cherchait toujours un emplacement adéquat pour sa demande en mariage. Ellen et lui avaient soupé dans un restaurant sur l'Albertinaplatz mais, quand ils étaient sortis et que Kendrick avait vu, dominant une volée de marches, la statue équestre de l'archiduc Albrecht, le courage lui avait manqué. De près, le destrier lui évoquait trop les chevaux que montaient ses frères à Crowthorpe. Leurs moqueries lorsqu'il tombait encore et encore de son petit poney gallois, leurs tentatives de le rendre moins peureux en l'attachant à un arbre et en galopant vers lui en brandissant des lances artisanales lui revenaient comme si elles dataient de la veille. Il suggéra donc à Ellen d'aller se promener dans le Burggarten, où se trouvait le monument à Mozart qu'il avait sélectionné comme un autre lieu propice aux déclarations.

— D'accord, Kendrick. Mais j'aimerais rentrer bientôt. Je suis assez fatiguée.

Elle avait en vérité le plus grand mal à se concentrer sur ce que lui disait son compagnon, ou même à entendre sa voix ; néanmoins, elle le suivit dans le jardin froid et sombre, où la vue du plus adulé compositeur autrichien réjouit fort Kendrick et lui fit oublier le souvenir de ses frères. Oui, dans la musique de cet homme, il y avait une pureté et une bonté qui ne manqueraient pas de rayonner et de bénir son entreprise.

Hélas, comme ils s'approchaient, Kendrick constata que l'esprit du compositeur était déjà occupé à bénir quelqu'un d'autre – un jeune homme en loden qui embrassait passionnément une fille grassouillette visiblement consentante. Il ne leur restait plus qu'à faire le tour des jardins et à ressortir dans la rue.

Le troisième site choisi par Kendrick était la fontaine de Donner, dans le Neuer Markt. C'était sur le chemin de retour vers l'hôtel, et le guide en disait le plus grand bien, mais, quand il suggéra à Ellen qu'ils repartent à pied jusqu'au Graben, elle se tourna vers lui et répondit :

— Kendrick, j'ai vraiment mal à la tête. Pensez-vous que vous pourriez essayer d'attraper un taxi ? Il y en a dans la Philharmonikergasse.

— Oui… oui, bien sûr.

Kendrick s'efforçait de dissimuler sa consternation. Certaines personnes faisaient leur demande en mariage dans des taxis, mais pas les Frobisher ; la possibilité d'être entendu par le conducteur rendait la chose parfaitement impossible.

Ils parcoururent la rue étroite, approchant du Sacher où – comme Kendrick put en informer Ellen – Billroth avait fréquemment pris des petits déjeuners d'huîtres en compagnie de Johannes Brahms. Ellen, qui jusque-là s'était montrée si réceptive aux renseignements qu'il lui avait donnés, sembla à peine enregistrer cette anecdote et le pria une nouvelle fois d'aller chercher un taxi.

— Regardez, il y en a justement un qui arrive ; courez l'attraper, je vous attends.

Il obéit. Quand il revint la chercher, il la trouva debout sur le trottoir devant la devanture illuminée du célèbre restaurant, l'air si bouleversé et douloureux qu'il ne sut que dire et ne put que l'aider à monter rapidement dans la voiture.

Mais l'image de Patricia Frobisher, Boadicée matrimoniale, ne le quittait pas, le poussant à agir. Il devait faire sa demande en mariage, et il devait la faire ce soir, dans la douce ambiance romantique de cette nuit d'été à Vienne. Demain matin ne conviendrait pas : ils essaieraient de visiter l'hôpital pour lépreux d'Otto Wagner, l'endroit où Willibald Gluck avait rendu son dernier soupir, et la cathédrale, après quoi, à midi, Ellen repartirait.

Le taxi s'arrêta dans le Graben, et Kendrick vit là une opportunité à saisir. En face de l'hôtel se dressait un haut pilier de marbre décoré de statues travaillées et surmonté d'or : la colonne de la Trinité, qu'il n'avait pas encore eu le temps d'étudier en détail. Avec une fermeté inhabituelle, il conduisit Ellen au pied de la statue pour l'examiner et vit, comme il l'avait espéré, qu'à cette heure tardive il n'y avait là personne d'autre.

— Ellen, commença-t-il, vous savez combien je vous aime. Et désormais, il n'y a pas que moi qui souhaite faire de vous ma femme, mais aussi ma mère.

Il s'interrompit, conscient de son problème de syntaxe, et réessaya.

— Je veux dire que ma mère m'a supplié de me marier et que je lui ai dit que je n'envisagerais jamais d'épouser une autre que vous.

Il fit une pause afin d'examiner le visage d'Ellen, espérant voir celui-ci transfiguré par l'approbation de Patricia Frobisher ; mais la jeune femme avait les yeux fermés.

— Alors, s'il vous plaît, Ellen, accepterez-vous…

Il continua longuement, s'efforçant d'exprimer sa dévotion et un espoir bégayant. Pour Ellen, c'était l'aboutissement logique de cette soirée de cauchemar et, dès qu'elle le put, elle déclara :

— Kendrick, lorsque j'ai accepté votre invitation, je vous ai écrit en précisant clairement que je viendrais en amie. Vous n'avez pas le droit de me faire à nouveau subir cela.

Kendrick, hélas, avait atteint cet état d'exaltation obstinée typique de ceux qui s'imaginent qu'une passion aussi forte que la leur doit d'une manière ou d'une autre trouver écho chez son objet. Ce n'est que graduellement que le refus réitéré de sa compagne l'atteignit, et que l'excitation se transforma en désespoir et en peur familière de l'ire maternelle.

— Bien sûr, je n'aurais pas dû espérer, soupira-t-il, anéanti. Si j'avais été Roland ou William, oui, mais…

— *Non*, Kendrick, *non* ! s'exclama Ellen, consentant à faire un dernier effort avant que cette horrible soirée ne se termine enfin dans la solitude de son lit. Ce n'est pas ça du tout. Vous avez l'air bien plus gentil que vos frères, vous êtes la personne la plus gentille qui soit…

Éprouvant un besoin de le réconforter plus fort que sa discrétion et que son immense désir d'intimité, elle ajouta :

— C'est juste que… je suis amoureuse de quelqu'un d'autre. Il ne m'aime pas ; il ne s'intéresse pas du tout à moi. Malgré tout, je ne peux pas m'empêcher…

À sa grande horreur, elle s'aperçut qu'elle avait fondu en larmes.

Mais sa conduite chevaleresque avait porté ses fruits. Le désespoir d'Ellen rendait le sien plus supportable à Kendrick. Depuis son enfance affreuse, ce dernier savait que le monde était un endroit sombre et menaçant ; la tristesse était pour lui une contrée familière. Qu'Ellen, si belle, si désirable, fût elle aussi malheureuse en amour représentait une profonde consolation. Pouvoir l'entourer de ses bras dans un amour fraternel, la laisser pleurer sur son épaule atténuaient immensément sa propre détresse. Il lui exprima sa sympathie, promit de demeurer à jamais son ami, et bien sûr d'être là si elle changeait d'avis. Il parvint même à faire une sorte de plaisanterie, car il se souvenait à présent que les Viennois appelaient la colonne sous laquelle ils se tenaient la Pestsäule.

— C'est un monument à la Grande Peste, durant laquelle environ cent mille personnes moururent d'une façon horrible, dit-il. Alors, peut-être que je n'ai pas si bien choisi mon endroit !

Il fut récompensé par le sourire d'Ellen, et par son bras posé sur le sien tandis qu'ils retournaient à l'hôtel.

Marek se sentait incroyablement fatigué. La crise Feuerbach lui avait valu toute une journée de répétitions sans fin, après quoi il avait passé quatre heures sur l'estrade durant l'opéra. Depuis que le rideau était tombé, rien ne lui avait vraiment semblé réel, et maintenant seulement il réalisait combien il avait été stupide. Il lui avait semblé poli de ramener Brigitta à son appartement, et à présent tout était là : les doubles portes ouvertes révélant le ridicule lit aux cygnes, les coussins moelleux, l'odeur entêtante de son parfum. Brigitta avait disparu pour revenir dans un peignoir de dentelle crème et, depuis, elle essayait de le serrer contre elle sur le canapé.

Il s'écarta.

— Brigitta, c'est terminé, tu le sais. Je suis venu afin de rendre service, pour l'opéra. Nous sommes collègues, point final.

Elle leva son visage vers lui ; ses beaux yeux bleu pervenche se remplirent de larmes.

— Chéri, comment peux-tu me dire cela ? Tu sais pourtant que je t'aime…

— Mais moi, je ne suis pas amoureux de toi, Brigitta.

Dieu, qu'il était dur de dire cela à une femme… Il passa une main dans ses cheveux, furieux qu'elle l'ait mis dans cette situation.

— En tant que musicien, je te respecte énormément. Tu as donné ce soir une représentation merveilleuse, mais notre liaison est *terminée*. Je pars pour l'Amérique, et tu as Stallenbach.

— Oh, lui !

Elle se rapprocha, son peignoir grand ouvert désormais. Manifestement, Marek était censé être hypnotisé par ses seins, son ventre – et de fait, si la quantité avait été le cœur du problème, il n'aurait pas eu de difficulté à l'être.

— Tu ne te souviens pas, mon chéri, combien c'était merveilleux ?

Marek soupira. Ç'avait été bon, parfois, mais même alors c'était parce qu'elle représentait quelque chose. C'était la comtesse de Mozart, si malheureuse en amour, ou Violetta – condamnée, mais qui mourait en contrôlant parfaitement son souffle – qu'il avait eu l'impression de tenir dans ses bras.

Elle pleurait, à présent, avec précaution toutefois, car elle était toujours maquillée.

— C'est parce que je vieillis. C'est parce que j'ai presque quarante ans.

Elle en avait quarante-trois, et c'était du chantage. Elle jouait toujours le rôle de la Maréchale.

— Tu es comme Octave ! tempêta-t-elle. La première petite jeune que tu vois, tu t'en vas avec !

— Non, Brigitta, ce n'est pas ça ; tu es toujours une très belle femme.

En vérité, ce n'était pas la jeunesse qui l'avait attiré chez Ellen.

Brigitta pleurait pour de bon, cette fois.

— J'ai travaillé si dur pour toi. Et maintenant, parce que ma fraîcheur s'est envolée…

Elle avait réellement beaucoup travaillé. Avec lui, cette femme autoritaire et tyrannique s'était montrée obéissante comme une enfant.

— Allons, Brigitta… Si tu continues, tu vas aller arrêter toutes les horloges.

Elle avait joué superbement cette scène – celle où la Maréchale décrit le « passage obstiné du temps » et comment, parfois, elle se lève la nuit et arrête toutes les pendules du palais. Il entendait encore leur doux carillon, évoqué par les harpes et le célesta, et sa voix s'élevant au-dessus d'eux. Avait-il le droit de railler sa peur de vieillir, même si elle l'utilisait pour obtenir ce qu'elle voulait ?

Ne couche jamais avec quelqu'un par pitié. Cette maxime était gravée dans son cœur, comme elle doit l'être dans celui de quiconque souhaite prendre et recevoir du plaisir dans l'acte d'amour.

— Je pars, Brigitta. Je vais en Amérique, tu le sais.

— Alors, reste avec moi juste une dernière fois. Reste avec moi, pour ce que nous avons accompli ce soir.

— D'accord, Brigitta. Je resterai pour ça.

À trois heures du matin, il s'éveilla dans le lit luxueux, oppressé et en sueur, et s'assit brutalement.

— Qu'y a-t-il ? demanda Brigitta d'une voix ensommeillée.

Il tourna vers elle un visage dénué de toute expression.

— Quoi ?

— Tu as dit quelque chose. Faisais-tu un cauchemar ?

Il repoussa les cheveux qui lui tombaient dans les yeux. Il mourait d'envie de sauter du lit, de marcher et de partir, partir loin de cet endroit étouffant.

— Qu'est-ce que j'ai dit ?

— Tu as dit : « J'ai oublié la roue ! »

Il la fixa, soudain éveillé.

— J'ai dit cela ? C'est exact. C'est vrai !

22

Comme le train ralentissait dans la gare de Hallendorf, Ellen vit que le quai était envahi d'enfants. Ils étaient entassés sur les bancs, enroulés autour des piliers de fer décorés de pots de géranium suspendus, ou simplement en train de sautiller partout, surexcités. Sophie était là, bien sûr, ainsi que Leon, Ursula… Janey, Flix, Bruno, et Frank également, qui agitait un bâton en l'air, ainsi qu'une poignée d'enfants du village.

La jeune femme avait espéré disposer encore du trajet sur le lac pour reprendre ses esprits mais, lorsqu'ils se précipitèrent vers elle, elle ressentit un plaisir inattendu à se retrouver parmi eux.

— Nous avons obtenu le droit de venir vous chercher, cria Leon.

— Il y a eu une catastrophe, s'exclama Sophie.

— Non, ce n'est pas une catastrophe, la contredit Ursula.

— Si, c'en est une. Pour Bennet. C'est affreux pour lui, alors qu'il a écrit à toutes les tantes de Toscanini. Et c'est une honte pour l'école.

Le joli visage de Flix était creusé par l'inquiétude.

Ellen posa sa valise.

— Pourriez-vous s'il vous plaît me dire ce qui s'est passé ?

— C'est *Abattoir* !

Sophie, qui s'était approchée très près d'Ellen, essayait d'annoncer la nouvelle d'une voix raisonnablement sérieuse mais, en vérité, elle était folle de joie de revoir la gouvernante.

— C'est fini. *Kaput*. Nous ne le faisons plus !

— *Quoi* ? Mais... et FitzAllan ?

— Des hommes sont venus.

À la grande surprise d'Ellen, Frank s'approcha et lui prit galamment sa valise.

— C'étaient des conseillers juridiques. Enfin, des avocats en tout cas, assura Janey.

Tous parlaient en même temps, groupés autour d'Ellen. Même les enfants du village, bien que tout le monde s'exprimât en anglais, semblaient vouloir participer à la révélation de cette nouvelle extraordinaire.

— Ils ont dit qu'ils représentaient... qu'ils travaillaient pour Bertolt Brecht, et qu'il n'avait jamais donné l'autorisation que la pièce soit jouée !

— Ils étaient complètement furieux. Ils ont dit aussi à Bennet qu'il enfreignait la loi sur les droits d'auteur et que, si une seule scène était jouée, ils le poursuivraient en justice !

— Alors Margaret est entrée dans une rage folle. Elle a dit que ce n'était pas la faute de Bennet mais de FitzAllan, qui avait prétendu avoir la permission, et ils sont tous partis vers le théâtre...

— Nous étions en train de répéter le moment où tous les travailleurs font la grève et commencent à mourir dans la neige, expliqua Flix, et ils sont arrivés sur la scène au pas de charge – des hommes en costume sombre – et ils ont crié : « Arrêtez ça immédiatement ! »

— Ils étaient rouges comme des coqs turcs. On aurait dit des dindons. Et Bennet leur répétait : « Je vous assure que M. FitzAllan a reçu la permission de Bertolt Brecht de jouer cette pièce ; il vous le dira lui-même. » Il était très digne, affirma Sophie.

— Puis tout le monde a regardé FitzAllan, et il est devenu jaunâtre et a commencé à bégayer en disant qu'il avait dû y avoir un malentendu.

— Mais, en fait, non !

Le fin visage de Leon était déformé par le mépris.

— Il avait tout inventé ! Il n'avait jamais approché Brecht, il s'imaginait juste pouvoir s'en tirer impuni. Les hommes sont partis en menaçant de tas de choses... Un procès en diffamation et des trucs comme ça. Le lendemain matin, Lieselotte lui a préparé ses affreuses boulettes aux noix, mais il n'est jamais venu prendre le petit déjeuner.

— Il a filé pendant la nuit !

— Alors, maintenant, nous n'avons rien à montrer aux parents, pas le moindre petit bout de spectacle, conclut Leon. C'est la première fois que l'école n'a pas une pièce à présenter à la fin du trimestre, et vu qu'il n'y a aucun espoir non plus en musique...

Ellen, qui se dirigeait avec les enfants sautillants et surexcités vers le quai d'embarquement, était tout aussi indignée qu'eux. Tant de travail gâché, et tant d'argent aussi... les masques des animaux, sur lesquels Rollo avait tellement travaillé, souvent tard dans la nuit ; les projecteurs militaires de Jean-Pierre ; des mètres et des mètres de mousseline... Et le pauvre Chomsky, vaincu par la structure en trois tiers pour rien !

Dans la salle des professeurs, ce soir-là, elle apprit les détails de l'affaire.

— L'un des parents était à une soirée à Zurich et se vantait du coup extraordinaire monté par l'école, expliqua Freya. Quelqu'un qui connaissait Brecht se trouvait là.

— Mais pourquoi ? demanda Ellen, qui n'arrivait pas à comprendre FitzAllan. Pourquoi a-t-il pris un tel risque ? Ce n'est qu'une pièce de fin d'année.

Jean-Pierre posa son journal.

— L'enjeu est plus important qu'il n'y paraît. Après tout, certains des parents d'élèves sont très connus : le père de Frank, celui de Bruno… Les parents de la petite Sabine, qui possèdent la moitié de Locarno Chemicals. Et le directeur de la *Festspielhaus* [1] de Bonn avait promis de venir : c'est quasiment un oncle de Toscanini, si vous voulez bien me passer l'expression. Si FitzAllan avait mené son projet à bien, il aurait pu faire sensation.

— À votre avis, tout le reste était-il faux aussi ? s'enquit Ellen. Je veux dire, son apprentissage avec Meyerhold et Stanislavski ?

— Probablement.

David Langley, qui avait perdu des semaines de beau temps estival à faire le propriétaire de bestiaux bouffi ou la carcasse alors qu'il aurait pu chasser les oscines, était particulièrement amer.

— En tout cas, il n'a pas été idiot : il s'est fait payer d'avance.

À l'instar des enfants, les professeurs étaient surtout ennuyés pour Bennet, qui se reprochait de s'être laissé avoir et ne cessait de répéter qu'il était seul responsable du désastre.

— Mais ce n'est pas vrai ! s'exclama Hermine. Si je n'avais pas laissé le professeur arriver à ses fins, à Hinterbruhl, j'aurais pu monter une pièce, comme les années précédentes. C'est pour m'épargner du travail qu'il a engagé ce *Schweinkopf* [2].

— Et Tamara ? Comment l'a-t-elle pris ? interrogea Ellen.

Des regards furent échangés.

— Mal, comme vous pouvez l'imaginer. Très mal, dit David. Je crois qu'elle s'imaginait lui plaire. Depuis, elle n'arrête pas de tempêter comme une reine de tragédie.

---

1. Salle des fêtes. *(N.d.T.)*
2. Littéralement, « tête de porc ». *(N.d.T.)*

C'était encore pis que cela. Lorsqu'elle alla voir Margaret pour lui remonter le moral après avoir mis les enfants au lit, Ellen trouva la secrétaire debout devant la fenêtre ouverte de son bureau. Elle paraissait malheureuse et lasse ; cependant, quand Ellen approcha, elle parvint à sourire, car elle ne lui cachait rien.

— Écoutez ! chuchota-t-elle.

Ellen vint à côté d'elle. De l'étage supérieur, étouffée mais reconnaissable entre mille, leur parvenait la musique des *Danses polovtsiennes*, jouée sur le Gramophone de Tamara.

— Comme s'il n'avait pas déjà assez à supporter, soupira amèrement Margaret. Les agents de change ont écrit de nouveau ; nous ne sommes même pas sûrs de pouvoir encore continuer un trimestre. Et il est tellement *fatigué* !

Ellen mit un bras autour des épaules de la secrétaire.

— Vous l'aimez, n'est-ce pas ? murmura-t-elle d'une voix tranquille. Je veux dire… vraiment ?

Margaret haussa les épaules.

— Oui, je crois qu'on peut le dire comme ça.

Elle secoua la tête.

— Ne vous inquiétez pas, je m'en remettrai. Et vous ? Avez-vous passé un bon moment à Vienne ?

— Pas exactement, répondit Ellen.

Alors, parce qu'elles étaient anglaises et que leur cœur était bien malmené, elles retournèrent dans la pièce, mirent la bouilloire à chauffer et se firent une tasse de thé.

Les journaux de Vienne arrivèrent le lendemain. Tous relataient l'histoire du gala et de son sauvetage héroïque par Marek, et, bien que les photographies de lui que les journalistes avaient réussi à trouver fussent vieilles de plusieurs années, on ne pouvait manquer de le reconnaître. Le *Tageblatt* comme le *Neue Zeitung* insistaient sur les aspects musicaux de l'affaire, mais le *Wiener Leben* rapportait tous les commérages sur la relation d'Altenburg avec la Seefeld, accompagnés d'une photographie du compositeur enlaçant la diva sous le regard bienveillant de Richard Strauss.

— Ce n'est pas entièrement surprenant, observa Hermine, alors que tous commentaient ces révélations dans la salle des professeurs. Nous avions senti depuis le début que c'était *quelqu'un*...

— Et à la manière dont il fuyait la balalaïka de Tamara, nous aurions dû deviner qu'il était musicien, renchérit Jean-Pierre.

— Avez-vous entendu quoi que ce soit à ce sujet, à Vienne ? demandèrent-ils à Ellen, qui secoua la tête.

Parler de l'opéra était au-dessus de ses forces.

Les enfants, comme les professeurs, réagirent de façon mitigée à la nouvelle. Qu'un éminent compositeur eût soigné leur tortue et ratissé les allées de leur jardin était fort excitant, plus encore que n'importe quel film ; mais qu'il fût sur le point de partir pour l'Amérique avec Brigitta Seefeld, comme le déclaraient sans équivoque les journaux, cela les attristait. Durant sa brève visite à l'école, la diva n'avait guère séduit ceux qui avaient croisé son chemin.

Bennet, afin de mettre un terme à toutes les spéculations, fit une courte annonce durant l'assemblée, déclarant que Marek avait souhaité passer quelque temps incognito afin de se reposer et de se ressourcer. Il sous-entendit qu'une composition d'importance avait été en gestation, dans la petite chambre au-dessus des étables.

Si cela suffit à satisfaire la plupart des membres de son auditoire, cela ne fit rien pour apaiser la rage de Tamara. Elle ne pouvait supporter d'avoir laissé un éminent musicien lui glisser entre les doigts.

— Il aurait pu écrire un ballet pour moi, persifla-t-elle. Je ne l'en aurais pas empêché... Quel idiot d'avoir laissé passer une telle chance !

Le seul des élèves à ne pas être surpris par la nouvelle en était aussi le plus affecté.

Cherchant Leon à l'heure du coucher, Ellen le découvrit debout, désespéré, dans l'ancienne chambre de Marek. Une araignée avait tissé sa toile sur la fenêtre ; Lieselotte avait mis quelques fruits tombés trop tôt de l'arbre à mûrir sur l'appui, et l'odeur pleine, entêtante, semblait étrangement évoquer Marek dans sa chemise de travail bleue.

— Je n'arrête pas de penser à ce qu'il a peut-être écrit ici, dit Leon. J'ai regardé dans le coffre pour voir s'il restait des bouts de partitions, mais il n'y en avait pas.

Silencieuse, Ellen s'approcha de lui. Elle se souvenait de Marek, mettant ses papiers dans sa valise le jour où elle lui avait crié dessus parce qu'il avait jeté Leon dans le lac.

— Ça va être affreusement difficile d'écrire sa biographie, s'il part pour l'Amérique, observa sombrement le jeune garçon.

— Je ne vois pas pourquoi, répondit Ellen. Tu vas peut-être devoir en reporter un peu la rédaction, mais tu seras bientôt adulte. Pourquoi ne pas décider tout simplement d'aller là-bas quand tu seras suffisamment grand ?

Leon la regarda avec reconnaissance.

— Oui, je pourrais faire ça.

Il soupira.

— C'est le meilleur, vous savez, Ellen. Honnêtement. Je veux dire, pas juste sa musique. Il est tout simplement le meilleur.

— Oui, je le sais, Leon. Allez, viens te coucher.

L'excitation consécutive à la découverte de la véritable identité de Marek dura un jour ou deux, après quoi les enfants tombèrent dans le désœuvrement et la déprime. Ils avaient eu beau se plaindre d'*Abattoir*, la pièce avait été au cœur de leur vie. Certes, Hermine organisait des ateliers de mouvement pour la fin du trimestre, Freya projetait de donner une démonstration d'éducation physique aux parents, et Bennet préparait des extraits du *Conte d'hiver*, mais, pour des visiteurs qui s'attendaient à voir une pièce originale de Brecht, ce ne serait guère excitant...

L'abandon d'*Abattoir* eut une conséquence immédiate : Chomsky revint. La nouvelle de la disgrâce de FitzAllan l'avait guéri comme par magie. Curieusement, tout le monde fut content de le revoir. Les enfants se rendaient à ses cours avec plus d'enthousiasme qu'autrefois ; ils pliaient des feuilles de métal pour en faire des presse-livres et regardaient sa cicatrice d'appendicite avec une agréable impression de familiarité et de soulagement.

Chaque jour, Ellen s'attendait qu'il découvrît la perte de son passeport, mais la chambre du Hongrois était dans un tel désordre que c'était déjà une chance qu'il retrouve son lit, sans parler de ses documents. Par ailleurs, ayant rencontré sa famille, Ellen ne s'inquiétait pas : elle savait que Laszlo parviendrait à rentrer chez lui, le moment venu.

Deux jours après le retour de Chomsky, la délégation arriva.

Ils ne vinrent pas par le vapeur, mais par la route, dans deux voitures : le maire de Hallendorf, l'oncle boucher de Lieselotte, le chef de la coopérative agricole et plusieurs autres dignitaires, portant des cols amidonnés, embarrassés et étouffés par la chaleur, mais arborant un air important.

Instinctivement, Ellen et Margaret, qui étaient dans le bureau du directeur, vinrent se placer de chaque côté de lui.

— Qu'y a-t-il encore, je me le demande..., dit Bennet d'un ton las. Ça ne peut pas déjà être Chomsky qui s'est pris dans leurs filets de pêche, il n'est pas rentré depuis suffisamment longtemps. Peut-être Frank a-t-il allumé des incendies ?

— Non, intervint Ellen, je suis sûre que non.

Les hommes approchèrent. On voyait que leur expression était sérieuse. Ce serait le coup de grâce – une plainte du village quand, enfin, les relations entre l'école et la population avaient l'air de s'être considérablement améliorées.

Cependant, Bennet n'était pas homme à esquiver les responsabilités.

— Je crois qu'il va nous falloir de la bière, Ellen, déclara-t-il.

Puis il s'avança pour saluer le maire et serrer la main de tous avant de les conduire à son bureau.

Cela avait semblé relativement aisé. Il rendrait visite au vieux fermier qui lui avait promis une vieille roue de charrette à foin, le paierait et laisserait des instructions et un pourboire à son fils pour qu'il aille installer l'objet ; puis il retournerait à Vienne.

Pourtant, en pratique, cela ne se révéla pas simple du tout. Bien que le vieux Schneider se souvînt que Herr Tarnowsky s'était renseigné au sujet de la roue quelque temps auparavant, il ne se rappelait pas lui avoir fait une promesse ferme à ce sujet.

— Je ne peux pas distribuer comme ça l'équipement de la ferme, dit-il en s'appuyant contre la porte de la remise crasseuse.

— Je ne vous ai pas demandé de me donner cette roue. Je vous en ai offert un bon prix. Toutefois, si ce n'est pas suffisant, je l'augmenterai – à condition que votre garçon et vous alliez la monter pour moi.

Herr Schneider, quoique intéressé par la nouvelle somme mentionnée par Marek, annonça qu'il n'était pas question qu'ils posent la roue. Il souffrait d'hémorroïdes et n'avait pas le droit de grimper sur une échelle ; quant à son fils, il était dans les hauts pâturages où il s'occupait des vaches.

— C'est un travail difficile, d'installer une roue.

— Sottises ! Il suffit de la mettre au niveau du pignon de la remise. N'importe quel homme en bonne santé peut le faire en dix minutes.

Cette tactique ne porta pas ses fruits. On en revint aux hémorroïdes de Herr Schneider et au fait que les médecins de Klagenfurt n'y connaissaient rien et s'en moquaient.

— Je veux bien vous vendre la roue, mais vous devrez la placer vous-même, décréta le fermier, qui ajouta de mauvaise grâce que Herr Tarnowsky pourrait utiliser les outils de la remise.

Marek lâcha un juron et lui tendit une liasse de billets. De toute évidence, il était tombé sur le seul homme de la région qui n'était pas de la famille de Lieselotte.

— Je vais devoir vous emprunter votre camionnette, grogna-t-il.

Une heure plus tard, la roue amarrée à l'arrière, il prenait la route en direction de Hallendorf.

Si ce n'avait été pour Lieselotte, Ellen ne serait pas venue ; son aversion pour les réunions avait plutôt tendance à empirer avec le temps. Mais elle avait senti que son aide était très importante pour la jeune fille. Aussi Ellen s'était-elle campée à sa place habituelle, sur le rebord de la fenêtre. Et maintenant, avec Sophie à sa gauche et Lieselotte à sa droite, elle écoutait le résumé de Bennet.

— Comme je l'ai expliqué au maire, nous sommes très honorés qu'on nous ait fait cette proposition – vous le savez, j'ai toujours souhaité une collaboration plus étroite entre l'école et le village. Cependant, je n'ai pas l'impression que toute l'école doive être impliquée dans le projet, et je le lui ai dit. Bien sûr, tous ceux – élèves ou professeurs – qui souhaiteront aider de façon individuelle, sur leur temps libre, seront entièrement libres de le faire, mais…

— Pourquoi ?

L'interruption venait de Sophie, dont la timidité était bien connue ; elle rougit aussitôt de sa propre audace.

Bennet la regarda avec un sourire charmeur.

— Tu veux dire, pourquoi l'école ne peut-elle monter une reconstitution historique de la vie de sainte Aniella ?

— Oui.

Sophie hocha la tête, toujours écarlate.

— Parce que ce serait prendre part à un rituel religieux, précisa Bennet, et outrepasser notre mission d'établissement éducatif.

— Elle est chouette, pourtant, Aniella.

La petite Sabine avait parlé avec une détermination inattendue.

— Oui, c'est vrai, renchérit Sophie. Elle est à la fois ordinaire et très spéciale. C'est une sorte de sainte poule – vous savez, du genre qui protège les gens.

Elle étendit ses bras maigrelets pour figurer des ailes protectrices.

— Elle s'occupe des enfants et des personnes âgées…

— Et des animaux, intervint Flix. Tous les animaux. Même les salamandres et les hérissons et les couleuvres. Les images sont dans l'église.

— Alors, vous connaissez tous l'histoire ? s'étonna Bennet.

— Non, répondirent quelques enfants, dans le fond.

— Peut-être dans ce cas devrais-tu nous la raconter, Sophie, suggéra le directeur.

— Oh non, je ne pourrais pas !

— Vas-y, Sophie, insista doucement Ellen.

Alors la fillette prit une profonde inspiration et commença. Sa mère lui avait dit qu'elle ne savait pas projeter sa voix, et son père qu'il ne fallait pas se mettre en avant, mais, en cet instant, elle les oublia tous les deux. Pendant qu'elle parlait, les enfants voyaient Aniella se déplaçant entre les animaux malades, dans sa prairie couverte de fleurs… ils entendaient le fracas des sabots tandis que les méchants chevauchaient vers sa maison. Ils étaient avec elle alors qu'elle pleurait dans la grotte (« C'est celle au-dessus de la plantation de mélèzes, celle qui est pleine de pneus de vélo », expliqua Sophie) et entendaient les battements d'ailes des anges qui la réconfortaient. Ils la suivirent dans sa traversée du lac au milieu de la flottille de bateaux et furent envahis d'horreur quand elle fut poignardée et que le sang coula à flots sur sa robe de mariée.

— Mais ça allait, dit Sophie, reprenant les mots que Lieselotte avait employés dans l'église. Parce qu'elle est redevenue belle et s'est mise à flotter, à s'envoler. À ce moment-là, des fleurs sont tombées du ciel, et on a entendu de la belle musique.

— On pourrait faire un spectacle-promenade, proposa Leon quand elle eut terminé.

— Qu'est-ce que c'est ? demanda Janey.

— C'est un spectacle dont les gens suivent les actions en se déplaçant. Vous commenceriez dans la maison d'Aniella, puis iriez vers la grotte... Pas que je veuille avoir quoi que ce soit à voir avec ça, ajouta-t-il précipitamment, car la religion est l'opium du peuple.

— Eh bien ça, c'est vraiment idiot ! s'exclama Ursula. C'est comme si tu disais que tu ne peux pas jouer dans une pièce sur l'Arctique parce que tu n'es pas un pingouin !

— Leon a parfaitement raison, cependant, fit valoir Jean-Pierre. Il est hors de question que nous ayons affaire avec cet exemple typique de superstition catholique. Néanmoins, l'éclairage de la grotte pourrait se révéler intéressant ; en utilisant des miroirs et des projecteurs par-derrière...

Son regard se perdit et il se lança dans un fatras de remarques techniques.

— Nous avons tous ces masques d'animaux qu'il nous reste d'*Abattoir*, souligna Rollo.

— Vous pourriez aussi utiliser la mousseline, la teindre et vous en servir pour décorer les bateaux, chacun d'une couleur différente, suggéra Bruno.

Rollo le regarda avec stupéfaction, car le jeune garçon avait pris un morceau de papier et commençait à dessiner.

Bennet, qui laissait la discussion suivre librement son cours, était totalement abasourdi. Ses enfants agnostiques – pour ne pas dire athées –, ses professeurs marxistes, avec leur aversion pour toute forme de croyance, étaient en train de discuter sérieusement d'une représentation religieuse évoquant la vie d'une sainte autrichienne mineure, dont l'authenticité même était très controversée ! Il imaginait le père de Frank entendant cela – ou les autres parents, qui lui avaient confié leurs enfants à la condition qu'ils seraient élevés sans les consolations spécieuses d'un au-delà. Et pourquoi Jean-Pierre, qui dormait avec un poster de Lénine au-dessus de sa tête, évoquait-il en cet instant les mérites d'une technique d'éclairage connue sous le nom de *Pepper's Ghost* ?

— Ça ne me dérangerait pas d'être une salamandre, dit Sabine avec fermeté. Je préférerais être une salamandre qu'une carcasse.

Bennet essaya de remettre de l'ordre dans la réunion.

— Je n'empêcherai personne d'aider, déclara-t-il, mais il faut qu'une chose soit claire : ce sera fait de façon individuelle.

Les enfants, toutefois, s'inquiétaient d'un problème bien plus important.

— Qui fera Aniella ? Qui sera la sainte ?

Il fallait que ce soit une adulte – Aniella n'était pas une enfant –, et quelqu'un que tout le monde aimait bien, à la fois à l'école et au village…

En vérité, la réponse était déjà toute trouvée. Bennet les vit hocher la tête d'un air entendu, entendit le nom d'Ellen courir dans la pièce comme le vent dans un champ de maïs… les vit regarder vers l'endroit où elle était assise, la tête appuyée contre la fenêtre.

Ils avaient raison, bien sûr. Elle serait merveilleuse en Aniella. Avec sa chaleur, son sérieux, elle créerait une cohésion dans cette escapade d'amateurs. Sûrement, cette fois, elle ne refuserait pas d'être distinguée, de se retrouver sous les feux de la rampe !

Oui, elle le ferait ! Déjà, elle se levait et secouait ses cheveux – et elle avait l'air aussi heureuse que la première fois qu'il l'avait vue. Heureuse et flattée, peut-être, du désir évident – et qu'on exprimait tout haut, à présent – qu'elle soit le centre de la représentation et son héroïne.

Sauf qu'elle ne regardait pas les gens qui s'approchaient d'elle. Elle était à la fenêtre et avait les yeux levés vers le toit de la remise, au-dessus du pignon, là où un homme sur une haute échelle fixait une roue de bois.

23

Durant trois jours, Marek s'enferma dans son ancienne chambre au-dessus des étables. Les gens qui osaient venir frapper à sa porte ne réitéraient pas deux fois l'expérience ; même Tamara respecta son souhait d'être seul et demeura à distance.

Au début, l'intention de Marek était simplement d'adapter une partie des chansons folkloriques et des hymnes les plus connus de la région, en les orchestrant pour les instruments basiques dont ils disposaient et en enseignant aux enfants les plus petits un accompagnement simple.

Le premier jour, Ellen vint lui apporter un plateau, car il avait fait clairement savoir qu'il ne se déplacerait pas pour les repas. Sur ce plateau se trouvait une assiette, avec une côtelette de porc, de la purée de pommes de terre et des petits pois du jardin. Pour le dessert, elle avait choisi des fruits frais : une grappe de raisins noirs, une pêche. Une cafetière pleine était maintenue au chaud sous un manchon matelassé.

La jeune femme posa le tout, et pendant un moment il la vit : sa chevelure asymétrique, ses yeux inquiets, ses sourcils bien dessinés.

— Comment ça se passe ? lui demanda-t-il.

— C'est incroyable. Tout le contraire d'*Abattoir*. Les gens arrivent de partout pour nous aider. Nous avons même trouvé un redoutable destrier pour le comte Alexei. Il tirait autrefois la charrette des éboueurs, c'est un coriace. Et, vous le croirez si vous voulez, ils veulent tous que Frank fasse l'ange : un immense ange féroce comme Raphaël, avec d'énormes ailes et…

Mais Marek avait cessé d'écouter. Ellen s'en aperçut et le laissa, replié sur ses pensées. Dès qu'elle fut partie, il lâcha la partition qu'il tenait à la main. Deux heures plus tard, il avait écrit ce qu'on appellerait le thème d'Aniella.

Mon Dieu, c'est pire que dans un film de Hollywood, songea-t-il. Une fille entre avec une côtelette de porc, et j'écris un morceau pour elle ! Ce n'était pas exactement ce qui s'était produit, bien sûr, mais il est vrai qu'il avait tout à coup eu envie d'exprimer le bonheur des choses simples qui caractérisait Ellen.

Dès lors, c'en fut fini de lui. La marche grondante des méchants chevaliers résonnait déjà dans sa tête, et maintenant l'interaction du thème d'Aniella avec le chant des anges, dans la grotte…

Idiot ! se disait-il, conscient des jours sans sommeil qui l'attendaient et de la quantité de travail, sans proportion avec l'occasion, qu'il allait devoir accomplir.

Plus rien n'aurait pu l'arrêter à présent…

Dans la soirée, Ellen revint avec la recharge de papier à musique qu'il avait demandée et son dîner sur un plateau.

— J'ai besoin d'une grande Thermos de café, dit-il. Noir. Rien d'autre.

Après le départ de la jeune femme, il alla à la fenêtre et s'étira. Aurait-il écrit cette musique si Ellen avait accepté de jouer le rôle d'Aniella ? Si elle avait cédé aux suppliques de ceux qui voulaient qu'elle fût l'héroïne de la reconstitution ? Mais elle ne l'avait pas envisagé un seul instant.

— Ce serait parfaitement déplacé, voyons : je ne suis ni autrichienne ni catholique. J'aiderai de mon mieux, mais il n'y a qu'une seule personne qui puisse jouer le rôle, vous vous en rendez bien compte.

Et ils s'en étaient soudain rendu compte, en effet. Lieselotte n'aurait pas à jouer la comédie – elle *était* Aniella. De surcroît, en insistant pour que soit choisie cette jeune fille sans complications que tous appréciaient, Ellen leur garantissait le soutien de tout le village sans exception. Toutefois, Marek, tout comme Bennet, avait été touché de voir qu'elle n'avait pas menti à son arrivée : elle ne voulait vraiment pas jouer, chanter, ni être mise en avant de quelque manière que ce fût.

— Et s'il pleut ? demanda Frau Tieschlein.

C'était la vieille dame qui avait mis Ellen en garde contre les « enfants sauvages » de Hallendorf. À présent, d'un seul coup, ces enfants sauvages étaient partout : dans le village, chez Lieselotte... Ils suggéraient, répétaient... On les trouvait même à l'église, où l'on pouvait les entendre à longueur de journée scier et clouer des planches, car Lieselotte – à sa demande expresse – devait être enlevée dans les airs vers le clocher.

— Il ne pleuvra pas, affirma Frau Becker. Dieu ne le permettrait pas alors que nous travaillons si dur en Son nom.

Ils travaillaient dur, c'était indéniable. Au fil des jours, le programme de la reconstitution semblait gonfler spontanément, comme une rivière réunissant ses affluents. La demeure de Lieselotte était située trop haut dans la montagne pour être utilisée, mais une maison de bois similaire, plus proche de la grotte, fut réquisitionnée. Les villageois y apportèrent des fleurs pour décorer les fenêtres, des bacs contenant des arbustes ornementaux et, lorsque Rollo eut fixé un faux volubilis sur le mur, elle devint réellement la maison représentée sur la peinture.

— Moi aussi, je veux être une salamandre, dit le fils du cordonnier, âgé de six ans – et on l'envoya à Bruno pour qu'il le parsème de taches jaunes.

La transformation de Bruno était, pour Ellen, un aussi grand miracle que tout ce qui était arrivé à la sainte. Alors qu'elle le cherchait, tard un soir, elle le découvrit dans la salle d'art.

— Ne me dites pas d'aller au lit ! s'exclama-t-il d'une voix colérique.

Elle ne le fit pas, car elle avait vu ce qu'il préparait : le masque qui transformerait Aniella en vieille sorcière. C'était un chef-d'œuvre d'horreur, fait de papier de riz et de soie ; on discernait encore les traits délicats de Lieselotte sous les rides.

— Ils ont pris mon bébé ! cria Hermine, désespérée, venue un après-midi chercher Ellen après avoir trouvé la boîte à harengs vide.

— Tout va bien, elle est avec Frau Becker et les autres dans la salle de couture.

— Mais elles vont lui donner de mauvaises choses à manger, des sucreries, et dans le livre il est dit que…

Cependant, quand Andromède revint, du sucre glace sur les joues, elle souriait et était câline ; et cette nuit-là, pour la première fois depuis sa naissance, elle dormit d'une traite.

Des problèmes se présentaient continuellement. Comment le public se rendrait-il de la maison à l'église ? Tout le monde ne pouvait pas monter dans la flottille de bateaux… Personne ne s'attendait que l'avare capitaine Harrar proposât de prêter son vapeur à aube, mais il le fit ; il suivrait la flottille à distance, déclara-t-il, et il y aurait de la place pour tous.

Lorsqu'il devint évident que, même si toutes les femmes du village continuaient à coudre, les robes ne seraient pas prêtes à temps, six religieuses arrivèrent du couvent, demandèrent Ellen et furent conduites dans le vestibule transformé en atelier. L'une d'elles, sœur Felicity, se révéla une botaniste experte, et elle put superviser la fabrication des pétales d'*Alpenrosen* [1] qu'Aniella devait lancer sur le lac et des coiffes de saxifrages, de gentianes et de bleuets des invités. Mais ce fut Ellen qui confectionna la robe de mariée d'Aniella. Elle arracha à Bruno ce qu'il restait de mousseline et cousit une robe de rêve qui fit pleurer Lieselotte d'émotion.

Seule Ursula demeurait en marge de l'agitation générale.

— J'aimerais que toi aussi tu sois une demoiselle d'honneur, comme nous, lui dit Sophie. Nous traverserons le lac avec Aniella ; ce sera amusant. Ellen a une tenue pour toi, elle me l'a dit.

— Ne sois pas sotte, rétorqua Ursula. Personne ne portait d'appareil dentaire à l'époque. Les gens se moqueraient de moi.

— Bien sûr que non…, commença Sophie, mais Ursula était déjà partie au pas de charge avec son cahier rouge.

Il devrait y avoir aussi peu de « jeu d'acteur » que possible, tout le monde était d'accord là-dessus. Il faudrait que chacun se mette dans la peau de son personnage au lieu de jouer. Il fut néanmoins décidé qu'il y aurait un bref commentaire pour lier les scènes ensemble. À sa propre stupéfaction, Bennet accepta lui-même de l'écrire.

Que suis-je en train de faire ? se demandait-il. Je suis athée ; je l'ai toujours été. Et pourtant, à présent, il rédigeait les dialogues d'une sainte autrichienne qui n'avait

1. Rhododendrons. *(N.d.T.)*

vécu que pour Dieu et d'un ange éclairé par-derrière – si le générateur fonctionnait – par un professeur de mathématiques marxiste. Il écrivait des textes vengeurs proclamant la félonie du marchand de primeurs choisi pour jouer le comte Alexei – et il avait beau se traiter d'idiot, il n'arrêtait pas.

À ce stade, nul ne se souvenait plus de qui appartenait au village et qui à l'école. Bennet annula tous les cours de l'après-midi, cessa d'ouvrir les lettres de son agent de change et dit à Margaret de stopper toute correspondance avec les tantes de Toscanini. Il était convaincu que ceux des parents qui viendraient à Hallendorf causeraient sa ruine et le tourneraient en ridicule – mais, en vérité, cela ne lui importait pas vraiment. Si la reconstitution historique marquait la fin de son école bienaimée, ce serait une bonne fin.

Dans ce chaos créatif surgit soudain la musique de Marek.

Le matin du quatrième jour, il se doucha, se rasa et alla voir Ellen.

— J'ai besoin de Leon. Dites-lui de copier ces partitions ; il me faut au moins trois exemplaires. Et trouvez-moi Flix, les jumelles italiennes et ce garçon roux qui a une cicatrice derrière l'oreille.

— Oliver ? Vous avez besoin de lui ?

— Oui, il sait chanter. Je l'ai entendu quand il sculptait. Sophie aussi, elle peut tenir une mélodie. Je leur enseignerai les chants d'abord, ensuite ils pourront aider les autres. Rendez-vous à trois heures cet après-midi dans la salle de musique.

Il réquisitionna ensuite la voiture de Bennet et se rendit au village, où il demanda à voir le responsable de la fanfare de Hallendorf. Il déclara qu'il les attendait, ses joueurs et lui, au château le lendemain matin.

— Mais nous devons jouer en finale de la compétition régionale à Klagenfurt dans un mois, protesta le responsable. Nous…

Marek lui répondit que c'était déplorable, mais qu'il comptait sur eux à dix heures, après quoi il disparut dans les cuisines de la *Goldene Krone*. Là, il fit venir l'assistant du chef et lui dit d'aller chercher son frère avec son accordéon. Deux heures plus tard, il était à Klagenfurt, à l'école de musique, où il expliquait au directeur qu'il lui fallait un violoniste, un violoncelliste et un altiste durant toute la semaine suivante.

— C'est hors de question ! Personne n'acceptera jamais de se déplacer pour une reconstitution historique campagnarde. Ils ont des examens.

— Demandez-leur, répondit simplement Marek en tendant sa carte à son interlocuteur.

Le directeur sursauta. Ainsi, les rumeurs qu'il avait entendues étaient fondées…

— Bien, monsieur. Bien sûr. Je vous enverrai mes meilleurs musiciens.

— Ils auront besoin de bonnes chaussures, prévint Marek. Dix heures au château.

Durant les jours suivants, Bennet, qui assistait aux répétitions dirigées par Marek, vit chacune de ses convictions en matière d'éducation balayée.

— Je ne peux pas chanter, gémit un jour Sophie. Ma mère dit que j'ai une voix de fausset.

Elle reçut en réponse une virulente diatribe contre les filles qui, à douze ans, étaient encore sous la coupe de leur mère.

— Si tu étais arabe, tu serais mariée à ton âge, lui rétorqua Marek. C'est *moi* qui décide de qui est capable ou pas, moi et personne d'autre.

Leon, après trois heures passées à copier des partitions, déclara qu'il était fatigué. Là-dessus, il se vit toiser avec un tel mépris qu'il changea d'avis et tendit la main vers une autre pile de papier à musique.

— Vous êtes en retard, dit Marek aux élèves de l'Académie de Klagenfurt, comme ils descendaient de voiture.

— Je suis désolé, Herr Altenburg. Nous avons crevé.

— Que cela ne se reproduise pas. Voici vos partitions. Je veux que vous connaissiez les morceaux par cœur d'ici à ce soir. Vous représentez la continuité ; vous irez de lieu en lieu en accompagnant le narrateur. Pour la dernière scène, vous jouerez dans le clocher de l'église.

— Herr Altenburg, je ne peux pas, j'ai le vertige.

Comme Marek regardait l'homme qui avait parlé, celui-ci poursuivit :

— Bon, d'accord ; je dirai au pharmacien de me donner quelque chose.

Mais, avec les plus jeunes enfants de l'école et du village, Marek savait se montrer très doux. Il joua la mélodie d'Aniella une fois, puis une deuxième, et une troisième. Il joua la chanson des méchants chevaliers – qui devaient, contre toute attente, être incarnés par le marchand de primeurs, le boucher et… Chomsky –, ainsi que la musique de la noce. Puis il leur dit qu'ils devaient être forts et avoir confiance en lui tandis qu'ils apprenaient à jouer de leurs triangles, à agiter leurs tambourins et à frapper sur leurs tambours, parce que, pendant ce temps, la mélodie disparaîtrait.

— Mais elle reviendra, affirma-t-il, toutes les mélodies reviendront, et vous verrez alors combien vous êtes importants.

Ils hochèrent la tête et laissèrent Freya les emmener s'entraîner.

D'étranges choses se produisirent. Les dentistes installés dans l'annexe de la *Krone* pour leur congrès entendirent une des répétitions.

— Il vous manque un bois, remarqua l'un d'eux. Je joue de la clarinette, je peux aller la chercher.

Ce qu'il fit ; et il laissa tomber un séminaire sur l'orthodontie gériatrique afin de rester jusqu'à la représentation. Une jeune randonneuse se révéla être une étudiante en chant venue de Paris, qui resta également – peut-être pour la musique, mais plus probablement à cause du dentiste, qui ressemblait à Cary Grant.

Plus étrange encore : Sophie reçut une lettre de sa mère, qui se plaignait qu'elle ne lui eût pas écrit.

— J'ai *oublié* ! avoua Sophie à Leon, mi-horrifiée, mi-excitée. J'ai oublié de lui écrire !

— Il était temps, répondit Leon.

Il avait été promu assistant du Pr Steiner dans la transcription des partitions et commençait à comprendre ce que travailler dur signifiait.

Puis vint le jour où Marek conduisit les plus jeunes enfants dans la maison d'Aniella pour répéter et leur dit de secouer leurs tambourins, de taper sur leurs tambours et de faire tinter leurs triangles comme il le leur avait appris – et, alors que Lieselotte entrait, les musiciens assemblés se mirent à jouer, et ils virent, ces petits artistes dociles, où s'intégraient leurs instruments. Tout seuls, ils n'étaient rien ; mais, maintenant que tout le monde jouait, ils faisaient partie de quelque chose de grandiose.

Et le gros petit garçon qui aimait les mathématiques posa son triangle et soupira en disant :

— Oh, bon sang ! C'est mieux que le calcul !

24

Il ne plut pas.

À sept heures du matin, le dentiste qui jouait de la clarinette fut réveillé par la femme de chambre de l'auberge ; il descendit et se trouva nez à nez avec une petite fille à l'air féroce debout dans le hall.

— Je veux que vous m'enleviez mon appareil, décréta Ursula.

Le dentiste, encore ensommeillé, cligna des yeux et se frotta les paupières.

— Quoi ? demanda-t-il sans comprendre.

— Mon appareil dentaire. Ils n'en avaient pas, à l'époque d'Aniella.

— Ma chère petite, je ne peux pas faire ça. Je n'ai pas l'équipement nécessaire ; ce serait douloureux, et de toute façon…

Ursula demeurait immobile. Elle s'était levée à l'aube et avait fait le tour du lac à pied. En désespoir de cause, elle décida d'avoir recours à un mot qu'elle utilisait rarement.

— S'il vous plaît, dit-elle.

Dans la maison sur la montagne, Lieselotte s'éveilla et s'étira – et, tout à coup, elle fut prise de panique.

— Je ne peux pas, maman. Tous ces gens… Je ne peux pas. Il faut que tu dises…

À cet instant, Ellen apparut au bout du chemin, portant le panier d'épingles et d'aiguilles, de ciseaux et de colle, qui symbolisait tout ce qui avait été mis en œuvre pour la fête d'Aniella, et elle embrassa son amie. Elle avait l'air si heureuse, si calme, que la terreur de Lieselotte s'apaisa et qu'elle décida qu'après tout elle pouvait bien avaler une tasse de café et manger un petit pain.

Un autocar s'arrêta sur la place du village et déversa une nuée de touristes, mais personne n'avait le temps de s'occuper d'eux. Tout le monde était réuni à l'extérieur de la petite maison de bois, les rangs d'animaux en attente étaient à leurs places, et le soleil brillait dans un ciel sans nuages. Puis le garçon représentant l'école du village s'avança pour réciter les mots de Bennet :

— Nous sommes venus ensemble afin de célébrer la fête de sainte Aniella, qui est née ici, à Hallendorf, par un matin comme celui-ci…

Au moment où Lieselotte apparaissait sur le seuil, Marek fit intervenir ses musiciens ; la reconstitution historique commençait.

Aucune des personnes présentes ne l'oublierait jamais. Ils avaient répété séparément les différentes combinaisons, mais maintenant qu'ils jouaient tous ensemble la représentation prenait une vie propre. Une reconnaissance stupéfaite, sorte d'émerveillement devant ce qu'ils avaient fait, les tirait d'eux-mêmes. Projetés par la musique de Marek à travers l'histoire familière, ils lui trouvaient constamment des significations nouvelles, ils découvraient de nouveaux gestes, qui pourtant en avaient toujours fait partie.

Ceux qui étaient venus regarder furent également impliqués. Lorsqu'un petit hérisson trébucha, une femme en bordure de la foule s'avança pour l'aider, estompant la frontière entre observateurs et participants – ce qui résumait parfaitement la journée. Le père de Frank, qui avait menacé de retirer son fils de l'école, fut aperçu, jouant des coudes pour passer devant alors que tous se dirigeaient vers la grotte. Ce fut le seul exemple de mauvaise conduite de la journée.

Même les choses inattendues, les mésaventures se transformaient en merveilles.

— Sommes-nous en train de couler ? demanda soudain Ursula, assise dans le bateau d'Aniella, oubliant sa bouche douloureuse.

— Non.

Mais il était vrai que la bordure du dais brocardé – le meilleur couvre-lit de la tante de Frau Becker – était tombée dans l'eau et ralentissait l'embarcation… la ralentissait de plus en plus, si bien que le mouvement du bateau paraissait symboliser la répugnance d'Aniella à se rendre à son mariage.

À l'extérieur de l'église, le cheval des éboueurs, qui avait monté les marches une douzaine de fois durant les répétitions, se cabra et refusa, et du coup le paisible marchand de primeurs devint un ignoble séducteur rougeaud et furieux, qui donnait des coups de talon à sa monture comme le comte Alexei von Hohenstift en personne.

La ruse avec le masque fonctionna – même ceux qui avaient été prévenus poussèrent des « Oh ! » de détresse quand Lieselotte apparut en sorcière ridée. Rollo s'était par ailleurs montré plus que généreux en ce qui concernait le sang.

Puis, comme une main descendue des cieux (ou du clocher, où le courageux dentiste était perché sur une solive et où le violoniste souffrant du vertige continuait à jouer vaillamment), vint la musique de Marek, une envolée musicale haute et pure dans laquelle tous les thèmes atteignaient leur résolution, attirant la jeune fille de plus en plus haut pour son apothéose.

Alors, tandis que les fleurs de sœur Felicity descendaient lentement des hauteurs, capturées dans la lumière des projecteurs pour un moment d'enchantement, monta du chœur des spectateurs amassés dans la nef non des applaudissements ou des bravos, mais mille soupirs qui semblaient n'en faire qu'un… et ce fut fini.

25

— Nous recommencerons, n'est-ce pas ? se promirent-ils – Frau Becker et Jean-Pierre, le boucher et Freya. Tous se congratulaient, oubliant les troupes massées à la frontière, oubliant la dernière lettre de l'agent de change de Bennet. La vieille femme qui avait dit qu'il pleuvrait embrassait Sabine ; Chomsky et le marchand de primeurs se promenaient bras dessus bras dessous, et les reporters des journaux locaux entouraient Lieselotte, la photographiant avec ses demoiselles d'honneur, ses animaux…

— Ce ne sera pas la dernière fois, se disaient-ils les uns aux autres. Nous le ferons tous les ans.

Il y eut une fête, bien sûr ; de ces fêtes qui s'organisent spontanément, mais se déroulent tout de même plutôt mieux lorsque quelqu'un, dans l'ombre, est là pour beurrer les petits pains, ouvrir les bouteilles de vin et de limonade, ou aller chercher les bonnes choses mises en réserve dans le refrigérateur.

Ellen s'était absentée de la procession et, depuis plus d'une heure, elle servait des assiettes de nourriture sur la terrasse. Celle-ci était décorée de guirlandes de lumière féeriques, et de la musique s'élevait du Gramophone afin que tous puissent danser. Le dentiste valsait avec Ursula, Chomsky avec la tante de Frau Becker, et le père de Leon avec Sophie.

— Si son père et sa mère étaient venus, j'imagine que ç'aurait été un miracle, avait confié Ellen au directeur en regardant le visage coloré de la fillette. Et les miracles sont rares…

— Certes. Mais c'est peut-être mieux ainsi. Les parents de Leon l'ont invitée chez eux à Londres ; ce sont des gens bien. Peut-être Sophie fait-elle partie de ces personnes destinées à trouver l'affection en dehors de leur famille.

Plus tard, Bennet avait pris Ellen à part et lui avait avoué :

— C'est à vous que nous devons ce qui s'est passé aujourd'hui, Ellen. Si vous n'étiez pas devenue amie avec Lieselotte et n'aviez pas tissé des liens avec le village, rien de tout cela n'aurait eu lieu.

Ellen avait secoué la tête – cependant, il était vrai qu'une partie de ce qu'elle avait imaginé, de ce dont elle avait parlé à Marek près du puits, s'était matérialisée à cette occasion. Les gens étaient bel et bien arrivés de partout… avaient reçu avec grâce ce qu'on leur avait offert… le lion, juste pour quelques instants, s'était allongé près de l'agneau.

Des enfants entraient régulièrement dans la cuisine pour proposer leur aide, mais elle se contentait de les charger de victuailles et de les renvoyer en haut. Elle était contente d'être seule, à l'écart, car elle ne savait que trop bien ce qui se passait, non pas sur la bruyante terrasse, mais sous la grande tente érigée à la hâte sur le terrain de joutes. Là, Bennet, avec l'aide du propriétaire de la *Krone*, recevait la plus extraordinaire collection de tantes de Toscanini jamais assemblée à Hallendorf.

Ç'avait été aussi inattendu qu'extraordinaire : alors que Bennet avait abandonné tout espoir de convaincre quiconque de l'importance de son école, des « tantes » – et même des « oncles » – de la plus grande envergure étaient soudain apparues de partout. On avait même vu le directeur de la *Festspielhaus* de Genève arpenter d'un pas lourd les planches boueuses bordant le lac, puis se précipiter afin d'avoir une place dans le chaland qui le conduirait au bateau à vapeur. Le directeur du théâtre Bruckner de Linz, à qui Bennet avait écrit en vain deux ans plus tôt, était monté, suant et soufflant, jusqu'à la grotte, prenant des notes sur son carnet – et Mme Racelli, de l'Académie des arts du spectacle de Paris, avait été vue galopant dans les prés en talons hauts et étole de renard argenté pour ne rien manquer de la représentation.

La porte de la cuisine s'ouvrit, et Lieselotte entra. Elle s'était changée et avait revêtu sa longue jupe habituelle, mais ses joues étaient encore roses de bonheur.

— Je suis venue vous aider, dit-elle en prenant son tablier pour le nouer autour de sa taille.

— Pas question. Remonte immédiatement là-haut danser avec tous tes prétendants et être la reine du bal. C'est ta soirée, Lieselotte, et je ne veux pas te voir ici.

Lieselotte ne tint absolument pas compte des ordres d'Ellen. Elle avait saisi un couteau et commençait à couper du pain.

— Il faut plus de petits pains au salami, Chomsky en a déjà mangé trois.

— Lieselotte, je suis ton chef et j'*exige* que tu retournes danser, insista Ellen.

Lieselotte posa son couteau.

— Oui, vous êtes mon chef, mais je crois que vous êtes aussi… mon amie ? Et je veux être avec vous ce soir.

Cela se révéla une erreur. Les défenses d'Ellen s'effondrèrent ; ses yeux se remplirent de larmes, ce qui était idiot, car elle avait su dès le début, comme tout le monde, que Marek partirait le lendemain. Son bateau prenait la mer une semaine plus tard, et Brigitta Seefeld – la plus puissante et la plus redoutable des « tantes » qui avaient fait le déplacement sans y avoir été conviées – était venue le chercher.

En partant de Vienne si brusquement, Marek avait mis Staub et Benny en rage, surpris les autorités musicales et conduit Brigitta à faire une série de scènes violentes.

— Comment ose-t-il me traiter ainsi ? hurlait-elle. Il me *supplie* de passer la nuit avec moi, et puis il s'en va comme si je n'étais qu'un jouet !

Enfin, environ une semaine après sa disparition et peu avant le moment où il devait embarquer, un Benny visiblement surexcité rendit visite à Brigitta.

— Savez-vous où il est ? lui demanda-t-il après avoir chassé sa masseuse.

— Où ?

— À Hallendorf. Vous savez, cet endroit où ils ont tous juré n'avoir jamais entendu parler de lui. Et savez-vous ce qu'il y fait ?

— Quoi ?

— Il écrit la musique d'une reconstitution historique locale. Pour une obscure sainte nommée Anabella, ou quelque chose comme ça.

— Je ne vous crois pas !

— C'est pourtant vrai. Je le sais de Ferdie Notar, du Central, qui le tient du clarinettiste du Philharmonique. Lui-même l'a appris de la bouche du directeur de l'Académie de Klagenfurt.

— Mais c'est ridicule ! Marcus déteste ce genre de choses – les villageois avec leurs grosses jambes, la boue, tous les problèmes…

L'esprit de Brigitta fonctionnait à toute allure. Marek écrivait-il sa musique à *elle* pour une péquenaude quelconque avec des yeux de vache et des tresses blondes ?

— J'ai vérifié auprès de l'office du tourisme de Klagenfurt.

— J'y retourne, Benny, décréta la diva, impérieuse.
— Moi aussi, répondit Benny. Je sens de l'or…

Malheureusement, il n'était pas le seul. Maints rivaux, alléchés par les rumeurs sur Altenburg et son rôle dans la reconstitution, avaient également fait le déplacement. Le directeur de la *Festspielhaus*, notamment, assis de l'autre côté de la table, avait une vilaine lueur dans le regard.

Benny, lui, avait Brigitta pour l'aider. L'influence de la diva sur Marcus garantissait son succès. Staub, en revanche, n'était pas d'une grande utilité – il avait insisté pour venir, mais ne pensait qu'à son *libretto*. Ce serait à Brigitta de remporter le morceau.

— Je vous l'affirme, Marcus, déclara l'imprésario, cette pièce est faite pour les États-Unis. Ils vont tout simplement a-do-rer. Une composition musicale pour le théâtre dotée d'un message… On pourrait craindre qu'ils ne tiquent devant Dieu, les paysans et tout ça, mais je vous promets que ce ne sera pas le cas. Les gens se tournent toujours vers la religion lorsqu'ils pensent qu'une guerre risque d'éclater.

Marek lui sourit paresseusement.

— C'est fort gentil à eux, mais j'ai bien peur que leur opinion sur Dieu ou les paysans n'importe guère. La musique de la représentation reste ici. Elle a été écrite pour ces gens, à ce moment précis. Ils peuvent la réutiliser ou pas, mais elle leur appartient.

Benny posa son verre.

— Pour l'amour du ciel, Marcus, soyez raisonnable. Ne vous rendez-vous pas compte du service que vous leur rendriez si votre composition devenait célèbre dans le monde entier ? Pensez à Oberammergau. Il vous suffirait de transcrire le thème de la sainte pour la voix de Brigitta, et cela ferait sensation.

— C'est possible, acquiesça Marek.

Cependant, il ne semblait pas disposé à poursuivre cette conversation.

À cet instant, le directeur de la *Festspielhaus* se pencha par-dessus la table et fit sa propre offre.

— Je serais prêt à monter la pièce avec tous les acteurs. Les gens d'ici pourraient y participer. Ainsi, elle resterait en Europe.

Brigitta lui jeta un regard mauvais et posa une main sur le bras de Marek. Le moment était venu de réaffirmer sa domination personnelle sur le compositeur.

— Chéri, tu n'as tout simplement pas le droit de laisser ton œuvre cachée, tu le sais bien. Elle appartient au monde. Tu ne peux pas la garder pour toi.

— Ce n'est pas le cas. La population de Hallendorf est considérable.

— Écoute, retranscris au moins ce thème incroyable, il fonctionnerait parfaitement tout seul.

— Je l'ai déjà fait. Mais lui aussi restera ici.

Les yeux de Brigitta se rétrécirent. Pour qui avait-il composé cette mélodie merveilleuse ? Qui était derrière toute l'aventure ? Quand elle avait vu Lieselotte quitter sa maison au début de la reconstitution, elle avait éprouvé un certain soulagement – cette fille était presque une enfant, et paysanne jusqu'au bout des ongles. Après cela, Brigitta l'avait observée comme un faucon ; elle n'avait pas fait la moindre tentative pour s'approcher de Marek, c'était vers sa famille qu'elle était allée.

Mais si ce n'était pas Lieselotte, qui alors ? Pas cette Russe ridicule qui se promenait entourée d'un voile, ni même la jolie Norvégienne, elle en était sûre. Non, il ne pouvait y avoir personne ; pas dans cette école de fous, pas dans ce village. Elle était idiote ne serait-ce que de l'envisager.

— Tu as écrit cette mélodie pour moi, n'est-ce pas ? Je le sais. Elle s'adapte exactement à ma voix.

Elle chanta quelques mesures de la lente phrase musicale montante sur laquelle la jeune fille était sortie dans le matin ensoleillé, et elle avait raison. Les notes argentées, éthérées, s'élevèrent, et toutes les personnes assises près d'eux se turent.

Le visage de Marek, fermé, ressemblait à un masque. Il détestait ce qu'il allait devoir faire.

— Non, Brigitta, je ne l'ai pas écrite pour toi. Si je l'ai écrite pour quelqu'un – si c'est ainsi que ça marche, et je n'en suis pas encore sûr –, alors c'est pour une jeune femme qui n'a pas joué dans la reconstitution, que personne n'a vue, qui n'avait ni rôle ni chanson et qui ne jouait d'aucun instrument… Une jeune femme qui n'est pas ici maintenant à profiter de la fête mais dans la cuisine, en train de préparer la nourriture que nous mangeons.

À ces mots, Brigitta poussa un cri de fureur.

— La cuisinière ! hurla-t-elle. Tu as composé cette musique pour la cuisinière !

— Oui.

Il y avait une chance sur deux. Marek, en tout cas, était prêt à subir larmes et lamentations – elles auraient été justifiées, car Brigitta aurait pu faire quelque chose de très joli de la musique d'Aniella. Mais les bonnes fées qui avaient présidé à la journée veillaient toujours avec bienveillance sur les habitants de Hallendorf. Brigitta n'éclata pas en sanglots, non plus qu'elle ne le supplia, comme elle l'avait fait après l'opéra. Elle se leva, gonfla son illustre cage thoracique et explosa de rage vertueuse.

— Comment *oses*-tu m'insulter ainsi ? Comment oses-tu te traîner à mes pieds pour entrer dans mon lit et aller ensuite courir après les domestiques ? Je t'ai offert mon art et mon amour, et toi, tu vas te vautrer dans le caniveau ! Eh bien, vas-y, dans ce cas, fais des *Knödel* [1] avec ta cuisinière, mais ne reviens pas me supplier, après. Quand je pense à ce que j'étais prête à faire pour toi…

— Elle avait accepté de se rouler en boule ! gémit faiblement Staub.

— J'avais accepté de me rouler en boule, répéta Brigitta, pour le bénéfice de tous ceux qui se trouvaient à portée de voix. Mais plus maintenant. Plus jamais. Allez chercher le chauffeur, Benny ; nous partons.

Ce n'était pas si simple que cela. Infecté par le virus de l'art dramatique, le chauffeur de taxi avait coincé Hermine contre le mur du temple grec, et il lui résumait l'intrigue d'une pièce avec accompagnement musical fondée sur l'expérience de sa grand-mère avec le fantôme de son mari. Il fit clairement comprendre qu'il n'était nullement disposé à partir.

Ellen avait terminé à minuit passé. À présent, elle était installée sur la margelle du puits, là où, au début, elle s'était assise pour récupérer la chaussure de gymnastique. Des lucioles dansaient dans le catalpa ; une chouette hululait – peut-être celle que Marek lui avait appris à nourrir. La musique lui parvenait encore, étouffée, de la terrasse, mais les plus jeunes enfants étaient au lit ; la fête s'était déplacée vers le village, où elle continuerait jusqu'à l'aube. Suffisamment de lumière filtrait de la fenêtre de l'étage pour qu'elle pût discerner les contours de la roue, sur le toit de la remise. Viendraient-elles l'année prochaine, ses cigognes, et resterait-il quelqu'un pour les accueillir ?

Il s'approcha d'elle sans bruit, mais elle reconnut son pas et se raidit. C'était l'heure de laisser son amour partir le cœur léger, de lui dire au revoir la main ouverte,

---

1. Boulettes à base de viande ou de pomme de terre. *(N.d.T.)*

comme dans le chant de la détestable Brigitta. À la recherche de soutien, elle invoqua son panthéon personnel de « gens qui s'étaient bien conduits » : la sœur de Mozart, aussi douée que lui, qui sans se plaindre avait sombré dans l'oubli et la domesticité ; Theo, le frère de Van Gogh, qui l'aidait toujours et lui envoyait de l'argent sans jamais rien demander pour lui-même.

Mais certains moments sont plus propices que d'autres pour penser à la sœur de Mozart, et les nuits pleines d'étoiles et de lucioles n'en font pas partie. Marek s'était assis près d'elle et, au souvenir de Kalun, de ses bras autour d'elle et de cet endroit, au creux de son épaule, qui semblait fait pour qu'elle y posât la tête, Ellen ferma les yeux.

— Je vous ai apporté des nouvelles, dit Marek. Isaac est sauvé.

Elle releva la tête.

— Oh, c'est merveilleux ! Je suis si contente !

— Ils espèrent pouvoir le faire passer en Angleterre ; votre mère et vos tantes risquent donc d'entendre bientôt parler de lui.

— Elles l'aideront, je vous le promets.

— Vous savez qu'Isaac est amoureux de vous, reprit-il d'un ton abrupt.

Elle soupira.

— Il avait peur, je l'ai aidé. Il était normal qu'il ressente cela. Je l'ai expliqué à Millie. Mais maintenant qu'il est tiré d'affaire…

— Je n'en suis pas si sûr.

Il demeura un instant silencieux.

— S'il vous demandait de l'épouser, accepteriez-vous ? s'enquit-il enfin. Pourrait-il vous convaincre ?

— Pardon ? demanda-t-elle, abasourdie.

Elle ne comprenait pas la question.

— Votre ami Kendrick est venu me voir à Vienne. Il m'a dit que vous étiez amoureuse d'un autre que lui. J'ai pensé qu'il s'agissait peut-être d'Isaac.

Cependant, alors même qu'il disait cela, Marek savait que la réponse d'Ellen n'avait pas d'importance. L'heure de la chevalerie était passée. Lorsqu'il l'avait vue pour la première fois près du puits, il s'était dit qu'elle évoquait une jeune femme dans une peinture de genre, une *Couturière* ou une *Dentellière*, mais il s'était trompé. Elle était *Donneuse de vie* ; il s'en était rendu compte en observant son travail incessant, toujours altruiste, dans le cadre de la reconstitution historique. Si Isaac avait encore été en danger, Marek serait peut-être resté dans l'ombre, mais plus maintenant. Isaac n'avait qu'à tenter sa chance.

Ellen s'était éloignée de lui.

— Je ne sais pas pourquoi vous me faites subir tout cela, dit-elle, la voix empreinte d'une douloureuse perplexité. Alors que vous savez…

Elle s'interrompit, rassemblant les lambeaux de sa fierté.

— Je ne vous ai jamais rien demandé. J'ai toujours su que vous partiriez en Amérique avec Brigitta… et que quelqu'un qui ne comprend rien aux… intervalles enharmoniques ni aux tritons, ni aux contrepoints réversibles ne pourrait jamais vous importer réellement. Mais…

— Vous avez tellement raison, coupa Marek avec sérieux. Tellement raison ! L'idée de partager mon lit et mes repas avec quelqu'un qui ne comprendrait pas les tritons ni les intervalles enharmoniques m'est absolument odieuse. Je n'arrive pas à concevoir quelque chose de plus atroce. Je suis particulièrement attaché aux conversations sur les intervalles enharmoniques avant le petit déjeuner, et aussi sur les contrepoints réversibles, même si d'ordinaire je préfère en discuter dans mon bain.

Ellen leva la tête, essayant d'interpréter le ton de sa voix. Il s'était penché pour ramasser une boîte de fer percée de trous, qu'il lui tendit.

— Je vous ai apporté un cadeau.

— Pas une grenouille ? Parce que je ne les embrasse pas, comme vous vous en souvenez peut-être. Alors, ce serait du gâchis.

— Non, pas une grenouille. Ouvrez.

Elle ne pouvait voir clairement les fleurs posées sur la mousse humide, mais leur odeur lui parvenait – et Henny avait eu raison, un tel parfum ne pouvait exister qu'au paradis.

— Sœur Felicity m'a dit où les chercher. Je n'en ai apporté que quelques-unes ; elles se font rares.

Ellen n'arrivait pas à parler. Elle aurait pu prendre avec légèreté n'importe quel autre cadeau d'adieu, mais pas celui-là.

Marek s'était levé et la regardait à présent.

— Je pars dans la matinée, reprit-il.

— Oui, je le sais.

— Mais pas pour l'Amérique.

— Ah bon ? Pourquoi pas ?

Il haussa les épaules.

— Je ne sais pas vraiment. Disons que j'ai décidé de rester pour partager le sort de mes compatriotes.

La jeune femme prit une profonde inspiration afin de calmer les battements de son cœur.

— Et où allez-vous, dans ce cas ?

— À Pettelsdorf, répondit-il, utilisant l'ancien nom de sa maison. Et je veux que vous veniez avec moi.

La sœur de Mozart disparut dans l'ombre ; le frère de Van Gogh s'évanouit. La joie explosa, et les étoiles se mirent à chanter.

— Pour voir les cigognes ? demanda-t-elle.

— Pour ça aussi, conclut-il en l'aidant à se lever.

Tamara était la seule habitante de Hallendorf à avoir eu une journée désagréable et frustrante. Pas une seule des tantes de Toscanini ne l'avait remarquée ni ne s'était intéressée à sa carrière. Elle avait simplement été présentée comme l'épouse du directeur, après quoi on l'avait ignorée.

Eh bien, maintenant, Bennet allait devoir compenser pour cela, lui donner le sentiment qu'elle était particulière et de nouveau désirée. Dans la chambre, dont les fenêtres donnaient sur la cour, elle sortit le disque des *Danses polovtsiennes* de sa pochette, aiguisa l'aiguille du Gramophone et ôta sa robe.

Quand Bennet se détourna de la fenêtre, il trouva le processus bien engagé. Mais, cette fois, il n'envisageait pas son devoir conjugal avec le mélange d'appréhension et de résignation coutumier. Il sourit gentiment à sa femme et déclara :

— Pas ce soir, chérie. Je suis épuisé.

Il n'offrait pas, pourtant, de signes particuliers de fatigue. Passant devant Tamara, qui était sur le point de déboucher l'huile corporelle de Bessarabie, il se dirigea vers l'escalier.

Il lui semblait de son devoir d'être le premier à féliciter les deux personnes qu'il venait de voir enlacées si ardemment et si passionnément près du puits ; par ailleurs, c'était un plaisir.

— *Un dénouement à souhaiter avec ferveur* [1]... murmura-t-il, songeant à Marek et à Ellen, sur le point de partager leur vie.

Il n'aurait pu y avoir plus belle conclusion à cet heureux jour.

---

1. Extrait du monologue de Hamlet. *(N.d.T.)*

26

Elle était aussi charmante qu'Ellen l'avait imaginée, cette célèbre forêt de Bohême. Des taches de lumière éclaboussaient le pied des arbres centenaires, des ruisseaux tout neufs trébuchaient sur des pierres luisantes, des écureuils couraient le long des branches des hauts tilleuls, des piverts martelaient le tronc de chênes dressés de toute éternité.

Bennet avait insisté pour leur prêter sa voiture durant les quelques jours où il pouvait se passer d'Ellen. C'était une Mini Morris décapotable ; ils avançaient le long des chemins comme dans un landau, en harmonie avec le ciel et le chant des oiseaux.

— As-tu faim ? s'enquit Marek. Aimerais-tu que nous nous arrêtions quelque part pour déjeuner ?

Ellen se demanda combien de temps il faudrait pour que le simple fait de pouvoir le regarder cessât de faire battre son cœur plus vite. Cette joie finirait *forcément* par disparaître, se disait-elle ; elle avait observé les couples mariés dans le métro ou les salons de thé, et il était clair qu'ils n'éprouvaient pas la même chose qu'elle en ce moment. Mais, pour l'instant, c'était impossible à imaginer.

Elle secoua la tête.

— Ça va.

Marek décida d'arrêter tout de même la voiture.

— Je crois que j'ai besoin de t'embrasser, expliqua-t-il. Si tu n'y vois pas d'objection.

Ils repartirent, dépassèrent une petite chapelle avec des tuiles de tremble argenté et des roues à eau, qui semblait faire partie intégrante de la forêt au même titre que les arbres. Pas étonnant, songea Ellen, qu'ayant grandi dans un endroit pareil Marek fût doté d'une telle confiance en lui, d'une telle force – et du don de silence qui allait avec.

Il possédait également assez d'assurance pour exposer ses projets sans honte.

— Je vais emmener Ellen chez moi pour la présenter à mes parents, avait-il annoncé aux enfants et aux professeurs. Et quand le trimestre sera terminé, je l'épouserai.

— Pourrons-nous venir au mariage ? avaient interrogé les enfants – Flix et Janey, Bruno et Ursula… et Sophie, qui s'efforçait d'être heureuse pour Ellen, de combattre sa peur de l'abandon.

— Bien sûr.

Plus tard, il lui avait demandé si elle souhaitait se marier à Gowan Terrace.

— Ta mère serait contente, j'imagine ?

Ellen se moquait d'« où », et même de « si ». Elle vivait dans un monde très « blakien », fait de *maintenant* ; si Dieu était arrivé, elle l'aurait invité à dîner sans manifester la moindre surprise.

Marek avait lui aussi mis de côté ses inquiétudes incessantes quant au futur de son pays et au sien propre. Il resterait à Pettelsdorf, écrirait la symphonie qui, depuis quelque temps maintenant, lui avait fait connaître son désir d'être composée et irait ensuite chercher Ellen à la fin du trimestre.

Ils avaient été si gentils, à Hallendorf, si contents pour elle ! songeait Ellen avec reconnaissance. Freya et

Lieselotte avaient proposé de faire son travail, Hermine l'avait prise dans ses bras... Chomsky, c'était compréhensible, avait été surpris que quiconque pût lui être préféré – mais, puisqu'il lui fallait perdre, il avait été content que ce fût Marek le vainqueur. Elle se souvenait aussi du visage de Leon lorsque Marek lui avait donné deux feuilles de musique, une sérénade qu'il avait écrite jeune homme et retrouvée dans le coffre de Steiner.

— Pour mon biographe, avait-il dit d'un ton taquin.

Leon avait rougi de plaisir et, pour une fois, s'était tu.

Seule Tamara n'était pas venue assister à leur départ.

— Elle a la migraine, avait chuchoté Margaret. C'en est une bonne, Toussia Alexandrovna était une experte !

Mais c'était à Steiner que pensait Ellen à présent en touchant machinalement la croix en filigrane d'argent qu'elle portait autour du cou. Il avait traversé le lac pour leur dire au revoir et l'avait prise à part.

— J'ai acheté ceci pour la mère de Marek il y a des années de cela... avant ses fiançailles. Je voudrais que ce soit vous qui l'ayez, avait-il déclaré.

Elle n'avait pas tenté de refuser. Il ne servait à rien de jouer à ce genre de petit jeu avec le vieux monsieur. Elle l'avait seulement embrassé et s'était essuyé les yeux sans poser de questions : l'amour de toute une vie de Steiner pour Milena était suffisamment évident, à la façon qu'il eut d'ouvrir la boîte et d'en sortir le magnifique objet choisi avec tant d'attention, et jamais offert.

En début d'après-midi, ils s'arrêtèrent dans une auberge et s'assirent à une table de bois à l'extérieur, près d'un abreuvoir de pierre où venaient boire les chevaux de trait. Ils mangèrent du pain de son, du fromage et burent la célèbre bière du pays de Marek ; de nouveau, Ellen posa ces questions qui sont les plus agréables de toutes, car les réponses en sont connues et attendues. Nora Coutts serait-elle toujours dans sa chambre, en train de boire du Earl Grey de chez Harrods ? Lenitschka aurait-elle préparé pour lui un *beigli*, et y aurait-elle mis des abricots *et* des noisettes ? Les oies seraient-elles en train de patrouiller devant le hamac de sa mère, et était-il réellement vrai que son père chassait avec des pilules albanaises contre l'indigestion ? Elle s'aperçut qu'elle connaissait le nom du chien-loup de Marek, mais pas celui du terrier tibétain de sa mère. Et elle voulut également savoir comment s'appelait le vieil homme qui s'occupait des abeilles et qui disait toujours : « Quel dommage, quel dommage, cette musique ! », chaque fois que Marek s'en allait.

— Raconte encore, suppliait-elle, demandant l'histoire des colombes en trop qu'il fallait emmener dans les paniers à linge, et celle du grand-père qui avait survécu à Tchekhov et était enterré avec ses mouches de pêche.

Alors il commençait, puis décidait qu'il était plus urgent de la serrer dans ses bras et de l'embrasser, et d'apprendre la disposition exacte des taches de rousseur sur son nez.

— La lumière sera bien, affirma-t-il comme ils retournaient à la voiture. La maison donne à l'ouest.

Elle la découvrirait avec ses murs ocre baignés de l'or paresseux du début de soirée.

— C'est seulement une maison, poursuivit-il, essayant de freiner l'enthousiasme d'Ellen, en vain.

L'amour de la jeune femme pour Pettelsdorf, avant même qu'elle y eût mis les pieds, était indéracinable.

« Oh, Henny, si seulement tu étais là, songeait-elle ; si seulement tu savais. » Mais Henny savait. C'était Henny qui lui avait appris à ne pas avoir peur du bonheur. « Il faut du courage pour être heureux », l'avait prévenue la vieille dame. J'en ai, se dit Ellen. Elle regarda les mains de Marek sur le volant et se jura de lui laisser de l'espace pour travailler et du temps pour être seul – mais peut-être pas en cet instant, où il était indispensable d'effleurer doucement ses phalanges du bout des doigts, au cas où tout disparaîtrait.

— J'aimerais aller d'abord au puits, dit-elle, celui dont tu m'as parlé à Kalun... Où vont les filles après leurs fiançailles pour tirer un verre d'eau qu'elles apportent à leur aimé.

Elle le considéra avec un brin d'anxiété.

— Tu la boiras, n'est-ce pas ? Même si l'eau, c'est pour les pieds ?

— Oui, Ellen, répondit-il d'une voix soudain rauque. Oui, je la boirai.

Ils roulèrent encore pendant une heure. Puis les arbres parurent plus luxuriants, plus espacés, les bords de la route mieux entretenus. Ils arrivaient dans un domaine.

Marek avait eu raison en ce qui concernait la lumière. Le soleil commençait à tomber derrière les arbres, glissant ses rayons entre les troncs, illuminant les épilobes et les digitales dans l'herbe. C'était l'heure du jour synonyme de retour à la maison, de fin du labeur, de foyer accueillant.

Ellen se pencha à l'extérieur, emplissant ses poumons des senteurs de la forêt : résine, champignons, odeur poivrée des bouleaux... et quelque chose d'autre.

— Un feu ? s'étonna-t-elle. Brûlent-ils du chaume ?

Elle comprit que quelque chose clochait en voyant le visage de Marek, et, tout à coup, elle eut affreusement peur. En même temps, l'odeur se fit plus forte, et il y eut un bruit, comme celui du vent, qui s'amplifia et devint un véritable grondement. Même alors, elle songea à un feu de forêt. Que quelque chose d'autre pût brûler dépassait son pouvoir d'imagination.

Marek appuya sur l'accélérateur. La petite voiture bondit en avant, prit un tournant… et Ellen s'entendit geindre comme un animal blessé.

C'était la maison qui brûlait. Des flammes léchaient les murs ocre, des langues de feu jaillissaient des fenêtres noircies… atteignaient le toit – et tout le temps, pire que la fumée, que la chaleur, il y avait ce terrifiant, monstrueux grondement.

Elle aurait dû arrêter Marek. Dans ses cauchemars jusqu'à la fin de ses jours, elle devait se revoir, luttant contre lui – mais il était trop rapide. Il n'ouvrit pas la portière de la voiture ; il l'enjamba d'un bond et partit en courant.

Au portail, les hommes, pompiers pathétiques coiffés de pauvres casques inutiles portant des seaux d'eau, essayèrent de le retenir, mais il les repoussa comme s'ils n'étaient que des mouches, courut vers la maison et disparut.

— Non ! lui crièrent-ils. Non ! Revenez !

Ellen le suivit. Sachant que c'était de la folie, elle courut derrière lui, mais les hommes étaient prêts : ils l'arrêtèrent et la tinrent bien serrée, l'empêchant de se débattre.

— Non, répétaient-ils en tchèque. Non.

Leurs poignes de fer lui faisaient mal tandis qu'ils la maintenaient au sol.

Comme elle haletait en cherchant sa respiration, allongée et retenue de force, elle vit, bien plus haut que la maison en flammes, les cigognes tournoyer et battre des ailes une dernière fois au-dessus de leurs nids ravagés. Bientôt, elles ne furent plus que des traînées noires dans le ciel pollué, infernal, avant de disparaître pour de bon.

SECONDE PARTIE

27

La maison de Kendrick Frobisher, durant l'été 1940, n'était pas humide.

Ce fut un été divin que celui qui vit la France tomber et la Force expéditionnaire britannique être évacuée de Dunkerque. Jamais les feuilles n'avaient été d'un vert aussi intense et iridescent ; les rayons du soleil caressaient les prairies piquées de fleurs alors que les Allemands encerclaient la ligne Maginot et envahissaient non seulement la France, mais aussi la Hollande et la Belgique. Les chants d'oiseaux s'élevaient entre les fusillades, accompagnant les réfugiés en fuite qui encombraient les routes. On avait l'impression que le temps préparait un glorieux requiem pour la mort de l'Europe.

À Londres, où Ellen faisait des sandwichs dans les sous-sols de la National Gallery, les ballons de barrage se balançaient dans les cieux laiteux et miroitaient sous le soleil. Des infirmières, des gardiens antibombardements aériens et des employés de bureau s'allongeaient sur les pelouses durant leurs brèves pauses déjeuner. La température clémente aidait les familles anxieuses, venues scruter les tableaux d'information pour savoir qui était revenu sain et sauf d'outre-Manche, à garder espoir.

Il y a beaucoup de sandwichs à préparer, en temps de guerre. Ellen en confectionnait à la National Gallery à l'heure du déjeuner ; là, les Londoniens épuisés pouvaient venir écouter, pour un shilling, les meilleurs musiciens du pays. Elle en faisait aussi dans une cantine pour soldats en permission de Shaftesbury Avenue. Elle cuisinait également, outre des sandwichs, des repas basiques de viande hachée et de purée de navets dans l'un des restaurants anglais montés par le gouvernement pour aider le peuple rationné. Le soir, elle allait surveiller les incendies éventuels depuis le toit de la chapelle méthodiste voisine de Gowan Terrace, parce que maintenant encore, trois ans après avoir vu Marek pour la dernière fois, elle aimait se coucher épuisée. Tous les jeudis après-midi, elle faisait également le mannequin pour les cours des Ambulances Saint-John, laissant des femmes au foyer zélées la bander et la déplacer sur des portes improvisées en brancards.

Elle se serait volontiers investie davantage encore ; elle était d'ailleurs sur le point de joindre le Service territorial auxiliaire lorsqu'une visite rendue à la fin du mois de juin à Kendrick, dans le Cumberland, changea tout.

Comme Patricia Frobisher l'avait prévu, Kendrick avait été déclaré inapte au service militaire et orienté vers les bureaux du ministère de la Nourriture. Il avait participé à la mise en place des premiers livrets de rationnement et à la rédaction de l'édit interdisant l'utilisation de sucre glace sur les gâteaux de mariage.

Ellen le voyait de temps à autre, mais ce ne fut que lorsqu'il vint assister à un des concerts du déjeuner, en grand désespoir, qu'elle lui permit de renouer leur ancienne amitié.

Kendrick avait les yeux rouges ; il était venu lui dire au revoir. Car les pires craintes de Patricia s'étaient matérialisées. William, le frère aîné de Kendrick, était mort au début de la guerre dans un accident d'avion, et voilà qu'à présent Roland, son autre frère, avait disparu pendant la retraite de France.

— Oh, je suis vraiment désolée, déclara Ellen, essayant de le réconforter.

Cependant, la douleur de Kendrick semblait davantage due à la souffrance de sa mère qu'à la perte de ses frères, qui s'étaient conduits envers lui avec une cruauté infinie.

— Si seulement ç'avait été moi, gémit-il. Je ne suis utile à personne, mais il fallait que ce soit Roland…

Cela contraria beaucoup Ellen, au point qu'elle accepta de rendre visite au pauvre Kendrick, qui après avoir été parfaitement heureux au ministère de la Nourriture se retrouvait soudain seul propriétaire de Crowthorpe, sa maison, sa ferme, sa carrière abandonnée et ses huit cents hectares de forêt.

Ellen partit donc avec son imperméable et son suroît, ses bottes en caoutchouc et trois pulls, prête à affronter la maison écarlate dans son écrin gris de lande et de pierre.

Mais quelque chose clochait. Lorsqu'elle sortit de la gare, le soleil brillait dans un ciel peuplé de nuages pourpres, illuminant les coussins de mousse qui tapissaient le sol et où paissaient des moutons immaculés. L'air embaumait les floraisons de mai ; au bord du petit chemin qu'elle emprunta poussaient des massifs d'un rose brillant et des azalées dorées. Crowthorpe était, de fait, une maison peu attirante : brique tachetée, fausses arches Tudor, étroites fenêtres ecclésiastiques… Mais derrière se trouvait un potager dont les serres, abandonnées à elles-mêmes depuis que le jardinier avait été appelé, continuaient à produire des tomates et des concombres ; et rien ne parvenait à empêcher les roses de grimper sur les murs couleur de foie cru.

Si seulement il avait plu… devait-elle songer plus tard. Mais durant tout ce week-end-là, la région se fit belle. L'air était doux comme du vin, un voile de soie semblait posé sur les eaux du petit lac de Crowthorpe, et, lorsque Ellen grimpa sur la colline où avaient péri les randonneurs, elle découvrit un paysage à couper le souffle. Dans les bois de Kendrick, les jacinthes formaient un tapis bleu, telle une mare ; on voyait des martins-pêcheurs près du ruisseau…

Si seulement Patricia Frobisher avait été là pour poser sa main glacée et autoritaire sur la maison… Nul doute qu'elle aurait réussi à modifier l'impression que Crowthorpe fit à Ellen – celle d'une *jolie laide* [1] pouvant être ramenée à la vie. Mais Patricia avait surestimé ses propres forces : frappée par sa double perte, horrifiée de penser que Kendrick était désormais seul propriétaire de sa maison, elle avait fini par laisser ses frères l'emmener avec eux au Kenya.

Peut-être fut-ce le jeune veau blond de Jersey que le métayer lui permit de nourrir à l'aide d'un seau. Ou bien les deux vieilles servantes – les seules à ne pas être parties pour faire œuvre de guerre – qui l'invitèrent dans la cuisine et lui offrirent des gâteaux. Ou encore la vue des rayons du soleil entrant à flots dans une minuscule maison d'été dans laquelle sa tante Annie, sur le point de se faire opérer de la vésicule biliaire, aurait été si bien pour récupérer. Mais ce furent plus probablement les trois petits visages pâles qui décidèrent la jeune femme – ceux d'Elsie, Joanie et Doris, les évacuées cockneys que Mme Frobisher avait exilées pour cause de teigne dans la salle d'armes avant son départ. Celles-ci, dès qu'elles virent Ellen, se jetèrent sur elle en disant qu'elles voulaient leur « M'man ».

Durant le trajet de retour à Londres, Ellen songea à Sophie, qui avait besoin d'un endroit calme pour étudier afin d'entrer à l'université, et à Ursula, que ses horribles grands-parents essayaient de garder prisonnière dans

---

1. En français dans le texte.

leur maison de repos, au milieu des crachoirs et des pots de chambre. Margaret Sinclair travaillait dans les donjons du ministère de l'Information et voyait rarement la lumière du jour ; des week-ends à la campagne lui feraient du bien. Bennet, lui, était coupé du monde extérieur, employé à une tâche incroyablement secrète à Bletchley Park, et la mère d'Ellen travaillait bien trop dur à l'hôpital. Si les bombardements commençaient, comme tout le monde le prévoyait, il n'y aurait pas d'endroit plus sûr en Angleterre que la maison de Kendrick.

Malgré cela, Ellen se retint jusqu'au jour où elle rencontra deux hommes en uniforme portant un badge de l'armée de l'air tchécoslovaque et où elle réalisa que son cœur n'avait pas bondi dans sa poitrine. Non, elle ne s'attendait plus que Marek apparaisse ou vienne la chercher. Elle était consciente de l'avoir perdu pour toujours, qu'il fût mort ou vif.

Kendrick n'aurait pas osé la demander de nouveau en mariage. Personne ne l'avait fait durant les années qui avaient suivi la disparition de Marek. Quand Ellen était revenue de Hallendorf, Isaac habitait à Gowan Terrace, où il s'était réfugié jusqu'à l'obtention de son visa pour les États-Unis. Il avait néanmoins compris instantanément qu'il n'avait aucune chance et avait démontré ses qualités humaines en la laissant tranquille. Quant à tous les jeunes gens qui étaient venus chez elle après le départ d'Isaac pour l'Amérique, même s'ils avaient continué à tomber amoureux d'elle, comme cela avait toujours été le cas (elle était, peut-être, plus belle encore qu'auparavant), ils savaient qu'il eût été inutile de lui déclarer leur flamme. Bien qu'elle se montrât toujours parfaitement amicale, il y avait quelque chose dans son attitude qui rendait tout flirt inconcevable.

Ce fut Ellen qui annonça à Kendrick que, s'il était prêt à envisager un mariage à l'ancienne mode, pour la gestion des terres et l'éducation des enfants, elle était disposée à devenir sa femme.

Sophie et Leon se retrouvèrent à Hyde Park, durant la pause du déjeuner, afin de discuter des fiançailles. Le père de Sophie, ses rats et Czernowitz étaient désormais installés dans une grande maison du Surrey, et sa mère se trouvait en Écosse, si bien que la jeune fille logeait à Gowan Terrace durant la semaine.

Les plants à repiquer avaient été arrachés, et la terre divisée en jardins ouvriers, afin que les Londoniens puissent bêcher pour la victoire. Les masques à gaz, abandonnés durant la drôle de guerre, étaient de nouveau suspendus aux épaules – mais Sophie, qui avait eu si peur du rejet et de l'abandon, n'était guère effrayée par la perspective d'une invasion et d'une guerre totale.

— Pourquoi fait-elle cela ? demanda Leon.

Il était stagiaire chargé de préparer le thé dans un studio de cinéma, mais profitait toujours du confort de la demeure de ses parents, près de Marble Arch.

— Elle a pitié de Kendrick et des évacués, et tante Annie doit se faire opérer de la vésicule biliaire. Et puis, elle veut que nous allions tous là-bas quand les bombardements commenceront – ou même s'ils ne commencent pas.

Ils demeurèrent un moment silencieux, se remémorant Ellen quittant le château avec Marek ; la joie peinte sur son visage – un bonheur absolu, qui la transfigurait intégralement – et son retour après l'incendie.

— Tu crois qu'il est mort ?

Sophie haussa les épaules.

— Je l'espère presque ; elle ne souffrirait pas tant, si c'était le cas. De toute façon, mort ou vivant, ça ne fait pas une grande différence.

— Non.

Ellen leur avait soigneusement expliqué ce qui s'était passé à Pettelsdorf, et pourquoi elle ne reverrait plus Marek. Elle était restée à Hallendorf durant le trimestre d'automne, le dernier trimestre de l'école, puis avait préparé les malles des enfants et les avait aidés à quitter les lieux. Elle avait déposé la tortue chez Lieselotte, et tout le monde était parti. Deux mois plus tard, Hitler était entré à Vienne, où il avait été accueilli par des foules jubilantes, en délire. *Finis Austria*...

— Aucune cigogne n'est encore venue, avait écrit Lieselotte ce printemps-là et le suivant ; puis elle était devenue l'« ennemie » et n'avait plus eu la possibilité d'écrire.

— J'imagine que je ferais mieux d'aller la féliciter, soupira Leon. Je passerai dimanche.

Mais, ce dimanche-là, les habitantes de Gowan Terrace, qui avaient préparé un gâteau sans œufs en son honneur, espérèrent en vain la venue du jeune garçon et, quand elles lui téléphonèrent, la sonnerie retentit dans une maison vide.

Le mariage était prévu pour décembre. Bien avant cela, toutefois, les pauvres Britanniques, attendant l'invasion seuls face à Hitler, succombèrent non à la panique – ce n'est pas dans leur nature –, mais à la paranoïa. Chaque jour, on entendait parler de nazis déguisés en religieuses parachutées ; des vieilles dames étaient emmenées et interrogées parce qu'on avait remarqué que leurs rideaux de couvre-feu étaient troués. Puis, soudain, dans un accès de folie, on commença à rassembler et à emprisonner les « étrangers ennemis » – ceux-là mêmes qui, justement, avaient le plus à craindre de Hitler et de Mussolini, et qui avaient déjà engagé le combat contre le fascisme quand les diplomates britanniques de haut rang prenaient encore le thé avec le

Führer en s'émerveillant que les trains du Reich soient à l'heure.

Des professeurs allemands et autrichiens étaient traînés hors des salles de cours, on arrachait des médecins aux hôpitaux, des étudiants à leurs bibliothèques ; on leur annonçait qu'ils avaient le droit de préparer une valise, et la police les emmenait. Des commerçants italiens, des boulangers allemands qui avaient passé des années en Angleterre disparurent en l'espace d'une heure, perplexes et en larmes. L'obsession des espions était générale ; on ne pouvait tolérer ne fût-ce qu'un traître au sein des milliers de réfugiés innocents. Les camps vers lesquels on orienta les prisonniers n'étaient pas à proprement parler des camps de concentration, les gendarmes qui les gardaient n'avaient rien de membres des sections d'assaut, mais l'angoisse et l'incompréhension, en particulier parmi les plus anciens d'entre eux, étaient terrifiantes.

Leon se trouvait chez lui lorsque deux policiers vinrent chercher son père. Il mentit sur son âge, empaqueta son scénario du moment et fut conduit à un camp d'internement formé d'un groupe de pensions de famille en bord de mer, sur l'île de Man.

Les commentaires des logeuses chassées de leurs villas – de *Bayview*, de *Sunnydene* ou de *Resthaven* – ne sont pas passés à la postérité. Obligées de laisser derrière elles leurs nains de jardin, leurs araucarias et leurs plaques de cuivre annonçant *Bed and Breakfast*, ces dames avaient été remplacées par des rouleaux de fil barbelé, des tours d'observation et des portes de fer. Face à la mer, mais dans l'impossibilité de l'atteindre, coupés de toutes nouvelles du monde extérieur, les prisonniers erraient sans but, gardés par des soldats armés de baïonnettes, essayant de comprendre le cauchemar qui les avait soudain rattrapés. Ils habitaient dans des villas vides, seulement meublées de lits de camp et de quelques ustensiles de cuisine ; chaque matin, ils devaient s'assembler pour l'appel. On leur distribuait alors leurs rations, qu'ils se révélaient bien incapables de faire cuire. Jour après jour, davantage d'« étrangers ennemis » perplexes venaient grossir les rangs – des lauréats du prix Nobel, de vieux messieurs diabétiques, des sociaux-démocrates qui, après avoir été torturés dans les prisons du Reich, étaient arrivés en Grande-Bretagne comme à La Mecque ou à Shangri La.

Bien qu'il fût évident, même pour le plus borné des soldats anglais, que Hitler aurait eu fort peu de chances de gagner la guerre s'il avait compté sur ces hommes pour lui fournir des renseignements, le filet qui ramenait cette prise étrange parvenait tout de même occasionnellement à pêcher un nazi authentique. Quand cela se produisait, les résultats étaient malencontreux. Enfermé dans une auberge en compagnie d'au moins une douzaine de juifs ayant souffert l'indescriptible aux mains des nazis, quelqu'un qui polissait ses bottes en affirmant que Hitler ne tarderait pas à envahir la Grande-Bretagne n'avait pas la vie facile. On lui refusait ses rations, on le mettait en quarantaine, on lui volait ses couvertures. La plupart capitulaient et apprenaient à tenir leur langue, mais l'un d'eux, un beau jeune homme blond nommé Erich Unterhausen, continuait chaque matin à cirer ses bottes, à faire le salut nazi et à lancer « *Heil* Hitler ! ».

Du moins jusqu'à un matin pluvieux de la fin du mois de juillet, où on l'aida à prendre son envol depuis la fenêtre du premier étage de *Mon repos* ; il rebondit sur un buisson privé, avant d'atterrir sur une plate-bande fleurie où poussaient de la sauge écarlate et de l'aubriétia violette.

Il n'était pas blessé, seulement contusionné (ce qui était bien dommage), mais la nouvelle, qui se propagea rapidement dans le camp, fut accueillie par les prisonniers comme une étincelle d'espoir – la première depuis la chute de la France.

Inutile de dire que l'auteur de cette brutalité fut immédiatement conduit dans le bureau du commandant du camp, où il reconnut sa culpabilité sans manifester le moindre remords.

— Si vous ne vous débarrassez pas de types comme Unterhausen, vous finirez par avoir un meurtre sur la conscience, dit-il, surprenant le commandant par son anglais irréprochable. Mettre des nazis avérés avec ces gens est de la folie pure. Vous savez parfaitement qui sont les véritables nazis dans ce camp ; je ne suis là que depuis une journée, mais je peux déjà vous le dire. Schweger, de *Sunnydene*. Pischinger, dans cette maison avec le chat en poterie bleue, et le type que j'ai passé par la fenêtre. Si espion il y a, ce ne peut être que lui, et plus tôt il sera mis dans une prison adéquate, mieux ce sera. N'importe quel type un peu malin pourrait envoyer des signaux d'ici. Quant à Schweger, il loge avec quelques exaltés du Mouvement juif pour la liberté, et ils sont en train de l'affamer.

— Merci de m'apprendre mon travail, rétorqua le commandant.

Il fut décontenancé par le sourire parfaitement amical que lui renvoya son interlocuteur, un homme grand, aux épaules larges et au front barré d'une cicatrice.

Il baissa les yeux vers les papiers accompagnant le prisonnier.

— Vous dites être tchèque.

— Je ne dis pas l'être ; je le suis, répondit l'homme sans se troubler.

— Dans ce cas, que faites-vous ici ? Les Tchèques sont nos alliés.

Marek se tut. Les Tchèques étaient peut-être des alliés à présent, mais dans un premier temps ils avaient été trahis, à Munich.

— Votre nom est allemand.

— Oui. Je suis arrivé à bord d'un bateau de pêche ; nous avons été mitraillés et capturés au large de Douvres. J'ai souffert d'une commotion cérébrale. Apparemment, je m'adressais aux chiens en allemand.

— Aux chiens ?

— Il y avait tout un enclos de chiens errants que les soldats avaient fait sortir clandestinement de France quand ils avaient évacué Dunkerque, vous n'imaginez pas le raffut. Ils ont posé mon brancard à côté d'un grand pointer noir et fauve. Les chiens de chasse de mon père étaient toujours dressés en allemand, et quand je suis revenu à moi…

Il secoua la tête.

— Ce n'est pas grave en ce qui me concerne, la méprise ne tardera pas à être rectifiée ; je ne suis pas mécontent de faire une pause en attendant que l'armée de l'air tchécoslovaque se réorganise. Mais Unterhausen doit partir, ainsi que les autres nazis, et il faut emmener le vieux Pr Cohen à l'hôpital. C'est celui qui reste tout le temps debout à côté des barbelés en se tenant la barbe. C'est une personne remarquable et il est très malade – s'il meurt, on posera des questions. On en pose déjà, au Parlement et ailleurs.

— Y a-t-il autre chose dont vous souhaiteriez nous faire part ? railla le second du commandant, un jeune lieutenant impertinent.

Son supérieur le fit taire d'un froncement de sourcils.

C'était un officier humain, parfaitement conscient d'être piégé dans un de ces bourbiers administratifs typiques des temps de guerre et qui peuvent coûter des vies.

Ce fut à lui que Marek s'adressa quand il reprit :

— La plupart des gens, ici, comprennent ce qui s'est passé, ils savent qu'une certaine confusion était inévitable après la reddition des Français, que nous avons été troublés par les religieuses parachutées, et que ça ne continuera pas éternellement. Mais pas tous. Il y a eu deux suicides dans l'un des autres camps, comme vous le savez sans doute. Toute cette affaire – l'internement des gens qui ont le plus à craindre de Hitler – se révélera a posteriori un épisode bien peu glorieux de la guerre. De plus, si jamais Hitler envahit bel et bien l'Angleterre, vous lui aurez grandement facilité la tâche en regroupant ainsi tous les juifs et les antinazis afin qu'il n'ait pas à les chercher.

— Alors, que voulez-vous ? demanda le commandant.

— Un piano, répondit Marek.

Quand il sortit, un petit groupe de gens surexcités s'étaient rassemblés dans la rue.

— Je vous l'avais bien dit ! s'exclama un jeune homme, à peine sorti de l'enfance, en courant vers lui pour se jeter à son cou. Je leur ai dit que ça ne pouvait être que vous ! J'ai expliqué que si quelqu'un avait défenestré Unterhausen, c'était vous ! Mais vous n'êtes pas allemand, si ? Comment vous êtes-vous retrouvé ici ?

— Comment t'y es-tu retrouvé, *toi* ? s'écria Marek, furieux. Tu n'as pas dix-sept ans !

Internaient-ils les enfants à présent ?

— Je leur ai raconté que j'étais plus vieux, avoua Leon. Quand ils sont venus chercher mon père, j'ai voulu l'accompagner. Ma mère et mes sœurs sont dans un camp de l'autre côté de l'île.

Le père de Leon, Herr Rosenheimer, s'approcha et serra la main de Marek. Durant la semaine ayant précédé son arrestation, il avait rempli une demande de naturalisation, et son affaire d'import-export employait plus de quatre cents travailleurs britanniques ; néanmoins, il paraissait dénué d'amertume. Il avait même convaincu les prisonniers – qui n'avaient accès à aucune nouvelle de l'extérieur – de conserver les journaux dans lesquels étaient enveloppées leurs rations de hareng fumé, afin qu'il pût garder le contact avec la Bourse.

D'autres visages familiers se détachaient à présent de la foule : l'ancien flûtiste du Philharmonique de Berlin ; un copiste du bureau des Éditions universelles ; le vieux tailleur de Marek sur la Kärntnerstrasse... De nouvelles personnes se joignaient en permanence au petit groupe, ivres de joie d'apprendre ce qui était arrivé à Unterhausen.

Marek n'avait pas l'intention de perdre trop de temps à bavarder – et Leon, que ses réminiscences entraîneraient inévitablement vers Hallendorf et donc vers Ellen, devait comprendre d'emblée qu'il n'était pas disposé à discuter du passé.

— Il y a un piano enfermé dans le sous-sol de l'hôtel Palm Court, déclara-t-il. Nous pouvons le prendre. Il faudra le transporter dans un hall ou sous un abri quelconque, n'importe quoi. Nous allons organiser un concert.

— De votre musique ? demanda Leon, plein d'espoir.

— Non. Pas maintenant.

— De quoi, alors ?

Marek parcourut du regard les hommes las, les rues sinistres, les rouleaux de fil barbelé.

— Il n'y a qu'une réponse à cela, tu ne crois pas ?

— Jean-Sébastien Bach, intervint le flûtiste.

Marek hocha la tête.

— Absolument.

Pendant un moment, il leva les yeux vers le ciel, cherchant l'aide non tant de Dieu – dont la musicalité n'était pas bien connue – que de Son ancien représentant sur Terre, le *Kapellmeister* de Leipzig. Le vieil homme trouverait-il sacrilège que son chef-d'œuvre fût monté par un chœur d'amateurs épuisés et un orchestre qui, s'il parvenait à être mis sur pied, ne serait jamais qu'un ersatz de ce que le compositeur avait souhaité ? Et, pourtant, c'était de cela que ces exilés perplexes avaient besoin : de cette œuvre monumentale qui, depuis la douloureuse supplique du *Kyrie* jusqu'à l'enflammement d'extase jubilatoire du *Resurrexit*, embrasse toute la condition humaine. Ils la méritaient.

Marek se décida.

— Nous allons jouer la *Messe en si mineur*, dit-il. Et on n'a pas intérêt à nous libérer avant que nous n'y soyons parvenus !

Après l'incendie, Marek avait passé plusieurs semaines à l'hôpital, à Prague. Les médecins du dispensaire de Pettelsdorf l'y avaient transporté quand il était devenu évident que quelque chose clochait, même si ses maux apparents (une brûlure à la tempe, là où une braise avait touché son front, et l'inhalation de trop de fumée qui lui avait sauvé la vie en le faisant s'évanouir avant qu'il ait pu pénétrer trop à l'intérieur du bâtiment) avaient guéri rapidement.

Dans un premier temps, les médecins et les psychiatres qui l'observaient, les infirmières qui le soignaient avaient mis ses autres symptômes sur le compte de la douleur due à la mort de ses parents mais, au fur et à mesure que le temps passait et qu'il devenait davantage incontrôlable et désespéré, la possibilité d'une fièvre du cerveau ou d'une crise de démence avait été sérieusement envisagée.

Marek ne s'était pas opposé à son déplacement, car les contacts dont il avait besoin pour mener à bien ce qu'il considérait désormais comme son unique mission seraient plus faciles à établir depuis Prague, où s'était récemment installé le quartier général de la résistance aux Allemands.

Il ne lui fallut pas longtemps pour monter un dossier sur celui qui avait réduit sa maison en cendres et tué ses parents. Oskar Schwachek, l'homme qui avait également abattu Franz près de la rivière et essayé d'assassiner Meierwitz, était un Allemand des Sudètes qui appartenait au parti nazi depuis l'âge de quatorze ans. Enfant pyromane, puis adolescent vicieux et dérangé, c'était maintenant, à vingt-cinq ans, un meurtrier qui mettait ses talents maléfiques au service de ceux qui voulaient offrir la Tchécoslovaquie aux nazis.

Stepan et Janik l'avaient vu près de la maison la veille de l'incendie ; la vieille Lenitschka, qui avait péri avec le capitaine et sa femme, les avait prévenus. Tous les serviteurs de Pettelsdorf et tous les membres de la résistance le recherchaient.

— Mais je le veux vivant, insista Marek. Je veux qu'il sache qui le tuera. Et il ne mourra pas d'une balle. Ça se fera doucement… très doucement.

Durant cette période de convalescence, où les spécialistes se consultaient et où les religieuses priaient au pied de son lit, deux personnes – les seules que Marek ne souhaitait pas voir – lui rendirent visite.

La première était sa grand-mère, Nora Coutts. Celle-ci accomplissait l'une de ses fameuses promenades au moment où le feu s'était déclaré, et elle avait donc été épargnée. Nora avait perdu sa fille unique, qu'elle adorait, et son gendre. Elle paraissait dix ans de plus, et il lui arrivait parfois de devoir couvrir de sa main ses lèvres – autrefois ligne ferme, imperturbable – pour en dissimuler le tremblement. Malgré cela, l'obsession de Marek pour sa vendetta, qui ne faisait que croître à mesure que ses forces lui revenaient, la choquait profondément.

— D'après ce que j'ai compris, tes parents sont morts ensemble et presque instantanément. Que penses-tu qu'ils diraient s'ils savaient que tu es sur le point de sacrifier le reste de ton existence à ta haine ? Que penses-tu qu'ils éprouveraient s'ils apprenaient ce que tu fais à Ellen ?

Mais Marek demeurait sourd et muet. Ellen constituait un danger. Ellen, qui venait chaque jour et s'asseyait tranquillement et patiemment sur son lit en attendant qu'il recouvre ses esprits… Ellen, si belle, entière et fidèle, l'affaiblirait. Elle comprenait encore moins que sa grand-mère que seule la haine puisse désormais diriger sa vie. Pister Schwachek, le tuer très lentement, avec soin, en lui expliquant à chaque étape ce qui lui arrivait et pourquoi – cela seul comptait. Et quand ce serait fait, il ne lui resterait plus qu'à affronter la prison ou la pendaison seul et sans regret, en sachant Ellen innocente, saine et sauve.

— Il n'y aura plus d'amour, plus de mariage, lui avait-il affirmé quand elle était venue pour la première fois.

Pourtant elle ne l'avait pas cru. Elle pensait, à l'instar des religieuses, que le choc l'avait momentanément perturbé. Qu'il voulût venger ses parents, soit ; mais qu'il fît de cette vengeance sa seule raison de vivre semblait impossible. L'homme qui aimait tous les êtres vivants ne pouvait être mort complètement, à jamais… n'est-ce pas ?

Cependant, les semaines s'écoulèrent, et Marek devint de plus en plus hostile, monomaniaque, colérique. Malgré cela, Ellen n'abandonna que lorsque les médecins lui dirent que sa présence ne faisait qu'aggraver l'état du jeune homme et retarder sa guérison.

Il se tenait debout devant la fenêtre de sa chambre d'hôpital quand elle lui annonça son départ. Une vanesse se cognait à la vitre, et il l'attrapa dans sa main ; Ellen retint son souffle, car elle s'attendait qu'il l'écrasât entre ses doigts, tant il était devenu fou.

Mais il ouvrit la fenêtre et relâcha avec soin le papillon dans l'après-midi estival. Ce fut là le dernier souvenir qu'elle emporta de lui : celui du tueur au front balafré libérant doucement le petit insecte – puis son ton froid, monocorde : « Au revoir. »

La trahison des Tchèques à Munich survint peu après. Marek s'enrôla dans l'armée de l'air tchèque, posa son avion en Pologne lorsque les Allemands envahirent son pays, continua à se battre au côté des Polonais, puis, après la défaite de ceux-ci, avec les Français.

Quand les Allemands avancèrent dans le nord de la France, il pilotait des Potez 63 au sein d'un escadron de reconnaissance de l'armée de l'air française, jamais certain que la base d'où il décollait serait encore là à son retour, attaqué à la fois dans les airs et au sol.

L'occupation de Paris à la mi-juin mit fin à ces aventures. Les équipages furent convoqués, on leur distribua leurs rations et leurs soldes, puis on leur dit de se débrouiller. Marek se retrouva dans l'ambiance démoralisée des troupes en déroute et des réfugiés en fuite. Séparé de son équipage, il parvint enfin à rejoindre la Bretagne, où un bateau de pêche accepta de le conduire jusqu'à Douvres ; quand il rouvrit les yeux, ce fut sur le spectacle extraordinaire de douzaines de chiens en quarantaine en train d'aboyer.

Ces animaux surexcités lui donnèrent son premier frémissement d'espoir. Il lui parut en effet possible qu'une nation assez folle pour emmener des chiens errants dans sa retraite ne capitule pas, même s'il n'y avait plus rien à espérer.

Tout près de son brancard se tenait une chienne pointer aux yeux angoissés. Marek l'apaisa, fut entendu par un sergent épuisé qui essayait de s'y reconnaître dans les épaves traversant encore la Manche au lendemain de la débâcle ; et ce fut ainsi qu'il fut envoyé sur l'île de Man, contraint à regarder Unterhausen cirer ses bottes et faire le salut nazi.

28

Ellen avait eu l'intention de se marier discrètement au bureau des registres de Bloomsbury, d'inviter quelques amis chez elle à Gowan Terrace et de partir le lendemain pour Crowthorpe.

Mais, en septembre, commença le *Blitz*. Sur les trottoirs, on balayait du verre brisé en même temps que les feuilles d'automne, l'odeur de fumée se dissipait rarement ; les longues nuits dans les abris ou dans les caves des maisons laissaient tout le monde épuisé. De nouveaux héros apparurent : les pilotes, qui chaque nuit s'envolaient pour combattre les bombardiers venus anéantir les villes. Doris, Elsie et Joanie, retournées en cachette chez leurs parents à Londres, furent renvoyées dans le Cumberland, la cuisinière en chef qui avait continué à faire de son mieux à Gowan Terrace s'enrôla pour préparer des munitions, et, à la fin du mois d'octobre, le bureau des registres fut bombardé.

Dans ces circonstances, il parut sensé d'organiser le mariage à Crowthorpe, et même, si cela ne dérangeait pas les villageois, dans l'église locale. Cela signifiait que Sophie et Ursula joueraient le rôle de demoiselles d'honneur et qu'il faudrait proposer aux invités de coucher sur place la veille, dans la mesure où le trajet dans les rares trains encore en circulation était bien trop aléatoire pour pouvoir envisager un aller-retour dans la journée.

Alors qu'elle annonçait ses fiançailles aux dames avec qui elle préparait des sandwichs et aux veilleurs anti-incendies, Ellen se découvrit fort chanceuse. C'était en tout cas ce qu'on lui affirmait sans cesse.

— Veinarde, tu vas aller vivre à la campagne, loin de tout ça !

— Quelle chance de ne pas avoir à te préoccuper des rations ! Il paraît qu'on trouve même du beurre et des œufs, là-haut.

— J'aimerais être à ta place et pouvoir dormir tranquille toute une nuit.

La réaction d'Ellen à tant de bonne fortune ne variait jamais : elle invitait aussitôt à Crowthorpe quiconque l'avait félicitée. La sœur du laitier, qui avait remplacé ce dernier dans sa tournée quand il avait été appelé, un vieil homme venu humecter des enveloppes à Gowan Terrace, un aide-infirmier de l'hôpital de sa mère... On avait l'impression qu'offrir ainsi autour d'elle de l'air frais, des chants d'oiseaux et des nuits paisibles lui rendait toute cette chance supportable.

Mais c'était surtout à sa famille – à sa mère, qui travaillait trop dur à l'hôpital, à sa tante Annie, dont l'opération avait été retardée parce que les services hospitaliers se remplissaient de victimes du *Blitz*, à la tante qui dirigeait la librairie et, bien sûr, aux enfants de Hallendorf – qu'Ellen voulait tout particulièrement fournir un refuge.

— Vous viendrez, n'est-ce pas ? les suppliait-elle. Pas seulement pour le mariage – vous resterez, d'accord ? On fera des feux dans la cheminée, ce sera vraiment confortable, vous verrez.

Et ils répondaient que oui, bien sûr, ils viendraient. Cependant, le Dr Carr s'empressait de souligner qu'elle ne pourrait abandonner trop longtemps ses patients ; et tante Phyllis et tante Annie, qui en plus de leurs autres travaux aidaient à organiser des pétitions pour que soient libérés les « étrangers ennemis », n'étaient pas sûres de pouvoir rester trop de temps dans le Nord.

— Elle est vraiment heureuse, hein ? demandait le Dr Carr à ses sœurs, et celles-ci assuraient invariablement qu'elles en étaient sûres, et que, de toute façon, il valait toujours mieux se marier sans trop d'attentes.

— Il est bien préférable de construire lentement, disait Phyllis, et Ellen partageait cette opinion, comme elle l'expliquait à Margaret Sinclair en mangeant des pilchards sur des toasts à la Lyon's Corner House.

— Autrefois, les gens se mariaient toujours pour des raisons rationnelles, affirmait-elle, et Margaret, bien qu'elle eût le cœur serré, ne pouvait lui répondre, car sa propre existence n'était guère un exemple de vie amoureuse réussie.

Emmuré dans sa cachette clandestine du Surrey, essayant, à ce qu'on disait, de déchiffrer des codes secrets, Bennet avait été obligé, quand les raids aériens avaient commencé, d'envoyer Tamara se réfugier dans le Nord, chez sa mère. Margaret, privée de l'espoir qu'une bombe anéantisse instantanément et sans souffrance la ballerine russe, passait tout son temps libre dans sa chambre meublée, au cas où Bennet parviendrait à venir à Londres et aurait besoin d'une tasse de thé.

Sophie et Ursula – pour qui Ellen fabriquait des robes à partir de toile de parachute qui lui écorchait les mains – tâchaient de se remonter le moral, mais en vain.

— Elle me fait penser à Sydney Carton, déclara un jour Sophie. Tu sais, le type qui a dit « Ce que je fais là est bien mieux que tout ce que j'ai fait avant » en partant se faire exécuter.

Elle poussa un soupir.

— J'aimerais qu'ils laissent sortir Leon. Au moins, il pourrait nous aider, pour la musique.

— Il te manque vraiment, n'est-ce pas ? demanda Ursula.

— Oui. Et sa famille aussi. Ils ont été incroyablement gentils avec moi.

Kendrick avait été libéré du ministère de la Nourriture. En effet, les autorités le croyaient sur le point de se consacrer à la gestion agricole de Crowthorpe, ce qui était considéré comme une tâche d'intérêt national. Il était donc parti pour le Cumberland, mais on ne pouvait compter sur lui pour les arrangements pratiques : quoique dans un état de profonde exaltation, il manifestait une grande inquiétude.

Les « choses de la vie » lui avaient été enseignées non par sa mère, qui avait bien mieux à faire, ou par une femme de chambre compatissante, comme cela arrive si souvent dans les plus hautes classes sociales britanniques, mais par un garçon de son collège nommé Preston Minor.

Bien que la lecture de la grande littérature lui eût par la suite permis de relativiser les terribles révélations de cet enfant désagréable, un énorme fossé demeurait entre la conception que Kendrick avait d'Ellen – en *Primavera* ou en Saskia de Rembrandt, couronnée de fleurs – et ce qui était censé se produire après la noce dans l'imposant lit à baldaquin de son père.

Le mariage était prévu pour le 18 décembre. La menace sous-marine vint au secours des futurs mariés : Patricia Frobisher ne put retenir une place sur l'un des convois revenant d'Afrique et annonça qu'elle serait dans l'incapacité d'assister aux noces.

Ellen, qui avançait avec une concentration extrême sur le chemin devant la conduire à tant de chance et de bonheur, vit là l'intervention de la Providence. En l'absence de la mère de Kendrick, ses plans pour Crowthorpe pourraient être menés à bien sans qu'elle eût à batailler : les évacués seraient logés décemment, les jeunes volontaires travaillant la terre s'installeraient dans la maison – ce que Patricia avait toujours refusé –, et l'on ôterait enfin les lignes vertes que Mme Frobisher, restrictions de guerre à l'appui, avait peintes autour de la baignoire pour montrer le niveau maximal d'eau chaude à utiliser.

Tant le deuil récent qui avait frappé la famille Frobisher que les goûts personnels de la mariée rendaient un mariage discret souhaitable. En plus des parents immédiats, Kendrick et Ellen n'invitèrent que quelques amis de l'université, ceux des enfants de Hallendorf qui pouvaient venir, Margaret Sinclair, et Bennet – dont Ellen n'avait jamais oublié la gentillesse à son retour de Prague. Dans la mesure où il était peu probable qu'il pût se libérer, Ellen espérait se voir épargner la présence de Tamara ; hélas, le destin en décida autrement.

En visite à Carlisle peu avant le mariage, Ellen fut témoin d'une scène qui n'aurait laissé personne indifférent. Deux femmes avançaient avec lassitude sur le trottoir. Elles portaient de lourds filets chargés de leurs achats, étaient vêtues d'imperméables et de chapeaux de pluie peu seyants, et leurs nez étaient rougis par le froid. L'une était considérablement plus âgée que l'autre, mais elles se ressemblaient de façon frappante : une mère et sa fille, chacune visiblement ennuyée de la compagnie de l'autre, rentrant de l'épuisante séance de courses hebdomadaire.

Ce ne fut que lorsque la plus jeune des deux s'arrêta et la salua qu'Ellen se rendit compte qu'elle se trouvait en présence de la ballerine russe qui avait été la muse de Diaghilev et la confidente de Toussia Alexandrovna, réfugiée chez sa mère pour la durée de la guerre et piteusement ravalée au rang de Beryl, fille de Mme Smith.

— Ellen ! Quel plaisir de vous voir !

La joie de Tamara n'était pas feinte. Le village de mineurs où vivait sa mère, sur la sinistre plaine bordant la côte, était situé à moins de cinquante kilomètres de Crowthorpe, et elle connaissait l'importance des Frobisher et la taille de leur propriété. Elle voulait se faire inviter au mariage et y parvint. Estomaquée par la transformation de l'osseuse adoratrice du soleil, de la fabricante d'autels à icônes, en fille de Mme Smith, Ellen la convia non seulement au mariage mais également – comme il n'y avait pas de bus depuis le village de Tamara – à la soirée qui devait avoir lieu la veille.

Un matin, vers la fin du mois de novembre, quelques hommes furent sortis du rang lors de l'appel quotidien et envoyés chez le commandant du camp. De *Sunnydene*, un avocat très âgé nommé Koblitzer, qui marchait avec une canne, et Klaus Fischer, un journaliste… De *Resthaven*, Herr Rosenheimer et son fils Leon, et de *Mon repos* (que Unterhausen le défenestré avait quitté pour la prison de Brixton), Marcus von Altenburg.

Se demandant ce qu'ils avaient fait, ils descendirent les rues grises lavées par la pluie en direction de l'hôtel, près de l'entrée, où étaient installés les bureaux du commandant Henley.

— Il nous faut une chaise pour Koblitzer, déclara Marek lorsqu'ils furent assemblés, et l'on apporta une chaise.

En dépit de cette demande ferme, l'ambiance était joyeuse. Le commandant avait toujours été bon envers les prisonniers ; les conditions dans le camp s'étaient considérablement améliorées au cours des deux derniers mois, et même le lieutenant désagréable paraissait détendu.

— J'ai de bonnes nouvelles pour vous, dit le commandant. Votre ordre de libération m'est parvenu. Il faut que vous rassembliez vos affaires et que vous vous teniez prêts à partir à sept heures demain matin. Le ferry pour Liverpool lève l'ancre à dix heures ; ensuite, on vous remettra des billets pour la destination de votre choix.

Les hommes se regardèrent. Sous le choc, ils avaient du mal à réaliser ce qui leur arrivait.

— Pour quel motif, par simple curiosité ? demanda le père de Leon. À qui devons-nous notre libération ?

Le commandant Henley baissa les yeux sur ses papiers.

— Vous, Rosenheimer, vous êtes libéré parce que vous employez près de cinq cents travailleurs anglais dans votre entreprise, et votre fils, parce qu'il n'a pas l'âge requis. La Société des auteurs a intercédé en faveur de Klaus Fischer ; ils disent qu'il écrit des livres antinazis depuis 1933. Quant à Koblitzer, il est relâché pour mauvaise santé.

Aucun d'entre eux ne souligna que les autorités disposaient déjà de ces informations quand ils avaient été arrêtés. Cependant, leur joie n'était pas sans mélange : ils avaient noué dans le camp des amitiés d'une grande intensité et avaient mis en route des entreprises qu'il allait falloir abandonner inachevées. Fischer dirigeait un cours de poésie, Rosenheimer avait monté une école de commerce, et tous chantaient dans la chorale de Marek.

Un par un, ils s'avancèrent, signèrent un papier confirmant qu'ils n'avaient pas été maltraités, reçurent leurs documents. Puis vint le tour de Marek.

— Vous avez été réclamé par le commandant du dépôt de la Royal Air Force, à Cosford. Les Tchèques ont formé un escadron là-bas pour se joindre à la RAF.

Il regarda Marek avec un certain air de reproche.

— Vous auriez pu nous dire que vous aviez volé au côté des Polonais et des Français.

Marek, qui avait en réalité expliqué cela à plusieurs reprises lors d'interrogatoires à Douvres et ailleurs, se contenta de sourire – avant de lâcher sa bombe.

— Je serai ravi d'être relâché, mais pas avant la fin de la semaine prochaine.

— *Comment ?*

Le lieutenant en second n'en croyait pas ses oreilles.

— Nous jouons la *Messe en si mineur*, ce dimanche-là. Les hommes répètent depuis des mois ; il est hors de question que je les laisse tomber maintenant. Ils comprendront, à Cosford.

Le commandant était un homme affable, mais là il s'agissait d'une mutinerie.

— Les hommes de ce camp sont libérés si et quand les ordres arrivent. Je ne dirige pas une colonie de vacances.

Personne ne fit la remarque qui s'imposait ; tous avaient les yeux fixés sur Marek.

— Si vous voulez que je parte avant le concert, il faudra m'emmener par la force. Je résisterai, et Klaus ici présent pourra faire un scandale, une fois de retour à Londres. C'est un excellent journaliste. « Un pilote tchèque malmené par des soldats », ce genre de choses… Je suis parfaitement sérieux.

Nul ne savait que dire. Ils pensaient au travail des dernières semaines, à la confiance lentement acquise, aux obstacles surmontés – puis à l'excitation au fur et à mesure que la musique sublime prenait son essor sous la direction de Marek. Aucun de ceux qui avaient chanté *Dona Nobis Pacem* dans cet endroit sinistre ne l'oublierait jamais.

— Les hommes des autres camps vont venir, souligna Marek.

Le commandant n'avait pas besoin qu'on le lui rappelât. C'était lui qui avait autorisé cent prisonniers à faire le déplacement, après avoir emprunté des exemplaires de la partition à la chorale de la cathédrale de Douglas. La représentation prévue avait éveillé l'intérêt de toute l'île. Si le moral des hommes s'était amélioré, s'il n'y avait eu ni suicides ni dépressions nerveuses graves dans son camp, la *Messe en si mineur* y était pour quelque chose.

— Quelqu'un d'autre pourra vous remplacer, j'en suis sûr, intervint le lieutenant.

— Non, bien sûr que non !

Leon s'exprimait pour la première fois depuis le début de la conversation.

— Seul Marek peut le faire.

Il avança d'un pas et se pencha vers le commandant.

— Et je veux rester aussi ! Je ne veux pas sortir avant Marek ; je veux…

— *Non*, coupa Marek, au moment même où Herr Rosenheimer, furieux, se tournait vers son fils.

— Veux-tu bien cesser de dire des sottises, Leon ? Tu vas venir avec moi. Souhaites-tu faire mourir ta mère d'inquiétude ?

Frau Rosenheimer avait été relâchée trois semaines plus tôt, et il était probable que ses lamentations, pétitions et pots-de-vin avaient accéléré la libération de son mari.

Leon aurait sans doute volontiers parlementé avec son père, mais la mine de Marek indiquait clairement qu'il ne ferait pas de concessions.

— Je vais contacter le dépôt et voir ce qu'ils vont dire, déclara le commandant.

C'était un aveu de défaite. Toutefois, lorsque les hommes prirent congé pour rejoindre leurs maisons respectives, le commandant n'était pas complètement désolé. Il avait repris du service dans l'espoir d'être envoyé sur le terrain, mais on lui avait dit qu'il était trop vieux, et on l'avait envoyé là faire ce travail ingrat. Heureusement, parfois, il y avait des satisfactions. Bien qu'il ne fût pas mélomane, en cet instant, sans même savoir qu'il les connaissait, il fredonnait les mesures d'ouverture du *Sanctus*, avec son solo de flûte qui s'élance et s'envole, toujours plus haut.

Il décrocha le téléphone et demanda Cosford.

Dehors, un certain nombre de prisonniers étaient réunis, les rumeurs d'une série de libérations avaient rapidement circulé.

— Est-ce vrai que tu pars demain, Marek ? interrogea un homme mince et pâle, au col blanc relevé, qui s'était traîné aux répétitions de la messe jour après jour en dépit de ses poumons fragiles.

— Non.

Marek n'en ajouta pas davantage. Cependant, Leon, emporté par son adoration pour son héros, parla à sa place.

— Ils voulaient le libérer sur-le-champ, mais il refuse de partir avant le concert.

— Est-ce vrai ?

La nouvelle se répandit comme une traînée de poudre. Des visages s'éclairèrent, quelqu'un approcha et serra la main de Marek.

— Voilà, c'est assez, dit ce dernier, qui commençait à s'énerver. Je vous verrai tous à deux heures dans le hall.

Quand il frappa à la porte de *Mon repos*, ce soir-là, Leon frissonnait d'appréhension et de froid dans le vent venu de la mer. La résolution qu'il avait fini par prendre exigeait tout son courage. Depuis que Marek était arrivé dans le camp, il lui avait clairement fait savoir que Hallendorf et Ellen étaient des sujets tabous ; mais maintenant Leon était sur le point de partir, et il fallait qu'il parle.

— Je suis venu vous dire au revoir et vous donner l'adresse de mon père à Londres, déclara-t-il. Il dit que vous êtes le bienvenu n'importe quand et pour aussi longtemps que vous voudrez – mais ça, vous le savez déjà. Nous avons un abri antibombardement splendide !

— Merci.

Leon prit une profonde inspiration et se jeta à l'eau.

— J'ai eu des nouvelles de Sophie.

Marek ne dit rien. Son regard exprimait une grande lassitude.

— Elle va être demoiselle d'honneur au mariage d'Ellen.

Il ne s'attendait pas que Marek répondît. Pourtant, le compositeur demanda :

— Avec Kendrick Frobisher, j'imagine ?

— Pas vraiment. Plutôt avec son potager, ses vaches et ses évacuées. La maison humide est censée devenir un sanctuaire pour nous tous. Elle ne nous a même pas demandé si nous avions envie d'y aller.

Marek s'était replongé dans le silence, les yeux fixés sur une broderie disant « Rien ne vaut son chez-soi » que la logeuse de *Mon repos* avait oubliée en partant.

— Ellen se marie le 18 décembre, juste une semaine avant Noël. Le mariage aura lieu à Crowthorpe, dans l'église du village, à deux heures de l'après-midi. Crowthorpe, c'est l'endroit où vit Kendrick, entre Keswick et Carlisle…

Leon continua à babiller, répétant le lieu et l'endroit, la gare la plus proche, jusqu'à ce que Marek tourne la tête vers lui.

— Tais-toi, Leon.

On ne décelait aucun sentiment dans sa voix, seulement une extrême fatigue.

— Je pourrais lui dire que vous êtes ici. Lui annoncer que vous allez être libéré. Elle ne sait pas que vous êtes en Angleterre, Sophie ne savait pas si elle devait…

Cette fois, Marek exprima bel et bien de l'émotion. Les prémices de l'une de ses fameuses crises de rage.

— Tu ne diras rien à Ellen à mon sujet. Tu ne mentionneras pas mon nom. Je te le demande sur ton honneur, dit-il, retrouvant inopinément ses vieux réflexes de pensionnaire d'une école privée anglaise. Tu ne ferais que lui faire du mal, ajouta-t-il.

Pendant un instant, l'adoration de Leon pour son héros s'estompa.

— Je pourrais difficilement lui en faire plus que vous, rétorqua-t-il.

— Oh, ma chérie, tu es *magnifique* ! s'exclama le Dr Carr en reculant d'un pas et en souriant à sa fille. Tu es absolument ravissante !

C'est ce que toutes les bonnes mères disent à leurs filles le jour de leur mariage, mais il fallait bien admettre que la beauté d'Ellen, tandis qu'elle se détournait du miroir dans sa robe blanche, était d'un genre inattendu. Peut-être était-ce dû à la lumière sépulcrale de Crowthorpe dans la brume et la pluie de décembre, filtrée par les fenêtres au verre teinté ; en tout cas, Ellen semblait comme submergée, muette – une mariée venue des profondeurs sous-marines.

Elle avait retouché la robe qu'elle avait portée à l'Opéra, à Vienne, et l'avait recouverte d'une courte veste. Ses boucles étaient maintenues par une couronne de perles que lui avait léguée son auguste grand-mère, Gussie Norchester. Elle ne portait pas de voile et avait confectionné elle-même ce matin-là le bouquet de roses de Noël qu'en cet instant Sophie était partie lui chercher. Ces roses étaient comme un cadeau ; elles avaient beaucoup aidé Ellen lorsqu'elle les avait aperçues, poussant de façon inattendue derrière une remise dans le jardin humide et gelé. Car il n'était pas aisé, ces derniers temps, de retrouver la vision qu'elle avait eue de Crowthorpe quand elle l'avait aperçu pour la première fois, ce fameux jour d'été... Cependant, elle tiendrait parole ; elle ferait ce qu'elle avait promis ; tous ceux qui viendraient seraient nourris et réchauffés, et ils se sentiraient bien. Le métayer avait même suggéré qu'ils aient des chèvres, dont le lait n'était pas rationné.

Songeant aux chèvres, qu'elle aimait beaucoup, Ellen commença à descendre l'escalier.

Sophie et Ursula, enveloppées dans des châles recouvrant leur robe de demoiselle d'honneur, bavardaient avec Leon au pied des marches. Les lumières avaient été allumées vers midi, mais seule une faible lueur, diffusée par une lampe en forme de vierge préraphaélite, éclairait l'escalier, et les jeunes gens étaient trop absorbés par leur conversation pour voir Ellen approcher.

— Janey en est absolument sûre, disait Leon : il n'était pas dans le train. Elle a attendu jusqu'à ce que tout le monde sans exception soit descendu. Et il n'y a pas d'autre train aujourd'hui.

— Il n'est pas *obligé* de venir en train. Je suis sûre que les pilotes peuvent obtenir de l'essence. Il pourrait encore arriver en voiture.

Sophie, qui avait tellement tendance à craindre le pire, d'ordinaire, n'avait cessé de penser que Marek viendrait, qu'il apparaîtrait à la dernière minute et enlèverait Ellen.

— N'y a-t-il rien à faire pour la ralentir ?

Ils songeaient à Aniella dans son bateau d'apparat, dont les draperies traînaient dans l'eau. Crowthorpe ne manquait pas d'eau, Dieu en était témoin, mais Ellen ferait le court trajet jusqu'à l'église dans la vieille Morris du domaine.

— Nous pourrions mettre du sucre dans le carburateur, suggéra Ursula, qui était devenue une passionnée de films de gangsters.

Hélas ! le sucre était rationné, et le mariage aurait lieu dans une demi-heure.

— Il pourrait encore arriver, répéta Sophie, obstinée. Marek est tout à fait homme à surgir brusquement dans l'église et, si c'était le cas, je tirerais sur la robe d'Ellen et lui dirais de s'évanouir, ou un truc comme ça.

Ils perçurent un froissement de soie provenant du haut de l'escalier, puis une brusque inspiration : Ellen descendit vers eux.

— Marek est ici ? demanda-t-elle très calmement. En Angleterre ?

Tous trois se tournèrent vers elle. Leurs visages exprimaient la plus profonde consternation.

— Oui, avoua Leon. J'étais avec lui dans le camp d'internement.

— Et il sait que je me marie aujourd'hui ?

Ils hochèrent la tête en silence.

— Je vois.

Angoissés, dans l'expectative, ils la regardèrent.

Mais elle ne s'effondra pas, ne pleura pas. Elle redressa les épaules, et ils virent la fierté figer son visage comme un film de glace.

— Tu peux me donner mes fleurs, Sophie.

Puis elle ajouta :

— Il est temps d'y aller.

Kendrick attendait à l'autel au côté de son témoin, une connaissance de Cambridge que personne n'avait encore rencontrée. S'arrêtant un instant sur le seuil de l'église, Ellen parcourut du regard les invités alors que ceux-ci tournaient la tête vers elle. C'étaient les serviteurs de Crowthorpe, dans leurs lourds manteaux sombres, qui s'en sortaient le mieux, habitués qu'ils étaient à la sévérité du régime Frobisher et à l'église glaciale. Margaret Sinclair était là et lui adressait un sourire d'encouragement, mais pas Bennet, toujours occupé à décoder… Janey se tenait près de Frank, qui arborait un uniforme de soldat de deuxième classe… Nombre de courageuses tantes, réelles ou honoraires, étaient également venues, coiffées de chapeaux spécialement dépoussiérés pour l'occasion… et, assise un peu à l'écart et ne ressemblant nullement à Beryl Smith, mais bien à Tamara Tatriatoff, portant sur son turban – Ellen eut le temps de le remarquer – un géranium volé dans le jardin d'hiver, se trouvait la ballerine russe.

Il fallait toutefois reconnaître que c'était la détestable Tamara qui avait rendu la soirée de la veille supportable : elle avait emmené Kendrick dans son bureau pour y écouter du Stravinski, ce qui avait permis à Ellen d'aider les domestiques à préparer le buffet de mariage.

La cérémonie commençait. Leon était assis au côté de la vieille dame qui jouait de l'orgue ; il avait insisté pour l'aider à tourner les pages de sa partition, ignorant ses protestations (elle connaissait la musique par cœur). Il mélangeait les feuillets, essayant toujours de gagner du temps. Ellen le vit jeter un coup d'œil à Sophie, qui secoua discrètement la tête.

Il n'y avait plus rien à faire. Les premiers accents de la *Toccata* de Vidal s'élevèrent dans l'église, Sophie et Ursula arrangèrent les plis de la robe d'Ellen, et elle se mit à avancer doucement vers son fiancé.

Elle était à mi-chemin de l'allée centrale lorsqu'ils l'entendirent – Sophie et Ursula, Leon avec son ouïe fine… et Ellen aussi, même par-dessus la musique. Le craquement de la lourde porte de chêne sur ses gonds rouillés, et le souffle de vent qui s'engouffrait dans l'église. Sophie tira sur la robe d'Ellen, la main de Leon s'abattit sur le bras de l'organiste, qui se troubla…

Ce qu'ils virent alors fut un étrange retournement de situation, le contraire de ce qui était arrivé à Aniella durant la reconstitution. Car lorsque Ellen se retourna, et qu'elle vit la haute silhouette, large d'épaules, qui se détachait du cadre de la porte, son visage se transfigura. La fierté et l'endurance qui l'avaient fait paraître presque vieille disparurent en un instant, et elle devint si belle, si radieuse que ceux qui la regardaient retinrent leur souffle, émerveillés.

Puis l'arrivant tardif, un propriétaire terrien voisin, parrain de Kendrick, ôta son chapeau et se dépêcha, honteux, de rejoindre son banc.

Et le mariage se poursuivit.

En laissant les deux vieilles domestiques leur préparer la chambre principale, Ellen était consciente de faire une erreur. Mais elle n'avait pas voulu les interrompre comme elles balayaient la cheminée et s'efforçaient d'aérer le dessus-de-lit. Enfermées depuis des années dans leur cuisine en sous-sol, privées de lumière et souffrant d'engelures, les bonnes des Frobisher n'avaient guère l'occasion d'utiliser leur sens de l'initiative, et Ellen ne voulait en aucune façon les priver de leurs attentes légitimes.

Elle n'avait pas examiné la chambre en détail : elle n'attendait pas grand-chose de sa nuit de noces, à vrai dire, et s'était préparée à la subir. En conséquence, elle ne s'était pas rendu compte qu'il y avait tant de meubles. Des tables rondes et carrées, des pots en laiton, des garde-feu et des rameaux, des soufflets et de grandes commodes, un balbuzard empaillé dans une vitrine… Un tableau de *La garnison libérée de Lucknow traversant le Gange* trônait au-dessus du lit, lequel était fort haut et, si l'on considérait ses fonctions nuptiales, étrangement étroit ; sur le mur d'en face figurait une peinture représentant un berger livide, mort dans la neige, gardé par deux chiens qui ne semblaient pas avoir compris qu'il n'était plus guère en état de leur donner des ordres.

Le métayer leur avait envoyé un panier de bois, mais la cheminée gigantesque faisait paraître la maigre flambée plus dérisoire encore – d'autant que Kendrick, dans une crise de virilité inattendue, avait un peu plus tôt frappé les bûches avec un tisonnier et failli éteindre le feu. Sur un coffre dans le vestiaire se trouvaient des photographies de Roland et de William dans diverses situations toutes masculines (jouant au cricket, décimant des tigres ou paradant à Sandhurst) mais, comme d'habitude, aucune de Kendrick – qui, en cet instant, entrait nerveusement dans la chambre dans son pyjama rayé. Il trébucha sur un tabouret capitonné et s'exclama :

— Oh, Ellen !

Son ton évoquait davantage la révérence que la passion, et il paraissait gelé.

— Viens te réchauffer, lui dit Ellen.

Elle était déjà au lit, les cheveux brossés, et ressemblait, comme Kendrick commença à le lui expliquer en bégayant, à Danaé ou à Cléopâtre, ou peut-être à la Maya de Goya sur sa couche de satin.

Mais même Kendrick était conscient que le temps des conversations était révolu et, après avoir dégluti bruyamment, il grimpa près d'elle dans le lit. En dépit de sa maigreur, il parut y occuper une place considérable, surtout ses pieds, qui étaient glacés et très grands.

Une fois allongé, il se retrouva face à face avec le berger mort gardé par ses chiens, et Ellen vit un éclair de panique sur son visage.

— Qu'y a-t-il, Kendrick ?

— Je fixais toujours ce tableau pendant que maman me disait ce que j'avais fait de mal. Elle m'envoyait chercher, et je la trouvais ici en train de répondre à son courrier, assise derrière ce bureau. C'était ici également qu'elle me lisait mes bulletins de notes.

Son regard semblait perdu en lui-même, focalisé sur les terreurs du passé.

— Nous changerons les tableaux demain, promit Ellen, mais l'idée que l'on pût modifier quelque chose en rapport avec sa mère eut l'air de paniquer Kendrick encore davantage.

La jeune femme se laissa aller sur l'oreiller, étouffant un bâillement, et attendit de voir si Kendrick avait la moindre idée de la façon de procéder. Il avait pu, après tout, lire un livre sur le sujet... Lorsqu'il fut clair que ce n'était pas le cas, elle tendit les bras et attira son mari tremblant à elle, afin que sa tête reposât sur sa poitrine. Là, il continua, bien que manquant d'air, à lui proclamer son adoration et à la comparer à diverses personnes dont elle ne saisit pas les noms.

— Je crois que nous devrions nous déshabiller correctement, déclara-t-elle en essayant d'atténuer le côté « institutrice » de son ton.

Elle se glissa hors de sa chemise de nuit, mais la vue de son corps nu éclairé par le feu affecta Kendrick si fort qu'il s'empêtra désespérément dans la ceinture de son pyjama.

Ellen le libéra, heureuse que son passage à Cambridge lui eût donné quelque expérience.

— Ne t'inquiète pas, mon chéri, nous avons tout notre temps.

Et :

— Tout va bien, répéta-t-elle à intervalles réguliers durant la longue nuit, se demandant ce qu'elle voulait dire par là exactement, tandis que Kendrick tremblait et lui bégayait son admiration en affirmant qu'il n'était bon à rien et ne l'avait jamais été, mais qu'il l'aimait plus que quiconque n'avait aimé auparavant.

— Penses-tu que nous serions mieux dans une autre chambre, Kendrick ? s'enquit-elle comme l'aube approchait. Un endroit qui ne serait pas aussi plein de souvenirs désagréables ?

Durant un instant, le visage de Kendrick s'éclaira.

— Il y a la vieille nursery, en haut de la maison. J'y dormais quand j'étais petit, avec ma nounou.

Ses traits s'étaient détendus ; de toute évidence, il était plongé dans les souvenirs d'un âge d'or.

— C'est une chambre assez grande, et elle est au-dessus des arbres, si bien qu'on peut apercevoir la rivière.

— Bien. Nous l'essaierons dès que je pourrai faire des doubles rideaux. À présent, ne t'inquiète plus, mon chéri. Nous serons très bien là-haut. Endors-toi.

Mais Kendrick s'était redressé, saisi d'une panique terrible.

— Tu ne me laisseras pas, Ellen, n'est-ce pas ? Tu ne partiras pas, tu ne me laisseras pas seul ? J'ai toujours été tout seul, et je ne pourrais pas…

Il se mit à pleurer, et Ellen, luttant contre une lassitude si profonde qu'elle semblait devoir la tirer jusqu'au centre de la Terre, parvint à le prendre dans ses bras.

— Non, Kendrick, je ne t'abandonnerai pas, je te le promets. Je ne te laisserai jamais seul.

Il se calma alors, et dormit, et ronfla – mais pas de façon désagréable – tandis qu'Ellen demeurait éveillée.

Enfin, les contours de l'image du berger mort devinrent visibles ; elle avait survécu jusqu'à l'aurore.

— C'est incroyable, dit Jan Chopek, regardant Marek allongé sur son lit de fer dans le baraquement de l'armée de l'air, à Cosford. Je ne l'ai jamais vu soûl. Pas à ce point. Pas dans un coma éthylique. Dieu sait qu'il buvait bien avec les Polonais et avec ces idiots de la Légion étrangère, en France ; mais je ne l'avais jamais vu dans un tel état.

— Toujours est-il qu'il fait bel et bien un coma. Grâce à Dieu, il n'est pas de service durant les prochaines quarante-huit heures !

— S'il avait été de service, il n'aurait pas fait ça, affirma Jan.

L'officier britannique haussa les épaules. Il avait déjà remarqué que les autres Tchèques vouaient à Marek une admiration sans bornes.

Marek avait planifié son black-out de façon systématique : il s'était retiré dans sa chambre, avait desserré sa ceinture, puis avait versé le contenu de la bouteille de vodka dans sa bouche, afin que personne n'ait à le traîner jusqu'à son lit. Il n'avait même pas été malade. Néanmoins, depuis, tous les efforts pour le réveiller avaient été vains.

Entre son casier et celui de Jan était accrochée une photographie d'une blonde pulpeuse (laissée par l'occupant précédent, qui n'était jamais revenu d'un raid de nuit sur Brême) et un calendrier. Sous la date – 18 décembre – était inscrit le proverbe : « Nul homme ne peut se baigner deux fois dans le même fleuve. »

— Il y a eu un problème, expliqua Jan. Il a essayé d'obtenir une permission pour le week-end, il voulait aller dans le Nord, dans la région des lacs, pour je ne sais quelle raison. On la lui a accordée ; puis Phillips a eu un accident de voiture, et Marek a dû voler à sa place. Bien qu'il n'ait pas dit grand-chose, je crois qu'il était très contrarié.

Marek, quand les événements tournaient mal, devenait extrêmement taciturne, mais il était fort rare qu'il eût recours à la panacée coutumière des gens déçus.

— En tout cas, nous ne pouvons rien faire, sinon attendre qu'il revienne à lui, dit l'officier.

Ce que fit Marek six heures plus tard environ, à peu près au moment où Ellen quittait le lit nuptial. Il prit une douche, se changea et décida que le destin avait parlé. Il n'était pas certain à présent qu'il serait allé dans le Nord pour interrompre le mariage, comme un personnage tout droit sorti d'un opéra. C'était, certes, ce qu'il avait eu l'intention de faire. Mais la guerre s'était interposée – au moment où Ellen se mariait, lui survolait la Manche, et c'était aussi bien. Car Oskar Schwachek, désormais *Gruppenführer* Schwachek, était toujours vivant et, tant que ce serait le cas, Ellen devait être protégée de ce qui risquait d'advenir.

29

Goethe n'est pas le seul à avoir dit qu'il faut faire attention à ce que l'on souhaite dans sa jeunesse, au cas où on l'obtiendrait plus tard.

Il l'a bel et bien dit – durant le cours de sa longue existence, Goethe a pratiquement tout dit –, mais d'autres aussi, et parmi eux Nora Coutts, l'extraordinaire grand-mère de Marek. Celle-là même qui, en cet instant, était assise au bord de son lit et demandait :

— T'attendais-tu à être heureux en apprenant la nouvelle ?

Dix-huit mois s'étaient écoulés depuis le mariage d'Ellen. Durant l'été 1941, la folie de Hitler l'avait poussé à attaquer la Russie, mais, même si le danger d'une invasion imminente avait disparu, les Britanniques étaient engagés dans une guerre plus totale qu'aucune de celles qu'ils avaient connues. Les villes étaient constamment bombardées, et l'armée de l'air arrivait au bout de ses forces.

Marek avait piloté des Wellington au sein de l'escadron tchèque de bombardiers depuis sa libération de l'île de Man, et il était toujours rentré sain et sauf. Cependant, la semaine précédente, un impact sur son moteur gauche l'avait contraint avec son équipage à sauter en parachute avant d'avoir pu atterrir. Sa jambe était dans le plâtre et en traction, et, à sa grande fureur, on avait décidé de le retirer du service actif pour l'envoyer au Canada en tant qu'instructeur.

— Dans un mois, je serai sur pied, avait-il protesté, mais en vain.

— Nous avons besoin d'hommes d'exception pour entraîner les nouvelles recrues, avait décrété le commandant de la base.

Il avait préféré ne pas souligner que deux années ininterrompues passées à voler étaient assez pour un homme largement trentenaire, qui de surcroît avait déjà connu l'enfer bien avant d'atteindre la Grande-Bretagne.

Mais ce n'était pas à cette nouvelle-là que Nora Coutts faisait allusion. En tant que plus proche membre de sa famille, elle avait été convoquée quand Marek avait été blessé ; à présent, assise à la tête de son lit, elle tricotait de quoi réconforter les troupes. Les passe-montagnes et les mitaines qu'elle confectionnait ne ressemblaient en rien aux malheureux ersatz qu'Ellen faisait réaliser dans les jardins de Hallendorf : Nora était une championne du tricot, de même qu'elle excellait dès qu'il s'agissait de rouler des bandages ou de fournir des plateaux-repas. Depuis son retour dans son pays natal, juste avant le début de la guerre, elle avait été le principal soutien des combattants.

— À quoi t'attendais-tu ? répéta-t-elle.

— À être heureux. Soulagé… À me sentir délivré d'un grand poids, répondit Marek.

Tout en parlant, il se demandait pourquoi il avait été assez sot pour faire partager à sa grand-mère la nouvelle qu'il avait reçue d'Europe trois jours plus tôt. S'il n'avait pas été aussi assommé et déphasé après son opération de la jambe, il aurait fait preuve de davantage de bon sens.

— Tu as ordonné qu'un homme soit tué en sachant que tu étais responsable de sa mort. Tes ordres ont été suivis, Schwachek est mort, et tu pensais en être heureux, *toi* ?

— Oui.

Alors qu'il regardait le visage de Nora, dont l'équilibre implacable lui rappelait d'une certaine manière celui d'Ellen, il commençait à comprendre combien il avait été fou.

— J'aurais dû le faire moi-même. Je voulais qu'ils le débusquent, mais c'était à moi de le tuer.

— C'est fait, maintenant ; ils n'ont pas eu le choix.

Néanmoins, elle n'en dit pas plus, car la fracture de la jambe de Marek était multiple, il avait une épaule démise, et à présent il allait devoir quitter ses camarades et le travail qu'il aimait.

Allongé sur ses oreillers, las et endolori, Marek tenta une nouvelle fois de ressentir l'impression de triomphe qui aurait dû être la sienne, mais elle lui échappa encore. Quand ils avaient retrouvé Schwachek, celui-ci était en route pour la Russie. Cette affreuse campagne décimait les Allemands comme des mouches ; elle aurait parfaitement pu faire le travail de Marek à sa place. Sa grand-mère avait raison : il avait agi comme un dément.

— Penses-tu parfois à Ellen ? interrogea-t-elle tout à coup.

Marek tourna la tête sur l'oreiller et sourit.

— À ton avis ?

Après avoir quitté Marek, Nora Coutts fit une chose qui ne lui était pas coutumière : elle hésita.

Elle n'avait pas hésité lorsqu'elle avait dit à l'anarchiste russe de ne pas faire l'idiot, ni lorsque, laissant tous ses biens terrestres derrière elle, elle avait marché jusqu'à la frontière tchèque, où elle était arrivée une heure avant l'invasion allemande ; mais à présent elle hésitait.

— Penses-tu parfois à Ellen ? avait-elle demandé à Marek, et elle avait obtenu la réponse qu'elle souhaitait.

Mais Ellen était mariée…

Dans le monde qui avait vu naître Nora, cela aurait réglé définitivement le problème. Cependant, dans le monde tel qu'il était maintenant, où l'on tirait sur des êtres humains en plein ciel, où on les torpillait et bombardait, n'était-il pas important que les gens se séparent sans malentendus ? Elle n'envisagea pas un instant qu'Ellen abandonnât son mari, et aurait été choquée que quiconque le suggérât, mais peut-être cela réconforterait-il la jeune femme de savoir qu'à présent Marek était conscient de sa folie ? Nora réalisait déjà que cela ferait grand bien à Marek de revoir Ellen avant de lever l'ancre…

En fin de compte, elle décida de ne rien faire. Toutefois, un mois après sa visite à l'hôpital, un bateau militaire en route pour le Canada fut torpillé.

Deux jours plus tard, elle prenait la direction du nord.

Nora marcha depuis la gare ; à quatre-vingt-deux ans, elle aurait trouvé absurde de prendre un taxi pour parcourir à peine plus de trois kilomètres. Marek avait quitté l'hôpital et attendait son ordre d'embarquement. Bien qu'elle fût heureuse d'avoir la garantie qu'il ne volerait plus, elle savait qu'il lui manquerait cruellement. Il parlait de la faire venir avec lui au Canada… elle était décidée à rester en Angleterre, désormais, et à y finir ses jours.

Cette fois encore, la région des lacs ne fut pas à la hauteur de sa réputation. Il ne pleuvait pas ; l'après-midi de fin d'été était serein et doré ; après la dévastation des villes, ce coin de campagne intact, avec ses arbres sombres et feuillus et ses ruisseaux chantants, semblait un véritable paradis. Sa première vision de Crowthorpe ne consterna pas non plus Nora ; après tout, à sa naissance, la reine Victoria était toujours sur le trône. Les tourelles, les pignons et tout le boisage superflu ne la troublaient pas. Elle-même avait été élevée, à Folkestone, dans une villa qui n'était pas sans rappeler la maison de Kendrick.

Cependant, une fois à la porte, elle s'arrêta. Elle n'avait annoncé sa venue à personne ; seule Ellen la connaissait – pour tous les autres, elle n'était qu'une vieille dame en promenade. Afin de parer à toute éventualité, elle avait laissé sa valise à la gare. Elle décida donc d'emprunter sans rien dire un sentier qui conduisait à l'arrière de la maison et semblait monter ensuite doucement vers la colline. Dans cette région peuplée de randonneurs, il s'agissait certainement d'un chemin public, et elle voulait avant tout se faire une opinion sur l'endroit, sur la vie d'Ellen.

Elle n'avait pas prévenu Marek de ce qu'elle allait faire, pour la bonne raison qu'elle n'en savait rien elle-même. Voir si Ellen était heureuse ? Ce n'était pas si simple que cela, et pourtant il y avait une question à laquelle elle espérait trouver une réponse durant cette visite.

Dans une petite prairie près de la maison, elle vit un troupeau de chèvres angoras ; des animaux superbes, dont les cloches lui rappelèrent celles des vaches, sur les collines de Bohême. Comme un coup de poignard, elle ressentit avec acuité la nostalgie de Pettelsdorf. Plus bas, sur le ruisseau dans la vallée, des enfants pagayaient en criant avec des accents cockneys. Des évacués. Oui, ce n'était pas étonnant qu'il y eût là des évacués : Ellen avait dû les accueillir à bras ouverts.

Nora arriva près du potager. Regardant par la porte percée dans le mur, elle vit des tomates qui mûrissaient sous la serre et des parterres de légumes bien entretenus. Puis une paysanne apparut, poussant une brouette – mais

Nora n'était pas encore prête, et elle se détourna. Ce qui avait dû autrefois être une pelouse était à présent planté de pommes de terre. Comme elle aurait pu s'y attendre, Ellen dirigeait une maison et des terres parfaitement et fort patriotiquement tenues, dans une région au charme incomparable. À sa grande surprise, la vieille dame ressentit un pincement au cœur. De la déception… Oui, il n'y avait pas d'autre mot, et elle en était choquée. Avait-elle souhaité trouver Ellen malheureuse, pleine de regrets… voire maltraitée et incomprise ? Avait-elle rêvé de la prendre dans ses bras, de la réconforter et de lui dire que Marek l'aimait toujours, et que les mariages pouvaient être annulés ?

Certainement pas, se dit Nora, outrée par ses propres pensées. Son père avait été pasteur ; elle avait une opinion bien ancrée sur le caractère sacré du mariage.

Elle s'avança encore, faisant une boucle derrière la maison. Elle dépassa une volée de poules naines, dont les plumes brillaient sous le soleil, un petit taillis de digitales et de reines-des-prés, et se retrouva près du verger.

Les prunes avaient été cueillies, les cerises aussi, mais les pommes mûrissaient : rouges, dorées et vertes. Entre les arbres, deux cordes avaient été fixées, et une jeune femme y étendait le linge. Du linge de maison : des serviettes, des taies d'oreiller, des chemises… et des couches ; un grand nombre de couches. Elle se mouvait avec grâce, se penchant vers le panier, secouant le linge, puis l'attachant à la corde, et parce qu'elle l'avait tout de suite reconnue Nora recula afin de se dissimuler derrière le taillis, d'où elle pouvait regarder sans être vue.

Ellen avait l'air en forme. Sa peau était tannée par le soleil, elle portait une robe de coton délavée, et ses sandales paraissaient le comble du confort ; elle était totalement absorbée par sa tâche. Nora percevait la satisfaction qu'elle éprouvait à voir les vêtements propres se balancer doucement dans la brise. Il y avait trois paniers : Ellen en avait déjà vidé deux, mais elle se retourna soudain, car du troisième était sorti un petit bruit plaintif. Elle laissa retomber sur la pile la chemise qu'elle s'apprêtait à étendre et s'approcha du panier, puis elle souleva doucement le bébé qui venait juste de s'éveiller, le mit sur son épaule et commença à lui frotter doucement le dos. Ce geste symbolisait l'essence même de l'amour, de la maternité ; la douce figure de l'enfant était blottie contre la gorge d'Ellen, qui penchait la tête tout en parlant au bébé. Celui-ci répondit en se tortillant de plaisir. Nora ressentait toute la scène avec acuité, comme si le bébé avait été appuyé sur sa propre épaule. Elle avait tenu Milena ainsi, et Marek, et la pensée que cet enfant aurait pu être celui de Marek, la chair de sa chair, la traversa douloureusement.

Mais elle avait la réponse à sa question et elle ne pouvait plus que remercier le ciel de ne pas avoir fait connaître sa présence. Les mariages s'annulaient, un homme ne risquait rien à tenter sa chance, et Kendrick avait dû être au courant de l'amour d'Ellen pour Marek. Mais on n'annulait pas un enfant. On ne le mettait pas de côté.

Bien après avoir rebroussé chemin, alors qu'elle était assise dans le train qui se dirigeait lentement vers le sud, Nora avait encore à l'esprit cette vision idyllique : les pommes rouges, le ciel bleu, Ellen, avec ses boucles soulevées par le vent, qui caressait doucement, en rythme, le dos de l'enfant blotti sur son épaule et, quelque part dans le verger, le chant d'un merle.

Un homme sur le point de quitter Londres pendant la guerre, peut-être pour toujours, se devait de dire au revoir à un certain nombre d'endroits. À St Martin-in-the-Fields, où la chorale des aveugles chantait les vêpres ; à Joe's All Night Stall, près du pont de Westminster, d'où l'on pouvait apprécier la célèbre vue de Wordsworth tout en dégustant les meilleures anguilles en gelée de la ville ; à la salle de restaurant du café Royal…

Et aux concerts de l'heure du déjeuner de la National Gallery, sans doute l'institution de guerre la plus appréciée des Britanniques. Si ceux-ci eurent des héroïnes durant ces années difficiles – la reine, qui trottinait sur ses talons hauts à travers les décombres pour aller réconforter ceux qui avaient perdu leurs maisons dans les bombardements, les infirmières de la Croix-Rouge, prêtes à accompagner les soldats au front –, il n'y eut personne qu'ils aimèrent davantage que dame Myra Hess, avec ses vêtements sans allure, ses cheveux gris relevés en chignon, sa mélomanie et son sourire.

C'était cette femme indomptable qui avait convaincu les meilleurs musiciens du pays de venir jouer pour trois fois rien dans la galerie vide ; et elle aussi qui avait harcelé encore et encore les autorités pour que soit réparé le bâtiment touché par une bombe. Elle était parvenue à faire de ces heures du déjeuner une oasis de bonheur pour tous les amateurs de musique.

Marek, qui la connaissait et l'aimait beaucoup, était arrivé tôt, sachant que, les jours où elle jouait elle-même du piano, la file pour entrer faisait presque le tour de Trafalgar Square. Il avait toutes les raisons d'être reconnaissant envers Myra : un des protégés de la vieille dame avait joué l'une des sonates pour violon de Marek, et lui-même avait pu, grâce à elle, entendre les plus beaux quatuors du pays au cours de ses permissions… Mais, aujourd'hui, pour ce qui serait probablement sa dernière visite, il voulait rester tranquillement assis au milieu des spectateurs. Il savait en effet que la vision des femmes au foyer fatiguées, des marins et des employés de bureau écoutant avec fascination Myra jouer serait un souvenir qu'il chérirait, au loin.

Il était à Londres pour quelques jours et attendait que lui fussent communiqués l'heure et le lieu de son départ, toujours gardés secrets jusqu'à la dernière minute. Il portait son uniforme, et sa canne était posée sur le sol sous sa chaise. Il boitait encore un peu, mais sa jambe était presque guérie.

La jeune femme brune assise près de lui était arrivée en retard et s'était délibérément installée près de ce lieutenant de l'armée de l'air à l'allure distinguée. C'était une intellectuelle avérée, qui aimait rencontrer des hommes intelligents et fréquentait donc les endroits où ceux-ci se rendaient généralement : galeries d'art, concerts, pièces de théâtre sérieuses... Marek, parfaitement conscient de ses intentions, échangea poliment quelques mots avec elle durant l'entracte, mais ne souhaita pas pousser les choses plus loin. Pourtant, cela faisait longtemps qu'il n'avait plus connu de femme...

Myra Hess apparut ; elle commença à jouer la *Sonate en la mineur* de Mozart, et Marek ferma les yeux, savourant sa façon simple et directe d'interpréter le morceau. Puis, au milieu du mouvement lent, les sirènes se mirent à hurler.

Depuis un certain temps déjà les artistes, comme les spectateurs, s'efforçaient d'ignorer ces interruptions ; mais en vain. Des conservateurs de la Gallery apparurent de toutes parts, guidant le public vers l'abri installé au sous-sol – et Marek, qui avait espéré pouvoir quitter le bâtiment, se retrouva adossé à un mur, la fille brune toujours à son côté.

— Voulez-vous que j'aille vous chercher un sandwich ? proposa-t-elle. On dirait qu'ils ont ouvert la cantine.

Marek leva la tête, et son regard se posa sur Ellen qui était en face de lui.

Elle était arrivée la veille pour fêter les cinquante ans de sa mère, apportant du beurre et des œufs de la ferme, et des dahlias et des chrysanthèmes du jardin.

Deux des fenêtres de Gowan Terrace étaient obturées par des planches, des sacs de sable entouraient la maison, mais cela ne dérangeait pas les sœurs ; la prison de Holloway avait été bien plus inconfortable.

Ellen avait organisé l'une de ses célèbres fêtes improvisées et avait assuré à sa mère, comme toujours, qu'elle était merveilleusement heureuse et menait exactement la vie qu'elle avait choisie.

Puis, le lendemain, elle était allée à la National Gallery pour saluer les dames des sandwichs. C'était censé être seulement une visite de courtoisie, après quoi Ellen avait l'intention de monter à l'étage écouter le concert pour de bon, et non par bribes comme lorsqu'elle travaillait à la cantine et n'entendait la musique que quand quelqu'un ouvrait la porte.

Hélas, elle n'eut pas cette chance. Les dames qui dirigeaient la cantine étaient des aristocrates, aussi célèbres pour l'excellence de leurs sandwichs que pour la férocité de leur discipline. Et, par malheur, c'était précisément le jour où l'honorable Mme Framlington avait été retardée par une alerte à la bombe sur la District Line ; elle reprit donc sa place derrière le comptoir, à couper des tomates et à les empiler sur du pain noir. Cependant, même les dames de la cantine devaient s'abriter quand les sirènes retentissaient. Elles se dirigeaient alors vers le sous-sol renforcé, où elles montaient leurs tables à tréteaux au milieu des spectateurs.

Ellen, lorsqu'elle se retrouva face à Marek, fit quelque chose d'inattendu. Elle posa son assiette de sandwichs, s'avança vers lui et saisit sa manche dans un geste si désespéré et possessif à la fois que la fille brune disparut dans la foule. Alors seulement, toujours agrippée au tissu comme si elle avait craint de se noyer, la jeune femme répondit au salut de Marek et prononça son nom.

Une heure plus tard, ils étaient assis sur un banc de St James Park. Ils ne se regardaient pas, fixant les canards qui nageaient complaisamment devant eux. La ration de viande n'était plus que de deux cent cinquante grammes par semaine, mais les Britanniques auraient préféré se dévorer les uns les autres plutôt que de manger le gibier à plumes de leurs parcs. Ellen s'efforçait de ne pas dévisager Marek parce que ce qu'elle avait ressenti en le voyant l'avait effrayée au point qu'elle se sentait obligée de chercher des choses neutres à observer : l'herbe rare, les chaises vides et, au loin, les grilles dorées de Buckingham Palace. Marek, lui, détournait le regard parce qu'il rassemblait ses dernières forces en prévision de ce qui allait se produire et devinait déjà que ce ne serait peut-être pas suffisant.

Les choses qu'en temps ordinaire ils auraient faites pour se donner une contenance leur étaient refusées : ils ne pouvaient pas se promener dans les rues – la jambe de Marek était encore raide et douloureuse –, ni ne pourraient trouver, plus tard, d'endroit où danser et se serrer l'un contre l'autre en toute décence. Ils ne pouvaient pas non plus, en plein après-midi, dîner ensemble et bavarder dans l'intimité autour d'une table dissimulée aux regards.

— Je dois rentrer à Gowan Terrace, déclara Ellen d'une voix à peine audible. On va m'attendre.

— Tu l'as déjà dit, observa Marek. Plusieurs fois.

Lorsqu'il se tourna vers elle, il vit qu'elle avait les yeux pleins de larmes.

— Nous allons prendre le thé, décida-t-il. Le thé au Dorchester. Un thé n'a rien de menaçant ; nous le boirons calmement.

— Oui, acquiesça-t-elle.

Ils prirent un taxi et estimèrent que c'était effectivement très apaisant de déguster du Lapsang Souchong et des petits fours en regardant Hyde Park, comme si quatre années ne les avaient pas séparés, comme s'il n'y avait pas eu de guerre. Marek annonça à Ellen la mort de Schwachek ; puis il l'informa qu'il partait pour le Canada, que ce serait la dernière fois qu'ils se verraient. Aussitôt, l'intimité du salon de thé, la musique d'ambiance s'évanouirent, et Ellen, tremblante, fut brutalement plongée en plein cauchemar.

— Je dois m'en aller, dit-elle d'une voix piteuse.

Marek hocha la tête et se dirigea en boitant vers le bureau de la réception.

— En as-tu trouvé un ? demanda la jeune femme à son retour.

— Un quoi ?

— Un taxi.

Il secoua la tête.

— Non. Ce que j'ai trouvé, c'est une chambre pour la nuit.

Ellen se recroquevilla sur sa chaise.

— Tu n'as pas fait ça… Non, c'est impossible.

Elle n'arrivait pas à croire qu'il pût se montrer si cruel.

— Tu n'es pas obligée de coucher avec moi. Tu n'as pas à enlever le moindre vêtement. Mais, avant que je parte, nous devons avoir une véritable discussion. Il faut que je sache si tu es heureuse, et si tu pourras me pardonner après ce que je nous ai fait à tous les deux.

Ellen se tut suffisamment longtemps pour qu'il eût très peur. Puis elle releva la tête et murmura ces petits mots tristes que prononcent les filles lorsque tout est perdu :

— Je n'ai pas de brosse à dents.

Longtemps, cependant, ils ne parlèrent pas. Pendant un moment, elle demeura allongée dans ses bras. Tous deux étaient parfaitement immobiles, comme deux enfants sur le point de dormir, et Ellen songea que, peut-être, elle pourrait empêcher ce qui allait se produire – que, peut-être, elle n'aurait pas à connaître ce qui lui serait ensuite refusé à jamais. Peut-être Marek avait-il lui également peur de la souffrance qu'apporterait la connaissance, car lui aussi se fit très calme, comme si reposer ainsi suffisait à assouvir son désir.

Bien sûr, il ne devait pas en être ainsi et, plus tard, lorsque ce fut fini, Ellen comprit que tout était exactement comme elle l'avait craint – voire pis… Essayer de vivre sans l'amour de cet homme et de lui seul allait la détruire. Pourtant, c'est ce qu'elle devrait faire.

— Bien, dit Marek. À présent, parle-moi. Je veux tout savoir sur ta vie. Tout.

La nuit était tombée, et dans le ciel clair brillaient des milliers d'étoiles. Pouvoir les observer sans être gêné par la pollution lumineuse constituait l'un des rares bienfaits de la guerre.

Marek s'était approché de la fenêtre ; puis il retourna vers le lit et embrassa chastement Ellen sur le front pour lui montrer qu'elle pouvait parler sans être interrompue. Comme une enfant, elle croisa les mains et commença :

— J'ai des chèvres. Presque vingt. Des angoras. Ce sont de très beaux animaux. Kendrick n'aime pas leur lait – personne n'aime leur lait –, mais nous faisons du fromage, et elles ne sentent pas mauvais du tout, elles sont très…

— Merci, coupa Marek. Je connais les chèvres.

— Oui, admit-elle, la tête penchée. Il y a aussi des poules naines ; j'ai une volée de soyeuses, ce sont de très beaux oiseaux, avec des plumes blanches et des pattes noires. Bien sûr, les œufs qu'elles donnent ne sont pas bien gros – ça n'a rien d'étonnant –, mais ils ont très bon goût. Et nous avons gagné le premier prix à l'exposition du village pour nos oignons…

Elle continua longtemps son babillage, sa curieuse litanie agricole ; enfin, Marek, craignant qu'elle ne l'informât du rendement laitier de chacune des vaches de Jersey, tourna doucement la tête d'Ellen vers lui et dit, se souvenant des paroles de Leon dans le camp d'internement :

— Tu avais décidé de faire de Crowthorpe un sanctuaire.

— Oui.

Elle se tut, se remémorant son vœu.

— Et c'est ce que j'ai fait. Le problème, c'est que lorsqu'on a un sanctuaire, on ne peut pas vraiment choisir. Je veux dire qu'autrefois, quand les gens arrivaient et frappaient aux portes des cathédrales, le prêtre ne pouvait pas dire : « Je vais vous laisser entrer, toi et toi ; les autres, partez ! » Il devait ouvrir sa porte à tous.

Elle s'interrompit, recensant en esprit la population actuelle de Crowthorpe.

— Les filles de ferme, ça va, et les évacuées qui sont arrivées en premier, les petites Cockneys, aussi, mais ensuite nous avons eu deux autres groupes venant de Coventry et de Birmingham, et ils se détestent. Ces enfants-là fabriquent des cocktails Molotov dans des bouteilles de limonade et les jettent par la fenêtre. Quant aux gens que je voulais avoir, comme ma mère ou Sophie, ils ne peuvent pas venir ; Sophie est à

Cambridge, et Leon s'est enrôlé dans les sapeurs, si bien que je me retrouve avec des gens comme Tamara.

— Tamara ? Tu n'es pas sérieuse ? Le Petit Chou ?

Ellen hocha la tête.

— Elle n'est pas là tout le temps, mais elle ne s'entend pas bien avec sa mère… Elle ne me dérange pas trop ; elle écoute le Gramophone avec Kendrick, et il lui parle de Dostoïevski. Bien sûr, ce serait gentil de sa part d'apporter ses tickets de rationnement et de cesser de voler des fleurs dans le jardin d'hiver, mais la vie n'est pas facile pour Kendrick… Je suis tellement occupée ! Enfin, tout cela n'a pas d'importance. C'est la guerre, et comparé aux gens partout dans le monde…

Elle s'interrompit, et Marek la vit passer un doigt le long de sa paupière inférieure, dans un geste qu'il lui avait vu accomplir maintes fois à Hallendorf pour chasser les larmes d'un enfant.

— Ellen, je ne comprends pas, soupira-t-il en la prenant dans ses bras. Je ne comprends pas ce que tu racontes. Nora m'a dit… C'est pour ça que je ne suis pas venu… Pas à cause de Kendrick – il peut aller au diable –, mais à cause de toi.

— Nora, répéta Ellen, perplexe. Comment Nora sait-elle… ?

— Elle est montée te voir.

Il ne put continuer. La description que Nora lui avait faite d'Ellen dans son verger plein de fruits avait encore la faculté de le brûler. « Elle était comme cette fille, sur la tapisserie mille-fleurs, avait décrit la vieille dame. Celle avec la licorne. Tu dois la laisser vivre sa vie, Marek. Tu dois me promettre de la laisser vivre sa vie. »

— C'est pour cela que je ne suis pas venu ; à cause de l'enfant.

Ellen le fixa en silence ; un projecteur pointant vers le ciel balaya son visage, et Marek vit ses yeux écarquillés d'étonnement.

— Oh, mon Dieu !

Le ton monocorde de sa voix obligea Marek à surmonter son propre désespoir. D'une manière ou d'une autre, il devait mieux connaître ce qui devait désormais être la raison de vivre d'Ellen.

— Alors, ce bébé ? C'est un garçon ou une fille ?

Elle posa sa tête sur les oreillers.

— Je ne sais pas, dit-elle avec lassitude. C'était peut-être Tyrone, ou Errol, ou Gary… il y en a tant, et ils portent tous le nom de stars de cinéma.

Marek la redressa, s'agrippa à ses épaules.

— Explique-toi, supplia-t-il d'une voix tendue. Ne joue pas avec moi.

Elle essaya de sourire.

— Je t'ai dit, pour les sanctuaires, on n'a pas le choix. Les gens du cantonnement m'ont demandé si j'accepterais de recevoir des mères célibataires. Le principe, c'est qu'elles aident pour les tâches ménagères les plus légères en échange de la pension, et ensuite, lorsqu'elles ont eu leur bébé, au bout d'un mois environ, elles s'en vont, mettent leur enfant dans une crèche et cherchent du travail. La première partie fonctionne assez bien, ce sont de gentilles filles ; pour la plupart, elles ont été mises enceintes par des soldats en poste à l'étranger. C'est au moment de partir que ça se passe moins bien.

Mais Marek l'écoutait à peine.

— Tu veux dire que tu n'as pas d'enfant ? Tu n'en attends même pas un ?

Elle secoua la tête d'un air triste. « Pas de risque ! » aurait-elle pu répondre, mais elle se retint, car il lui semblait important de protéger Kendrick. Le déménagement de la chambre principale jusqu'à l'ancienne nursery n'avait guère fait de différence. Kendrick continuait à lui bégayer son adoration et à la supplier nuit après nuit de ne pas le laisser seul, mais cela n'allait pas plus loin. Au début, consciente que ses tâtonnements maladroits rendaient fort improbable la conception d'un enfant, Ellen avait été désespérée. Mais les nourrissons auxquels ses mères célibataires ne cessaient de donner le jour avaient atténué sa détresse. Il y aurait plein d'enfants en quête de maisons, après la guerre ; elle en adopterait un.

Cependant, Marek était transfiguré. Il ne l'aurait pas arrachée à son enfant, non plus qu'il n'aurait privé un homme de la chair de sa chair ; maintenant, néanmoins, il n'y avait plus d'obstacle.

— Merci mon Dieu, dit-il. Tu es à moi, dans ce cas.

Et il l'attira de nouveau à lui.

La deuxième fois est meilleure que la première ; plus sûre, et déjà empreinte de cette touche de reconnaissance qui est l'un des plus précieux éléments de l'amour. Marek était un conquérant, à présent ; son soulagement, sa joie se répercutaient dans chacun de ses gestes, et Ellen épousait chacun de ses mouvements… mémorisant, comme si sa vie en dépendait, la sensation de sa peau contre la sienne, les muscles de ses épaules, ses cheveux soyeux.

Si bien que, lorsque ce fut le matin et qu'elle annonça qu'elle devait repartir, il ne la crut pas.

— Tu es folle. Tu es complètement folle ! Tu crois vraiment que ta pitié rend ce pauvre diable heureux ? Il mérite certainement mieux que ça, non ?

Mais il n'avait pas encore peur. Il était encore certain de sa victoire.

— J'ai promis, répétait-elle inlassablement. J'ai promis de ne pas le laisser seul. Nuit après nuit, je le lui ai promis… Il a toujours été seul. Ses frères le brutalisaient, sa mère le méprise. Toute la maison est pleine de photos de Roland et de William, et il n'y en a pas une seule de Kendrick.

— Pour l'amour du ciel, Ellen, tu crois vraiment que je me soucie de tout ça ? Je me souviens de lui, du temps où nous étions ensemble à l'école. Il était toujours près du radiateur. On ne peut rien faire pour les gens comme ça.

La jeune femme secoua la tête.

— J'ai promis, ne cessait-elle de répéter. Il a tellement peur ; il me suit partout toute la journée en me répétant combien il m'aime. On ne peut pas construire son bonheur en écrasant les autres.

Puis, très doucement, elle ajouta :

— Qu'arrivera-t-il au monde, Marek, si les gens ne tiennent pas leurs promesses ?

Elle vit ses mâchoires se contracter et attendit, presque avec soulagement, de le voir entrer dans l'une de ses crises de rage. Un homme qui défenestrait les nazis et jetait les enfants dans les lacs perdrait certainement son sang-froid, et cela lui faciliterait la tâche.

Mais, à la dernière minute, il comprit, la serra très calmement et très fort, et ce fut presque plus qu'elle n'en pouvait supporter.

— Si tu changes d'avis, tu me trouveras au Club tchèque, sur Bedford Place, jusqu'à mon départ pour le Canada.

Elle se contenta de secouer la tête, ouvrit l'une des mains de Marek et en tint la paume quelques instants contre sa joue, avant de déclarer :

— Il est temps de partir.

Le wagon était exactement ce qu'il fallait à Ellen : il y faisait un froid glacial, la chasse des toilettes ne fonctionnait pas, quelqu'un avait vomi dans le couloir. Dans un train comme celui-là, on pouvait se laisser aller à pleurer. Une vieille dame assise face à elle dans le compartiment gelé à l'odeur nauséabonde se pencha en avant, lui effleura le genou et fit remarquer :

— Hélas, il y a toujours une raison de pleurer, en ce moment.

Ellen savait que Kendrick ne l'attendrait pas ; elle avait prévu de s'absenter pour trois jours. Elle descendit du taxi au portail et marcha jusqu'à la demeure, espérant que l'air de la nuit atténuerait un peu les ravages des larmes sur son visage. Elle s'arrêta un moment et leva la tête vers la lune, qui se libérait justement des nuages filant dans le ciel.

— J'essaie de faire ce qu'il faut, Henny, dit-elle. J'essaie d'être bonne. Tu as dit que c'était important. Alors, je t'en prie, aide-moi !

Mais Henny n'avait jamais été une noctambule ; elle s'épanouissait au soleil, entre ses mottes de beurre jaune et ses caramels dorés, et il n'y eut pas de trouée dans le ciel couvert et menaçant.

Parvenue à la porte de derrière, Ellen posa sa valise et entra sans bruit. Tout était noir ; Kendrick devait être au lit, dans l'ancienne nursery.

Elle grimpa silencieusement les marches, faisant bien attention à ne pas réveiller les autres membres de la maisonnée. Au deuxième étage, elle s'arrêta. Oui, c'était bien de la musique qui s'échappait de la chambre principale, que Kendrick et elle avaient libérée – une musique si inattendue et pourtant si familière que, dans un premier temps, elle ne la reconnut pas.

Perplexe, elle longea le corridor et ouvrit discrètement la porte.

L'ordre d'embarquement de Marek à Liverpool arriva un jour plus tard. Il passa son dernier après-midi à Londres seul dans sa chambre du Club tchèque, à essayer de surmonter suffisamment son désespoir pour rejoindre ses amis, qui buvaient au rez-de-chaussée. Il regardait par la fenêtre la procession des femmes qui n'étaient pas Ellen – qui le hantait depuis qu'elle l'avait quitté. Des femmes qui marchaient comme elle, sauf qu'aucune n'avait sa légèreté et sa grâce ; des femmes dont les têtes brunes se tournaient quand elles le dépassaient pour lui montrer des visages totalement différents du sien.

Il y en avait une, en cet instant, qui traversait la petite place arborée, une jeune femme avec des gouttes de pluie dans les cheveux, qui portait une valise…

Seulement, celle-là ne poursuivit pas son chemin comme les autres ; elle ne lui montra pas un visage totalement différent lorsqu'elle approcha. Elle se dirigea vers les marches et, quand elle le vit à la fenêtre, elle s'effondra, sans forces, sur la rambarde.

— Qu'y a-t-il, ma chérie ? demanda-t-il en se précipitant pour la prendre dans ses bras. Pour l'amour du ciel, Ellen, qu'est-il arrivé ?

Elle tourna son visage vers lui, et il vit ses larmes.

— Les *Danses polovtsiennes*, voilà ce qui est arrivé ! Oh, Marek, tu ne le croiras jamais ! dit-elle d'un ton haletant, et il comprit alors qu'elle n'en pouvait plus de rire. Les *Danses polovtsiennes* et l'huile corporelle de Bessarabie, les ondulations – la totale. Seulement, je ne peux pas t'en dire plus, c'est trop indélicat.

Même lorsqu'ils se furent retirés dans l'intimité de la chambre de Marek, elle ne put parler tant elle riait.

— J'avais promis de ne pas le laisser *tout seul*, mais il n'était pas tout seul ! Tu comprends, il ne pouvait pas… avec moi… parce que pour lui j'étais comme une déesse… Mais Tamara n'est pas une déesse, elle répond aux besoins fondamentaux, c'est une sorte de *force vitale sombre*…

Elle fut submergée de rire une nouvelle fois.

— Ils ont essayé de me l'expliquer. Oh, si tu l'avais vue grogner après lui et l'appeler *galubchick* – ensuite, elle l'a attiré sur le lit, et le balbuzard leur est tombé dessus !

Plus tard, lorsque Marek eut fini de l'embrasser et de la submerger d'instructions sur ce qu'elle devait faire – aller à la Maison du Canada, obtenir un permis, engager la procédure d'annulation du mariage –, elle devint tout à coup silencieuse et pensive, et pendant un moment le cœur de Marek se serra.

— À quoi penses-tu, Ellen ? Dis-le-moi, pour l'amour de Dieu.

Elle se tourna vers lui et, sachant qu'il risquait d'être blessé de ce qu'elle allait lui avouer, elle posa ses mains sur le torse de Marek dans un geste rassurant.

— Je me disais, remarqua-t-elle très sérieusement, que les chèvres allaient vraiment me manquer.

Épilogue

— Nous recommencerons, n'est-ce pas ? s'étaient-ils promis après la reconstitution historique.

Frau Becker et Jean-Pierre, le boucher et Freya, la vieille dame qui avait dit qu'il pleuvrait.

— Ce ne sera pas la dernière fois, avaient-ils dit.

Chomsky bras dessus bras dessous avec le marchand de primeurs, les reporters qui photographiaient Liese-lotte, et partout le bonheur, le triomphe.

Et ils le refirent bel et bien – non cependant sans que beaucoup de choses se fussent passées dans l'intervalle. Il y eut la fin de la guerre, la défaite de l'Autriche et des années d'occupation et de souffrances, tandis que le pays était dirigé par les puissances alliées ; enfin, en mai 1955 fut signé le traité d'État rendant sa totale indépendance à l'Autriche. Peu après, l'Opéra bombardé, somptueusement reconstruit, rouvrit pour une représentation de gala de *Fidelio*. Afin que ceux qui n'avaient pas pu avoir de billets en profitent, la musique fut retransmise par un système de haut-parleurs ; et pendant qu'ils étaient debout dehors, souvent en larmes, Brigitta Seefeld, à l'intérieur, causait un de ces scandales qui lui étaient coutumiers en sortant de façon théâtrale avant même le lever de rideau. On l'avait mise dans la même loge qu'une rivale qu'elle haïssait.

Cette année-là, les gens de Hallendorf célébrèrent une nouvelle fois la fête d'Aniella. Lieselotte, forte femme à présent, qui avait ses propres enfants, avait fait répéter à sa nièce Steffi le rôle de la sainte, mais c'était toujours le marchand de primeurs et le boucher qui interprétaient les méchants chevaliers – Chomsky, désormais *pater familias* à Budapest et quelque peu dominé par son épouse, fut seulement autorisé à demeurer dans le public.

Il y avait de terribles absences : Bruno, tué sur le front russe, et Jean-Pierre, trahi et exécuté alors qu'il travaillait pour la Résistance. Mais Isaac était là, avec sa jeune épouse, rencontrée lorsqu'il était allé donner un concert dans Bergen-Belsen libéré – une violoncelliste qui avait survécu en jouant dans l'orchestre du camp et qui, encore maintenant, supportait mal de voir son mari s'éloigner à plus de quelques mètres d'elle. Bennet et Margaret étaient là aussi (leur évident bonheur d'être ensemble faisait plaisir à voir), et également Sophie et Leon, rentrés de leur kibboutz israélien. La crise d'israélisme de Leon n'avait pas duré longtemps ; en fait, c'était surtout Sophie qui avait apprécié la camaraderie et l'amitié de la vie communautaire. Ils étaient de retour à Londres, à présent, et mariés, et ils projetaient de retrouver Ursula à Wounded Knee pour tourner un film sur ses chers Indiens.

Davantage de gens encore que la première fois vinrent assister à la reconstitution, et lorsque ce fut terminé – lorsque Steffi eut été élevée en apothéose et que Marek eut une fois de plus fait clairement comprendre aux agents et aux imprésarios venus en masse que sa musique était un cadeau aux gens de Hallendorf et le resterait –, il y eut dans le village une joie qu'on avait oubliée durant les tristes années de guerre.

— Et c'est grâce à vous ! s'exclamèrent-ils, entourant Marek, Ellen et leur fils, Lucas, âgé de neuf ans.

Nous savons combien vous êtes important et occupé, ajoutèrent-ils à l'intention de Marek, mais vous êtes venu depuis le Canada pour nous aider.

Ce ne fut que le lendemain matin qu'Ellen put s'esquiver avec Lieselotte et traverser le lac en bateau. Le château avait été transformé en maison de convalescence pendant la guerre, et il était désormais de nouveau vide.

En attachant leur embarcation à la jetée et en gravissant les marches de pierre, les souvenirs de son premier jour à Hallendorf revinrent à Ellen, aussi vivaces que si c'eût été la veille. Le parfum du jasmin et de la verveine, les martinets qui virevoltaient dans les airs… rien n'avait changé. Elle retrouva le bouquet d'ajonc duquel avait jailli Chomsky, dégoulinant, la porte qu'avait franchie Sophie, la première « enfant sauvage », quand elle était venue vers elle en courant – et le carré d'herbe sur lequel Tamara s'allongeait pour prendre ses bains de soleil, gâchant les expériences du pauvre Langley sur les oscines. Mais le Petit Chou, qui avait fait fuir Patricia Frobisher de Crowthorpe – en dépit de la chamelle – dans le mois qui avait suivi son retour du Kenya, n'était plus désormais qu'un motif d'amusement.

— Il est là, annonça Lieselotte en désignant du doigt une croix de bois sous un cyprès. Il est mort chez nous, mais les enfants ont pensé qu'il préférerait être enterré au château.

Ellen se pencha pour lire l'inscription, soigneusement peinte en caractères gothiques par la fille aînée de Lieselotte.

Ci-gît Achille
Une tortue qui vécut longtemps et heureuse
Qu'elle repose en paix.

Oh, seigneur, comme j'avais raison, songea Ellen ; incroyablement, absolument raison ! Dès que j'ai vu ce qu'il avait fait pour la tortue, j'ai su qu'il m'aiderait. Elle ressentait une telle gratitude et une telle joie qu'elle s'appuya un moment à la balustrade baignée de soleil et ferma les yeux.

Pourtant, ce n'était pas pour lui montrer une tombe que Lieselotte avait amené là son amie. Elle avança sans l'attendre et traversa la cour, où se dressaient toujours le catalpa et le puits.

— J'espère qu'elles seront là, dit-elle.

Puis elle hocha la tête, soulagée, et fit un pas de côté pour qu'Ellen puisse voir.

De fait, ils étaient là, les étranges oiseaux médiévaux, montant la garde près des immenses nids disproportionnés qu'ils avaient construits sur la roue de Marek.

— Elles sont arrivées précisément la semaine où nous avons décidé de monter une nouvelle reconstitution historique ! Vous avez dit qu'elles bénissaient un endroit, n'est-ce pas ? Je crois que les choses vont de nouveau aller bien pour nous.

— Je le *sais*, répondit calmement Ellen.

Comme elle demeurait debout à regarder les cigognes, si caricaturales et pourtant si universellement aimées, elle entendit des bruits de pas et se retourna pour trouver Marek, la main sur l'épaule de leur fils, qui traversait les graviers de la cour dans leur direction.

— Eh bien, tu as réussi, constata-t-il, tandis que Lieselotte s'éclipsait avec tact.

Ellen secoua la tête.

— C'est ta roue.

— Mais ta vision.

Ils restèrent un moment, leur fils entre eux, pour rendre hommage aux oiseaux qui, pour quelque temps au moins, seraient les seuls gardiens du château. Peut-être que ce sont tes cigognes, aurait voulu dire Ellen. Peut-être que ce sont les cigognes de Pettelsdorf, mais elle se tut. Les Tchèques n'avaient profité que pendant trois ans de la paix et de la liberté si durement gagnées avant que les communistes, sous la direction de Moscou, ne transforment une fois de plus leur pays en État policier. Pettelsdorf avait été confisqué en tant que propriété d'un oppresseur capitaliste ; Marek n'y était pas retourné depuis la guerre. Il avait essayé d'expliquer à son fils qu'il y avait eu un domaine, désormais perdu, qui aurait dû lui revenir, mais Lucas ne s'était pas montré intéressé.

— Je ne pensais pas qu'on pouvait posséder des arbres, avait-il murmuré, le regard perdu sur les hectares de forêt sauvage derrière leur demeure.

Peu après, sans cesser d'observer respectueusement les cigognes, il demanda :

— Crois-tu que nous pourrions rentrer bientôt à la maison ?

Ellen et Marek échangèrent un regard. Tous deux avaient été tellement absorbés par le passé que, durant quelques instants, ils demeurèrent perplexes. À la maison ? Lucas voulait-il parler de la petite villa que Steiner, mort paisiblement un an après la guerre, leur avait léguée et où ils logeaient en ce moment ? À moins qu'il n'eût saisi leurs pensées à propos de Pettelsdorf... ou peut-être faisait-il référence à Gowan Terrace, où il avait été si honteusement gâté lorsqu'ils étaient arrivés en Europe ?

Mais, bien sûr, l'enfant ne parlait de rien de tout cela. Il songeait à leur maison pleine de lumière sur l'île de Vancouver, avec ses grandes fenêtres donnant sur le Pacifique. La maison où se trouvait son chiot Terre-Neuve et son dériveur, et sa petite sœur, qui était souvent pénible mais se révélait fort utile à bien des égards. Car, pour Lucas, le château et ses cigognes, le domaine perdu dans la forêt de Bohême, le palais qu'il avait vu à Londres et où vivaient un roi et une reine, tout cela appartenait au registre des contes de fées. Il aimait les histoires, mais à présent il brûlait de retourner à la vie réelle.

— Peut-être même demain ? suggéra-t-il, la tête penchée sur le côté.

Marek et Ellen se regardèrent.

— Pourquoi pas ? dit Marek, et tous trois, main dans la main, se dirigèrent vers le bateau.

IMPRIMÉ EN FRANCE PAR BRODARD ET TAUPIN
2565 – La Flèche (Sarthe), le 05-05-2000
Dépôt légal : juin 2000

POCKET – 12, avenue d'Italie - 75627 Paris cedex 13
Tél. : 01.44.16.05.00